幼女戰記
Deus lo vult
〔1〕

カルロ・ゼン
Carlo Zen

Kadokawa Fantastic Novels

contents

chapter 0 第零章 序章 Prologue …… 011

chapter I 第壹章 北方的天際 The Sky In Norden …… 033

chapter II 第貳章 艾連穆姆九五式 Elinium Type 95 Operation Orb …… 093

chapter III 第參章 守望萊茵 The Watch / Guard On The Rhine …… 153

…… 259

…… 327

…… 429

…… 436

[chapter] IV 第肆章 軍大學 War College ……

[chapter] V 第伍章 開始的大隊 Primeval Battalion ……

[appendixes] 附錄 內線戰略與外線戰略／歷史概略圖 ……

後記 ……

[chapter]

0

第零章

序章

Prologue

chapter 0

統一曆一九一四年七月十八日　帝都柏盧／某處

首先感受到的是刺眼光芒。包覆在祥和的飄浮感下，享受霎那的安息。令人想委身在這股溫暖與有些刺癢的感覺中的渾然忘我。忘我？對了，似乎遺忘了什麼。但究竟是什麼啊？我究竟忘記了什麼事？

只不過還來不及思考，那個就突然顫抖起來。稍微遲了一會兒，腦袋理解到寒冷。刺痛肌膚的冷。就彷彿呱呱墜地的嬰孩首次品嘗到的寒冷。不過當事者沒時間去感受它。

突如其來地，在已知卻又未知的感覺襲擾下，陷入錯亂的那個，同時感到強烈的窒息感而痛苦掙扎起來。

肺部、全身、細胞嘶喊著給我氧氣，令人難以忍受的痛苦。無法保持冷靜的思考，那個只是一味地痛苦掙扎。

無法隨心所欲的感覺，只能難受掙扎的苦楚。被這一切猛烈摧殘的痛苦，輕易就讓那個的意識混濁不清。然後身體從許久不曾哭過的人類意識下解放，反射性地開始哭泣。

意識混濁，自我都混亂了的那個，接著睜開眼睛，感受到一片灰色的天空。朦朧的世界……

不對，朦朧的是視線嗎？戴著度數不合的眼鏡所看到的扭曲世界。輪廓模糊不清，色彩混濁的視野，就連長年沒有情緒起伏的那個也感到不安。

在經過客觀時間三年左右之後，總算開始取回自我意識與外型的那個，感受到的是一片純粹的混亂。

這究竟是怎麼回事？我究竟是怎麼了？然後進入到尚無法長時間保持意識的器皿中的那個，依舊沒有回想起來。所以那個無法理解，那道逐漸昏沉的意識所勉強捕捉到的嬰兒哭聲，為什麼會讓自己覺得丟臉。

姑且不論成熟的大人，嬰兒本來就是會哭。對於應當庇護，給予公平機會的嬰兒，不該感到「丟臉」才對。因此，那個隨後就對自己知覺混濁不清而沒有意識的情況感到由衷放心，同時將這印象朦朧的恥辱丟到記憶的深處。

之後，儘管意識模糊，但總算是理解現況的那個，感受到的依舊是一片徹底的混亂。明明記得是在山手線的月台上，但等回過神來後，卻發現自己不知不覺身處在石造的厚實西洋建築物裡頭，讓疑似褓姆的修女擦拭嘴角。假如這裡是醫院，還可以理解是發生意外。視野會變得混濁，也可以認為是受傷的影響。

然而等到眼睛可以清楚視物後，透過昏暗光源看到的，卻是一群穿著古老服飾的修女。還有那昏暗的光源……要是沒看錯，應該是搞錯時代的瓦斯燈吧。

「小雅，來，啊——」

同時還察覺到了一個異狀，就是室內看不到任何電器用品。就二〇一三年的文明社會來說，這個空間有太多老早就被淘汰的骨董，並且缺乏電器用品。這些人是門諾會保守派，或者亞米胥派嗎？（註：推崇清貧，排斥現代設備的基督教派）但就算是這樣……為什麼？自己為什麼會在這種地方呢？

「小雅？小雅？」

難以理解的狀況。不斷加深的困惑。

「好了，乖乖張開嘴巴喲，小雅。」

現在的問題就是，搞不清楚目前的狀況。於是，那個就將視線移到方才遞到眼前的湯匙上。不過，就算注意到湯匙的存在，他恐怕作夢也想不到那是朝自己遞來的吧。只覺得那個叫小雅的傢伙怎麼還不趕快吃啊。

不過在陷入深思的那個面前，修女也終於不耐煩了。只見她帶著和藹卻也不容拒絕的笑容，把遞來的湯匙塞進那個的口中。

「不可以挑食喔。乖，啊——」

這是一匙燉爛的蔬菜。不過這一匙卻也將無庸置疑的現實，清楚明白地擺在無法理解的「譚雅」面前。

燉爛的蔬菜。被塞進嘴中的只有這個。但就被迫吃下這口蔬菜的本人而言，這令他難以理解的事態，讓情況變得更加混沌不明了。換句話說，那個……也就是我，即是對方口中的小雅。

於是他發自內心吶喊著——為什麼？

西元一九七一年八月十四日　美國

一九七一年八月十四日，受到美國海軍研究署「Office of Naval Research（ONR）」的調查委託，菲利普．津巴多博士的研究團隊在這一天開始某個實驗。預定的實驗期間只有短短兩週。實驗的目的，是要針對海軍面臨到的海軍陸戰隊軍事監獄的問題，進行基礎的資料收集。

被募集來參加這項實驗的受驗者們，全是身心健全的一般大學生。

然而實驗開始才第二天，就面臨倫理層面上的重大問題。扮演遭到拘禁的囚犯角色的人，遭到扮演看守角色的人責罵羞辱，甚至直接的暴力行為。此種禁止行為頻繁發生。最後甚至發展到實驗開始才短短六天就緊急中斷的事態。

該實驗即是之後眾所皆知的「史丹佛監獄實驗」。不過有別於倫理上的問題，這個實驗結果就心理學上的觀點，很諷刺地富含極具啟發性的內容。先行研究的「米爾格倫實驗」與這個「史丹佛監獄實驗」揭發了人類的性質。

在封閉環境下的個人會服從權威與權力，擁有權威與權力的人會無限制行使。針對這種「權力服從」的現象進行分析後，結論相當具有衝擊性。令人驚訝的，這種現象與個人理性、良知、個性無關，是經由個人扮演的角色上顯著的「去個性化」所誘發出來的。

換言之，這兩項實驗明確透露出人類會服從環境，甚至無視於個人的個性與良知。若是說得極端一點，就是任何人都能夠勝任奧斯威辛集中營的看守（**註：納粹德國時期所建立的最主要集中營和滅絕營**）。

就結論來講，人類會受到環境規範，遠超出個人的本質。

當他在大學學到他們是這種生物時，心中感到的不是不對勁，而是原來如此。

小學時，人人都曾在義務教育下學到人皆生而平等的概念吧。當時我們學到，每個人都是平等且無法取代的重要存在。然而有別於這番表面話，我們輕易就能發現到不平等的情況。

為什麼前面座位的學生個頭比自己高大？

為什麼班上有些人擅長玩躲避球，有些人卻不擅長？

為什麼隔壁座位的學生連這麼簡單的問題都答不出來？

為什麼後面座位的學生就是無法安靜聽老師上課？

然而，小學生身處在要當個「好孩子」的環境下。哪怕大家都不太一樣，也要說大家都是重要的存在。害怕要是不遵從這番表面話，就會被當成是「壞孩子」。

所以「好孩子」努力不讓自己淪為「壞孩子」。

然後等到在補習班準備國中會考時，「好孩子」就開始在心中鄙視「壞孩子」，避免與他們來往。考到好的國中，再升上升學率高的高中，最後進入名門大學。以最短的距離行駛在這條軌道上，在所給予的規則與條件下盡善盡美。

要在這種環境下持續扮演「好孩子」，就是確實不斷達成他人要求，不違背任何期盼。

每天依照要求的反覆面對參考書與課本，與同學們比拚成績。以這種感覺身處在考試戰爭之中的他們，將那些成天遊玩的學生們視為輸家。在成績就是一切的環境中，他們很自然地鄙視那些成績不好的學生。只是另一方面，他們大都也不怎麼相信自己的腦袋有特別聰明。畢竟他們那少許的自傲，早被同年級那群真正的天才們挫敗很久了。

當他們還在埋首苦讀時，那些傢伙則是若無其事地獲選參加國際物理奧林匹克，或是數學奧林匹克。要跟那群一臉把解出正確答案當成理所當然的天才們在同一間教室裡學習，絕不能只付出尋常的努力。只不過，縱使戴著扭曲的眼鏡，他們仍有學習至足以理解現實的程度。

考生們不管願不願意都會明白到，想要擁有雙親那樣的收入，最起碼也要考上優秀的大學，找到一份出色工作。於是他們成為符合年輕人風範，充滿上進心的集團。當中對於落後的畏懼，伴隨著致命性的恐怖。所以只能緊緊攀附著書桌不放。

當身處在這種世界掙扎的他們平安突破考試戰爭，考上被稱為名門也不為過的大學後，遊戲規則就變了。不管願不願意，他們當中大部分的人都會察覺到，不再依照「優秀成績」，而是依照「你做了什麼？」來進行評價的世界開始了。

面對這種規則變化，只要是能妥善適應新環境的人就有辦法應付。

一邊遵守規則、鑽規則的漏洞、恥笑規則，一邊受到規則的束縛。

到最後他們所學到的，就是規則是讓系統最佳化所不可或缺的存在。毫無規則的自由只是單純的破壞；毫無自由的規則只是單純的暴政。因此，他儘管也討厭遭到束縛，卻同時為無限制的自由感到憂慮。

他無法理解上課遲到的人在想什麼；無法理解醉倒路邊的人究竟有何價值；無法理解老是在提倡精神論的體育系人類的腦袋。

相對地，他則是對自己能與針對規則和自由的關係性，提出「合理性」解釋的芝加哥學派相遇一事，感到欣喜若狂。只要能遵守規則，就能行駛在軌道上。邊隱瞞自己是阿宅的事實，邊在大學扮演勤勉的學生。要他說的話，所謂在規則限制下的自由就是這麼一回事。

與他愉快來往的友人，除了高中時代的朋友外，就是在大學遇到的那些物以類聚的傢伙。邊在學校培育人際關係與能力，邊消磨出社會前的閒置時間。當然也勤於投資個人資本，夙夜匪懈學習某種程度的語言與文化修養。之後再伴隨著名為學歷的信號理論（註：提示足以讓對方信服的信號可獲得優秀成果的理論），隨即成就出一名受世人讚賞的優秀學生。

只是人們對這種人的要求，意外地並不是能力，而是極為注重他在紙面上的情況。入社考試的成績優秀、名門學校出身，外加上跟面試官熟識的人，對招募負責人來說算是最無從挑剔的人選吧。在這種理由下，大學生失業潮也不算什麼阻礙了。

畢竟起跑點不同啊。倘若要照事實述說，就是讓分賽。在面試前先去拜訪公司內的學長姊是理所當然。不僅如此，還邀請人事部的招募負責人去喝酒聊天。

更別說國高中直升學校的學長，還有大學時代的前輩是負責僱用的人了。他們甚至直接指導他「那間公司的人事部正在找這種人才，最好是用這種方式去進行面試」。在這些機緣搭配下，只要有一般人的水準，就沒必要煩惱找不到工作。只要不挑工作，就能得到不愁吃穿的薪水。成為唯唯諾諾地執行命令，確實完成分內工作的社會齒輪。於是「僕」的第一人稱，就在不知不覺中變成「私」了（註：日文的第一人稱，僕變成私表示從少年變成大人）。

解說

【芝加哥學派】 芝加哥學派（經濟學）大略來講，就是高呼市場原理萬歲這種愉快的經濟學學派。當中極端點的人，就連藥物、家庭、教育、移民等所有的社會問題，也會用經濟學的數據來進行分析。從《貝克教授的經濟學——從結婚教育到納稅與貨幣》這種有點古老的書籍，到最新的部落格（http://www.becker-posner-blog.com/）都是！

工作價值？自我風格？創造力？只要有支付正當的勞動報酬，就絕不會插嘴工作內容的社會齒輪。這樣對公司來說，必然會是能確實滿足薪資價值，達成分內工作的最佳人才。毫無底限地遵從企業的理論，率先追求利益。要習慣這種當企業走狗的人生，其實也不怎麼辛苦。

沒心沒肺？生化人？冷血無情？非人哉？會因為這種煩惱感到動搖也只有一開始的時候。因為難以理解這種太過難堪的嘶吼，對試圖動用暴力的人類狂態感到恐懼。但隨後也就習慣了。跟在學的時候一樣。

人類是會適應狀況變化的生物。所謂的適應環境，總之就是扮演好他人給予你的角色，如果是看守就做好看守的角色，如果是囚犯就做好囚犯的角色。他就像這樣，往來在工作與興趣的世界裡，過著平穩生活。當然，工作是以有效率的方式進行。為避免自己寶貴的閒暇時間遭到浪費，所以遵從企業的各種要求，極力避免工作上的失敗。

拜這所賜，讓他在年過三十的時候，終於讓薪資追上雙親的收入，確實踏上了出人頭地的道路。然後，對於企業的忠誠與對上級的忠實獲得好評的他，在人事部內順利晉升，最後被賦予人事部課長一職作為他的試金石。

對，對呀。我有著重要的工作。就算是再怎樣天大的誤會，我也沒有任何理由，必須讓修女用湯匙把燉爛的蔬菜塞進嘴中。還特地惹人厭地叫我「小雅」。光是沒有對此憤怒地大吼大叫，就足以稱呼我為紳士了。

當我伴隨著焦躁情緒，正準備起身抗議「為什麼要叫我……」的時候——

刺痛的腦袋，突然回想起不愉快的記憶。

西元二〇一三年二月二十二日　日本／東京

「為什麼，為什麼是我！」

為什麼？當然是因為你的性價比太低。外加上缺勤太多。最後是直屬上司呈報，你儘管額度不明，但似乎背負消費性貸款的多重債務。最後，要去給企業僱傭醫生做的診療，你也拒絕到底。就結論來講，你很明顯就是會增加公司成本的員工，要是讓你搞出什麼不詳事件，導致企業的社會信賴度下降那還得了。「那本公司有任何理由留你下來嗎？」真想這樣反問回去。不過礙於法規，只能將內心話藏在心底，盡可能地鄭重回答。

「你已經連續兩次未達成ＰＩＰ（績效改進計畫）。在明白這點後，公司基於正當的業務命令，要求參加協助達成ＰＩＰ的研修課程你也拒絕，還不時無故缺勤。」

說我骨子裡瞧不起人？那又怎樣？法規可沒禁止我這麼做。企業是追求利益的團體，可不是社會廢物的扶養機構啊。

「因此我認為，與其讓長年對公司做出貢獻的你遭到懲戒性解僱，選擇自願離職對你來說也比較好吧。」

雖說這樣非常浪費時間，但這也是工作。

「叫我去幹從未幹過的外勤業務，算什麼研修啊！」

「對公司而言，這是一種挽救業績惡化的對策。是讓管理階層去了解業務人員的心情，促使他們摸索出更加優秀的管理方針，所必須要進行的研修課程。」

只不過也真的是累了。對付這些哭得不停、大吼大叫，只想要依賴組織過活的傢伙們，還真是麻煩到極點了。如果哭一哭就能改變結果，那好啊。作為營業的一環，我承認這種戰術。但是平常老罵人是無血無淚的怪物、老闆的走狗、生化人什麼的，等到要依靠我了，才在那邊鬼吼鬼叫就實在是——

我明白自己是個低劣的人類。無法與天才相提並論，就算努力也達不到英才的水準，人格也極為扭曲。總之就是個不正常的自卑感聚集體。

徹底善良的人類讓我自覺形穢。而在偽善方面，擁有會被社會公認是有良知的水準，但正因為如此，才會在腦中嘲笑自己，這只不過是偽善。

然而，儘管自己如此醜陋，也依舊能自豪，自己比眼前哭叫的廢物要強得多了。畢竟就性價比來講，自己始終保持著優秀成績。所以在解僱面臨統整的部門裡的員工時，儘管麻煩也依舊會做得盡善盡美。再來就是沿著軌道繼任部長之位吧。今後的人生應該是一帆風順。

……本該是這樣才對。

動腦想到這裡的他，總算是回想起那段不愉快的經歷。

雖說人類本是種政治性的生物，但會遭到解僱的人類，似乎是種比起倫理和社會一般常識，更優先選擇自己一時衝動情感的動物。該說跟學歷菁英兼好孩子的集團不同，會放任情感支配自己的人類終究是比較多嗎？部長都特別警告自己在月台上要小心背後了，自己卻無法理解這句話的意思。咚，身體突然被某人推了一把。從月台上莫名緩慢地飛了出去。於是，我的意識就在目睹火車駛來的時候中斷了。

接著等到回過神來後，自己隨即遭遇到一件真是豈有此理的荒唐事。

「你們真的是活著的生物嗎？」

「抱歉，請問你是哪位？」

一名常在樣板小說裡看到的老人，正嘆著氣在觀察自己。答案有三種可能。

第一種，我奇蹟似地活了下來，雖然醫生正在幫我診療，但我卻無法正常認知這個情況。也就是說，我的眼睛或腦部可能出現了嚴重障礙。

第二種，這是我在彌留之際的妄想或是幻覺。可能是我人生的走馬燈。

第三種，我體驗到莊周夢蝶的經歷，然後在現實世界被叫醒。我可能睡昏頭了。

「……我深深感到你們是群人性失常的傢伙。竟有著這麼無聊的想法。」

他能讀我的心？這要是事實，基於隱私權與各種保密義務上，還真是令人極為不樂見又不悅的行為。

「沒錯。讀你們這些對他人毫無同情心的傢伙的心，確實是令人不悅的行為。」

「真令我驚訝……沒想到惡魔真的存在。」

「還以為你要說什麼，結果居然是這個啊。」

可能超脫世間常理的存在只有神和惡魔。如果神存在，就不會放任世界變得如此不可理喻。因此，這世上沒有神。故得證，眼前的存在X是惡魔。證明結束。

「……你們這些傢伙，是想要造物主過勞死嗎？」

你們？用的是複數。也就是說，除了自己外還有其他人。我該對自己有很多夥伴這點感到欣慰嗎？有點微妙。我雖沒有打從根本地討厭自己，不過也沒有很喜歡。

「最近很多啊。像你們這種瘋狂的靈魂。為何不倚靠人性的進步尋求解脫？就這麼不想達到涅槃嗎？」

「人性是伴隨著社會進步演變而來的吧。」

羅爾斯的正義論非常了不起。不過沒辦法套用在現實生活當中。人類區分為擁有者與未擁有者。理論上的假說或許很有趣，但現實生活中，擁有者不會為他人放棄自身利益。比起擔憂未來，人類會選擇追求現世利益不擺明是理所當然嗎？只是儘管如此，該怎麼做也是個問題。

假設我已經死了，那靈魂會何去何從呢？讓我們來進行一點有建設性的討論吧。今後的事情比較重要。

「回歸輪迴，直到轉生為止。」

自稱為神的存在X給予的答覆非常單純。原來如此，這恐怕就是所謂的已盡到說明責任吧。工作不該見到機會就偷懶。不過我也很能理解說明責任與守法義務的重要性。就算會感到不悅，但身為社會的一員、組織的一分子，就該對應當遵照的手續表示理解吧。

「很好。那就麻煩你了。」

解說

【羅爾斯的正義論】 對政治理論產生重大影響的一門學說。是藉由當我們身處在原初狀態，亦即不清楚自己所在位置的情況下，我們會如何建立眾人的生活規範這項議題，來摸索公平規則的理論。結論大致分為兩種，一種是原則上保證人人平等且自由，第二種是允許以照顧弱勢與平等機會為目的的不平等。當中的重點，即是為讓眾人在平等的同時能照顧弱勢，而採取針對富人的累進稅制，以及針對未擁有者的生活支援等行為，是在倫理上的正確表現。又稱為自由原理、差異原則、公平機會平等原則。

總之，我決定下一次的人生會好好注意背後。我已經學到人類可分為兩種，一種是會遵從理性行動的人，一種是不會遵從理性行動的人，看來有必要重新學習行為經濟學了。

「……我受夠了。」

不過，祂朝我喃喃唸道的話語，卻讓我微微地感到困惑。

「啊？」

「你們就不能適可而止嗎？不論是哪一個，別說是尋求解脫達到涅槃了，就連一絲信仰心也沒有。」

就算祢這麼說，我也很困擾啊。老實講，我搞不懂眼前的存在X（自稱為神）是在對何事生氣。我是能理解老人家都比較性急，不過有著相當地位的人一旦暴怒起來，會讓人無所適從。如果是動畫還可以把這當作是笑點，但現實社會中，有大多事情不是開玩笑就能帶過了。

「最近的人類偏離世間常理太多了！完全不懂事物的是非曲直！」

那個……就算被存在X指責什麼世間常理，我也很困擾啊。說到底，要是這世上真有世間常理，可以麻煩事先告知我一聲嗎？要人遵從沒有同意過也沒看過的道理，未免太強人所難了。沒說出來的事情，實在是無法理解。就目前為止，我可不記得自己有覺醒心電感應的能力。

「我不是有制定十誡嗎！」

第一誡、不可信奉別神。

第二誡、不可濫用上帝之名。

第三誡、要牢記主之日，並奉為聖日。

第四誡、要尊敬父母。

第五誡、不可殺人。

第六誡、不可姦淫。

第七誡、不可偷盜。

第八誡、不可作假見證。

第九誡、不可貪戀他人妻子。

第十誡、不可貪戀他人財產。

這串話語透過心電感應之類的方式唐突地傳入腦中，嗯，那個，該怎麼說好，還真是為難。我好歹出生在多神教信仰的社會裡，早已習慣名為宗教寬容性的馬虎隨便了。就算跟我講戒律，也只會讓我感到困惑。而且我不僅尊敬父母，同時也未曾殺過人。就生物學上來講是個男人，所擁有的性本能，就生物學上來講是與生俱來的。這是我被賦予的條件，我也無可奈何啊。這要是我自己設計的倒還無話可說，但設計我們的人不正是祢嗎？

「這是我懊悔終身的錯誤！」

神的一生是怎樣的光景啊？就單純的學術觀點而言，讓我稍微有點興趣。不管怎麼說，我對其他事物的興趣與好奇心就只有這種程度。應該也沒有殺人慾望或衝動才對。啊，雖然在玩FPS時，成功爆頭會讓我覺得很爽，但這並不表示我的殺人慾望超乎常人。也有幫忙關懷動物，呼籲衛生署降低捕殺量的海報應該也有拿幾張回家吧。

「就算沒有動手，但你依舊很享受殺害行為吧！」

既不曾偷盜過，也沒對他人做過偽證，也未曾以橫刀奪愛為樂。最重要的，就是我一直都是個誠實的人。對職責忠實，對法律忠實，也不記得有做過積極違背身為一個人的行動規範的事。倘若發生戰爭，我說不定還會在跳傘途中，得到要努力養殖蝦子的天啟。不過很遺憾的，我的從軍經驗就限定在網路遊戲上。

「夠了！既然你無論如何都不肯反省，那就只好科以相對應的懲罰了！」

要找麻煩也該有個限度吧。為什麼我得受到懲罰？不過根據經驗法則，我知道這事要是置之不理會相當不妙。

「不，請稍等一下。」

「給我閉嘴！」

……我希望祢別生氣。既然祢好歹也是被稱為無上的存在，精神就該更成熟一點。或者，就算只是表面工夫也沒關係，請成熟點吧。我認識的一名律師，雖然在法庭與網路遊戲上簡直判若兩人，但依舊能維持社交生活。我不期望祢能裝得有他那麼完美，但至少再好一點……

「光是管理多達七十億的人口，就已經讓我過度工作啦！」

你們要生育繁殖，充滿大地——聖經上是這麼寫的。就學術範圍來判斷，人類恐怕很忠實地在遵從這項教誨吧。忠實到我腦海中甚至浮現馬爾薩斯在九泉之下擔憂的身影。人類可以說增加得太多了。但身為管理人員，就該記住自己下達的指示。要是不會成為被部下輕視，預定遭到公司解僱的對象就好了。不管怎麼說，既然是管理人員，我希望祢能好好對自己的發言負責。

「這……這世上盡是像你們這種毫無信仰心的傢伙，我早就赤字啦！」

老實說，這難道不是經營模式有缺陷嗎？

「違背契約還敢說這種話！你們根本就不想要解脫的機會吧！」

沒事先告知，我怎麼會知道。這是我的肺腑之言。若是重要的東西，以內容證明郵件寄出可是常識。倘若是契約書，就應該要親手交付。契約最好是確實保存下來。

「你們不是向無上之理俯首了嗎！」

不，如今科學的進步跟魔法幾乎毫無差別。過度發展的科學就如同魔法。自然科學萬歲。世間之事，理當不再有任何疑問。在這富足的世界裡，只要沒有迫切需求，危機感與信仰心也就不會產生，所以也不會去尋求依靠。畢竟人們只要沒陷入窮途末路，就不會想要去依靠宗教。

「……也就是說，就是那個吧？」

就算祢說什麼那個這個的，我也聽不懂啊。自己應付存在X的方式會變得愈來愈隨便也是沒辦法的事。只不過，無法正常對話也很教人為難。該怎麼辦？如果有提供口譯服務，不用太過考慮價錢我也會簽僱傭契約。

「你缺乏信仰，受性慾驅使，不畏懼我，而且還毫無倫理觀念。」

真想大聲抗辯。我才沒這麼差勁。自己就道德與社會規範層面來看，絕沒有這麼惡劣！

「閉嘴！你們就是這樣，儘管每次都費心讓你們回歸輪迴，但總是立刻就故態復萌。」

那個呀，所以我說這是人口增加的問題，至少也跟人類全體的壽命增加有關。如今有著平均壽命的概念。那個，當然還有馬爾薩斯的人口論。祢沒有讀過嗎？人口會依照鼠算式增加，很恐怖對吧。我們也沒特別做什麼，只要簡單分析一下就會知道，這果然是經營模式有缺陷吧。

「這只要增加信仰就能彌補了吧！」

唉，就說這是經營模式有缺陷的問題。只能說，祢對消費者的心理分析太過天真。早在計畫階段，就犯下結構性的錯誤了。

「所以問題的原因，就你來說，是活在科學的世界，是個男人，不知戰爭是何物，以及沒有陷入窮途末路是吧？」

……咦？總覺得有種不妙的感覺。

ＯＫ。請冷靜下來。如今的存在X，就跟讓其他公司把從基層一路培育上來的技術人員，大量挖角走的人事部長一樣危險。我掌握現況了。對應方式也已檢討完畢。

「既然如此，那只要把你丟進這種環境，就算是你也會覺醒信仰心嘍？」

那個，不覺得祢這結論下得太快嗎？請冷靜點。的確，我方才是有說過度進步的科學讓信仰變得曖昧。可是，神啊。請不要太過衝動。沒錯，先冷靜下來。所以我說，只要能感受到神的恩典就沒問題了。那個，當然，我是知道的喔。我非常明白祢像這樣管理著我們。沒錯，我很明白這點，所以可以請祢把手放下來嗎？還有，說我不知戰爭為何物可是個誤會。

「現在才拍馬屁已經太遲了！」

不，我的主啊。請回想一下吧。這個世界確認不到魔法與奇蹟的存在，宣稱自己見識過的那些人也都可疑到不行。這就連祢的存在也一樣啊！而且性慾是不論男女都會有的東西吧！

「已經夠了。我明白了，那就來做個實驗吧。」

「咦？」

「就拿你來做實驗吧！」

就是這種記憶。如果可以的話，還真想忘掉。

解說

【馬爾薩斯人口論】　托馬斯．羅伯特．馬爾薩斯所著的古典人口學名作。是述說人口會以等比級數增加，但糧食（生活所需資源）就只會以等差級數增加的學說。換句話說，這項學說明白指出人類的增加速度會立刻達到生活所需資源的極限。就算沒有人命令，人口也會時常增加到僅能勉強維持的水準——這雖是種很恐怖的想法，但也意外地不容忽視。

[chapter]

I

第壹章

北方的天際

The Sky In Norden

統一曆一九二三年六月　北方軍區諾登戰區／第三巡邏線

為什麼自己會在這種地方打仗啊？

用小手握著寶珠，將代替權杖的步槍放在地面，被賦予翱翔天際的譚雅·提古雷查夫魔導少尉這個標誌的我的自我意識，反覆自問自答。為什麼事情會變成這樣？

「Fairy08 呼叫諾登控制塔。重複，Fairy08 呼叫諾登控制塔。聽到請回答。」

諾登的陰鬱天空漂浮著一個黑點。那個潛入雲朵下方的小不點，是帝國軍引以為傲的航空魔導軍官，同時也是基於某種因果轉生成幼女而正在作戰的自己，經由俯瞰所呈現的光景。而掛在軍服上，並握在手中的那個，是以科學方式用來控制術式這種超常現象，讓魔導師能以意志干涉世界的演算寶珠。同時也是這件事的證明。這是將古代的寶珠用魔導與科學加以近代化，一如其名能夠解讀世界數據的魔導工程學的結晶。

這次的任務是在高度六千英尺的空中，以巡航速度維持對地速度，在指定的空域進行砲擊的彈著觀測。

「Fairy08，這裡是諾登控制塔。收訊良好，目前正在正常追蹤貴官的行蹤。」

這也沒什麼，就是在帝國與協約聯合的國境線上的支援飛行任務。不過將維持飛行術式的演算寶珠掛在脖子上，毫不懈怠地觀測的那道身影，看起來卻令人驚訝地渺小。這並非譬喻，而是物理上的渺小。年齡似乎還不滿十歲。就算考慮到性別是女性，也依舊算是嬌小的體格。相較於體格出眾的前世，這身高還真是讓人感到心酸不已。而說到航空用的喉震式麥克風的尺寸，當初分發時還被人笑說頸圍太細，真是難堪到無地自容。

「Fairy08 收到。抵達任務空域。收訊良好。」

儘管早對自己發出來的聲音感到絕望，但這尖銳的聲調，總是讓我感到不對勁。哪怕聽習慣了，也仍然受不了自己的聲音。舌頭也不靈活，每次咬到舌頭，都讓我遭到屈辱感的苛責。

「諾登控制塔收到。請執行指定任務。」

而毫不在意自己這口齒不清的幼女語調的軍隊也是一絕。這種情況或許很合理吧，航空魔導師基於重視空戰的觀點，只將對魔導技術的適合性當作戰力化的基準。而在將這點發揮到極限的帝國裡，魔導師的年齡限制早已成為過去的遺物。所以哪怕是外表年齡看起來應該要受人呵護的自己，一樣會很自然地被派來執行砲擊觀測。

「Fairy08 收到。戰區無異常。重複，無異常。」

「諾登控制塔收到。貴官的觀測區域分配到的砲兵隊為砲兵大隊。呼號為 Goliath07。直到空域管制有其他命令，或是該區掃蕩完畢前先從事觀測任務。Over。」

這種人力資源的調度方式，很大部分是基於帝國置身的地緣政治觀點需求。基於歷史緣由，帝國由於國土位在列強的中心處，所以不得不將四方鄰國視為假想敵。想要防衛住寬長的國土，兵力一向是個吃緊的課題。為解決這個問題，努力到眼泛血絲的參謀本部所得到的結論，就是徹底活用一切能用的資源。

「Fairy08，這裡是預置軍團的砲兵大隊，呼號為 Goliath07，有聽到嗎？」

因此，就算是幼女，只要能派上用場，軍隊就會將她丟到國境，命令她從事巡邏飛行任務。也就是一如字面意思的童兵。

「Goliath07，這裡是 Fairy08。收訊良好。已確認敵方步兵部隊接近。諸元已發送（註：指通訊頻率跟交互辯證內容）。請確認。」

以可愛聲音唸著事務性台詞的幼女翱翔天際，想必是極為超現實的畫面吧。話說回來，正常的軍隊是由正常的成年軍人所構成。這是常識。

不過雖說參雜著雜訊，但小女孩的聲音傳來通訊，對魔導師來講已是理所當然的情況。畢竟軍隊凡事都會基於實用上的理由設置特例。不過最主要的，還是連日的嚴酷軍務，已讓有良知的軍人們疲憊不堪。所以就連讓小女孩戰鬥的異常感，也早已磨耗。

「Goliath07 收到……以基準砲進行第一次射擊。」

所以，以譚雅・提古雷查夫少尉名義登錄軍籍的航空魔導師，經由自己背上、與背部大小相差無幾的無線電，以熟練動作淡然進行定時聯絡，在展開於諾登北方大地上的砲擊戰中擔任觀測員。不過實際上，我對自己為什麼會在這種地方飛行，並不是沒有任何疑問與怨言。

「確認著彈……確認為至近彈。著彈公算誤差範圍在十公尺內。請進行效力射擊。」

「Goliath07 收到。立刻開始任務。」

注視眼前情況的碧眼儘管絲毫不鬆懈，但也不能否認閃動著不耐煩的情感。為什麼自己會在異世界、返老還童、性別轉換，然後參加戰爭啊？

當中最令我感到不耐的，就屬身體上的變化。小孩子的身體非常不方便。雖說女孩子發育得比男孩子快，但要用長年累積的感覺移動身體，體型實在是差太多了。外加上從軍後，已經有過數次經驗，讓我深深感受到自己變成一個多麼無力的小孩。

無法持槍。因為太大把。這不僅讓我無法好好瞄準，肩膀還會因為槍托的後座力撞得發疼。格鬥訓練時，也被眾人一臉同情地丟來丟去。

直到我透過演算寶珠理解世界是由三個向量所構成的數據，並學會利用術式干涉這個數據的世界為止，都只能以無法隨意行動的手腳，趴伏在地面上狼狽掙扎。

費盡心血，才好不容易在不仰賴身體，而是靠頭腦思考的魔導技術上有所成就。只要能翱翔天際，以術式干涉世界，就不用再去煩惱嬌小身軀的限制。

所以對於魔法的突兀感，也藉由其作為便利道具的一面克服了。只不過，就算我們持有這種道具，為什麼一定要使用呢？

原來如此，ＩＣＢＭ得在必要的時候能夠使用才行。所以平時當然得要整備、訓練，做好運用的準備。只是話說回來，有什麼一定得要使用ＩＣＢＭ的理由嗎？這個話題可從帝國與周邊諸國的形勢趨於險惡開始說起，但這也不是最近的事了。

打從很久以前，帝國與協約聯合就在國境問題上有著非公開的紛爭。至少在國際政治的舞台上，雙方就名目上而言，並沒有在爭奪這個地區的歸屬權。

不過這單純是因為帝國占有壓倒性的國力，所以過去才沒有讓這個問題浮上檯面。就譚雅看來這其實很單純，就跟蘇聯的周邊國家不會單獨與其爆發國境糾紛是一樣的道理。

……過去，只能用過去式來表現，恐怕是唯一的遺憾吧。

解說

【ＩＣＢＭ】InterContinental Ballistic Missile的縮寫。即洲際彈道飛彈。是馮・布朗先生（註：彈道飛彈的發明人）所說的「火箭運作得很完美，但誤降到其他行星上了」這種使用方法的究極型態。

在國境上，零星爆發了幾件偶然的事故。雙方國境警備隊非故意的誤射，及基於誤會引發的砲火交鋒。儘管這些都是當地司令部就能解決的問題，但無法否定情勢開始變得不太安穩。

本來只要帝國宣布開始「準戰時體制」，譚雅就能退到後方從事非戰鬥任務。畢竟直到開戰前，譚雅．提古雷查夫魔導准尉的身分都還是「軍官學校出身」的實習軍官。實習生在最前線就只是個累贅。所以只要帝國認為會開戰而開始整頓態勢，就能期待轉調到技術廠或後勤司令部擔任後方勤務。

然而悠哉的高層卻無視這動盪的局面，判斷這單純只是「危機邊緣外交」，導致譚雅被分發到當地進行實習課程的窘境。雖然這終究只是作為軍官學校教育的延伸，待在飛行巡邏班當中與陸軍進行聯合實習；但在失去退到後方的機會後，譚雅就在實習結束的同時升為少尉並就戰鬥配置。賦予她的呼號是Fairy08。也就是妖精這種令人討厭的比喻。光就外表來看，她是個身材矮小的小孩，不對，是幼童。有著透露堅強意志的碧眼，以及基於整理方便而剪短的金髮。考慮到她白皙透明的肌膚，這個呼號確實是很適合她吧。

然後等到領到呼號，正式就任當地的國境警備隊之後，被編入由魔導軍官學校派來的培訓組與當地編入組等，共同編制成的管理部隊的譚雅，首當其衝的就是接獲不容拒絕的四十八小時待命指示。還以為在編制完成後，上頭會依照傳統進行訓練，驗證隊員們的快速反應能力並維持緊張感，結果卻是被迫穿著全副武裝待機，這約是二十四小時之前的事。

接著，就在怎麼想都只能認為是惡魔在微笑的時間點上，設置在國境各地的前哨警戒地點紛紛傳來緊急警報。警告後方，協約聯合軍有進行大規模越境作戰的跡象。

帝國擔憂已久的協約聯合的政策轉換。由於政權交替導致首腦陣營替換，以及隨之而來的民族主義興起，要求大幅改變國策方針。坦白講，不僅是譚雅，就連全體帝國軍關係人士都難以理解他們為何要在這個時機點，就像是在開玩笑般輕率發動這次的軍事行動。等到察覺時，協約聯合已發出代替宣戰布告的撤退勸告。

也就是「帝國軍人必須在二十四小時內，立即離開我國固有領土」的宣言。

協約聯合的情況，或許不是一介尉官所能得知的，但由於區域衝突「在政治層面上過於敏感」，所以帝國應該是想極力避免正式的武力衝突。但要是無法正視現實，恐怕將會在歷史上留下臭名。

「這群傢伙是笨蛋嗎」的臭名。抑或是，他們準備了必勝的策略呢？

帝國雖然難以理解協約聯合的目的與意圖，也仍然依照國家規定，動員起嚴謹的官僚機構與軍事機構，根據理論展開迎擊準備。就身為其中一片齒輪的譚雅而言，她只是在做符合薪資的分內工作。不過在這個時間點上，她也不是沒有「算了，反正大半是對內的政治宣傳吧」這種樂觀的推測。

畢竟鄰近國的聯邦，應該也不想有人在自國附近發動軍事行動，可預期會介入調停或是以威嚇進行牽制。而過去援助協約聯合的聯合王國與共和國，應該也會擔憂過去援助他們的心血化為烏有，而制止這次自殺性的進駐行動吧。沒錯，大多數的將兵都是這樣判斷。畢竟所謂的士兵，同時也是個現實主義者。

因為擺明白的，要是與帝國正面交鋒，協約聯合是毫無勝算可言，所以一定會有某國出面調停，然後再由協約聯合跟帝國的政治家和外交官收拾善後吧。

然而，讓該時代全體人類感到困惑的是，除了當事人協約聯合之外，任誰都「難以理解」的事態，居然真的發生了。

「奉勸向進駐的協約聯合軍解除武裝投降，或是立即離去。」

帝國面對就常識來講，甚至只能說是衝擊性的勸告。但對仍然半信半疑觀看事態發展的帝國而言，協約聯合軍越過國境的報告儘管不是沒有預期，不過一旦真的發生，卻也是讓他們難以理解的事態。根據後世紀載，帝國軍參謀本部的軍人雷魯根，就曾以「……連懷疑是軍中高層極密進行的自導自演都還比較好理解，協約聯合的意圖就是這麼地令人費解」這句話來表達心中的疑問，述說這件事究竟有多麼不可思議。

不過先把疑問與不明瞭先置之一旁，信奉務實主義的帝國軍隨即務實地下達命令，立即針對協約聯合的大規模越境作戰進行反制。不管是對他們的意圖感到迷惘還是困惑，在指出有可能發生衝突的當下，按照規定開始進行戰備物資的事前囤積，中央乃至於大陸軍的各軍團也經由鐵路開始集結。將帝國軍組織能毫無窒礙地遂行一切的本領，以及被評為組織面勝利的應對手法發揮得淋漓盡致。

然而就算聚集大量物資，進行部分動員，帝國仍舊是無法抹去心中的那股半信半疑，持續煩惱——他們該不會是玩真的吧。

在列強之中，帝國特別是在軍備方面上傲視群雄。就連在平時，都會以國境警備隊的名義，在國境上部署軍團規模的駐軍。而在當地，還額外動員了譚雅等人所屬的臨時軍團，作為最低限度的戰鬥準備。甚至還稍微考慮到情報戰的情況，而邀請各國的大眾傳媒跟隨作為對應，可說是做得毫無破綻。但正因為這樣才讓人懷疑——他們真的會打過來嗎？

就譚雅而言，她真是作夢也沒想到，協約聯合會在毫無大義名分之下，向軍事強國，而且還特地在媒體面前，以劣等的戰力發動越境攻擊。

但這世上，現實似乎比小說還要離奇。對譚雅來說，事情發展簡直是不可思議。說難聽點，就是目睹到自殺慾望化作實體的瞬間。

「開戰了！各位，重複一次。開戰了！戰爭就在剛剛開始了！帝國對於雷格多尼亞協約聯合的越境侵犯，已發出宣戰布告！協約聯合軍在稍早前開始在各地越境，對此，帝國軍的部隊正陸續趕往國境！根據情報顯示，我軍已經在各地開始交戰了！」

但事實上，眼下以友軍的裝甲部隊為主，各部隊正在急速展開中。同時，隨行的隨軍媒體人員也驚叫連連，將各地戰區傳來的速報，透過電波向全世界發送。

……正因為確定會戰勝，所以才需要宣傳戰嗎？唉，既然國力、技術水準、軍備都占有壓倒性的優勢，會認定我方一定勝利，並率先採取下一步動作也是顯而易見的事。

而會在開戰前先讓新聞媒體人士在當地部署，也是上頭認為這場戰爭有餘力進行這種程度的宣傳。藉此宣傳帝國的強大與正當性，就政治上來講並不壞。外加上已經證明是對方先行越過國境，所以也不缺大義名分。會順便讓大眾傳媒跟隨，主要是想展現一場勝戰吧。會在打敗仗時讓媒體自由報導的國家首腦陣營，就連在這個異世界裡也是幻想中的存在。對現況毫無或是極少隱瞞，至少證明情況一切順利吧。

這全是讓譚雅毫不緊張的要素。老實講，當她聽到自己要被丟到北方實習時，還真想仰天大喊：請對這個把幼女丟到危險邊境恣意驅使的軍事國家，還有把善良個人丟到這種世界的存在X降下天罰吧。

但如果是像波斯灣戰爭那樣一面倒的戰局，提供她出人頭地的好機會的話，那就沒問題了。這樣就只是在會打贏的戰爭中，待在會打贏的軍隊裡，從安全的天空攻擊敵人，然後獲得晉升的簡單任務。儘管這完全超乎預期，但也不是什麼壞事。不對，別說是壞事，甚至還是千載難逢的大好良機。國境巡邏任務不僅單調又很危險，就算有所成果，也很容易基於「政治上的考量」而被視為不存在的業績。拜這所賜，讓這個在北方諾登紛爭地區的巡邏任務，在帝國軍內部被評為是一份吃力不討好的差事。

在那裡既不容易累積功績，而且就像是在不斷提醒她條件惡劣一樣，儘管非她所願，譚雅．提古雷查夫的外表，是名金髮碧眼肌膚白皙的幼小少女。再加上光看經歷的話，還是個軍官學校出身，將來注定平步青雲的魔導師。就算有長官願意提拔任用她，一旦她出了什麼事，恐怕也無法避免糟蹋有大好前途的年輕人的罵名吧。姑且不論實力，光只看外表，那張有如人偶般的臉蛋就連自己也不得不感到突兀。即使是自己，倘若事不關己或是與工作無關，也不會想跟這種人扯上關係。

這就是自己在帝國軍內任官後的客觀立場。儘管教官們的評價不差，但只是在做符合薪資的分內工作這個事實，很難讓她破除子虛烏有的「幼女魔導師」負面謠言。既然如此，就只能創下更大的功績。但就算想創下功績，至今為止卻遇不到最重要的機會。換句話說，自己儘管身為「魔導師」，卻不被當成魔導師看待。單純把她當作礙手礙腳的嬰兒。這種始終被人叫作不良品，完全不顧及她過往經歷的處境，簡直就是種恥辱。

不過諷刺的是，她卻在帝國軍擁有壓倒性優勢的戰場上獲得實戰機會，能以首戰替自己的經歷錦上添花，算是預料外的幸運。

想必暫時能以比較好的狀況參與這場戰爭吧。既然如此，希望能在這段期間內，弄到讓自己生存下去所必要的權力與地位，以及確保人脈。為了這點，就必須得在這場穩贏的戰爭中適度活躍，建立戰功吧。

一想到這邊，譚雅就忽然覺得這狀況也意外地不會太壞，無意識地放緩了那雙氣血暢通的紅潤嘴唇。

「不對，這對於經歷來說反倒是最棒的情況嗎？……該認為這不是件壞事吧。」

誰也沒能聽到她這段偷偷低語的自私發言。縱使有人飛在空中，這番話想必也會被地面上嘶吼的帝國軍砲兵隊的砲擊聲，與不絕於耳的響亮彈著聲與爆炸聲掩蓋過去。而且，只要當自己是在特等席觀賞比富士綜合火力演習盛大數倍規模的砲擊表演，也就不會覺得不愉快了。

「Fairy08，這裡是Goliath07。請回報砲擊效果。」

「Goliath07，這裡是Fairy08。砲擊為有效射擊。重複，砲擊為有效射擊。」

就只是淡然觀測結果，然後將諸元轉達給砲兵隊的簡單工作。雖然一邊展開飛行術式，一邊揹著無線電飛行不是件輕鬆的事，不過帝國軍的演算寶珠非常優秀。而且作為潛在紛爭地區的諾登地區，就性質上來講，在北方部署的部隊有許多是從中央派來的。不說別的，就連譚雅自己在文件上，也是從中央派到現場實習後，臨時編入部隊裡的人。

只要認真從事軍務，總有一天能返回中央軍，擔任後方勤務也不再是個夢想。要是能獲選成為帝國軍後方勤務部隊的隨隊魔導軍官，說不定還能接到帝國首都的防衛任務，一直待在後方待命。換個角度來看，這可是能夠累積有益未來發展的經歷，令人感激不盡的人事調動。

在得知自己要到不僅無聊還充滿風險的北方實習時，簡直恨死教官了，但人生還真的是不知道什麼是幸運。雖然遲了一點，但還是趕快找個時間寫信向教官做近況報告順便向他答謝吧。人脈得要好好經營才行。

畢竟我可是期望能過著玫瑰色的菁英人生啊。邊參與實戰，邊進行戰區的彈著觀測，譚雅的心情非常之好。

「Fairy08呼叫諾登控制塔。聽到請回答。」

「這裡是諾登控制塔，收訊良好。」

眼前炸裂開來的砲彈，順利對協約聯合越境侵入的步兵部隊造成重大打擊。就算諾登是地形起伏不定的山岳地帶，但大意地朝著砲兵隊部署完畢的國境附近進軍，依舊只會淪為砲靶。更別說是在沒什麼掩蔽物的地形上了。

「Fairy08收到。目前在面壓制中。判斷為壓制。敵步兵部隊正逐漸喪失組織能力。」

解說

【富士綜合火力演習】是能在日本看到的一大演習，基於「加深國民對於自衛隊的理解」這個目的而開放給一般民眾參觀，不過民眾怎麼想都是抱持著看煙火大會的心情前去參觀的大型演習。演習辛苦了。

做好萬全準備的砲兵隊保持適當距離，在觀測員的引導下朝事前觀測完畢的地區，向非裝甲目標進行砲擊。這要不殲滅敵軍還比較不可能辦到。眼前潰不成軍開始抱頭鼠竄的那群曾是步兵的人類群眾，輕易就成為榴彈的砲下亡魂。透過雙筒望遠鏡目視到這情景，譚雅判斷再打下去也只是在浪費砲彈。

「諾登控制塔收到。請推進到第二巡邏線，引導我們朝展開中的敵方步兵主力，進行『面』的壓制。」

「Fairy08 收到。我立刻前進，繼續執行觀測任務。」

淡然地與塔台對話，同時還能讓譚雅暗自想著「無線電在實戰中也意外地通用啊」，天空就是如此與雜訊無緣。就她的碧眼所見，眼前這種陰天，絕不是難以造成電波干擾的天候。然而天電雜訊卻有足以說是清晰的水準。清晰到自己事前推測無線電品質會因為諾登礦脈導致的地磁異常變得很差，所以揹著超大台航空無線電的行為，顯得蠢得要命。為找尋還在抵抗的殘兵，譚雅從逃竄的協約聯合部隊上空經過，邊依照命令推進，邊由衷感到難以理解。

協約聯合究竟想做什麼啊？

如果想進行實彈演習，坦白說一聲不就好了。早知道他們好打到不是火雞，而是在打渡渡鳥的程度，自己也應該拒絕觀測任務，自願報名對地攻擊任務才對。在穩贏的戰爭中，對地轟炸任務不僅能確保制空權，有著護航機，還能恣意挑選最適當的目標攻擊。真讓人羨慕得要死。

「Fairy08 呼叫諾登控制塔。已推進到指定位置。」

「諾登控制塔收到。這裡也確認到了。目前正在將情況轉達給目前的軍團砲兵隊。請繼續彈著觀測。」

「Fairy08 收到。會在接獲其他命令前進行彈著觀測。Over。」

「諾登控制塔收到。」

同一天，協約聯合諾爾蘭上空

神啊，究竟為什麼，為什麼會發生這種事啊？

被雪光反射曬黑的精悍臉龐因苦惱而扭曲，安森·蘇中校忍不住向天詢問。在身為協約聯合軍的航空魔導師飛習慣的天空中，迴盪著帝國軍重砲的齊射聲響。眼前展開的是一面倒的戰鬥。不，任何一位有常識的軍人都不會把這叫作戰鬥，而是稱為屠殺吧。居然在毫無掩蔽物兼起伏不大的丘陵地上，不僅是非裝甲車輛，甚至還讓血肉之軀的步兵，如遊行一般朝著嚴密部署的砲兵陣地前進。

「這……這跟說好的不一樣啊！他們居然開火了！」「我需要救援！趕快，趕快！」「撤退！

趕快撤退！快製造煙霧！」「沒了！我的手，我的手沒了！」「空中支援還沒來嗎……」「司令部、司令部，請求回報狀況！回報狀況！」

這個帝國稱為「國境線」、協約聯合稱為「暫定非武裝線」的地區，是根據倫迪尼姆條約所制定的一種假定國境線。漫不經心地穿越這塊地區，朝在這裡嚴密架設陣地的帝國軍發動正面突擊，會有這種下場也是可以預期的吧。不管那群政客腦子裡是在想什麼，但這些傳來的無線電通訊，正是全戰區的士兵以性命替無可救藥的政治付出代價的佐證……以士兵們的性命。

「……那群天殺的政客！」

低迷的經濟與擴大的貧富差距，加上毫無改善的失業率。協約聯合政府所面臨的內政問題，隨時都有可能引發嚴重的信任危機。現在政府，將會嚴重付出他們輕率煽動起民族主義與沙文主義的代價。不，真正恐怖的是今後的事。是戰爭，而且還是毫無勝算的戰爭。

正因為如此，安森中校才會邊飛邊口出穢言，咒罵那群至今仍不去面對現實，還在持續煽動民族主義的混帳政客們。

倫迪尼姆條約是在聯合王國的調停下所締結的條約，讓帝國與協約聯合雙方就國境糾紛的問題，勉強承認一條彼此可接受的國境線。名義上為暫定非武裝紛爭地區的這條區分線，在行政權也受到條約保證的情況下，可說是實質上的國境線。只是顧慮到主張擁有所有權的協約聯合，才讓這份條約就成為一份「尊重」雙方主張的「暫時性」條約。

「說什麼這只是趟帶有緊張感的遠足啊！」

簡單地說，協約聯合要對內高喊正統性是他們的自由，但就國際社會的觀點，這份條約實質上等於承認這裡是帝國的國境。不論國內的夢想家再怎麼高喊這裡是正式的紛爭地區，是協約聯合擁有主權的領土，看在國際社會眼中也只是喪家犬在亂吠，想必不會有人理會。

「居然說這是遠足！他們敢說這只是遠足！」

就只是在自國的主權範圍內，讓協約聯合軍任意巡邏的軍事遊行？這可不是在開玩笑啊。那群混帳政客似乎在不知不覺中，完全相信了自己的政治口號。真希望有人能出來說，這只是個惡劣的玩笑。

那個政府發言人……或說那群不斷發表無聊政治宣傳的薪水小偷，居然有那個臉召開記者會說這進駐計畫是「高度富有組織性且帶有緊張感的遠足活動」。令人傻眼至極的輕率判斷。

「卡寧漢姆！殘存的友軍呢？」

解說

【倫迪尼姆條約】 雖是原創的條約，不過也有一半是參考實事。我參考的是一八五二年版的倫敦條約（倫敦議定書），是以停戰為目的所簽訂的外交妥協條約。由於不是終戰條約，所以因為關係國的利害關係而遭到了打破。不論是國際法還是國際法規，只要有礙利益就會意外簡單地遭到打破，真是可悲的現實。但要是無視到過火的地步，還是會遭到人道介入。（一旦當地有石油，就肯定會遭到介入。）

「聯絡不上，蘇中校。通訊狀況混亂且正在不斷惡化，實在是難以掌握狀況……」

友軍已徹底陷入混亂。這也是想當然的事。抱持著不可能開戰的心態越境，卻遭到做好迎擊準備的完整編制的帝國軍凌虐，任誰也保持不了冷靜。這恐怕是會名留青史的愚蠢行為吧。

「司令部呢？不論是空域管制還是戰術指揮所都行。就沒有能聯繫上的司令部嗎？」

「線路受到串音干擾（註：多個通訊頻道互相干擾）……而且別說是呼叫司令部，看來就連分配下來的頻道都是錯的。」

正苦著臉操作背上長距離無線電的卡寧漢姆中尉，在安森的部隊中也是數一數二的老手。在飛習慣的天空中，遭遇連老手都無計可施的串音干擾。這表示協約聯合這次的軍事活動，毋庸置疑是以輕率心態發起的吧。這要不是自己的國家，他肯定會因為這事實在太蠢而完全傻住。

「沒進入戰時體制就發動越境行動，簡直讓人不敢相信。這毫無疑問是協約聯合政府的危機邊緣外交。至少帝國要是沒有戰爭的覺悟，絕對不可能玩這種危險的遊戲。」

兩天前他在報上看到的帝國軍參謀本部新聞發言人的評語，即訴說了一切。這頂多就是展現軍事行動活性化的徵兆，藉此試探帝國反應的危險外交政策。一臉像是吃了一斤黃蓮的發言人這番話，是很有常識的看法。畢竟不會有人未經任何準備，就發動關係國家存亡的軍事行動。

「短距離通信也無所謂。事到如今，就呼叫能直接聯繫上的地面部隊。我們要支援殘存部隊撤退。」

「收到。」

安森的大隊不曉得是幸還是不幸，由於之前在國境附近接連發生的非正規戰鬥中損耗嚴重，所以在越境當時，被稍微撤往後方重新編制。處於實際戰力要是降低到中隊規模，就很有可能要返回首都重新編制的狀態。正因為安森中校不時從事不會在正式紀錄上留下資料的作戰行動，所以才會讓他誤判……既然會讓他的部隊後撤，就表示這只是一如往常的政治宣傳，政府根本沒有要開戰的意思。

身為協約聯合軍的前線部隊，同時也足以被稱為精銳的安森等人，想必會用盡一切狠毒的話語，來形容這些混帳政客與軍人政治家的低能程度吧。他們早就知道自己的政府是一群蠢蛋集團；然而他們不知道的是，這個政府居然會幹出這麼無可救藥的蠢事。

「達同，抱歉，你能幫忙呼叫其他的同僚部隊嗎？我想盡可能掌握戰況。」

因此，完全落於被動局勢的他們，就只能在絕望性的戰力差距下，支援友軍從敵方的攻勢下撤退，想方設法面對這種難題。外加上不僅無法與前線管制官取得聯繫，狀況甚至混亂到無法獲得戰術指揮所支援的程度，這原本可是為讓魔導部隊與航空部隊、地面部隊保持最低限度的合作所設立的單位。

「若有必要，就去跟後續的部隊會合。倘若各小隊在分散後無法再度整合時，就算將部分指揮權的整合在一起也沒關係。」

「中校，聯繫上了！」

將遞過來的通訊機搶到手中，在經過短暫交談後，得知地面已是無計可施的混亂狀態。以平時的指揮系統進入戰時體制的失策，代價就是指揮系統的徹底崩壞。這已經是任誰都能一目了然的事實。

「我知道了。總之，不設法恢復指揮，根本打不了仗。這時候能做的判斷，就只有設法減緩擴大混亂的面壓制砲擊吧。」

因此目前的狀況才會惡劣到，各部隊不得不各自行動，完全無法採取組織性的抵抗。就算戰區中有勉強能夠取得通訊的友軍部隊，但具備指揮能力，足以掌握全體戰況並採取必要措施的單位，卻是怎樣都遍尋不著。

「這我明白。可是砲兵陣地的防禦恐怕很堅固……如果瞄準觀測員呢？」

正因為如此，就安森中校手邊的戰力來看，最為現實且具備效果的支援手段，怎麼想都只能得到藉由排除敵軍觀測員來間接妨礙砲擊的結論了。

「蘇中校！是地面部隊第六師團的通訊。觀測與通訊都還活著！」

「太好了！快確認他能不能發現到敵方觀測員。」

然後，與勉強維持管制並正在撤退的友軍部隊恢復通訊，替事情帶來了轉機。

「……賓果！諸元傳來了！」

沒有隱藏所在位置，有著複數的觀測魔導師正在獨自飛行。從他們定期發出的暗號通訊頻率來看，肯定是進行射擊觀測時特有的通訊暗號的波長。

「跟預期一樣是獨自飛行嗎？還真是瞧不起我們啊。」

「說是這麼說，但警戒線很厚實喔。」

這他當然知道。透過王道且堅實的制空戰所建立起，密集到會讓人想發出哀號的航空部隊與魔導部隊的迎擊網。很明顯的，帝國軍會讓後續部隊獨自飛行，肯定是因為迎擊線建立起的防禦，讓他們做出這樣就足夠的判斷。

「唉，真不能跟腦子正常的敵人打仗啊。早知道帶著家人逃亡比較好吧。」

「蘇中校，帝國那群傢伙大概跟我們相反，正在歪著頭感到困惑呢。在那邊煩惱，戰爭打得這麼輕鬆真的好嗎？」

「的確，就讓我們盡可能期待他們會掉以輕心吧。」

懷著苦澀的感想，安森中校只能向神祈禱。

解說

【警戒線】這詞雖然有許多種用法，但在本作中是指迎擊線或巡邏線。儘管遭到突破的後果會很嚴重，卻意外容易遭到突破。

……神啊，我們究竟是哪裡做錯了？

被賦予的任務是件重要卻單調的工作。就只是揹著無線電與整套觀測儀器進行彈著觀測。即時處理是由軍團砲兵接收諸元的砲兵科負責。戰術指揮是由諾登控制塔的管制官下達。

再加上這是場必勝戰，所以她在這項任務裡，就只需要觀賞帝國軍砲兵隊以漂亮且值得嘉許的技術，反覆進行空爆射擊與同時彈著射擊。帝國是列強當中新崛起的軍事大國。在背後支撐其盛名的軍隊，擁有足以自豪的較新型裝備，並推崇格外信奉火力主義的正統派理論。

帝國的信念是「刺刀不會說謊，數量也不會」。正因如此，帝國的砲兵隊是「戰場之神」。就連對譚雅來說，比起自稱是神的可疑物體，這個戰場之神是更值得信賴的絕對存在。

畢竟我方儘管半信半疑，但依舊是對開戰做好萬全準備。也就是說，不僅是制空權，就連對空魔導監視網也準備得萬無一失。不論是零星的抵抗，還是對空砲火的光芒，只要向戰場之神砲兵隊打個小報告，一次呼叫就能藉由砲兵隊的面壓制砲擊予以粉碎。

這項工作既安全又踏實，而且又會受到良好評價。真希望今後也能這樣。畢竟這可是待在特等席，邊觀賞友軍逐漸勝利的過程，邊管制在相較之下，連富士綜合火力演習都會覺得可愛的鐵彈投射。

在確保安全的天空中，俯瞰敵軍遭到單方面擊敗的光景，感覺怎麼可能會糟呢。砲兵隊耕耘，步兵與裝甲部隊推進。擔任對地掩護與直接掩護的是我們魔導師。位在上空的戰鬥機與轟炸機混合部隊，作為進攻內地的先遣部隊領頭先行。整場戰鬥以演習都不知道能不能這麼順利的情況發展下去。向以漂亮手段遂行作戰計畫的參謀本部，乾杯吧。讓我能簡單又安全地出人頭地，就算再怎麼感謝也不足以表達心中的謝意。

雖然有點不謹慎，但得向說出「幸好戰爭是如此駭人，否則我們會打到樂此不疲」這句話的李將軍道歉（註：美國名將羅伯特．李），因為我可是覺得戰爭真是快樂得不得了。

「諾登控制塔呼叫Fairy08，砲兵隊開始觀測射擊。請發送資料。」

「這裡是Fairy08，確認第一批次射擊著彈。批次資料傳送中。判斷為不用修正。重複，不用修正。可開始進行效力射擊。」

不過最厲害的，還是能令人驚訝地完全照資料做事的砲兵隊。能以軍團的預置砲兵程度完成第一次射擊到至近彈的程序，訓練程度不容小覷。或許該說，帝國這軍事大國的招牌不是掛好看吧。多虧這點，讓她工作起來相當輕鬆。真是太棒了。

「諾登控制塔收到。請注意流彈。預定在兩百秒後進行全力射擊。Over。」

「Fairy08收到。Out（註：訊息收到，不用回覆）。」

邊稍微提升高度，邊稍微保持距離往西側移動。儘管不認為砲兵隊的準頭會輕易偏掉，但要是被彈體碎片打中，讓自己慘遭友軍擊墜就太沒天理了。更別說這是全力射擊，投射量可是相當驚人。砲兵隊爽快地開砲，我則是在一旁咬著手指稱羨觀看。為讓彼此工作愉快，就不能給對方帶來妨礙。

而砲兵隊隨後開始進行的全力射擊，投射出相當凶殘的鐵彈數量，遠勝過她記憶中所有戰爭電影的場景。從空中望去，就見黑點如銀河倒瀉般落於大地，爆裂四散冒出熊熊烈火，將周遭曾經身為人類的物體炸得灰飛煙滅。

「Fairy08 呼叫諾登控制塔。確認效力射擊著彈。請繼續射擊。」

「諾登控制塔發送戰區情報。地區α……區沙……沙——」

「諾登控制塔，這裡是 Fairy08，收訊不良。雜訊嚴重。Over。」

這是電磁干擾，或者單純只是儀表有問題。現在可是關鍵時刻，拜託饒了我吧。當譚雅正想再次呼叫管制官，確認背上通訊機的狀況時，忽然收到一段出乎意料的通訊。

「Cherub leader 發布戰區警報！重複，這是戰區警報！確認大量 Bogies（敵飛行單位）接近！」

是有別於定期通訊與緊急通訊的 Unknown（不明機）警報。不過奇妙的是，理當是在第一線巡邏的空中管制官，竟然是向「戰區」發布警報。考慮到在迎擊戰中，本來只要第一巡邏線前的警戒線未被突破，就不會對戰區發布警報的情況，這將會是一則深具含意的通訊。

是來了相當強悍的援軍嗎？不過戰爭就是這樣嘛。似乎總是不會盡如人意。

「……諾登控制塔呼叫全體升空警戒的迎擊戰力。請將ＲＯＥ從國境巡邏任務改為防空游擊戰。重複，請將ROE從國境巡邏任務改為防空游擊戰。」

等通訊線路安然回復後，就突然收到這道迎擊命令。這也是當然，既然出現敵機，那就只能迎擊了。而為防範這種情況，帝國不僅在前衛部署了厚實防線，還讓預備戰力升空警戒。

「Bogies發出大量照射反應！偵測到術式干擾！判斷為Bandit（敵魔導師）！敵方已發出照射！請立即予以殲滅！」

隨後的通訊，也讓她感到某種預感，敵方儘管是在做垂死掙扎，但戰況恐怕相當棘手。

「諾登控制塔向全軍傳達。重複，諾登控制塔向全軍傳達。」

管制官的口氣儘管不明顯，卻參雜著難以隱瞞的焦慮與困惑。居然就連友軍機遭到擊墜，語調恐怕都能像個正在唸新聞稿的播報員般淡然朗讀的那些傢伙都會感到焦急，事態嚴重的程度恐怕是不言而喻吧。

「已確認協約聯合軍的大隊規模魔導師越境。重複一次，已確認協約聯合軍的大隊規模魔導師越境。」

解說

【ROE】這邊是指交戰規則，跟股東報酬率無關。根據足立純夫教授的定義，是基於「在事前對戰術行動可能引發的意外事態進行謹慎評估，讓該事態的法學論述能適用於具體問題，並特別針對需行使戰鬥的事態以及其方式進行詳細規範」所制定的規則。若要說得簡單點，就是幹架的規矩。

而戰區管制官參雜著些許困惑聲調朗讀的狀況報告，確實是教人吃驚。照理來講，逐次投入戰力在軍事行動上可是大忌。該如何不讓預備兵力淪為游離部隊是軍事計畫的重點，同時司令部手邊也要經常確保一定的戰略預備兵力。這種兩難雖是老生常談，卻也是最難解決的問題。

但就常理判斷，不僅讓步兵獨自越境，甚至等戰鬥結束後才投入直接掩護部隊簡直是不可思議。就連譚雅自己也完全沒料到，協約聯合軍居然會在帝國準備轉守為攻進行追擊戰的階段投入預備兵力。就算是依據戰理投入兵力，那也該早點投入吧。不過也正因為如此，這步棋確實是出乎帝國的預料。

「請各單位依照預測狀況立即迎擊！重複，請立即迎擊！」

在將敵軍打得潰不成軍，各部隊正在變更砲兵隊的配置與細節修正時，卻遭遇到大隊規模以上的敵魔導部隊發動大規模反擊。雖然不是沒有預測過類似的狀況，然而眼前的情況，卻是發生在帝國軍已做出徹底擊潰敵野戰主力的判斷之後。

一般來講，就算要支援友軍撤退，也早就應該要行動了。敵軍出乎意料的增援，恐怕讓前線亂成一團了吧。方才還在想自己的位置無法累積戰果，擔心會不會影響升官的譚雅，如今則是打從心底對自己位在後方的配置感到高興。

如果是升空警戒戰力，想必就得飛去參與激戰，但觀測要員沒必要趕過去。

「……沙……沙沙沙……沙——」

不過，就在她正要為自己的好運感到佩服的瞬間，她與諾登控制塔的管制官之間的通訊忽然充滿雜訊。明明直到方才為止都還在報告眼前激烈變化的戰況。無線電居然在這麼重要的時候出現雜訊。

把這跟剛剛收訊不良的情況併在一起想，無線電故障的可能性相當高。接下來不論是要引導砲兵隊發動攻擊，還是要接收友軍情報，無線電都很重要，這只能說是致命性的故障吧。不過根據譚雅的記憶，此時背負的無線電是她在各種演習中狠狠操過的那一台。記得是以耐操為賣點的無線電，應該沒這麼脆弱才對。

或許是因為實戰影響才出問題的，只是接下來不但無法接收彈著觀測的聯絡，就算是因為機械故障，還會陷入讓她無法遂行任務、有些令人不安的事態。只是到頭來，譚雅也沒這個必要怨嘆無線電通訊機的失常了。

……照射？——會注意自己遭到狙擊，只是單純的偶然。不過相信自身感覺的譚雅，隨即變更飛行軌道，勉強避開這一擊。

隨後就見無數的術式，轟炸在她方才飛行的預定軌道上。是敵魔導師。

「Mayday！Mayday！（註：求救訊號）Fairy08呼叫諾登控制塔！重複，Fairy08呼叫諾登控制塔！戰區警報！請求緊急支援！」

雜訊是敵軍的通訊干擾，並不是無線電通訊機有問題。作為對抗，譚雅將電波輸出開到最強嘶吼起來。

殘留在國境附近的敵戰力當中，魔導師無疑最具威脅性。協約聯合在魔導師方面屬於後起國家，擁有的魔導師數量並不多。不過他們為了彌補數量不足的缺點，針對質量進行了徹底強化。而他們能實現這點，主要是受到數個反帝國的國家援助。正所謂敵人的敵人即是朋友。

因此包含譚雅在內的帝國軍魔導師會對這場戰爭放鬆警戒，也是根據敵魔導師部隊正在後方重新編制的狀況做出的判斷。依照事前的諜報情資，敵方部署在諾登的魔導師菁英集團，此時正匆忙趕往略為北方的耶利亞斯，所以才會做出具備相當威脅性的敵魔導師戰力不在的誤判。

這招回馬槍攻得帝國措手不及。但無論如何，眼前還是出現了在發現的同時，就必須立即向指揮所回報的敵方戰力。這不僅是在戰術價值上，就連在政治策略上的含意也極為重大。當然，她是會依照規定回報，但可沒有孤身牽制敵軍，在戰場上大肆活躍這種逞英雄的想法。想死的傢伙就自己去死吧。活下來才是最重要的。但問題就在於，她該如何從這裡逃脫。

「我偵測到敵魔導師集團。中隊規模，正在急速接近中。」

邊朝著無線電吶喊，邊準備空戰機動的譚雅，雙眼瞬間捕捉到以相當規模突擊而來的高速飛行體。多到令人生厭的敵軍。

「座標，戰區α，區域八，高度四三〇〇！」

雖不知對方有著怎樣的苦惱與政治企圖，總之是戰意高昂。居然不肯屈服於必敗的戰況，充滿悲壯感地幹出吶喊衝鋒這種事，真是會給人找麻煩。外加上對手是極度充滿戰意的勤勉軍人。他們恐怕一點也不在乎給我方添麻煩吧。

而且就整體戰況來說，仍舊是帝國逐漸邁向勝利。是場打贏也當然的戰爭。正因為是這樣，所以情況才惡劣到極點。在帝國逐漸獲得全戰區勝利的過程中，唯有自己負責的部署遭到突破的話，就是帝國在本戰役中實質上的唯一戰敗紀錄。

「在眾人皆戰勝的戰鬥中，唯有自己留下戰敗紀錄的無能表現。」

害怕這說不定會讓她留下無從辯駁的負面紀錄；害怕會被當成無法完成交辦工作的無能者。只要有這個可能性在，眼前的事態就足以令她畏懼了。而且當上頭要求她迎擊時，她身為一介軍人沒有拒絕的權利。

竭盡全力開始隨機迴避機動。儘管可以期待自己的嬌小體型可以稍微減輕G力的負擔，但實際上，如果要閃避瞄準自己的所在空間，以封有術式的術式封入彈頭進行齊射的攻勢，負擔就不得不飆升到另一個次元的程度。

從攻擊自己的火力規模來看，少說也是小隊？不，也可能是精銳分隊。根據戰術理論來看，他們是想以火力牽制敵機動作，同時對遭到壓制的敵部隊進行重大打擊吧。這樣一來，逐漸牽制住自己的敵方目標自然是不言而喻。

他們最主要的戰術目標，肯定是毫無空中掩護的友軍砲列。敵中隊主力想成功突破防禦，從空中單方面蹂躪我方支援火力的意圖，不論就軍事還是風險上來看，想必都很划算吧。但無論如何，這都不是什麼好消息。

砲兵隊如果是自走砲編制就算了，但大半都還是牽引砲。就算是帝國，在整備裝甲師團、魔導部隊還有空軍之餘，還同時要讓砲兵隊全面改用自走砲的要求，負擔實在太重了。當然，笨重的牽引砲不論要逃要躲，時間都是令人絕望的不足。

這樣必然會需要直接掩護部隊的活躍。只是要阻擋魔導中隊規模的突擊，就需要有相當於中隊的戰力。換句話說，就是得在直接掩護部隊升空前進行遲滯作戰。

「On Engage（進入戰鬥）！」

「諾登控制塔呼叫 Fairy08！請回報狀況！」

所幸或許是我方終於開始電戰反制，通訊恢復正常了。只不過，看吧，果然來了。自己對於麻煩事情的預感是百分之百的準確。該說是女人的直覺很準嗎？不過姑且不論外表，但我內在可沒打算要當個女人啊。這種討厭的感覺究竟是怎麼回事？

「這裡是 Fairy08，已接敵。重複，已接敵。敵中隊規模的魔導師正在滲透中。」

「諾登控制塔收到。請立即接敵，進行遲滯作戰。並盡可能收集情報。」

啊，就說吧。真是惡劣到極點。叫我接敵收集情報？不對，在這之前還要我努力遲滯敵方行動？要我單獨去阻擾整個中隊？在毫無任何遮蔽物的遼闊天空中？想叫我去死就直接說啊。

「敵我戰力差距太大，請求增援。」

「諾登控制塔收到。現在友軍魔導小隊已經緊急起飛。同時，升空警戒的中隊也已火速前往，預定在六百秒內抵達。」

你說什麼？居然要十分鐘才會到。這段時間都足以讓人熱好速食，吃完還能順便整理垃圾吧。老實講，面對中隊規模的敵軍，怎麼可能遲滯防禦得了十分鐘啊。

此時最重要的就是想辦法保住這條小命，而唯一的辦法就只有三十六計走為上策。這也是當然的事，自己可沒有那個愛國心，在這種時候盛大地打這種一人戰爭。但要避免在軍歷上留下敵前逃亡的可怕汙名，必須要有個冠冕堂皇的理由才行。至少也要上級司令部做出此空域毫無戰略價值的判斷，下令要我轉進才有辦法。

「Fairy08 呼叫諾登控制塔。請允許即時脫離。重複，請允許即時脫離。」

「諾登控制塔呼叫 Fairy08。很遺憾，無法允許這項要求。請在友軍快速反應部隊抵達前，努力進行遲滯作戰。」

啊——天殺的王八蛋。請對在後方能以一道命令害死人的囂張管制官降下災難吧！真想認真朝他嘶吼——有本事就過來跟我換位置。想命令人這種無理要求，就先示範一遍給我看啊。

「Fairy08 呼叫諾登控制塔。請問友軍砲兵隊目前的狀況？」

抱怨歸抱怨，但我可是個大人。所以能夠理解，要是被肉體年齡影響而情緒性地大罵出聲，事後肯定會很麻煩。這個仇，等到將來出人頭地後再報也不遲。正因為要在將來報這一箭之仇，才需要針對現況做到盡善盡美。

譚雅．提古雷查夫這名魔導師，儘管面對最惡劣的狀況，也依舊能夠善盡自身的義務——只要能得到這種評價，就有藉口替自己開脫。縱使被當成祭品推上軍事法庭，也能藉由詢問部署在後方的砲兵隊狀況，來主張自己有意識到危機，並在現場竭盡了一切所能，試圖解決問題。保險得事先準備好才行。

「目前升空警戒中的一個魔導小隊正在急速前往。抵達砲兵隊上空約要三〇〇秒。此外，第七游擊魔導中隊也正在急速趕去迎擊。就如同方才報告的，距離抵達約要六〇〇秒。」

啊，看來徹底決定是最糟糕的事態了。請對導致這種混帳事態的因果律降下災難吧！

為什麼敵魔導師部隊哪邊不去，偏偏要朝位在我負責空域後方的砲兵隊突擊啊？應該擔任早期警戒線的第一線部隊是在搞什麼東西？

為什麼會讓中隊規模的敵魔導師深入到這種地方都沒能察覺啊？因為是必勝戰就掉以輕心，還把責任問題推到我這邊來，這樣誰受得了啊？說到底，如果要打擊砲兵隊，就算去隔壁戰區不也可以？我完全不會在意。但為什麼偏偏要朝我這邊來！

該死的惡魔。至今仍舊在詛咒我嗎！很好，我決定了。既然這樣，那我也豁出去了。人人都想要我死是吧？但我不會一個人死的。我現在決定了。要死就大家一起死。與其要我獨自去死，還不如把事情搞大，讓全部人陪我一起送葬。不然我嚥不下這口氣。

「Fairy08收到。諾登控制塔，我會努力活下去給你看的！」

「諾登控制塔收到。祝妳幸運。」

……不過我承認我的吶喊是在自暴自棄。哪有什麼幸運可以祝福我啊？最後那句多餘的話算什麼嘛？胸口湧上的強烈厭惡感，讓我忍不住地蹙起眉頭。

自己目前的情況，就像是德川家士兵在準備大獲全勝的關原上，遭遇到島津這群莫名其妙跑出來的傢伙一樣。總之我想說的就是——別過來啊！去去去，給我滾去另一邊啦。譚雅咬緊下唇，忍不住詛咒起自身的不幸。算了，這就是遭到存在X那群傢伙玩弄的命運。我早就有所覺悟了……雖然早有覺悟，但要在敵戰力占有局部優勢的空域進行遲滯防禦啊……

這邊難道沒有兒童保護局嗎？雖然不保證連內在都很可愛，但至少外表可是個小孩。與其說是小孩子，更該說是童女或幼女這種幼童。儘管期許敵人會因為自己的外表而對攻擊這件事感到遲疑，但實在是很難期待人道主義能在戰場上發揮作用。

包括猶太人大屠殺在內，只要知道塞拉耶佛與盧旺達曾發生過什麼事，任誰都能理解到，盲信人本主義是件非常危險的事情。人類會化作「惡魔」，極為輕易地做出惡鬼般的行徑。儘管公民與道德課上沒有教，但人類就是這種生物。

不過話說回來，正因為有這群會做出如此慘絕人寰行徑的「惡魔」，所以「至善的神明必須存在」——西方這種有良知的見解也挺有趣的。然而遺憾的是，我完全不覺得存在Ｘ善良，所以不得不否定他們的意見。

「上帝已死了嗎？」

儘管還有討論的空間，但尼采的結論果然很正確吧。神並不存在。人類只能夠自力救濟。在這種情況下就是進行遲滯防禦。

手邊的裝備有，防彈效果輕微的全套軍裝、觀測儀器，還有佛魯柯魯工廠製十三式標準演算寶珠。至於藉由封入干涉式，讓術者的意志在更遠的地方顯現的術彈投射用步槍，則因為是觀測任務所以沒帶在身邊。不過主要還是因為太重，這個身體很遺憾地負荷不住。

在這種情勢下，該怎樣才能阻擾敵軍的行動啊？打從一開始就知道，這場戰鬥只能針對對方的破綻下手。不用說，我絲毫沒有白白送死的念頭，在最壞的情況之下，就算要自爆也不會善罷干休。與其被輕易幹掉，還不如拖他們一起去死。只不過，我主要還是想繼續活下來。

不用說，最優先的選項當然是活下去，不對，果然還是逃跑吧。只要丟棄砲兵支援器材，自己就跟字面上一樣是輕裝備。如果企圖突破防線的那群人目的是砲兵隊，只要專心逃離的話，肯定能迅速拉開距離，退避到安全範圍。但問題就在於，儘管有逃亡的把握，卻沒有逃亡後的把握。在軍隊之中，敵前逃亡不用說肯定是槍斃。打從你敵前逃亡的那一天起，就得永遠陪憲兵隊玩著壯烈無比的捉迷藏。就算自己沒有僥倖，甚至根本是孤立無援，也只有戰鬥一途了。

「……也就是說，這是專屬於我的戰鬥嗎？」

在必勝的戰場上，抱持著死亡覺悟的廝殺。不對，嚴格來講，敵方的目的並不是排除我，而是藉由攻擊友軍砲兵隊達到支援撤退的效果。也就是說，他們會想擊墜我，感覺就跟想拍死飛在身邊的蒼蠅一樣吧。

居然用這種順便的感覺，讓我的菁英生涯與生命遭到危機，實在是屈辱至極。藐視他人是我的權利，他人怎麼可以藐視我。不計後果，以干涉式替自己連續注射興奮劑。反應速度提升，瞬間爆發力增強。強行撬開魔力迴路，在大腦感到痙攣痛楚前，以腦內麻藥進行緩和。啊啊，感覺真爽，身體亢奮得發燙起來。

這就是所謂 High 的感覺吧。這樣就算運氣不好遭到擊墜，也不用感受到任何痛苦折磨，能夠順利逃跑吧。

「這真是光榮。我很期待呢。期待最棒的享受。嗯嗯，真是快樂到我無法自拔啊。」

「Fairy08？」

外加上故意說給對方聽的自言自語，有確實讓指揮所聽到的安心感。這樣至少有個證人能證明我戰意高昂。就算心情爽到極點，感覺整個世界愉快地天旋地轉，也依舊能保持明晰的思考領域，魔導師的腦袋還真是優秀。

能確實防止思考區域遭到癲狂與藥物的汙染。就是因為這樣，我才無法放棄當一個魔導師。

至於軍人的身分，不用說，當然是想立刻放棄。

「才想說是份無聊的工作，沒想到竟能獨自面對大軍，擔任戰場的主角啊。」

這也就是說，我絕對不能夠死在這種地方。就算這個世界毫不公平，一點也不美好，也只是市場失靈導致的結果。既然市場失靈，就必須進行改正。

而當中最關鍵的部分，就只有成本方面的問題，所以需要想辦法提高自身的成本價值。這樣一來就不能缺少行銷戰略。因此要確實推銷自己。不放過任何能自我表現的機會，發動猛烈攻勢。

總歸就是如此。

這也就是說，只要能「活用被賦予的機會」，人生就會變得非常愉快。

「原本以為這是場將敵我雙方、森羅萬象之物席捲進來的戰爭，沒想到竟是我大顯身手的舞台啊。」

一點也不高興，而且這個空域裡就只有我。就算想偷偷逃跑也沒辦法的最惡劣的情況。極度缺乏選項的戰況。正因為如此，就算再怎麼裝模作樣也不會被他人看見，只需要考慮長官的觀感就好。人類在走投無路時，似乎意外會成為演技派。

「真是感激不盡。哎呀哎呀……該說這真是一個赴死的好日子（It's a good day to die.）吧。」

丟棄觀測裝備。好啦，就來跟配備重裝備，預定要進行對地攻擊的敵魔導師跳一支舞吧——

邊以高昂的想法煽動自己，邊開始纏鬥機動。在這令人唾棄，絲毫不想面對的最惡劣狀況下，自己只能全力以赴。但最重要的，還是在善盡「義務」的同時生存下來。

只要表現出自己有遂行義務就夠了。先適度地交戰幾回，然後再靠演技讓自己被擊退或是擊墜，之後的事情就交給他人處理吧。那群堅持飛過來，就算勉強自己也要打擊砲兵隊的傢伙們，應該不會在我逃跑後繼續追過來吧——我心中如此盤算。

最理想的情況，就是以力有未逮的程度讓自己無法續戰，然後盡可能緊急迫降到友軍附近。要是能順便阻擾協約聯合這些蛆蟲的任務，就再好也不過了。總之，就是要浪費這些傢伙的時間。對於企圖突破敵方防線的人來說，時間可是比黃金還要寶貴的東西。這或許只是聊以慰藉，但希望能藉此讓他們知道什麼叫作因果報應。這必然會是一場毫無贏家的戰鬥，縱使會有，那個人也會是我。

儘管我非常討厭弄痛自己，把自己弄得滿身泥濘也非我所願。但我不想死。我也沒道理一定要死。就算要啜飲泥水，我也一定要活下去。所謂的生存，即是戰鬥。

「……蘇中校！是敵增援！中隊規模的部隊正在急速接近中！此外，後方還有小隊規模的魔導師反應。推定為後續部隊！」

神呀、神呀，究竟是為什麼？

「殿後的第十六霍雷魯修坦師團遭到突破了！」

這究竟是為什麼？

「拉坎布少校的大隊傳給突擊部隊的緊急聯絡！他們正與帝國軍大隊規模的魔導師陷入混戰，無法長時間確保退路。」

祖國究竟是為什麼會走上這條錯誤的道路？

「我知道！時間不多，不能立刻排除觀測魔導師嗎！」

飛在空中的安森中校儘管再不願意，祖國軍隊在砲火轟炸下逐漸瓦解，事態每分每秒都在趨於惡化的情況依舊闖入眼簾。就算安森中校滿懷著憤怒與焦慮，聲嘶力竭怒吼著要阻止間接射擊，事態也絲毫沒有改善。

「有擦過對方！」

安森中校不禁仰天長歎，同時以視線要是帶有熱量，恐怕能將那個輕盈飛舞天際的敵魔導師燒成灰燼，連一塊碎肉都不會留下的力道瞪著對方。啊啊，這明明是飛習慣的北方天空。今天所有的一切，包括這片看習慣的天空都讓他覺得無比可恨。

「被占據到討厭的位置了。居然溜到友軍頭上，真是棘手到不行的傢伙。」

以大量兵力追逐單獨的敵兵。就算敵兵為求生存而無所不用其極，也沒辦法說他卑鄙吧。還真是令人感慨，倘若自己不是當事人，還真想對他這份奮戰精神與不屈戰意獻上最高的敬意。但他們沒有那個時間去佩服敵兵的驍勇善戰。

安森・蘇雙耳聽見毫不間斷的砲聲，雙眼看到遭砲擊轟炸得連肉塊都不剩的同胞。

「……那群天殺的政客！」

要說這是誰的責任，答案是不言而喻。他脫口而出的這句咒罵即表示了一切。真想把那群瞧不起倫迪尼姆條約，對條約內容滿不在乎，還拿來當作選舉口號的蠢貨們丟到這裡來。他們的蠢行，可是讓祖國人民陷入了危機啊。

「近距離纏鬥！準備衝刺！」

「蘇中校！這裡果然還是改用備案，直接去打擊敵砲兵隊吧！就算魔導師的機動性再強，也只要留下分隊就有辦法牽制！」

「不行，拉加德，敵軍早已派出增援。會全滅啊！」

蘇中校的部隊不知是好是壞，都太過於深入敵陣。只要再稍微增強一點戰力，或許就有可能對敵砲列發動強襲。然而他的部隊在突破敵防線時，不得不分出數個部隊確保突破口，所以手頭上的戰力就只有一個小隊再多一點的規模。

「卡寧漢姆，距離敵方增援抵達還有多久！」

「最快的編隊只剩四八〇秒！再不快點，會被咬住尾巴的！」

在帝國的迎擊部隊陸續趕來的過程中，即使賭上全隊性命發動突擊，也完全看不到一線生機。

正因為如此，他才選擇去做自己手頭上戰力所辦得到的事。

這是安森・蘇中校這名協約聯合軍人所做出的堅實判斷，同時也是他根據已知情報所能夠做出的最佳抉擇。他是名與軍事浪漫主義無緣的軍人，所以才會預想敵砲列部署了厚實防禦而放棄突擊。

但對他來說，這會是一項殘酷的事實。此時砲列的上空，並沒有任何防禦。

「我知道。就以纏鬥……拉加德！你太大意了！」

「上尉！拉加德上尉！」

「卡寧漢姆，快去掩護！拉加德，還飛得起來嗎？拉加德！」

對眼前狀況感到焦慮的拉加德上尉，朝向敵魔導師發動吶喊衝鋒。部隊無法即時反應，導致掩護射擊瞬間停擺，然後就在他們擔心誤射拉加德上尉而暫停射擊的瞬間，敵兵顯現了術式。以友軍會以掩護射擊牽制敵兵機動為前提突擊的拉加德，儘管想在這瞬間改變行進方向，雙方的距離也太過接近了。

「呃，天殺的混帳！快去掩護！」

不只是爆風的餘波，而是幾乎等同被爆炸直擊的狀態下，只是稍微改變行進方向的程度，就連聊以慰藉都沒辦法。霎時間，防禦膜剝落、防禦殼破裂。不過拉加德仍然在瞬間做出判斷，以雙手護住臉部，而他之所以能保住一命，想必是上帝的庇祐吧。

「……Break（緊急迴轉）！那個混帳是故意的吧！托爾！」

戰力上的優勢。集中的射擊線。然而，讓遭到壓制的敵方魔導師奪回自由的代價，實在太過高昂了。

「傷亡報告！」

「脫離二，此外，拉加德上尉的傷勢非常嚴重。」

雙手被炸爛的拉加德受到出血與劇痛的影響，此時正意識不清地逐漸降低高度。試圖保護他而闖入射線的拉加德上尉的搭檔——托爾中尉也在極近距離下受到爆裂術式波及，實際上也喪失了戰力。

「哼，被擺一道了。中校，我要突擊了，掩護我！」

「啊，混帳東西，掩護他！」「Hit（命中）！Hit！」「你的手我要啦！」

此時，他耳中確實聽到了。

「抓到你了。」

這道簡直就像是喜悅的聲音。那是狂信者的笑聲。

「不行，巴德！快退下，那傢伙是要……」

正當他準備發出警告時，下一瞬間，帝國軍魔導師就顯現術式，將朝自己衝來的拉加德，連同自己在內一起納入術式的有效範圍內。

「居然是自爆……」

儘管是讓人不想去理解的光景，但他仍舊清楚看到了。

「中校，極限了！要被逮到了！」

「……已經擊潰觀測員！眾人脫離！」

統一曆一九二三年　帝都柏盧
帝國軍參謀本部人事局人事課長室

抽著菸，邊揉著因為太過專注而開始發疼的腦袋，負責管理帝國陸軍人事的雷魯根少校，邊揪著那張充滿知性與精悍，散發著貴族風采的臉孔，忍不住以僵硬的聲音發出呻吟。

參謀本部人事局功績調查部，這裡是調查士官兵在前線的功勳，向上級申請適當的授勳與獎賞，也就是所謂進行適當人事評價的單位。是帝國軍人事的樞要。作為經歷的一環分配到這裡的參謀本部中堅將校，將會是未來帝國軍將官的候選，所以選賢與能是當然的傳統。

想當然，他的能力也是掛保證的。就連伴隨北方激戰，人事局湧入大量授勳推薦的期間裡，任命為授勳課長的雷魯根少校依舊能以適當的速度盡數處理這些文件，即證明將他分派到這裡的上級眼光並沒有看錯。

該名雷魯根少校冷不防停下在文件上飛舞的筆，凝視著北方送來的軍功推薦狀與授勳申請，突然發出呻吟。這讓課內的部下們擔憂地朝他望去，心想「怎麼了嗎？」也是當然的吧。

「……那傢伙居然在諾登。」

雷魯根少校夾帶菸氣發出的低語，流露著對這份文件難以抹消的異常感與厭惡之情。

文件上記載的推薦對象，官階與姓名是譚雅・提古雷查夫魔導少尉。帝國軍軍官學校以第二名的成績畢業，在前往北方部隊實習時遭遇到諾登動亂事件。然後在北方方面軍中奮戰不懈，不僅戰功輝煌，還對友軍做出極大的貢獻，因此受當地指揮官集體聯名推薦的文件。作為人事局的功績調查部的受理文件，這種形式的文件相當常見。頂多就是連別名都一起附上這點稍微有點稀奇而已。

當然，作為該以公平性與客觀性為宗旨的人事局人員來看，並非不讚賞提古雷查夫少尉在北方捨己為人的重大戰術行動。徹底貫徹遲滯作戰，致力限制敵方部隊的行動。就結果來說，儘管不能限制到增援抵達，卻也創下確實擊墜一、不明二的輝煌戰果，最後還成功阻止敵方部隊突破防線。儘管自己早已等同字面意思的遍體鱗傷，也仍然善盡義務，始終不放棄對友軍的支援。如此值得讚賞的無私行為，就連在廣大的帝國軍當中也實屬難得。

一般來說，雷魯根少校在拿到這份文件後，應該是沒必要猶豫才對。頂多就是加註幾句話，加快授動手續的辦理吧。然而遺憾的是，雷魯根少校早在譚雅・提古雷查夫少尉還只是軍官學校的一號學生（註：軍官學校的最高級生，最低級生為四號學生）時就認識她了。而且還伴隨著難以說是良好的印象。

這是在他為處理人事局的事務，而數次訪問軍官學校時候的事。

當時他所看到的，是一名與其說是矮小，更應該說是嬌小，適合拿著玩具嬉戲的可愛女童，揮舞著演算寶珠代替玩具，踹著並排坐著的候補生們發出怒吼這種超現實的景象。會讓他懷疑起自己眼睛的事情，至此至終都只有這一件。

照道理來講，他只要認為那名女童是名跳級的優秀魔導師就好了吧。實際上，他一開始抱持的印象，也是這裡有名早熟的天才兒童。

儘管心中的聲音控訴著，將這種未滿十歲的小孩投入前線實在有違人道，但他從軍的經驗卻強力反駁這點，表示魔導師本來就很早熟。這是個就算是小學生程度的少年少女，只要擁有身為魔導師的優秀資質並且志願從軍，不論年紀再小都會被分配到前線的時代。對於志願就讀軍官學校的人，不需要對她的配屬感到擔心。這份文件述說著，那名早熟的天才創下符合其才幹的戰果，並展現出對帝國的忠誠心。照道理來講，應該就只是這樣。如果照道理來講的話。

但仔細想想，這是件很恐怖的事情。

年紀未滿十歲的小孩——或是說幼女，在戰場上擺出老成的表情飛行，光是這項事實就讓他不得不感到些許寒顫。儘管他沒有想指責軍官學校的意思，但還真想質問他們，究竟是在培育魔導少尉，還是在製造殺人玩偶。

主要來講，一般的軍官候補生，嘴上說的和做的完全就是兩回事。就算再怎麼誇下豪語，所謂的新任軍官都意外地沒用。光只有幹勁十足，其他方面只求別扯老兵後腿就上帝保佑的案例也不在少數。然而她卻是言行一致的典型案例。打從軍官學校的候補生時期，就隱約展現出其令人驚訝的現實主義者的一面。

在向教官們詢問她的在校狀況時，據說她曾以一號生的身分，在對二號生說明指導方針時，直接宣言要摘除軍隊中的無能。對充滿幹勁的新一號生而言，這種程度的怒吼並不稀奇，教官們一開始聽到似乎也笑了出來，覺得她的氣勢不錯。然而她言行一致的舉動，卻過激且忠實到讓教官們臉色發青。

在某次野外機動演習中，某位稍微引起些小爭執的二號學生，在面對譚雅·提古雷查夫一號指導學生的命令時，不僅沒有聽從，還反而嘲弄起她的年齡與外貌，做出只能說是愚蠢的抗辯行為。雷魯根少校就在這個時候，目擊到她就像是要善盡指揮官義務似的，準備要遵從軍法，將抗命現行犯如同字面上意思處刑的瞬間。

對雷魯根少校而言，正是這起案例，讓譚雅·提古雷查夫在無數的帝國軍魔導軍官當中，成為他必須記住的危險存在。

違背命令的候補生確實需要嚴懲。紀律與訓練可說是帝國的根基，要是稍有鬆懈就會導致軍隊的基礎崩壞。既然這事關根基問題，那站在指導立場上的人對此採取堅決態度，以一名軍人的基本態度來說並沒有錯。

實際上，回顧歷史的因果，軍官的手槍往往也是軍隊對於逃兵與違背紀律之人的制裁道具。身為軍官所背負的義務，統御部下是多麼重要的一點，相信完全沒有說明的必要。

只不過——高喊著「既然這顆腦袋蠢到會忘記命令，那就切開頭蓋骨，直接把命令打進腦袋裡吧」，隨後綁住抗命的候補生並展開魔導刀，也做得太過火了。然後就在教官趕去制止的瞬間，她確確實實地正準備把刀揮下去，這是雷魯根親眼所見的事實。那要是無人制止，就肯定會「切下去」吧。

她在前線將會是個極為優秀的軍官吧。但她心中絕對沒有正常人該有的感性。身為一名人類，她欠缺了某種重要的東西。這就在戰地進行戰爭的軍人而言，是種理想的資質也說不定。先天個性就如此適合戰爭的人並不多。所以包括帝國軍在內，各國軍隊才會透過紀律與訓練，將人類訓練成一名軍人來確保自國的戰鬥要員。

就這點來講，她是個逸才。正因為工作有關人事管理，所以雷魯根少校儘管厭惡卻也非常能理解。會滿不在乎地實行自爆戰術，忠實遂行戰爭任務等行為的人，就軍隊而言只會是理想的士兵。當然，其中有些部分很明顯地有害。

特別是就部隊所追求的均質戰力來看，她大幅偏離了這方面的意思。要讓她以個人裁量採取

行動，其過於危險的思考模式，將讓人不得不感到潛在性的憂患。她是貨真價實的戰爭狂。

「……這可不是開玩笑的。」

關於這件事情，雷魯根儘管知道自己將會是少數派，才更是由衷希望上級能夠對受動這件事重新考量。

不僅堅持戰鬥到增援抵達，本人更是英勇奮戰，最後還是靠在附近搜索的友軍步兵部隊回收才勉強保住一命？這當然是值得讚賞的行為，但考慮到那個人的性質，這反倒是相當自然的結果。就連她戰鬥的姿態，會理想到簡直就是教科書上推崇的驍勇善戰，也絲毫不讓人驚訝。四肢受到廣範圍的槍傷，演算寶珠上有用牙齒咬住的痕跡？講明白點，就是她死守住重要部位，盡可能地進行抵抗，並冷靜做出爭取時間的戰術判斷。

只不過，正是因為這樣，看完文件內容的雷魯根少校才只能抱頭苦惱。

她非常危險是事實沒錯。但同時就信賞必罰的觀點來看，如此傑出的功績也沒辦法遭到抹滅。想必也不會允許被抹滅掉吧。

儘管還不清楚今後的發展，但從她被推薦的功績來看，她應該會被授予榮譽的銀翼突擊章。北方軍恐怕會判斷這是戰爭初期的最大功績吧。這是在初戰中最為重要的戰局裡發生的些許危機。而且還是由軍官學校出身的魔導師建下的功勳，這對想要戰意刺激策略的軍隊來講是再適合也不過的廣告了。畢竟這可是實際的戰績。就宣傳故事來說非常完美。會這麼早就贈予她「白銀」這種優美名稱，身為一個魔導師來說相當名譽的別名，也是因為目前軍中氣氛相當高漲吧。他當下就察覺到了。

而為了鼓舞軍中士氣，就算她不是英雄，也必須得要信賞必罰。但對於身為軍事官僚，以公正和忠於義務為榮的雷魯根這名軍人而言，這是讓他首次感到義務與情感背離的事例。

身為兵器完成的小孩，只會讓人不由得感到害怕。至少也得動點手段，確保她只會對敵人發揮萬全機能。就把妳捧成英雄吧。就盡可能尊重妳的戰功吧。就盡可能認可妳的自由裁量權吧。就盡可能給予妳一切支援，做好所有讓妳戰鬥的準備吧。我會這麼做。所以拜託妳，給我到前線戰鬥吧。對於只能想到用這種請求方式管制的軍人，給予她名譽與影響力真的妥當嗎？

「……至少，如果能再下降一階的話……」

持有銀翼突擊章的人在軍中的影響與評價非常之大，甚至足以讓雷魯根少校不自覺發出喃喃抱怨。

銀翼突擊章是在帝國為數眾多的動章當中，最具有價值的動章之一。本來帝國的動章裡，就有許多讚賞實力的種類，不過基於名譽與禮儀上的方便，也不是沒有根據年資與一定經歷授予的功勞動章。然而，就現實來看，對國家做出顯著貢獻，而針對其義務感或勇氣授予的動章，將會讓人更加重視吧。（這部分被認為是帝國質樸剛毅與功利的風格所導致，但可能有涉及民族主義在內也說不定。）

在過去，人們會用月桂樹的冠冕來讚賞個人的勇氣。不過配合軍隊的現代化，如今已全面改用一般的勳章代替。當中的突擊章，是授予勇猛果敢地與敵人戰鬥的士兵，表揚其奮戰精神的戰場榮譽。大致上會授予在大規模攻勢中擔任先鋒的部隊一般突擊章，並授予當中有立下確實功績的人員柏葉突擊章。

一旦成為柏葉突擊章的持有人，首先將會成為部隊的核心成員，並被視為能夠無條件給予信任的士兵。只不過，就連柏葉突擊章的持有人，也無法與銀翼突擊章擁有的名譽相提並論。因為這是唯有將我方從危機中解救出來，有如大天使一般的救星才允許擁有的名譽。甚至就連推薦資格都與一般的突擊章不同。

銀翼突擊章並不是經由長官推薦所授予的勳章。一般來說，是由被拯救的部隊的指揮官，抱持著對戰友滿溢的敬意所推薦的。（多半是指被拯救的部隊中資歷最深的長官。）

不過遠超乎這些規範，銀翼突擊章的最大特徵就是授勳者大都往生了。換句話說，就是受勳的門檻高到，必須要在如此危險的狀況下進行英雄般的奮戰，才有可能被授予這面勳章。

在身陷危機的狀況下，個人能夠拯救部隊嗎？所採取的手段會達到何種程度呢？透過尋常的手段能辦到這點嗎？這些答案不用說，只要觀看銀翼突擊章授予者的紀念照片就能立刻明白。在照片當中，勳章大都是放在授勳者掛在步槍上的帽子。只要想到在正式規定上，允許用步槍與帽子代理授勳的勳章就只有銀翼突擊章的話，要說這項規定訴說著極為慘烈的事實也不為過。

因此，銀翼突擊章的授勳者無關階級高低，都值得全體將士官兵獻上敬意。這個勳章就是如此榮譽。

承認吧。坦白講，他一想到那個人在擁有權力後會做什麼事，就不由自主感到害怕。

畢竟她實在太過異常。他最初推測那個人是祖國走火入魔的人才收集機構，所挖掘出來的過於適合軍隊的人才。還懷疑她受過極為偏激的愛國教育，而委託情報部的熟人調查養育她的孤兒院背景。但結果卻是清白的。那是間有著平均水準，營運人員也還算有良知，隨處可見的平凡孤兒院。硬要說的話，就是多少有些捐款讓營運還算充裕，院生的營養狀態也有達到平均水準。

這也就表示，提古雷查夫少尉忠於軍隊的根源與渴望鬥爭的意識，不僅與飢餓無關，也不是來自於虐待經驗的暴力傾向。在興趣使然下，他前去確認她在入校測驗時的問答紀錄，她……那個披著幼女外皮的怪物……是這麼回答的：

「沒有其他路可走」。

滿懷著對於國家的貢獻心與忠誠；理想到讓人讚不絕口的軍人資質；毫不鬆懈的訓練與自我鍛鍊的意志。這些全都是值得讚賞的特質。如果是單獨具備其中一項，身為管理帝國人力資源的軍人，雷魯根也會感到很高興吧。

要是有人能兼具這些特質，我們肯定會喜出望外吧。認為這正是軍隊想要的人才。而如今，將這點具體呈現出來的人就在眼前。諷刺的是，這反倒讓雷魯根少校正視到一項事實，帝國軍所追求的人才的極致就單純只是個怪物，而讓他感到恐懼。

他不清楚「沒有其他路可走」這句話中蘊含著什麼意思。倘若要想一個合理的假說，這難道不是為了將她滿溢而出的殺人嗜好昇華成合理行為嗎？有誰能夠斷言，她的本質不是與生俱來的戰爭狂，所以能符合自身嗜好的道路，就只有從軍這個選項嗎？

有誰能夠保證，她不是個看到滴落的鮮血，就會愉悅地輕易投身殺戮之旅的危險人物嗎？就算一舉一動都是理想的軍人風範，但要是綜合來看，她要不是個瘋子，就是精神異常。

當然，可以理解她不是會神色自若地掀起戰爭的人。會神智清晰掀起戰爭的人，不是貨真價實的狂人，就是精神已經崩壞的傢伙。根據經驗法則，他也不是不能理解這種程度的事。但萬一那個人是抱持著享受的心情在參與戰爭，又會是如何呢？

過去曾有耳聞，不論理論還是實踐，對殺戮者而言只不過是一種美學。也就是說，大量殺人犯會無法區別自己的理論與實踐。當時他還把這視為一種古怪的見解而一笑置之，但如今終於理解了。就算再不情願，也還是理解了。不論說得再好聽，她都是異端，與我們相異的存在。

那個人或許就是所謂的英雄吧。換句話說，就是她有某些地方偏離了正常人。要讚美英雄是不錯，但絕對不會教導學生要追尋英雄的腳步。也不能這樣教導他們。軍官學校是培育人才的機構，可不是催生出狂人的地方。

同一天，帝國軍參謀本部作戰會議室

參謀本部決定要對某名魔導軍官進行授勳，這不僅是難得將銀翼突擊章授予屍體以外的對象，甚至還是以破格的速度，要連同別名一起授予的隆重授勳儀式。只不過，無視正因為戰勝後的授勳隊列鬧得沸沸揚揚的某處，在參謀本部的一隅，經由嚴格看守的衛兵徹底排除外人進出的參謀本部第一部（戰略）的會議室裡，正在沉重的緊張氣氛中激烈爭論。

嚴格來講，是兩名准將所提出的劇烈反對。

「我堅決反對這麼做！像這樣集中投入兵力，喪失快速反應能力的風險，遠超出所能獲得的好處啊！」

正值壯年的精悍軍人一站起身，就竭力發出了反對的怒吼。他那雙泛著淡藍色的眼瞳充滿自信，甚至讓人感到桀驁不遜。讓見者能夠明白到，那是一雙始終注視著現實的眼睛。在才幹與自信的調和下砥礪而成的俊材，受到參謀本部如此高度評價的盧提魯德夫准將，將他俊材的榮譽拋諸腦後，一副即將探出身子到會議桌的模樣，持續高聲叫喊著反對。

「只需要派已在當地展開完畢的部隊進行追擊戰就很足夠了！只要保持戰略的靈活性，循序漸進壓制他們就好，我們就只需要這麼做！」

他的意思即是表示，不該損害戰略的靈活性。

「我也同樣不得不提出異議。我們已成功殲滅敵野戰軍，不需要再透過戰爭去進行任何事情。國防目的早就已經達成了。」

然後基於保持戰略靈活性的觀點，儘管有著穩重舉止與媲美學者的外貌，但仍舊帶有軍人嚴以律己印象的傑圖亞准將，也彷彿朗讀官方結果的數學家般，語調淡然地加入反駁的行列。

「兩位准將都言之有理……敢問路德維希中將的意見是？」

就擔任主席的馬可傑侍從武官看來，兩位准將的意見就理論上，皆是讓人感覺到合情合理、無法無視的反駁。當然，老奸巨猾的侍從武官，打從一開始就有辦法在討論時故意無視反對者的意見吧。

不過，馬可傑也不是沒有在意的部分。只要想到參謀本部的見解擁有左右最高統帥府的影響力，這個話題就有向下挖掘的價值。因此，他就打著要讓對方表明一切立場的意圖，催促在參謀本部當中，主張要發動大規模攻勢的路德維希參謀總長表態。

「謹慎行事是不錯，但周邊國家根本沒有動員的徵兆。在這種情況下，倘若我軍能不受現有條件的束縛發動大規模攻勢，難道不是絕佳的好機會嗎？」

起身答話的參謀總長，臉上帶著困惑。兩名備受他期待的部下一同窩裡反的情況，使得他流露出了些許迷惑的神情。另一方面也帶著怒氣，讓見者能從他臉上，看出那情緒起伏不定奇妙的困惑感。

「中將閣下！請至少停留在限定動員的程度！倘若發動全面動員，會導致三一五計畫的前提基準崩壞啊！」

盧提魯德夫准將提出的簡潔異議，是基於帝國的地緣政治情況。帝國是列強之中，唯一遭到眾多強國包圍的國家。因此在國防戰略上，陷入必須隨時預想兩面以上作戰狀況的苦境。這種只能追求軍事層面的質量優勢來對抗兩面作戰威脅的潛在恐懼，以及就地理位置而言迫切需要的必要性，即是帝國以新興軍事大國揚名的歷史背景。

「這不是在借用盧提魯德夫准將所說的話，但我認為，我們不該動搖以三一五計畫為主的國防方針。」

而在四面八方皆遭到假想敵包圍的狀況下，帝國所能採取的國防戰略，就唯有採用內線戰略，有效率地展開並運用整體戰力。這是種極為精密的國防方針，在大規模動員的同時，保持數量與質量的優勢殲滅其中一方假想國的野戰軍，然後再準備迎戰其他敵國。帝國的這種國防方針即是「三一五計畫」。這是為勉強遂行幾近不可能的兩面作戰，就連鐵路時刻表都經過精心規畫，帝國引以為傲的一種藝術作品。換句話說，一旦崩潰就需要龐大的時間重新建立。

「傑圖亞，逐次投入戰力可是兵家大忌。這點應該不用我說吧。」

「下官也明白逐次投入戰力的愚昧。但是在已經殲滅敵野戰軍的現在，投入主力的必要性令人質疑。」

另一方面，路德維希參謀總長的說法也有其道理在。在義魯朵雅王國、法蘭索瓦共和國、盧斯聯邦皆沒有正式動員的徵兆下，能將協約聯合體無完膚地徹底殲滅的環境已經準備妥當。既然要打，就該全力以赴。

不過就是否要在現在攻擊敵國這點上，傑圖亞准將基於我軍已充分擴大戰果的解釋，與路德維希參謀總長的意見相左。

「我贊成傑圖亞准將的意見。我軍已逐步取得勝利，如今問題的焦點，應該要放在如何活用這項戰果上！在未指示明確方針的情況下徒然動員，我軍在戰略層面上的目的將會過於曖昧，實在很難想像此舉會對國防有益。」

這不是針對擴大戰果的必要性，純粹是在理解戰局之後，針對活用戰果的方法提出疑慮。盧提魯德夫准將的發言，儘管主旨稍有不同，但同樣是對軍方在毫無對策的情況下，做出會動搖已建立完畢的國防方針之舉感到擔憂。

「盧提魯德夫，既然最高統帥府並未明確地做出方針，那麼參謀本部也只能致力於擴大戰果了吧。」

「中將閣下，欠缺明確戰略目標的行動，在軍事上可是大忌。這種未經深慮的大規模侵略行動，就結果來說很可能傷害到國防戰略，下官也堅決反對到底。」

傑圖亞准將也一臉苦澀地表示贊同。

「怎麼能輕易放過這個大好良機啊！我軍已準備藉由這次的行動，徹底解決諾登的領土問題！甚至還能解決帝國在地緣政治上的困境！」

不過部分列席者會忍不住發出咆嘯，也不是完全沒有理由。他們心中全都有著美好的未來願景，認為這是帝國打破「隨時有會遭到眾敵國激烈圍攻的現實問題」的大好機會。只要能消滅鄰國的協約聯合，就能確實減少一個帝國面臨到的潛在威脅。這可是解決長年以來，在地緣政治上的難題的一大契機。

「我反對！這並非是不惜打亂既有的防衛計畫也要斷然執行的事！」

不過問題的本質，就跟盧提魯德夫准將堅決反對的論點一樣，在於軍方是否要為了確保未來的安全，而不惜打亂如今的防衛計畫。

「帝國的目的是國防安全。既然國境線實質上已由倫迪尼姆條約決定了，那就本質上來說，就等同是沒有問題。」

然後就連傑圖亞准將，也淡然說出這種相當於「協約聯合那種程度的威脅，丟著不管就好」的大膽發言。換言之，就是他不想在已經由倫迪尼姆條約解決的問題上浪費時間。

「我們沒必要站上敵人的舞台！只需要在自己的舞台上戰鬥就夠了！難道要因為這件事，讓我們至今以來的準備付之一炬嗎！」

最主要的，還是跟盧提魯德夫准將向會議場眾人激動述說的一樣，這件事就本質上來講，是關係到帝國國防根基的問題。

參謀本部長年以來不斷修整的三一五計畫，是帝國基於地緣政治的情況，唯一能夠採納的國防戰略。帝國這種就算陸續遭到他國侵略，也能密集展開反擊，堅決完成防衛的防衛方針，是四面八方皆被潛在敵國包圍的帝國迫不得已之下所做出的結論。事實上，帝國也想不出比這還要有把握的防衛作戰。

「那你是要我們眼睜睜放過，這個能局部打破目前四面受敵狀況的大好機會嗎？」

「只要能削弱協約聯合的兵力，就能將心力更加關注在東部方面。就連西方那邊，在建立針對阿爾比恩．法蘭索瓦的防衛線時，也能有某種程度的寬裕。」

然而，眾人依舊是陸陸續續表示反對意見。在這同時也是能將陷入膠著狀態的祖國，從防衛戰略上的枷鎖解放開來的大好機會面前，諸位參謀流露出不容制止的決心——倘若是現在的話，將能一口氣解決帝國自建國以來的軍事難題。

「所幸列強各國皆未有動員的徵兆。我相信如果是現在，能夠將帝國的禍根剷除。」

有關於這個判斷的對錯，他們並不清楚。至少在現在這個時候是如此。

[chapter]

II

第貳章

艾連穆姆九五式

Elinium Type 95 Operation Orb

庫魯蘇克斯陸軍航空隊測試廠上空

帝都柏盧的西南方，庫魯蘇克斯陸軍航空隊測試廠的上空，今天依舊吵雜。

將傳聞中運用寶珠與權杖所引發的奇蹟，藉由科學研究成為可能重現的「技術」，這種現代的魔導學，已研究出到透過演算寶珠干涉世界的方法。這是在受三次元支配的物理世界裡，針對施力點給予適當刺激，讓現象顯現的一種技術。說得極端一點，就是用手撥動打火機的打火輪，還是用魔導的力量撥動的差異。只要明白做法，就能盡情地重現奇蹟。這已是一種技術。

當然，有關魔力與干涉式這些根本部分的原理，目前尚留有不明之處。不過基於軍事上的優勢，強行達到顯著發展的魔導工程學，就在帝國完成一項決定性的突破後，成為了一種兵科。那項突破即是，成功開發出將魔力與類比式算術單元結合的演算寶珠。有別於傳說的時代，這讓人們能清楚明白，該用何種方式，針對何處，使用何種程度的力量干涉世界。

而演算寶珠的精髓，想必就是航空術式的實用化吧。這讓血肉之身的魔導師能夠在空中飄浮。也就是催生出推進力，強行讓人類騰空，並在空中保持平衡。只要有這個念頭，魔導師甚至能跨坐在掃把上模仿魔女。而作為產生刺激的力量，成為權杖替代品的附刺刀步槍則是當今的貴重品。

不過說是這麼說，也只是被當成在遠距離交戰中，用來發射術式的道具。

無論如何，奇蹟是能用技術重現的現象。不論可用性還是軍事性上，都已經受到了極為廣泛的認可。

正因為世人早已明白寶珠擁有如此程度的重要性，所以列強才會在這方面的技術研究上展開激烈競爭。

就連這方面的先驅者——帝國也不出例外。

本日天氣晴朗，風大。目前高度四千英尺，並持續上昇中。預定的實驗項目約已完成半數左右。與降落傘因為雲霧的濕氣打不開，讓人險些送命的前次實驗相比，今天的條件還算不錯，但依舊是提不起勁。更別說這項實驗，還附加只要集中力稍微渙散，演算就會崩潰、寶珠機匣開始起火這種讓人無法鬆懈的條件。

我克制著幾乎痙攣的表情，謹慎依照計畫中的對地速度維持巡航速度。既然已順利消化完各種實驗項目，接下來就只能上昇了。

沒錯，靠這顆充滿缺陷，毫無信賴性可言，美其名為「新型」的試製寶珠。

該說是用這隻手掌握世界的喜悅嗎？對寶珠象徵的世界之理進行干涉，是項極為講究細膩操作的精密作業。

而被要求使用這個毫無容錯率可言的東西，進行這種必須全神貫注的作業，讓譚雅的手變得破爛不堪。

倘若不是醫療技術的進步，她早就只剩下一隻左手了。

拿著缺乏信賴度的寶珠，就跟用手握著手榴彈差不了多少。下場會怎樣，相信是不言自明。所以一邊飛行，一邊在內心裡嘆息的提古雷查夫少尉，心情非常沉重。

「機匣爆炸！已確認起火！實驗終止！實驗終止！」

而今天的天空，依舊迴盪著管制官一如預期的慘叫，以及譚雅發出的苦悶呻吟聲。

事情究竟是怎麼一回事？這得追溯到我在北方負傷，退到後方療養的時候。

當時對於正在療養的譚雅・提古雷查夫魔導少尉而言，復職後的分發單位可是事關生死的問題。在英勇奮戰後，不僅立下一定以上的戰績，甚至還受領勳章……這儘管有利於晉升，但同時也蘊含著很有可能被綁在前線參戰的微妙問題。

「請容我拜讀。」

因此在接過遞來的信件後，我在開封時心中浮上的念頭，是拜託千萬不要把我重新分發到前線參戰。然而這份擔憂卻是杞人憂天。裡頭是任命國內勤務，未附註發文日期的人事公文。換句話說，儘管並非正式，但只要附加上日期與長官簽名，就隨時都能生效的公文。也就是軍隊裡頭所謂的內定。

「高興吧。這是轉調國內戰技教導隊的內部通知，以及轉調總監部擔任技術驗證人員的外派要求。」

總括來講，這是個不錯的理想提案。不僅是國內單位，還是實質上的後方勤務。而且還是能留下優秀經歷的教導隊與驗證人員的勤務。我充分感到自己獲得高度評價。

當中最重要的，還是配屬到國內戰技教導隊能擁有諸多好處。身為帝國軍的最精銳部隊，不僅在裝備方面有著最佳待遇，也是適合磨練技術的戰技研究的聖地。是讓自己盡可能提高生存率的最佳環境。對譚雅來說，就算必須兼對他人進行指導，但也能從周遭人身上偷學技術，就這意義上來講，可說是最棒的職位吧。外加上教導隊所屬的經歷，絕對不會導致負面評價。

配屬到總監部底下擔任技術驗證人員這種含糊的外派要求，也沒差到哪裡去。說到總監部，即是後方單位的代表。只要能在那裡擔任技術驗證人員，就能用實驗的名目龜在後方吧。

硬要說的話，我是比較希望能到事故機率較低的鐵路部或參謀本部擔任勤務。不過這種程度的誤差還在妥協範圍內。

「我們想盡可能尊重貴官的意見，妳有任何異議嗎？」

形式上雖說會尊重我的意見，實質上卻已經內定好了。對方應該也不曾想過自己會拒絕這項要求。既然都安排到這種程度了，就表示我不被允許拒絕這次的配屬。選項就只有三個，Yes 或 Oui 或是 Ja（註：法文及德文的好）。

「是的，我沒有異議。我願意接受這次的配屬命令。」

「非常好。那妳就到後勤總監部進行新型機種的測試吧。就形式上來講，妳是從教導隊外派過去的。」

司令話一說完，就將我同意配屬的事情寫在公文上。然後這份公文就直接成為任命書交到我手上，從這一刻起，我就在公文上完成轉調。處理得相當快速。恐怕就連內部通知也只是徒有形式的手續吧。

「只不過，妳想必有事情想問吧。我允許妳發問。」

然後我最喜歡明白事理的上司了。值得尊敬。

「謝謝。首先我想問，為何要特地讓我所屬在教導隊之下？」

本來只需要讓我配屬到總監本部就好吧——我不得不對這點感到懷疑。當然，我十分歡迎教導隊的經歷。只不過，居然開了這麼好的兩個缺給我。不論是這背後的政治力學也好，還是促成這段人事的理由也罷，請務必先讓我知道。

要不然很可能會在不知不覺中，被某種麻煩事態阻擾而慘遭滑鐵盧。

然而譚雅的疑惑，則是由一個相當單純且令人傻眼的理由解答了。

「就算妳是Ace（擊墜王牌），但將小孩子送往前線，會給外界留下不太好的印象。」

……這讓我理解到軍方高層的感覺偏離常人。就連這種事情都要等到現在才發現啊。

我在文件上是小孩。也就是處於需要關懷的立場。看來這些大人物似乎終於明白，什麼叫作社會的常識了。

「所以要讓Ace成為後方的裝飾品嗎？」

雖然想當然的，不能讓司令看出我對上級小題大做讓我遠離前線的做法感到欣喜，但還是得確認一下。假如順利的話，這將會是我在生存戰略上最適當且最為理想的狀況。真是太棒了。實在是太美好了。如果是現在的話，我格外有種能跟全世界的人互相理解的感受。

欣喜若狂到可能會輕易接受詭異電波的譚雅，在冷漠的表情下暗自竊喜。

「真是嶄新的見解啊，少尉。我還真沒想過這件事能有這種看法呢。」

司令的這番話，讓譚雅確信自己的預測並沒有錯。

儘管高層的意向不明，但眼前的上司並沒有否定自己的推測。這所代表的意思，即是這項推測沒有超出解讀的範圍吧。真是太棒了，安全的後方勤務。

「是下官失言了。」

「上頭對妳相當看好。會給妳安排新型的開發負責人的地位，也是因為這點。」

也是啦，就實務上來講，讓前線歸來的優秀魔導師從事教導任務或技術開發勤務，都還在一般人事考量的範圍內。這是讓年輕士兵調離前線最妥當且最像樣的理由。就連對軍方內部而言，這也是個能輕易接納的理由吧。

不過在姑且放心之後，譚雅接著就不得不思考——總監部的新型會是什麼啊？儘管總不可能抓自己去當實驗白老鼠，但至少想知道是要從事哪方面的技術檢驗。

「可以詢問有關新型的事情嗎？」

如果回答說是機密，那就只能閉嘴了。但這樣至少能事先做好必要的心理準備。人類在受人警告之後才遭到毆打，跟唐突地遭到毆打，兩者受到的傷害截然不同。所以作為譚雅個人的心理準備，她希望能事先知情，提早做好覺悟。

當然，好奇心的因素也不小。

「嗯。我也只知道是要檢驗演算寶珠的實驗機種。」

「我明白了。感謝您的告知。」

這些話確實都是事實。在安全的後方，以技術檢驗為目的，進行新型演算寶珠的各種技術檢驗。這當中沒有半句虛言。就只是沒有告知，那個寶珠跟義大利製的紅色惡魔一樣讓人無法信賴就是了。

所以，我如今才會這麼痛苦。

帝都柏盧的西南方空域，高度一萬兩千英尺。這已經突破既存演算寶珠的實用升限。換算成公尺約為三千六百公尺。倘若沒有穿著挑戰高空紀錄用的特殊裝備，並持有針對高度性能強化的寶珠，就無法隨意進行機動的高度。氧氣濃度令人擔憂，更重要的是失溫情況非常嚴重。

為讓身體進行必要的高空適應，而在高度六千八百英尺附近待太久時間，結果適得其反了。說到底，高空本來就不是血肉之軀的人類能長時間待著的領域。

「提古雷查夫少尉？妳還有意識嗎？提古雷查夫少尉？」

在讓人頭腦昏沉，全身就像灌鉛一樣遲鈍的氧氣濃度下，就連要答覆管制機的無線電詢問，也累得不太想開口。儘管有穿著防寒服，但這可是得抱著氧氣鋼瓶與空中無線電，揹著緊急時用的降落傘，才總算是能進行實驗的高度。

此時譚雅腦中就只有一個念頭，就是「把活生生的人類送到這種高度來的那些傢伙，有本事自己也來體驗一遍看看啊」這句怨言。

解說

【義大利製的紅色惡魔】

指OTO M35型手榴彈。是以未爆率和誤爆率出名，敵我雙方都會感到畏懼的義大利製手榴彈。

「勉強還有。但無法維持太久。坦白講，我認為活人無法在這以上的高度生存。」

這裡比地面還要冷二十一・六度。氧氣濃度甚至不到地面的六十三%。這個令人懷疑能否在空戰機動中勉強停留一時片刻的高度，明顯拒絕著人類。說到底，演算寶珠的上升限度本來就只到高度六千英尺。想飛到更高的高度，應該會因為推進力不足而無法擺脫重力。

因此譚雅估算，魔導師大約擁有相當於攻擊直升機的制空能力。實際上，就連帝國也基於飛行高度的不同，而未曾將魔導師與航空機之間的戰鬥，視為現實中可能會發生的情況。高度就是如此現實的高牆。

當然，要是單純只考慮到高度，只要持有挑戰高度紀錄用的特殊寶珠，說不定還有辦法。只是譚雅現在實驗的並不是挑戰高度紀錄專用的技術寶珠，而是打著「新型」的名目，目的是追求泛用性的軍用寶珠。

儘管如此，這個新型——艾連穆姆工廠九五式試製演算寶珠，卻發揮出本來絕對不可能的推進力。只不過方法本身極為簡單且老套。跟發動機的概念相同，也就是「既然單發不夠強就雙發，要是雙發還不夠，那就四發」這種單純的想法。

因此這顆寶珠除了印有技術研究所的標誌，表示這是試製品外，外觀與一般寶珠毫無差別。在設計上，同樣是在球體裡安裝進無數裝置的機械結構體，體積大小也跟舊有寶珠相同。

不過重點就在於球體的內部。

「主要還是魔力的消耗量太大了。魔力的轉換效率差到極點。」

以消耗魔力來代替汽油的演算寶珠一旦四發化，魔力的消耗也會提高到四倍。但這跟燃油箱不同，沒辦法輕易增設儲藏空間的人類，消耗量將會以驚人的加速度猛烈增加。

就以一名魔導師的立場來講，這種會不斷要求無理難題，讓人疲憊得超乎尋常的寶珠，就算在型錄規格上有著革新的性能，實用性也依舊教人質疑。而且不僅消耗魔力是以往的四倍，還附帶必須得讓四個演算寶珠核心同步這種技術性上的問題。

由於已經成功小型化，所以寶珠本身的大小並沒有太大的變化。儘管搭載了四個核心，卻依舊跟普通的演算寶珠一樣，保持著能收進魔導師胸前口袋的精緻體積，著實讓人吃驚。不論持有還是使用都非常方便。

居然能達到如此驚人的小型化，或許該對他們的技術表達敬意吧。但就使用者的立場來看，這只能說是讓人忍無可忍的破爛。將精密機械小型化，也就表示容錯率降低了。不僅必須進行困難的四核同步啟動，小型化的寶珠核心還變成缺乏穩定性與信賴性的機構。

因此，就算理論上魔力消耗的程度會是四倍，但實際上的轉換損耗非常多，包含不斷流失的魔力在內，消耗就算說有六倍都還是低估。無法適應高度或許也占有很大的因素，光只是進行高度實驗，就讓人感受到有如全力進行空戰機動般的驚人疲勞感。而且，這種疲憊與痛苦的感受還會急速攀升。

「少尉，能再提升一點高度嗎？理論上應該能確實抵達一萬八千英尺。」

然而在收到譚雅充滿疲憊的報告後，無線電回傳的卻是技術人員滿不在乎的答覆。

……這個瘋子——譚雅邊在內心底如此痛罵，邊忍不住朝管制機瞪去。介入無線電通訊的那名元凶，此時正待在那上頭。要是能把那傢伙搭乘的管制機擊墜，真不知道會有多爽快啊。抗拒著有如毒癮發作般的誘人衝動，譚雅發出嘆息。

聲音的主人是阿德海特．馮．修格魯。是主任工程師，同時也是名不折不扣的瘋子。就算把那傢伙擊墜也只會導致更大的問題，什麼事情也無法解決，所以只能夠忍耐，這對譚雅而言十分痛苦。居然得要檢驗這種工程師開發的產品，人生真是太沒道理了——譚雅只能如此哀嘆。

「修格魯博士，請不要強人所難。」

既然沒穿著比防寒服更耐寒的電熱飛行衣，活生生的人類就無法在比這更高的高度飛行。說到底，假如要我就實戰經驗來講，打從必須揹氧氣鋼瓶飛行的時間點起，就已經毫無實用性了。不用說，只要鋼瓶被擊中一次，對於中彈的當事人以外的人來講，將會是件很愉快的事吧。

那就假設不穿著電熱飛行衣，也不仰賴氧氣鋼瓶，只靠術式生成氧氣在待在這個世界裡好了。如果這份魔力輸出得依靠演算寶珠，就會讓本來就消耗劇烈的魔力消耗量，以加速度猛烈提升。跟以往的寶珠相比，這估計會是讓人嚴重懷疑續戰能力的消耗量，使用者會因為氧氣濃度等問題，在戰鬥機動中無法保持意識的危險性相當高。

這樣就必然得配備降落傘，不過就以性能檢驗為目的，在自國領土內進行的測試飛行來講，這樣還沒什麼大礙。但是在身體無法動彈，意識也不清楚的情況下靠降落傘降落，在實戰中只會成為敵人的標靶。就算能著地，不僅安全性令人懷疑，要是降落在敵陣就肯定會淪為俘虜。

而且，降落傘因故燃燒，或是礙於濕氣無法開啟的風險可也不小。光是準備值得信賴的降落傘，就不知道得花多少工夫。

「妳的魔力應該還有剩，演算寶珠的負荷也同樣還在容許值以內的水準吧。」

只不過——對於技術人員，尤其是只關心自己作品的某種乖僻人類而言，「理論上」的容許值就是一切。

「博士，這寶珠的容錯率太低了！這該死的缺陷品，隨時都有可能會起火啊！」

對於曾有過空戰死鬥經驗的軍人來說，比起「理論值」，「信賴性」才是一切。就譚雅的立場來看，光是想到上次的上升實驗，那段痛苦的記憶就會重新復甦。

那還真是悲慘。在高度四千英尺，同步稍有差錯，魔力均衡就瞬間崩壞。原因據說是魔導旁路電路的傳導速度稍有偏差——居然是製作精度比往常在實戰中使用的電路還要高出許多的實驗用旁路電路也無法處理的偏差？當我知道原因時，還真想大叫：「你們是要求我做到多麼超乎現實的精密操縱啊！」

演算寶珠內部控制不住的魔力開始失控，結果導致各寶珠核心承受不住過度的負擔，引發連鎖性的魔力爆炸。能瞬間用預備的支援用演算寶珠抑制住魔力爆炸，算是不幸中的大幸。

但那是在高度四千英尺左右才有辦法做到的對應。在高度一萬兩千英尺下，不僅冷到無法行動，還嚴重缺乏氧氣，讓我沒自信能保住意識。要是試製寶珠在這種高度下起火，想必會在控制失敗後，落得與大地熱吻的下場吧。

不管是誰，就算沒有女性對於初吻的執著，也都不想要這種事情發生。作為理所當然的感覺，當然會想在寶珠失控前把它扔出去。但我身為軍人是沒辦法這麼做的。

如果可以，我當然想立刻丟掉它，但試製演算寶珠可是機密的結晶。所以這種事情是不被允許的。在我丟出去的瞬間，大概就會被迫採取許多機密保護措施。

畢竟，盡可能完整地回收試製寶珠，可是檢驗人員的使命。所以我不得不謹慎行事，好盡可能減少控制時的事故發生機率。雖然很難形容，但如果硬要舉例的話，就是要人騎著單輪車走鋼索，同時還要邊拋匕首邊跳火圈般，毫無容錯率可言的演算寶珠。

會用這種莫名其妙的試製寶珠努力提升高度的傢伙，要不是笨蛋，就是想自殺。就另一方面來講，也有可能是兩者兼具。

「對於我的最高傑作，妳什麼不好說，居然說是缺陷寶珠！」

不過譚雅這名檢驗人員的率直意見，聽在追求「理論上」極限性能的主任開發負責人耳中，似乎是讓他相當不愉快的見解。當然，譚雅也的確能夠坦率地稱讚博士，這寶珠的性能規格真是太厲害了。

居然能勉強實現在技術上還只能算是種理論的四發同步機構，真是令人驚訝的精密技術。這讓舊有核心在維持相同機能的狀態下成功小型化。單純就技術史的角度來看，他簡直就是個不折不扣的天才。

就算讚賞這是繼解明寶珠與權杖的機制以來，在技術面上的一大躍進也不為過。

正因為如此，所以拜託，在製作時能不能多替使用者想一下啊？要譚雅說的話，不論性能再怎麼高，也無人能配合博士的作品。就算軍中有句話叫作讓體格去搭配軍服，但那也要軍服尺寸在某種程度以內才有辦法。

「請別光看規格，好好正視實用性啊！至少給我多考慮一下冗餘性！」（註：增加多餘部分，讓機能穩定的指標）

在嚴酷的戰場上使用是軍用品的最大前提。軍隊所追求的是騎兵馬（Dienstpferd），可不是純血種馬。

「妳這才是在說什麼啊！是想讓達到最佳化的寶珠無法同步嗎！」

「修格魯博士，算我拜託你，請不要對著無線電大吼大叫。」

「給我閉嘴！妳先給我撤回前言再說！」

在實驗空域隔著無線電的連番叫罵。啊，別說是專業笨蛋，他在精神上根本就是個死小鬼。

譚雅超想抱頭大叫。明明頭真的痛到一個不行，偏偏這傢伙還是這場實驗的主任。自己要是人事負責人，就絕對不會怠忽職守，至少會讓能制止這個技術笨蛋的管理人員擔任主任，讓他好好控制住這傢伙。

然而現實卻是那傢伙當主任，而我是首席測試人員。我對帝國以能力主義作為人事基準這點毫無異議，但我迫切希望他們好歹注意一下人員的管理能力。真想大叫：「給我搞清楚專業職與管理階層的差別啊！」

「所以我說……」

基於過去的經驗法則，讓我對帝國的經營管理體制感到不滿。但另一方面，我也同時處於只能在所給予的條件下行動，不得不忍耐現況的軍人立場。只不過，這場讓人頭痛不已的爭論，就在打亂集中力的後果下立刻中斷了。

「機匣、寶珠核心的溫度急速上升！」

咦！啊啊啊，該死！——集中力瞬間渙散所引發的意外，讓我忍不住想發出呻吟。同步再度失衡的結果，讓我無法控制住即將失控的各寶珠核心。我當下緊急中斷魔力供給，同時將演算寶珠內部的魔力緊急排出。作為緊急應變措施，一個動作立即實行這些程序。

所幸基於上次教訓所加裝的安全機構，機能比想像中的還要有效。就連上次起火爆炸的機匣，這次也勉強讓電路穩定下來。但就算是這樣，也沒辦法在毫無損傷的情況下，讓演算寶珠內部的魔力排出。

無法同調的各寶珠核心的魔力相互碰撞，將承受不住衝突的電路瞬間炸飛。不過真是萬幸！多虧之前極力要求的外殼強化，剛好趕上這次的實驗，才勉強沒造成實際傷害。

「管制官，有確認到情況吧？我現在要用降落傘降落了。」

因此，譚雅一邊讓秀麗臉蛋露出安心的神色，一邊以不耐煩的口氣連接管制官的通訊線路，準備依照手續進行降落。具有一定的高度，同時又是在帝都後方的非戰鬥地區。在如此條件下，與其在落下時慌慌張張啟動備用的演算寶珠，還不如直接開啟降落傘比較安全。

如果是在帝都的話，就不用擔心會在用降落傘慢慢降落時遭人狙擊。所以對於正在降落的譚雅來說，最重要的就是乖乖準備著地吧。

「收到……等……博士，請住手！快放開！請趕快放……」

但就她在平安開啟降落傘，正開始緩慢降低高度的瞬間，隔著無線電聽到這種難堪爭執聲的譚雅，儘管知道這是在浪費氧氣，也仍舊是忍不住仰天長嘆。透過連上線路的無線電，間接聽到對面似乎在爭奪無線電機的爭吵聲。看樣子，似乎是有個硬是想搶走無線電機的某人，正在蠻橫地大鬧。

阿德海特．馮．修格魯主任工程師這名人物，是不是把良知拿去跟才能交換啦？雖說才能與人格不對等的事例很多，但在我的人生當中，這還是第一次有機會見識到才能與人格差距到如此嚴重的人物。

究竟是這個世界相當討厭我，還是惡魔在詛咒我呢？不過，既然這世上有魔導這種非科學的事物存在，想必是存在X這個惡魔在背後搞鬼吧——這讓譚雅不得不感到痛惜。

「提古雷查夫少尉！妳怎麼又出錯啦！」

看樣子通訊員的崇高奮戰是徒勞無功，無線電似乎還是被邪惡科學家奪走了。儘管如此，譚雅仍舊不得不對通訊員曾為了保護無線電機而英勇奮戰的事實獻上感謝之意。而既然讓崇高奮戰徒然無功的邪惡科學家阻擋在我面前，我也只好行使自衛權了。真是個自力救濟的世界啊。

如果要我形容的話，就只有一句話：「在哪裡？——重複，法律與秩序在哪裡？全世界都想知道。」

如今的我會打從心底對法學家獻上敬意與尊敬。所以就算是形式主義者也無所謂，請務必重新建立起世界的法律秩序。

「就我個人的意見，我才想說這怎麼又出錯啦！」

畢竟就連單純的爆破系干涉術式，都會因為這莫名講究的複雜機構而無法正常運作。反倒是失控的機匣在地面爆炸的次數，還遠比爆破系干涉術式引發的爆炸還要多出許多。

在聽說要進行飛行實驗時，還真是沒想到，這會讓我重新體會到飛行的偉大與艱難。就算我不是萊特兄弟，也能切身體會到，探求飛行技術是件與墜落死亡相鄰的行為。況且他們還是自己飛行，親自承擔一切風險，所以倒也還好。

但阿德海特．馮．修格魯主任工程師卻是自己不去飛，而叫別人去的傢伙。甚至還任性到說出安全機構缺乏機能美這種話。當我聽到他這麼說時，簡直不敢相信自己的耳朵。

而且等到實驗終於能勉強正常運作的下一瞬間，他卻又加入莫名的實驗項目與配件，逼得我當時忽地提出調任申請。但很不幸的，我的調任申請被撤回了。這是為什麼？答案簡直不可理喻到極點，因為能正常進行實驗的人似乎只有我一個。不僅如此，人事負責人還曾訓示我要跨過前任者們的屍體前進。

當時我以為這是修辭學上的意思，但看來似乎就是字面上的意思。就連在最前線戰鬥，生存率都比這個職場高。前幾天我還被告知，已經有資格申請戰傷十字章了。

「還不是妳欠缺集中力才會變成這樣！妳這樣還算是軍人嗎？」

邊承受修格魯主任工程師的辱罵，邊強忍著心中想要大罵髒話的衝動。我確實是不是想當才當，這也不是份愉快的工作，但我仍舊是百分之百的軍人啊。

「我當然毫無疑問地是帝國的軍人！但是，軍人的職責是操作兵器。再怎麼樣，也不會是看缺陷機械的臉色！」

實際上的問題，就是譚雅認為帝國軍人的工作，是扛著步槍，單手握著演算寶珠打仗。再怎麼樣，也不會是抱著缺陷機械，不看時間地點來自爆。就算是軍人，要是支領到壞掉的步槍或故障的演算寶珠，也還是有權利抱怨。至少在帝國軍裡頭是這樣沒錯。

何況在嚴酷的現代戰爭中，魔導師裝備最需要的就是信賴性與耐用性。這理當是連新兵都懂的常識。不僅限於魔導師，所謂的軍品裝備，本來就該以耐用性與信賴性為最優先考量。莫名講究的一次性專用品，坦白講根本不適合打仗。

這道理就跟光是追求性能的競速賽車，無法承受正常使用的損耗一樣。纖細且精緻到無法承受軍人粗魯對待的兵器，在戰場上幾乎毫無意義。

「什麼？妳又說這是缺陷機械！」

當然，軍方也並非不知道技術驗證的必要性。外加要誇耀技術水準達到政治宣傳的目的，所以有時還是會試製單點強化的打破紀錄用裝備。若是這種爭奪世界紀錄的裝備還另當別論。但分配給譚雅的試製寶珠，在名目上可是「次世代主力候補」這種不可欠缺泛用性的東西。

這個瘋子，真有心要開發正常的兵器嗎？他很明顯沉浸在個人興趣的世界裡吧？譚雅懷疑主任工程師的常識，以及後勤總監部為什麼會允許他做出這種東西。

這世上還真是充滿著不可思議。

「會在這種高度下突然故障的演算寶珠，哪裡是正常的兵器啊！」

就連航空機也一樣。引擎會突然停止的機型，一般會被稱為殺人機。如果缺陷的層面嚴重，甚至還會被授予寡婦製造機的榮耀。但相較於這些，這個演算寶珠的問題恐怕更加嚴重。畢竟光是連運作本身都堪稱是種奇蹟。

Tue!!
Nein mein Herr!!

不僅會立刻失控壞掉，動力輸出也缺乏穩定性，外加上還毫無任何信賴性可言。我強烈認為這已經不是兵器不兵器的問題了。

「還不是你們輕易就把它搞壞掉的！為什麼你們老是這麼簡單就把精密機械弄壞！」

「是因為您設計的構造很脆弱吧。敢問您真有理解軍用這個詞的意義嗎？」

這個瘋子並沒有確實理解「軍用」所代表的意義。儘管設計上的確是滿足了軍方所要求的一切規格。

就算只是帳面數據，而且僅限於某種程度之內，當有可能在實用升限迎擊轟炸機時，魔導師的戰略價值就大幅提升了。要說到瞬間火力提升，理論上可達到四倍。這樣毫無疑問能讓過去的魔導師所具備的攻擊力獲得飛躍性的提升。

但這也要這東西能夠正常運作才行。這雖然是廢話，但老實講，會需要藝術品或實驗室層級的維護管理的寶珠，根本派不上用場。真想問他，這是想造出只要在賽道上瞬間發揮最大性能就好的純種馬嗎？

演算寶珠本來是種一個月只要做一次簡單保養就能正常運作的精密機器。相較之下，這東西每次使用都得出動全體技術人員進行維護保養，根本無法相提並論。而且還是後勤總監部——擁有最充實的後勤支援設備的研究機關的全體技術人員。他大概是忘記可維修性這個詞彙了。

這別說是大幅超越在前線可期盼的維修水準，甚至只能說是遠遠拋在腦後。既然這是先行試製機種，就某種程度的技術驗證來講，這樣或許沒錯吧。但真讓人止不住懷疑，這東西能在何種程度下運用的問題，究竟有沒有辦法解決。

「妳為什麼無法理解這個四機同步技術究竟有多麼革新？」

「我當然承認這項技術很革新。但我也稟告過無數次，希望您能製作一個可以正常運作的東西出來。」

「在理論上能運作啊！我才想問妳，為什麼沒辦法讓它正常運作！」

與其說是在專業領域裡專門開發新技術的技術人員，更像是一名學者的他，十分自然地認真說出這種讓人頭痛的話。

就譚雅參雜個人主觀與偏見的人力資源管理論來講，今後在與理科人擔任同事時，唯有一點是她特別需要注意的。

那就是——他是不是個瘋子。在談論管理能力之前，就只需要注意，彼此在共事時能不能進行溝通。

順道一提，人們似乎常講天才與瘋子只有一線之隔，但要譚雅來講，區分天才與瘋子的方法其實很簡單。對話過後，會忍不住想開槍到彈匣清空為止的傢伙是瘋子，能和平進行下次對話的人是天才。

「修格魯博士！我期望的是能達到實用水準的寶珠。」

「這就是實驗的目的啊！妳連ＰＤＣＡ循環都不懂嗎！」

……倘若能用手中的備用寶珠擊墜他，感覺應該會很爽吧——會讓人不禁起這種念頭的傢伙就是瘋子。要不是理性制止，提醒自己這是不能做的事，這雙手肯定會見紅吧。

不用他說，譚雅當然很清楚ＰＤＣＡ循環。這是所謂訂立計畫（Plan），嘗試實行（Do），隨後基於評價（Check），針對需求進行改善（Act）的循環過程，是相當常見的手法。對於這種相當常見的手法，譚雅並沒有什麼意見。

倒不如說，她還很贊成嚴加實行這個程序。只不過，正是因為這樣她才想說。至少對完成品再多認真檢查一下吧。

站在使用者的立場來講，這已經不是可用些許改善就能對應的缺陷，嚴重性的故障、問題和缺陷實在太多。就算考慮到保密義務，要不是有設計安全機構，真的會讓人想把它丟出去。

不僅如此，最為重要的安全機構，也未必能達到萬全的效果。雖然能正常運作，避免最嚴重的事態發生，但卻無法完全阻止魔力失控。讓人不得不隨時預期最嚴重的事態——也就是電路被炸飛，寶珠淪為廢鐵的情況。

更不用說在最嚴重的事態下，要是部分組件炸開引爆氧氣鋼瓶，就將會是件多麼不愉快的事情了。儘管上頭根據過去的經驗，配發了特製的降落傘，不僅對結構進行改良，還採用防刀纖維與防火加工處理，但就算是這樣，也不能保證百分之百的安全。

在喪失意識的情況下，降落傘究竟會不會自動開啟，也依舊讓人感到不安。此外，不論爆炸的規模大小，要是運氣不好讓繩索纏住脖子，就會在摔死前先被勒死，這也讓人深感害怕。

人類早已透過經驗法則學習到，這世界就像墨菲定律所說的，凡是有可能會出錯的事情，就總有一天會發生錯誤。有可能做出問題行為的員工，就肯定會做出問題行為。舉例來講，就是不會讓已破產的員工擔任會經手金錢的職位，這是人事管理的常識。而這也是一樣。使用不知何時會爆炸的寶珠飛行，就像是在空中等它爆炸一樣。

等著地後，這次就認真提出調任申請吧——譚雅用力點頭來表明決心。她在心中強烈發誓，就算要搞到最嚴重的情況，讓上頭暫時對她留下不良印象，也要跟人事部周旋到底。

再這樣下去，就算有再多條命也真的不夠用。在這窮途末境下，教導隊所屬的身分是她唯一的光明吧。雖然她曾用這個身分為藉口，哀求讓自己能正式參與教導隊的活動，但光是哀求已經不夠了。不能是針對內部的試探，假如不正式提出調任申請，很可能就這樣在瘋子的實驗中被當成犧牲品。還是提出調任申請吧。而且還要愈快愈好。

解說

【墨菲定律】 據傳這是美國空軍的愛德華．愛羅斯．墨菲上尉在調查中發現到「人類只要有可能出錯，就總有一天會有人出錯！」進而得到「凡是可能出錯的事均會出錯」的經驗法則。

就這樣。她在著地後一等事情忙完，就立刻著手執筆。

帝國軍後勤總監部技術局

依循正式管道提出的調任申請。這份字裡行間透露出陰森鬼氣的調任申請，是出自於譚雅·提古雷查夫魔導少尉之手。身為嚴密的官僚機構，既然這是正式提出的調任申請，後勤總監部技術局就不得不受理。

眾人一致認同，這看起來是份相當認真的調任申請。畢竟包含非正式的試探在內，這已經是她第四次前來要求調任了。

過去由於是非正式的詢問，是沒有附加文件的要求，所以還可以用勸的把她勸留下來。但伴隨著次數增加，她的迫切性與懇求的程度也愈來愈高。想必只是時間上的問題吧。終究還是來到的申請。但看著這份剛剛送到，譚雅·提古雷查夫少尉所提出的調任申請與請願書，後勤總監部技術局的管理人員全都抱頭苦惱。

「該怎麼處理？這好歹是正式的文件。要受理嗎？」

精實到已經接受三次勸留的軍人，終於忍無可忍所提出的調任申請。就人事管理的層面來看，目前北方戰線還行有餘力，考慮到政治與對外的立場，目前正在適當地分配任務，讓年輕士兵待在後方。

所以就後勤總監部來看，要分配適當的職位給提古雷查夫少尉，並不會花費太多工夫。然而，就算受理方不覺得困擾，對要把人送走的單位而言，卻是非常捨不得放手。

「不可能。能勉強達到修格魯要求水準的人，就只有她一個。」

與其說才能出眾，倒不如說只有才能可言的修格魯主任工程師擁有極高的才華。次世代新型寶珠的開發計畫，兼具著基礎領域的資料收集，以及開發檢驗先進技術的目的。針對這項計畫，後勤總監部所提出的要求水準，就算說得保守一點也是充滿野心。而雖然還只有在設計上達成，但他也確實滿足了他們對於九五式的基本要求。

「的確如此。研究好不容易才開始有實現的徵兆，應該要把這點納入考量吧？」

就連在魔導技術的科學研究上屬於領頭羊的帝國當中，他的才能也是格外出眾。魔導技術儘管正逐漸被視為一種科學理論，但仍然存在許多曖昧要素與大量的誤差幅度。能將這種不穩定的技術往特定方向發展、改善的功績相當大。

而根據這點，單純就研究層面來考量，九五式所帶來的資料與理論值，可以斷言促成了相當大的進步。但這是單就研究層面的評價。就研究機關的立場來看，實驗只要有達到劃時代的進步說不定就已經夠了，但就後勤總監部的立場來看，他們想要的是能承受軍事行動的道具，所以會要求綜合性的判斷。

「但是反過來說，要是讓能夠勉強運用九五式試製寶珠的人才就這樣白白消耗掉的話，也很可惜啊。」

「應該要以長遠的觀點做考量。已經沒有優秀的實驗人員可以替換了。」

從負責人口中傳來的話語，訴說著他們對擁有貴重才能的魔導師遭到白白浪費的擔憂。作為實際上的問題，軍事技術的開發與進步，在各國的彼此進爭下是日新月異，追求科學進步而導致偉大犧牲的情況儘管稀少，但也不是零。

基於國防上的擔憂，不分日夜埋頭進行兵器開發的結果，就是讓人員不夠充足的單位不時發生意外事故。殉職的人員名單絕對算不上短。

「我同意這點。考慮到長遠發展，該如何確保與培育優秀的魔導師，也是帝國應該要擔憂的問題。」

「此外，如果要說的話……不是應該考慮年齡問題嗎？儘管才能出眾，但她依舊是名年幼少女。就這樣淪為修格魯工程師的玩具也太可憐了。」

而且對帝國來說，急於擴充的海軍與魔導師戰力，都是能透過長期的訓練規畫來提升單兵質量的軍種，也占有很大的因素。就算演算寶珠與軍艦可以量產，但優秀且經驗豐富的基幹人員，可沒辦法輕易培育出來。

就這點來講，譚雅不僅在軍中算是最年輕的一群，甚至還是名擁有實戰經驗，軍官學校出身的魔導師，實屬相當珍貴的存在。就這樣白白浪費掉太可惜了。外加上，就麻煩的政治因素來講，追求「次世代帝國軍制式演算寶珠」寶座的，也不只有艾連穆姆工廠。要是讓前程似錦的銀翼突擊章持有人因此殉職，將會引發一場政治風暴。這讓在場眾人全都只能向上天祈禱，希望盡可能避免發生這種事態。

而最重要的，還是看在任何一名有良知的人眼中，提古雷查夫少尉都太年幼了。儘管不想擺出道德家的嘴臉，但時間將能讓她的才能獲得飛躍性的提升。她所展現出來的才幹，讓人毫不懷疑她會在軍旅生涯當中獲得無限量的發展。如果要考慮該不該讓她在此被白白消耗掉，她首先就不是能被消耗掉的人員。

軍方高層儘管同意將她派遣到這裡，卻同時讓她所屬於教導隊的情況，就是高層再明顯不過的暗示。也就是「愛怎麼搞她隨便你們，但要讓她活著回來」的意思。

「就是因為失去九五式寶珠也會非常惋惜，所以才會這麼苦惱啊！」

只不過，某位與會者抱頭說出的這句話，也述說著他們的困境。

「事實上，這項實驗也有留下成果。這種技術上的成果，對帝國的回饋絕對不小。」

這項實驗所能預期的莫大回饋，足以讓人允許某種程度內的風險。正因如此，他們才會對九五式的試製品無止境地投入預算。而投入這筆龐大資金到現在，好不容易才看到一線曙光。

帝國在軍事方面享有技術上的優勢。而支撐這項優勢的其中一根支柱，就是在魔導技術上革新般的進步。這項實驗蘊含著進步的可能性。這份莫大的回報，難道不值得這些開發成本嗎？光是已通過概念驗證的寶珠核同步技術，就足以讓魔導師的能力達到戲劇性的提升。

「我承認四發同步在技術上的意義。但實用化不是到現在都還摸不著頭緒嗎！」

當然，反對派也不吝於承認這項技術所代表的意義。不是不肯讚賞這項技術的革新性；也不否認帝國舉國支援用科學檢測魔導，促進這門技術發展的政策，確實獲得了極大的回饋。但對他們而言，九五式的開發當中，包含著不得不認為這項開發非常不划算的部分。

畢竟根據運用人員的見解，姑且不論理論值，在實用性上的難題實在太多了。除此之外，九五式還大量納入許多先進、革新的機構，別說是「次世代」，甚至還可能是超過「次次世代」的產物。讓人不禁懷疑，這究竟能不能在這個時間點上達到實用。正因為如此，他們才會在這裡持續不斷地反覆進行鬼打牆的爭論。

而讓這場爭論劃下休止符的，是針對一份報告的考察。

「你們看過技術報告了嗎？提古雷查夫少尉的分析非常精闢。這樣看來，不論有再多魔力都沒辦法運用吧。」

這份提交過來的九五式實驗報告書，字裡行間的嫻熟分析能力，讓人彷彿能窺看到筆者「有如經驗佐證般」的穩重感。部內還曾對此大吃一驚，認為這不是十歲小孩能寫出來的內容。其中一部分的人，甚至還懷疑這份報告不是本人所寫。

儘管如此，這份技術報告的內容非常嚴謹且極為精闢。而且根據調查，這似乎真是由本人親自寫下的報告。在十歲這種還不能就讀幼年學校（註：相當於國中）的年齡下，魔力保有量就達到標準水準的魔導師。就才幹與魔力保有量來看，她的前途可說是一片看好。但就連這位早熟優秀的魔導軍官都會發出哀號，無法穩定運用。

「術式的多重啟動，射程與威力的提升。這些儘管都很出色，但要是續戰能力會下降到致命的程度，就毫無意義了。」

就算是以技術驗證為目的，但要是消耗速度連正常的戰鬥機動都無法保持，四發規格就只是一種結構上的缺陷。就算這說不定能增強瞬間的火力輸出，但代價卻是讓持續作戰的可能時間大幅縮短，這是絕對不可能接受的事情。

就某種層面上來講，健全的評價機能可說是在此發揮作用了。像這樣查出先進技術的缺點，也是技術驗證的重要責任。儘管如此，但要是消耗會很劇烈，是因為要分別對複數的寶珠核心注入魔力這種結構上的理由，就真的是束手無策了。

「這本來就是我們驗證與試行先進技術的目的。這種程度還在容許範圍之內。」

另一方面，維持開發派也同意這項技術在戰鬥持續時間上的缺點。但看在他們眼中，這在以技術驗證為主要目的的情況下，並不是什麼大不了的問題。最起碼，在技術驗證的程度下沒有問題。也就是運用上的限制並不是這麼重要的技術派的見解。

帝國對於周遭列強的技術競爭已達到嚴苛的程度，所以就他們的立場來看，當然會希望能靠九五式蘊含的可能性，確保祖國在技術面上的優越性。一方面是因為在技術競爭中落後會導致極大的威脅，另一方面是只要能占有優勢，就能預期獲得壓倒性的回報，因此他們殷殷期盼技術能獲得飛躍性的發展。在以可能性作為評價基準下，他們能接受九五式的一切費用。

「姑且不論技術上的意義，軍方可沒這麼多經費讓人揮霍啊。」

只不過，這終究是從事開發的技術人員，以及支持計畫的研究人員的見解，會嚴酷使用各種兵器的軍隊理論則是完全不同。明明就連一般的演算寶珠都具有相當於主力兵器的價格，一次性專用的訂製試製機型還不時故障，讓開發費用已經遠遠超過當初的預算許久。

這讓他們愈來愈猶豫，都已經消耗掉難以置信的龐大金額了，還有必要再繼續追加資金嗎？要是立刻把預算挪到其他方面上，性價比應該會比較好吧。這種主張也很合理。帝國很強大，儘管不缺軍事費用，但預算依舊有限。既然預算有限，就要隨時講求效率。

「即使如此，這項實驗仍有實現魔力轉換固定化的可能性在。這難道還不夠成為繼續實驗的理由嗎？」

「你這是打算追求鍊金術嗎？我們不可能讓有限的預算與人員一直浪費下去。」

而且，雙方的意見經常在這一點上保持著平行線——是否能讓魔力持續固定化，並加以儲存的這一點上。理論上的結果非常明確。既然注入寶珠的魔力消耗劇烈，就一定會對續戰能力造成障礙。這點阿德海特．馮．修格魯主任工程師也早有認知。

針對這項問題的解決對策，他所得到的結論是，只要能讓魔力像電池一樣儲存起來，就能解決一切的問題。藉由轉換魔力讓魔力在現實固定化是一種科技的重大突破，但同時也是世人經常想做，到頭來卻只能放棄的難題。

運用演算寶珠將魔力最佳化，依靠自身的意志干涉現實世界。並藉由這種干涉，顯現出具備實體的現象。這是魔導師使用的干涉式的基本原理。當然，顯現出來的現象只會是暫時的。假設有人懷著引發爆炸的意志，在現實世界中顯現出爆炸現象吧。

由於這是種暫時性的現象，所以魔力會在引發爆炸後散開，沒辦法達到固定化。既然如此，只要附加讓現象殘留在現實世界固定化的意志就好了。

這種概念本身，打從演算寶珠實用化後相當早的階段就曾檢討過了。但透過魔力讓魔力在現實世界固定化的想法，幾經無數次的嘗試，都只是讓挫敗紀錄不斷地遭到更新。

以樂觀看法進行的研究，以及針對實用化的嘗試，早已留下堆積如山的失敗紀錄，如今就連煞費苦心，認真投入研究的列強各國也都對此灰心。

干涉對世界進行干涉的意志，將其化作現實世界的產物。這句話說來簡單，但要真的實現，就跟顛覆自然法則，永久扭曲物理法是相同道理。這已經是古老傳說中的鍊金術的領域。

也就是說，這項技術如此缺乏真實性。至少在座身為現實主義者的軍人們是如此判斷。就他們的立場來看，大肆吹噓的新技術只會讓人倍感懷疑。這確實早已被視為是種過時的理論。

其知名度就連參與兵器開發的軍人們，甚至是從事魔導相關工作的眾人都知道，這就某方面來講跟鍊金術一樣是種技術上的夢想，是應該在未來闡述的理論。

想要長時間扭曲自然法則，就需要有龐大的魔力；想要提高可注入的魔力量，最起碼也要具備雙發核心來顯現現象。同樣的道理，想要讓現象固定化，就需要具備相等數量的核心。因此至少需要四發核心達到完全同步，並進行能同時處理不同程序的精密控制。所以直到目前為止，這都還只是一種理論。

「目前都已經實現四機同步了，不能否認沒有這種可能性在。」

「現在這種狀況，根本無法期待完美的同步啊。就連唯一能夠妥善運用的提古雷查夫少尉，運作率也遠低於標準程度。」

正因為如此，儘管看到相同的現象，維持開發派與意圖中斷計畫的眾人，仍舊做出完全不同的結論。前者看到了希望，後者則認定這是在白費工夫。不論是哪一方的意見，都有一定程度的合理性在。事實上，每次實驗都會引發某種意外的寶珠缺乏信賴性。當然，基於沒有試製兵器是打從一開始就完美無缺的性質上，眾人早就做好某種程度的預料。

只是，連續發生如此嚴重的事故可是史無前例。根據報告書的敘述，提古雷查夫少尉至今都是在千鈞一髮之際勉強存活下來，現場的實際情況甚至慘烈到這種程度。而要說到在經歷如此慘烈的實驗後，寶珠所獲得的成果，也就只是勉強可以運作。

但光是這樣就能說比過去有著顯著的進步，就知道這實驗的程度在哪了。因此，當許多軍人紛紛表示這場實驗太過浪費時，在座的人事局中堅官員，稍微就不一樣的觀點提出疑問。

「話說回來，為什麼是她呢？」

這句話只是單純的疑問。但反過來說，也確實是讓人深感興趣的一點。光看經歷，譚雅‧提古雷查夫魔導少尉的經歷儘管不差，但軍歷比她還要出色的軍人可是堆積如山。然而在這些人當中，為什麼就唯有她能比過去的實驗人員還要成功的運用寶珠呢？只要找出她成功的原因，應該就能得到解答吧？一想到這點，他們就認為這個疑問有向下深究的價值。

「不，這問題問反了。我們該思考的是，她為什麼能夠成功。」

「她的選拔理由是什麼？是誰核准的？」

談論至此，擔任主席的後勤總監部部長問出這最根本的疑問。記得批准這件人事異動的，確實是後勤總監部的人事局。但應該要先有人向人事局提出申請，才有辦法批准。既然如此，申請文件上當然會記載選拔理由吧。

面對長官的如此詢問，年輕的事務官們紛紛翻找文件，從中找出當初申請人員配屬的文件。儘管至今都忽略了這點，但上頭寫著一切的答案。

「是修格魯主任工程師親自挑選的。說什麼她是最有可能啟動寶珠的人選。」

「他為什麼會知道這種事？」

在經歷過前任者們悽慘的失敗教訓後，會想要提古雷查夫少尉作為手邊可運用的人員，想必是有某種根據吧。他為什麼會想要從前線挖掘這種人才？這是基於她的特質還是技能，或是還有什麼其他的理由呢？真教人深感興趣。

然而實際上，修格魯主任工程師親手寫下的申請文件，卻述說著極為單純的答案。

「……上頭寫著，只要還沒習慣現有款式，應該就不會像使用過去的演算寶珠那樣，胡亂使用了。」

就某方面來講，這就是新開發寶珠的特性吧。這見解非常正確。這種四機同步機構跟過去的寶珠完全不同。既然如此，就想必很難依照過去的感覺流通魔力。

而小孩子靈活的思考方式，只要向他們說明「就算對魔力的流通方式感到不對勁，也不要特意去抵抗」，應該就能隱約理解到要訣。如果是像她這樣早熟的小孩，更是有可能掌握住感覺，理解運作的道理，並且擁有實現這些操作的技術吧。這真是相當出色且非常合理的見解。

就當眾人都能理解這點吧。正因為能夠理解，所以在座者皆同樣地發出呻吟。這是在面對難以說是愉快的事實時，所發出的呻吟聲。

「……喂，哪來這麼多具備一定以上的實力，卻不熟悉舊型演算寶珠的魔導師啊？」

這是理所當然的事。像這種剛好符合條件的魔導師，就算翻遍帝國軍的所有人力資源，恐怕也很難找到適合的人選吧。當然，作為次世代兵器運用的最低條件，是要能讓大多數現有的魔導師運用。要是不能獲得FOC（全面作戰能力）就沒有意義了。

就結果來說，這份申請文件是有意義的。它透露出九五式的運用門檻過於嚴苛的事實。可以推測這個新世代機型，倘若不將過去的魔導師全面重新訓練，從頭建立新的訓練體系，就根本無法使用。而且操作難度也比過去的演算寶珠還要高，因此有必要重新檢討新兵的訓練課程。

就算這些都能實現，一旦考慮到運作率、信賴性與成本的水準，也讓人不得不對大量配置一事感到躊躇不前。再考慮到正常運作需要高超技巧，這不論何時引發事故都不足為奇吧。

「預算也不是無限的。泛用性果然還是太低了吧。」

「反正也已經取得演算寶珠的安全機構這種新機能的資料。差不多該收手了吧？」

就結論來講，果然還是中斷開發比較妥當吧？最起碼也應該要縮小開發規模吧。會議室裡的氣氛會開始偏向這種提案，也不是毫無道理的事。

就算這項技術再怎麼誘人，要是無法在不久的將來採用，以軍方的立場來講就只能放棄。對於帝國軍而言，不論是預算、人員還是資源，都沒有餘力讓人恣意揮霍。

「增強火力的可能性倒是很誘人呢。就算不用到四發，難道雙發就沒辦法嗎？」

當然，對此感到惋惜的人，依舊還有著難以割捨的依戀。

「你這麼說也是。如果是雙發的話，同步也會比較簡單吧？」

「操縱難度確實會變得比較低。」

跟四機同步比起來，雙發應該會比較簡單吧。然而諷刺的是，答覆這項詢問的，卻是身為維持開發派的技術部。的確，相較於四機同步，雙發確實會比較輕鬆。

「但就算是這樣，構造也依舊過於複雜，怎樣都無法避免運作率過低的情況。這是我們技術部的見解。」

但說到底，同步這種機構，本身就是種難以理解的新機能。就連運作率的改善，也讓人無法太過期待。

「既然如此，還不如直接拿兩顆演算寶珠使用還比較快。」

「在前線要是運作率太低，就根本談不下去了。這樣看來，同步技術還言之過早啊。」

開發中止了。會做出這項結論是當然的結果。

「諸君，事態嚴重了。」

在神域其中一隅，他們極為誠實地感到苦惱。這不僅是基於真摯的想法，甚至是基於善意所感到的苦惱。

「就如同諸君所知，擁有虔誠信仰的人類正在急速減少。」

「要兼顧文明發展與信仰實在太過困難。」

不論是引導人們邁向更高層次的世界，還是貫徹最低限度的不干涉，輪迴系統的維持正逐漸面臨到許多極限。

尤其是世界愈是發展、人們愈是幸福，信仰就愈是趨於崩壞。對於系統來說，沒有比這還要更嚴重的惡夢。

「上次那個驗證結果呢？」

「未達到預期效果。就算認知到超常現象，也沒有更進一步的反應。」

偏激的大天使主張，應該要引發超常現象來喚醒人們的信仰心。應該要仿效摩西的事例實行而試著實驗性地顯現超常現象，但結果卻不太理想。總有一天會被科學解明吧。

人們對超常現象的反應，終究只停留在目前還無法理解的程度。既然只是尚未解明的程度，就只會成為探求與研究的對象。

「果然很不順利啊。」

「是為什麼呢？過去只需跟他們對話，就會明白我們是神啊。」

「有時還會主動呼喚我們呢。」

沒錯。在人們信仰深厚的時代，只需要對話就能與他們互通意識。不僅如此，還會有人主動呼喚祂們。然而，如今已幾乎看不到這種情況。也很少有真心尋求救贖的聲音傳達上來。

這究竟是為什麼呢？在百般思考也想不通時，試著重新調查成功案例也很重要。這種主張本身極為合理。於是他們就依循著崇高的理念與使命感展開行動，詳細調查從神話世界到現世的一切案例。對祂們而言，就連神話時代也只不過是過去的回憶。所以想當然，只要有意去一一回憶調查，就有辦法完成這項作業。

「……果然還是因為有恩典的關係吧？」

從中得到的結論，就某方面來講非常現實。

「這是什麼意思？」

「過去，當人類文明尚未開化時，每當他們遭遇到無法自行迴避的災害，我們就會介入給予保護。」

對於現代的先進國家而言，暴風雨已不再是太大的威脅。颶風再也無法毀滅國家，甚至無法讓梁柱產生龜裂。暴風雨或豪雨對大多數的國家來說，坦白講就只有癱瘓都市機能的程度。

與那個經歷一次暴風雨，農田就會全滅，人民遭大水沖散，家族顛沛流離的時代是截然不同的環境。所以眾神至今皆自我節制，只要人們不希望就不會主動介入。然後遭到人們遺忘。

促使人類自立，是讓他們獲得成長，邁向更高層次的概念所不可或缺的要素。所以長久以來，任誰也沒料到，這將會成為人們缺乏信仰的契機。

古時候的人們會讚揚發展是眾神的恩典。羅馬帝國與眾神同在。羅馬毀滅後，教會作為神的代理人支配整個中世紀。然而，君王們卻開始高呼君權神授說。這讓教會的信仰束縛力一點一滴地遭到推翻。然後科學家不再追求信仰心，改為探求這個世界——神所創造的真理。這就結果來說，讓人們在不知不覺中完全喪失了信仰心。

「是呀，最近由於地上文明正在適度發展，所以判斷擅自介入會阻礙成長，才決定讓人們自食其力。」

「但反過來說，這難道不是人們難以認知到我們的主因嗎？」

就他們的立場來講，其實也沒有意思要妨礙人類的發展。倒不如說，就本來的計畫來看，這甚至是祂們所期盼的結果。

去探究神所創造的秩序吧。人們基於這種意圖發展的自然科學，別說是討厭，甚至是十分樂見。從停止思考的歌頌，進展到理解本質的崇拜。人們將會依循這份常理，抵達更高層次的概念。祂們甚至認為這是值得紀念的第一步。

但如今這要是成為反效果，將會導致非常嚴重的問題。而且無法阻止。畢竟將這點奉為圭臬培育的世界，實在太多了。

「嗚唔唔唔，要是這樣，事情可就難辦了。」

不經意地，眾人一同深思起來。假如不能盡可能以不需要太大修正的形式解決，就很可能需要花費相當龐大的勞力。這是相當麻煩的事態。而且還能預見到，這要是置之不理愈久，問題就會愈加惡化。

「有誰想到解決方案？」

此時，智天使不負眾人的期盼，大致說明起祂在百般思考後所想出的方案。祂首先主張基本方針並沒有問題。就根本上來講，只要有機制能夠彌補遭到遺忘的信仰心，就萬無一失了。

「因此，果然還是得進行部分的細微修正，重新喚起人們的信仰心。」

這份提案大致上獲得全體的同意。只不過，就目前為止的方針來看，祂們早已用盡所能想到的一切具體手段。

「我能理解這個方針。但具體而言，究竟該怎麼做才好？」

「這項提案我儘管沒有十全的把握，但我們或許應該給予現世新的聖遺物吧？」

「唔？這是什麼意思？」

假如是聖遺物的話，降臨在大地上的數量早已多如繁星。儘管會因為國家或地區的關係，讓分布稍微有些偏頗也說不定，但應該已經賜予相當充足的數量。而且就培育信仰心的觀點來看，這方法並不怎麼成功。頂多就是基於在歷史上很稀有的理由，而受到人們的珍重。

「既有的聖遺物受到珍重並嚴加保存，並未充分發揮讓人們知道恩典的功效。」

只不過，祂們並不清楚聖遺物的實際情況。畢竟祂們活太久了。雖然還留有將聖遺物賜予人們時的記憶，但實在是不會一直關注後續發展。等到調查過實際情況之後，才總算發現聖遺物已經淪為裝飾品。

「原來如此，所以才會遺忘信仰與祈禱的話語啊。這也算是種諷刺吧……」

祂們不再是必要的存在。要說的話，事情就只是這樣，但看在祂們眼中，果然還是會覺得百感交集。祂們不打算單方面地強迫人們接受信仰。

但要是不這麼做，將可預見系統會出現不怎麼樂觀的事態。所以為了讓人們自發性的理解信仰，難道不應該定期性地讓聖遺物降臨到必要的地方嗎？

祂們認為這項意見有嘗試的價值。

「既然如此，就教導他們祈禱的話語，並讓他們所需要的聖遺物降臨到現世吧。」

「不錯的想法。趕快著手進行吧。」

解說

【聖遺物】

諸如遺骨或是奇蹟的道具等。會很危險，所以請不要吐槽。

「正好有樣適當的東西。」

因此，事情決定得相當迅速。目前的事態，就連看在天生慢性子，豁達大度的祂們眼中也顯得相當嚴重。所以整個議論過程毫無鬆懈，也沒有出現眾神特有的萬中有失的結論，真摯地遂行著一切。

「喔？」

「地上有人在研究距離神之領域只有一步之差——大約再過一千年就能抵達的產物。」

「喔，是特異點啊。能與那名人類取得聯繫嗎？」

儘管極為稀少，但以往在各個世界當中，都曾出現過藉由探究自然科學，而幾近達到神之領域的人類。這實屬罕見，確實是最近相當罕見的例外事例，但並非沒有前例。而且還是在這次的狀況中，眾人心中最為適當的事例。

「他應該也領悟到前途漫長了。在向他敘說神的作為後，將會感激不已吧。」

「那就讓聖遺物降臨在那裡？」

「不，要降臨的是奇蹟。」

「奇蹟？」

在這世上，好消息似乎總是伴隨著壞消息而來。接獲通知的譚雅·提古雷查夫魔導少尉，由衷地對此深有同感。

儘管還只是內部通知，但高層似乎不打算再繼續撥發預算。這恐怕是在暗示他們有意終止九五式的開發。同時人事局也傳來消息，要她以後專心教導隊的任務，正好符合她的期盼。

缺陷寶珠的開發終止，還有自己能回歸教導隊，都是令人欣喜的事態。唯一的難題，就是這還只是內部通知，並不是正式下達的決定。但這恐怕就是正式決定了吧。所以她不再需要面臨生命危險，沒有比這更好的消息了。

但壞消息就是，在無論如何都無法再繼續開發的情況下，那個瘋子突然轉變態度，打算進行因為太過危險而遭到凍結的實驗。要是他能就此灰心喪志，意氣消沉地安分待著就好了。不過這份心願卻落空了，看來瘋子似乎還具備能從某處接收電波的機能。

某天就見他突然大叫靈感從天而降，開始鬼吼鬼叫著「現在一定可行！」。只不過那個實驗，就連本來在正常狀態下的那個瘋子都認為風險過高。要是讓他在被逼到極限的精神狀態下強行進行，就只會讓人想像到不怎麼美好的事態。

但壞就壞在開發瀕臨終止的情況，讓技術人員們全都開始動搖了。想看到開發的成果──這種技術人員的心境，讓開發組員只是徒有形式地消極抵抗。要在這種情況下獨排眾議，對那個瘋子而言不過是小事一樁。

因此，儘管譚雅好不容易才活到現在，卻仍然無法阻止他們強行進行這種任何一位正常的科學家看到都會蹙起眉頭，等同是要人自爆的實驗。名目上的實驗項目，是透過複合多重的干涉誘發，在魔力顯現現象的空間座標上，進行轉換現象的顯現固定化實驗——通稱魔力轉換固定化實驗，這種異想天開的妄想產物。

據說九五式開發的最終目標，本來似乎是要讓這項實驗成功的樣子。只不過成功率低到讓人懷疑，這究竟是不是在開玩笑。怎麼想都註定會失敗。實驗的原理似乎很有道理，而且眾所皆知，就連譚雅也曾有耳聞。

九五式由於其精密的內部構造，讓結構不得不變得脆弱，難以維持運作率與可維修性。因此要克服這個問題，就必須要以魔力讓九五式受到世界的認知，並透過固定化確保結構強度，以維持運作。

而九五式就理論上，可藉由搭載的四發同步機構實現這點，具備這種技術上的基礎能力。就算明知可能會失敗，也要嘗試挑戰九五式在技術上的最終成果。就查明技術層面的問題來講，也具有很大的意義。

她在聽到這些解釋時，就覺得這跟官員在爭取預算時的答辯很像。說法相當冠冕堂皇。但她如今可以確定，這項實驗肯定是源自於那個瘋子的好奇心。祇說著空泛的言論，就算指出實行上的困難之處，他也不打算中斷實驗吧。

要是讓他自暴自棄地順利蠻幹下去，肯定就會基於他那要非常幸運才能達到的錯誤判斷強行進行。

「少尉，準備好了吧？」

當然，他應該也有理解到這實驗的危險性。明明有理解到，為什麼還能露出一副樂不可支的笑臉啊？這讓人不禁懷疑修格魯主任工程師的精神是否正常。真想要他看一看周遭的情況。

放眼望去周遭真的是空無一物，是遼闊的實彈演習場的一隅。就算特意去尋找人造物，視野內能看到的頂多就是觀測儀器與博士。至於對風險有正常認識的開發組員們，則是大幅保持距離，待在觀測所裡頭透過觀測儀器檢控這裡的情況。誰也沒意願進行指差確認。

總而言之，就是相關人員全都以爆炸為前提，躲得遠遠的。

「博士，你真的不能中止實驗嗎？根據試算結果，在最糟糕的情況下，我們可是會連同這座演習場一起被炸飛喔。」

正因為如此，譚雅才會事到如今，仍舊憂鬱地提議中止實驗。對於她能達成完美控制這種令人質疑的事情堅信不已的人，就只有阿德海特．馮．修格魯主任工程師一個。由於已經習以為常，所以貼心的開發組員還特意讓醫療小組全副武裝在一旁待命。

甚至還周到地找來經驗豐富的急救醫療小組，以及正式的全套野戰醫療設備。

「科學的進步總是伴隨著犧牲。當然，不只是妳，我也在這裡喔。還有什麼問題嗎？」

明明是人人都擔憂不已的實驗，就唯有阿德海特．馮．修格魯主任工程師一人不改其開朗笑容，充滿自信地如此斷言。要是能朝那張露出開朗笑容的臉上揍上一拳，想必非常爽快吧。

「恕我直言，我希望你能將這份高潔情操用在其他方向上。」

被自己的發明炸死，說不定正如你所願。甚至可說是自作自受。但問題是，為什麼不得不陪這個瘋子自殺的人偏偏是自己啊？這甚至可說是強迫自殺吧。這才是將想法用委婉語句與社會禮節修飾，再透過話語表達出來的譚雅的真正心情。

「……？身為科學家，就該對研究忠實。別囉哩囉嗦的，趕快開始吧。」

但她似乎對懷著高潔情操的狂人束手無策。既然想死，就乾脆自己去死吧。盡可能別給周遭的人添麻煩。要是沒辦法，最起碼也別給我添麻煩。

「我是軍人，並不是科學家。」

而且譚雅的職業是軍人。不論再怎麼講，陪科學家自殺也不會是她的工作。

「那我就命令妳吧。廢話少說，趕快給我做吧。」

然後面對她的抗辯，科學家的答覆就某方面來講確實是命中紅心。既然是軍人，就給我服從指揮系統的命令。儘管無可奈何，但確實就是這樣。

「……開始向九五式供給魔力。」

無計可施，只能怨嘆自身不幸的譚雅開始著手作業，慎重地將魔力緩緩注入九五式。

「觀測班收到。祝妳平安。」

就連這理所當然有如儀式般的話語，如今聽起來也像是不祥的預兆。露出痛苦的表情，承受著隨時都可能爆炸的恐怖。坦白講，這比之前在戰場上的經過，還要讓她感受到生命危機。

不論是魔導師強韌的防禦殼，還是避免直擊的防禦膜，全都是透過寶珠顯現的現象。一想到當寶珠爆炸時，自己必須得用肉身承受爆炸威力，就讓她擔憂得不能自已。

面對這種不安且蠻橫的事態，她的臉上露出難以形容的扭曲表情。而在看到她這模樣後，修格魯主任工程師卻甚至露出了微笑。看在譚雅眼中，這幾乎是她第一次看到博士露出這種讓人心安、緩和緊張的微笑。

彷彿是要她放心的表情。

「沒事，妳不需要擔心。這保證一定能夠成功。」

這份疑問，就在她看到那有如邪教信徒般純粹清澈的危險眼神時，化作警報聲響，在譚雅的腦海中迴響起來……警告她不該跟這類的人扯上關係。

「……博士，你為什麼這麼有自信？」

就算這個瘋子患有精神異常，對譚雅來說也一點也不驚訝。但問題是在現在這個場合上，這將是個重大且無法忽視的危機，而且還會波及到自己。

「沒什麼，這事情很簡單。」

博士誇張地敞開雙手，一副要闡述明確真理的態度。光是這樣，就足以讓譚雅不寒而慄。充滿自信，以看透世間真理的眼神高談闊論？這是狂信者的特徵啊。而且還是沉浸在危險宗教裡頭的那種。

「……所以說？」

在面對盲信的人時，最危險的舉動，就是表達出同意或否定某樣事物的意思。這是她在人事管理上學到的經驗，在希望受到邪教影響的社員安穩辭職時，需要保持著「不否定也不肯定」的態度。拉開距離，在對話時極力減少導致誤解的餘地。

正因為如此，譚雅才只能極力以平穩的口氣，想辦法延長對話。

「我是主任工程師。少尉是首席實驗人員。也就是說，只要我們不對立，同心協力的話，事情就將能迎刃而解。」

邪教都是這樣。大致上都會在一開始的時候，用看透一切的表情與彷彿很正常的語氣，敘說著乍聽之下很有道理的事情。

「我在前些日子得到天啟了。」

「……你說天啟？」

啊，果然。果然是這樣嗎？該怎麼說好。本來還以為是言語上的修辭。但不祥的預感，讓理性迫切發出厭惡的慘叫。她感受到極為誇張的不祥預感。

「沒錯。只要我們一起向神祈求成功，相信的人就將能獲救。」

「…………呃……」

儘管她早就做好覺悟，但還是忍不住發出痛惜之聲。等回過神來時，還大大地嘆了口氣。向神……祈求……成功？這話……出自於這個科學家口中？一想到這，就能立刻明白這是不可能的事情。是因為開發中止讓他發瘋了吧？這十分有可能。

在領悟到這點後，譚雅隨即做出判斷，就算這是軍令，再繼續實驗下去也太危險了。根據這瞬間的判斷，她隨即降低魔力供給量，並開始啟動阻止寶珠失控的安全機構。

「最重要的是不要驕傲，保持著謙虛的心情。」

然而，理當要開始運作的安全機構卻沒有啟動。儘管表面上裝作若無其事，但譚雅還是忍不住感到驚訝，重新打量起手上的寶珠。這是她在各種運用實驗中充分使用過，看慣的那顆試製寶珠。可從外觀上確認到，上頭毫無疑問搭載著數個緊急安全裝置……裝置無法啟動？也就是說，功能被廢除了……竟給我做這種多餘的事情。

能辦到這種事的，就只有眼前露出平穩微笑的主任。這傢伙是認真的。由於平時就瘋瘋癲癲的，所以才沒能及時察覺到的樣子。

「這可是個好機會。就讓我們兩個一起向神祈求成功吧。」

「博士，你不是無神論者嗎？」

「發明之神已降臨到我的身旁。如今的我乃是虔誠的信徒。」

糟糕。事態已經到無法挽回的地步了。

九五式也跟製作者一樣，無法挽回地開始失控。儘管想以魔力控制覆蓋，卻也已經不聽使喚了。電路的情況也不太正常。

再這樣下去，魔力將會朝失控的方向一路狂奔。仰賴的安全機構也已經喪失功能。

「…………………………」

一旦手動排除魔力，全體的均衡就會崩壞，這樣結構就注定會崩潰吧。因此，就算知道很危險，也只能繼續注入魔力；但要是再繼續注入魔力下去，終將會導致失控。這種兩難局面，也跟等著迎接注定失控的未來沒太大差別了。

……到這種地步，腦海中反而會清晰浮現不怎麼美好的未來，也是沒辦法的事。

「我們只要成為發明的信徒，誠心祈禱就保證能夠成功。」

「……順道一提，要是我不祈禱會怎麼樣？」

「就兩個人一起殉教吧。」

這個狂人說得很乾脆。而且他臉上的笑容，毫無疑問是會對殉教感到自豪的那種糟糕笑容。甚至可說是會滿懷喜悅跑去自爆的笑容。

「現在立刻叫醫務兵吧。或是讓我給你一個痛快？」

正是因為如此，所以看在譚雅眼中，反正橫豎都是死，至少也要親手宰掉這個傢伙，才能善罷甘休。

先殺掉這傢伙，然後再被他的缺陷寶珠殺掉，最起碼不會只有自己吃虧。是個甜美的誘惑。當然這不是份可以接受的交易，但總比全面虧損要來得好多了。市場原理如此安慰著她。

「冷靜點，少尉。妳不也曾與神會面過嗎？只要彼此能夠相信神，就能夠獲救。」

正當潛藏在心中的殺意即將反映在現實上的瞬間，從他口中傳來了這句話。這讓譚雅不經意地稍微止住動作。喂，你給我等等。

「魔力係數突然失去穩定！魔力失控了！」

「怎麼會！核心就要融解了！全員退避！」

觀測班發出悲鳴。儘管就連他們的悲鳴也被當成雜音充耳不聞，但在譚雅喪失意識的瞬間，她確實感受到了。

感受到那個惡魔——存在X，確實正不懷好意地看著我露出微笑。啊，是這樣啊。那是能擺弄自然常理的超常存在。是會玩弄人類，不會帶來任何好事的惡魔。

「祢居然陷害我！該死的惡魔！」

「最後的結論就是，你們開發的那個是叫作艾連穆姆九五式吧？我們決定帶給這項啟動實驗奇蹟，主也認同我們這麼做了。」

等回過神來，發現自己待在似曾相似的空間裡，受到比上次的存在X稍微理性一點的存在迎接，是不久之前的事。這次來訪的直接原因，是那個瘋子強行進行的冒失實驗。

然而那傢伙頂多只是瘋狂科學家，不是狂信者。根據他先前的言行推測，他也只是一名受害者。幕後黑手是存在X一夥吧。那個瘋子在這件事上，也只是受到祂們操弄罷了。雖然我別說是一點，甚至連一個分子的同情都沒有。

「喔，原來如此。」

眼前的存在，頂多就是比之前的正常一點。總而言之，就是還能夠溝通的狂信者。不過嚴禁大意。講白了，對方就像是遭到某種宗教茶毒過的人。不管祂是神還是惡魔，這種時候都已經無所謂了。

不過需要注意的是，對方很有可能不會用合理性說服自己，而是單方面強迫自己接受祂的價值觀。畢竟祂們腦袋裡的價值觀完全錯亂了。就算看起來理性，本質也跟無能的員工一樣。

應該要立刻排除。最起碼無能但懶惰的傢伙，我還可以忍受。但所謂的狂信者，不論有能無能，各個都很勤勞。這雖是值得讚賞的美德，但當中包含的「瘋狂」則讓這一切都毀了。

「然後，恭喜妳。主已經接受妳這因為無知而罪孽深重的存在，決意要引導妳邁向正確的道路了。」

「完全不需要。」

……喂。居然這麼直接？儘管早有料到祂會有所動作，但沒想到竟會是正中央的快速直球？

坦白講，左右他人的人生是很愉快，但要是被左右的人是我，可就另當別論。為什麼我的人生，我無法自己決定？我這名個體，難道不是我所能支配的最低限度的存在嗎？

「啊，請儘管放心。妳的不安，是源自於可能會遭到某人強迫對吧？」

不，這種不安的感覺，該怎麼說好呢？我確實是對自己的未來遭到他人強制決定的情況感到抗拒，這是事實沒錯。

不論是思想遭到控制，還是遭到誘導，都讓我覺得屈辱至極。共同幻想只要讓想陶醉在故事之中的人共享就好。如果這個幻想能產生利益，我們會加以投資；要是無利可圖，就絲毫不會關心。倘若會危害到自己，就將那群人從夢中打醒，讓他們嚐嚐現實的汙泥味道吧。

但強迫他人擁有共同幻想這種攻擊思想自由的行為，我身為一名人類將不得不抗戰到底。自由。這是我的自由。任誰也別想侵害我的自由。

自己這個存在違反原則去侵害他人的自由，儘管難以忍受，不過還是可以接受。

但要是他人侵害到我個人的自由，就絕對無法接受。我在過去曾經擁有過能保護這份自由的才智與人脈；而現在，我則具備保衛自由的具體力量，並理解其價值的重要性。

「因此，請放心吧。我們將會祝福妳的演算寶珠，使其能夠實現奇蹟。妳在使用寶珠後，想必就能充分體會神的恩典，吟唱出祈禱的話語吧。」

「祈禱的話語？」

「是的。你們的祖先遺忘了讚揚主的話語，沒有傳承下來的責任，並不在你們身上。」

「當然。不過現在討論的重點不在此。」

但這種道理究竟是怎樣成立的啊？有誰能來跟我好好解釋嗎？如果可以的話，請立刻。不論是翻譯機還是口譯都好。除了急件津貼外，我還會附加小費。所以，拜託誰來跟我解釋清楚，這傢伙究竟在說什麼啊。

「所以說，主將會讓妳能夠自然而然地說出祈禱的話語，讓妳的心能聽見祂的話語，讓妳變得相信奇蹟。」

「……這聽起來像是非常惡質的洗腦。」

試著整理一下狀況吧。這群邪惡的傢伙把我丟到這個世界裡。甚至可稱為綁架。不過見我沒有屈服，於是決定採取新的手段。那就是讓我使用受到詛咒的演算寶珠。愈是使用，心靈就愈會遭到侵蝕？全給我去吃屎吧。

豈只是如此，這件事更加惡質的是，想要在嚴酷的戰爭中生存下去，就算知道使用的代價很高，我也很有可能不得不使用。早在祂們理解到這點時，棋局就已經將軍了吧。

自己放火，再自己滅火。這種行為惡質到連內線交易都無法相提並論。要是允許這種蠻橫行為發生，就等於是人間已無法律與正義可言了。或許我該以擔任人間的法律與正義的代理人為己任也說不定。

「這並不是強制的。就只是讓妳充分體會神的奇蹟，然後真摯地獻上祈禱。妳所持有的演算寶珠，已受到了這種祝福。」

真會說。把人丟到這種正值戰爭，不知道何時會喪命的環境中，還說什麼不是強制的？這跟把人丟到沙漠裡，然後再叫他不要喝水是一樣的道理。等於是叫人去死吧。總之，這甚至可說是種威脅。

「原來如此。話說回來，我的實體呢？」

「妳正受到神的恩典守護著。去吧，邁向妳的旅程。向世人宣揚主的名吧。」

就在這詭異的話語說完後，我的意識就拉回到地面上了。

對此我一點也不高興，因為眼前是我在人類當中最不想看到的傢伙的臉，還有他的聲音。要我是帝國法務官員，就會制定見到瘋子就立即射殺的法律。如今的我十分肯定，這是為了帝國好的責任與義務。

「主降臨了！奇蹟啊！相信的人會得到幸福！」

這個瘋子露出一副幾乎就要高喊「我乃新的先知」的危險眼神。不對，對他本人來說，或許真的自以為是先知了也說不定。

「主任，冷靜點。」

拜託給我閉嘴。你沒必要用全身誇耀，可用科學證明瘋子能轉職成狂信者的事實。拜託你，從我的視野中消失吧。

「喔喔，提古雷查夫少尉。實驗成功了！讓我們一起讚美神之名吧！」

然而無可奈何的是，這個瘋子是狂信者，而且還照樣是個瘋子。這傢伙給我信教信到腦子壞掉了。

「來吧、來吧，讓我見識奇蹟的恩典！」

「提古雷查夫呼叫管制官，九五式的控制術式正常嗎？」

我期待他們能基於技術性障礙而出面制止。只不過，這好歹也是那群超常存在施下的詛咒。我的願望就這樣輕易遭到碾碎。人類還真是無力。

「就目前看來正常。但也有可能是觀測儀器故障了。」

「確實有這種可能。沒辦法。封印九五式，拿回研究所裡頭檢查吧。」

真是太棒了。慎重對於技術人員來說，是種不可或缺的資質。儘管難以原諒他們對我見死不救，全員退避的行為，但如果是現在，我甚至甘願他們這麼做。只要當他們是為了制止實驗而存活下來的，這也不是無法容忍的事情。

「在說什麼話！少尉，妳現在就給我立刻啟動！」

有人發出反駁了。這個混帳瘋子，當真不怕某天遭遇到誤射或是意外事故嗎？

不對，他早已遭遇過好幾次這種事態，為何還能活到現在啊？儘管想說這怎麼可能，但他該不會是存在X與其黨羽的手下吧？雖然早知道他是我的敵人，但難道還是不共戴天的仇敵？

「……啟動了。理論上不是成功，就是把這座工廠連同我們一起炸飛。」

「這笑話很難笑喔，少尉。」

我完全笑不出來啊。我可是認真的。算了，既然是詛咒，可想而知是不會有什麼好結果的。

魔力流通演算寶珠的電路，開始進行四核同步。

魔力流通得相當順暢並且順利，要說到核心的同步，更是流暢到無須注意就能夠運作。至於魔力的損失，毫無疑問是跟理論值相同的結果。

原來如此，如果光看性能的話，這確實是非常厲害。足以讓人稱讚是絕佳的發明吧。然而十分遺憾的是，這東西被詛咒了。

「喔喔，主的奇蹟是偉大的。讚美主。讚美那榮耀之名吧。」

我高聲喊出感動的詞彙。全身細胞在這瞬間，忍不住想要讚美主的名。

「成功了？……不會吧，真的成功了！」

直到觀測班陷入驚訝的漩渦，聽到他們接連發出驚疑叫喊，我才終於回過神來。

「……我剛剛做了什麼？」

我剛剛想了什麼？說了什麼？讚美了什麼？我居然讚美了那傢伙！

「嗯，少尉。妳也能明白這份信仰了吧？這可是奇蹟喔！」

「奇蹟？」

「歌頌對主的讚美吧。見識這份奇蹟吧。」

到這邊為止，都是有如噩夢般的事實。最後在遭到詛咒，遭遇到不怎麼美好的情況後，我終於……終於得到解脫，最後只要再收集完一定程度的資料就好。只要不是這裡，要我去哪都行，總之我要逃離這裡。

就像是要實現我的願望，西方還特意傳來共和國的宣戰布告。這讓我期盼已久的通知，就在我對這世界感到絕望時，傳來我身邊，救贖了我的精神。

只是到頭來，想過得輕鬆似乎還是很難啊。

[chapter]

III

第參章

守望萊茵

The Watch/Guard On The Rhine

萊茵戰線的天空。在這片天空中飛翔的魔導師當中，也混著她——譚雅．提古雷查夫魔導少尉。要說和別人有什麼不同的話，她受領的是單飛命令。

為什麼？

因為高層是群蠢貨。

所以她才會像這樣在前線飛行。

在只用三行就能說明的粗糙事由下被投入最前線。就帝國看來，這也是出乎意料的情形吧。但是，對因為高層的出乎意料，而被緊急選拔投入戰場的人來說，這可不是一句出乎意料就能解決的事態。

她在北方戰線與協約聯合交戰時學到一點，那就是空中沒有掩蔽物。能遮掩身形的掩蔽物頂多只有雲。以防禦力而言，所幸是魔導師，應該具備某種程度的堅固性。

然而就算說是堅固，但也不是不會死。倘若問她想不想站在重視貫穿力的狙擊用步槍，或是口徑不能同日而語的機槍面前，答案肯定是不。況且，沒有比魔導師更害怕孤立的兵科了。儘管如此，為了爭取戰術上的時間，上級依舊是命令譚雅單獨飛行。

區區一介少尉怎麼可能拒絕呢。就跟上班族一樣，只能遵守職務規範。令人想哭的是，軍人並沒有拒絕權這種高尚的東西。而且她在航空戰技上付出的努力，還讓她在軍官學校時授獲了空戰技能章。事到如今，就算想哭著說她不會飛也沒有用。

所以儘管不情願，譚雅也依舊得以領導地面部隊的形式緊急起飛。理由是要她擔任前方警戒線的斥候人員兼空中警戒人員。西方方面軍的管制部授予她的呼號是鷹眼。跟妖精比起來，還算是讓她喜歡。

「Hawkeye03 呼叫指揮所，聽到請回答。」

她擔任警戒班所得到的臨時呼號是 Hawkeye03。職責是在前方睜大眼睛探查敵蹤，等發現之後立即傳達給進擊中的友軍。隨後在與接近中的敵集團保持一定距離，一邊接敵一邊繼續收集情報。視情況還得兼任管制，引導直接掩護軍團前進。

然而遺憾的是，由於早在她進行引導前，指定飛行管區的管制官就遭到捕捉，導致這份工作變得相當艱難，只能說是始料未及。

「……Hawkeye03 呼叫指揮所，聽到請回答。」

考慮到在部隊遭到奇襲，逐漸陷入嚴重混亂當中的無線電狀況，譚雅不耐煩地持續發出呼叫的無線電能與地面管制官取得聯繫，或許該說是非常幸運吧。

「這裡是第七野戰臨時管制所。呼號為 Lazard08。收訊不良，不過沒有障礙。Hawkeye03，請說。」

實際上，相當於空中的眼睛——由航空魔導師擔任的管制警戒人員，對於以地面部隊為目標的所有軍隊而言，總而言之就是想要優先擊墜的目標。就跟她曾在諾登經歷過的任務是相同的情況。儘管這對無法確保空中優勢或魔導戰區優勢的軍隊來說，就相當是失去雙眼，但很少有兵科會比單獨飛行的魔導軍官容易狩獵了。

反正置之不理也不會有任何好處，所以在軍事行動上，都會計畫優先排除這種單位。

「收到，Lazard08。這裡也收得到訊息。即刻起開始支援任務。」

「謝啦，Hawkeye03。我們正缺眼睛。非常歡迎！」

正因為如此，才會演變成得對正高興能獲得有效支援的友軍潑冷水的窘況。

「Hawkeye03 呼叫 Lazard08。儘管很突然，但請放棄我這邊的支援。我偵測到前方有大量機影靠近。」

看在單獨飛行而受到敵方鎖定的魔導師眼中，這是不可抗力。要是在抵達同時就遭到敵軍襲擊，那麼在向友軍提供情報以前，首先就不得不採取自衛戰鬥。

譚雅絲毫沒有想展現自我犧牲精神，冒不必要危險的意思。她維持最高限度的警覺心來保護自身安全。無論如何，既然是單飛，就得在遭到發現的瞬間逃離。

因此，儘管引人注目並非她本意，但還是徹底發揮投入實戰實驗的九五式演算寶珠的性能提升高度。將加速與爬升能力發揮到極限，在敵航空機襲擊時，搶在對方逼近前緊急爬升到能夠勉強逃離的高度。同時預估來自地面的對空砲擊，盡全力在下方形成防禦膜，這樣應該可以承受住一次攻擊吧。

她為了生存所選擇的高度是八千英尺。這是在主的庇佑下，讓九五式能將各種情況化為可能後，新的實用交戰高度的極限。根據那個瘋子的說法，這是在神與人奇蹟似的攜手合作下的成果，但達成這項技術革新的詳細過程，對於身為自由人的一名人類而言，實在是不愉快至極。最可恨的是，這東西不僅遭到詛咒，還只有自己能成功運用，所以大概無論如何都無法擺脫專任實驗人員的身分吧。

雖然就其他角度來看，其他人或許會形容這是「庇佑」或是「祝福」，但對譚雅而言，她可是百般不願意。這背後有著她不願述說的理由。

以前讀過的漫畫當中，有名犯罪組織的成員表示祕密會讓女人更加美麗，但這肯定是騙人的。畢竟這個寶珠愈是使用，那個「信仰心」就愈是會刻劃在精神上。變得只能夠讚美主的我，迫不及待想要恢復內心的自由。

算了，與其煩惱這麼多，還是先解決眼前的工作吧。即使只是急就章也好。所謂在現實的逼迫下失去精神自由，正是這麼一回事。

「三點鐘方向，推測有中隊規模的魔導師隊正在急速接近中。」

趁著提升高度的空檔，一邊將所見到的敵情盡可能告知地面的管制官，譚雅一邊咬牙切齒，在心中狠狠咒罵起高層的無能。

譚雅會像這樣淪為敵軍的標靶，全是高層忽略法蘭索瓦共和國從西方發動奇襲進攻的可能性這種嚴重失態所致。他們最大的失誤，就是將戰力集中與忠於追擊戰的教則，覬覦擴大戰果而正式開始蹂躪協約聯合吧。甚至還開始妄想能藉由征服併吞協約聯合。

拜這所賜讓本國大唱空城計，愚蠢到招致西方進軍來犯，真是讓人笑掉大牙。

本來根據帝國的國防計畫，北方的定位是放在只要貫徹遲滯作戰，就能充分維持戰線的程度上。北方方面軍所背負的戰略課題，僅僅只是支援實質上負責東北戰線的東方軍，協助他們與主要假想敵的聯邦對峙。理所當然，既然是以防禦優先的兵力，光只是增加部分增援程度的攻勢，無法期待獲得「完全」的勝利。

因此在進行本來未曾預想過的大規模侵略作戰時，參謀本部就企圖運用大規模動員的預備戰力，將協約聯合斬草除根，永絕後患。

然而軍隊的動員，卻讓事態迅速產生各種變化。所謂「兵者，國之大事」，在該對國家戰略要求謹慎時，帝國掉以輕心做出的輕率動員，就結果來說不論是否有這個打算，都已經刺激到周邊國家。

就在帝國想要打擊協約聯合，進行有利於往後國防的「預防性的一擊」時，法蘭索瓦共和國也試圖抓緊帝國的破綻，趁機給予了帝國預防性的一擊。而那群幹出蠢事的高層，卻只會大叫這出乎意料。

就帝國而言，這或許是針對協約聯合的兩國問題發動的動員吧。但就對帝國軍事力持續增強而感到擔憂的鄰國而言，這種可能會讓包圍網遭到突破的事態足以令他們害怕。

更別說是西方的法蘭索瓦，長年以來與帝國有著國境糾紛與領土問題，並曾數度爆發地區戰爭。抱持著這種火種的他們，不可能對帝國的意圖視若無睹。

感受到壓力的帝國束縛在身上的鎖開始鬆動，但是為了撬開身上的鎖，屋主卻出遠門了。這對不得不對潛在假想敵感到戰力差距的法蘭索瓦共和國來說，是不可錯過的機會。

諷刺的是，與曾針對要不要打破所制定的軍事戰略而進行激烈爭論的帝國截然相反，法蘭索瓦共和國是為了保證所制定的軍事戰略的有效性，而只能選擇發動攻勢。

「此外，一點鐘方向也確認到大隊規模的地面部隊。外加上有複數機種不明的航空機正在急速接近中。」

這於是讓譚雅落得得在天空飛行的下場。而且還塞給她不想要的東西當作自己的寶珠，丟到蜂擁而來的敵魔導師面前。

「Lazard08 收到。我方會立刻避開。」

不論帝國也好，法蘭索瓦共和國也罷，雙方都在某種程度上對彼此的本領相當熟識。當然，法蘭索瓦共和國也十分清楚帝國採取內線戰略與包圍網對峙的狀況。因此，法蘭索瓦共和國的國防戰略就實際上來講，是將焦點放在該如何打破假想敵帝國的內線戰略上。

他們的答案十分簡單。就是在帝國的大規模動員完畢前，先派遣主要的常備部隊，針對聚集帝國戰力根基的帝國西方地區發動突襲鎮壓，削減帝國的戰爭能力。同樣地，一旦帝國進攻第三方國家就立即展開行動，也是作為作戰的其中一環而早就預想好的狀況。

不對，嚴格來講，是共和國身處的立場，讓他們不得不將等「帝國」採取行動後再立即對應的做法，作為一切行動的前提。目前的情況要是置之不理，將來很可能要與從東北方壓力解脫的帝國對峙。既然如此，就只能趁還能確保優勢的「現在」行動了。

原來如此，純粹以歷史洪流的觀點來看，北方戰線可說是一擊就能分出勝負。甚至可說是一瞬間。所以就通常的感覺來看，就連外行人也很清楚這場戰爭會迅速落幕。

協約聯合想必會無力抵抗，落得向帝國投降的下場吧。這種未必有誤的分析，毫無疑問是非常具有真實感的未來景象。但若要專家來講，情況就會稍微有點不同。沒錯，要毀滅一個國家，只花幾個月或許是相當迅速也說不定。但就軍事戰略上，讓主要戰力被牽制在一個地方好幾個月，實在是太過漫長了。

如今的軍隊只要數週就能動員完畢，以完全充足的兵力大舉進軍。考慮到這點，在目前的狀況下發動攻勢，對法蘭索瓦共和國來說會是個相當誘人的「選項」。而這就像帝國堅信此舉能拆除北方戰線長年面臨到的國防枷鎖一樣，法蘭索瓦共和國也堅信能透過這一擊，一舉解決祖國長年煩惱的國防重大威脅。

以北方戰線的勝利為優先。換句話說，高層想強調這是基於戰略的判斷……總之就是這樣。倘若不是蠢到未曾設想過這種事態，就是儘管有設想過，但卻過分低估事態的嚴重性。

說到底，戰爭指導也太過輕率。「這對帝國而言是避免多面作戰的妙計，同時也是宣告新秩序誕生的砲火轟響」等慶祝北方戰線大勝的愚蠢報紙與廣播，接連數日宣傳起突然發動襲擊的法蘭索瓦共和國究竟多麼殘暴無情。但對在前線戰鬥的人們來說，這些只能在戰壕裡打發時間時當作笑話嘲笑高層，此外別無其他用途的政治宣傳，是發自內心地覺得怎樣都好。頂多是讓人想大叫，要是有餘力發送電波到前線來，還不如趕快多派點人手和物資過來啊。

比起大義與理想，要是不處理眼前的現實，可就傷腦筋了。

「敵前鋒魔導師集團已偵測我機。並且正急速接近中。」

現實非常殘酷且單純。總之就是西方的方面軍，得在主力返回前當個打不還手的沙袋。會從留駐本國的部隊當中派遣教導隊，還有負責受領先行量產機種，進行實用評價任務的評價部隊臨時參戰，恐怕就是帝國已無餘力的證明吧。

將本來應該在後方致力改善全軍質量的教育研究部隊逐次投入前線，本來相當於是末期國家才會做的禁忌舉動。當然這些部隊都具備一定以上的訓練程度，也不是不能作為救火隊使用。正因為如此，譚雅才會落得被對意想不到的事態驚慌失措的本國，從工廠丟到最前線的下場。

「Lazard08 呼叫 Hawkeye03。我方將立即派遣增援。」

「Hawkeye03 呼叫 Lazard08。我不會太過期待，但還是拜託你了。」

在答謝的同時，譚雅也隨即開始脫離戰區。這次可以逃。那就不需要客氣了。

「我機將退離此空域。」

「Hawkeye03，祝貴官武運昌隆！」

在戰場上，友軍的支援或許是一線希望也說不定。但實際上，援軍有真正趕來的情況是少之又少，譚雅透過歷史與過去的經驗十分清楚。期待無法依賴的援軍，將自己的生命賭在樂觀的推測上是愚者的典範。所以她專心一志地逃跑。

「Hawkeye03，收到。」

思考著手邊擁有的牌，譚雅儘管差點陷入憂鬱情緒，但她那不甘願的苦澀表情上，依舊有著不得不面對現實的自覺。碧眼彷彿渴求人類睿智的哲學家般，透露出焦躁與煩惱；從櫻桃小嘴中發出的尚未變聲的稚嫩低鳴聲，是純真孩童對於蠻橫事態的憤怒。

「……嗚……」

只不過，譚雅．提古雷查夫的煩惱其實很單純。那就是對強迫自己做超乎薪水的工作的憤怒，還有對無法貫徹安全規範的黑心職場的怨嘆。這讓她甘願接受工會的存在，並發自內心地渴求勞基法。

這可說是針對軍方的目的合理性行動，個人所抱持的煩惱吧。為有效消除飛行人員的疲勞，維持能承受連日激戰的集中力，軍方會提供飛行人員高熱量食物這點是還好。實際上，帝國的魔導師與駕駛員還被課以食用高熱量食物的義務。

但就算是這樣，要問到想不想服用興奮劑，實際上也很微妙。更遑論是要將程度遠超過興奮劑，由那個瘋子與存在X攜手合作的成果當成王牌使用。面對這個特別強化狠毒的精神汙染效果的寶珠，哪裡還能夠猶豫啊。這本是早就該扔掉的東西。

她就是這麼地不想使用九五式。她真的很不想依賴這個神恩浩蕩的演算寶珠。但要是不用就活不下去呢？這真是究極的選擇。

對於米歇魯．霍斯曼中尉指揮的共和國第二二八魔導搜索中隊，今天本該是一成不變的一天。

法蘭索瓦共和國軍的最先鋒部隊，成功達成戰略層面的奇襲作戰。對於擔任先鋒的他們而言，就算奇襲效果開始逐漸喪失，即將改為突襲作戰，任務內容也依舊沒變。

一方面奪去意圖從混亂中恢復態勢的帝國軍雙眼，一方面截斷他們的通訊線路。使敵軍孤立，同時妨礙他們建立有組織性的抵抗線，支援後續部隊擴大突破口。內容就跟前幾天賦予以霍斯曼中尉為首的這群老練軍人的任務相同。

只不過，在現實的戰場上，凡事都不會像戰爭電影或小說那樣伴隨著前兆而來。不論是任何情況。

「Golf01 呼叫CP（指揮所）。遭遇到敵方哨兵。」

「CP收到。判斷為鄰近部隊的直接掩護。立即排除，同時繼續搜索敵主力位置。」

運氣不好的傢伙。這是霍斯曼中尉所抱持的印象。畢竟是被中隊規模的魔導師，而且還是擔任軍團前鋒的自己的部隊追擊。雙方的戰力差一目了然。正因為如此，所以似乎早就察覺我方接近的敵魔導師才會選擇逃離。

就對方的對應來看，他隨即明白那名敵兵也具備優秀的技術與瞬間判斷力。畢竟對方早已爬升到距離實用甚遠的高度八千英尺。正因為如此，才讓他不得不覺得對方的運氣不好。就算本事再高，運氣不好的士兵只會短命。

「Golf01 收到。只不過，高度八千英尺啊，真是破釜沉舟的高度……」

就算無法長期待在此高度，但想要逃脫就別無選擇，這點霍斯曼中尉也很清楚。想要在目前的戰況下擺脫追擊，不是前往我方會猶豫追擊的環境，就是聽天由命進行低空的隨機機動。

而長距離進攻的部隊一般來說，都會為了節省消耗而避免前往高度八千英尺進行追擊。對方的著眼點並不壞。

「不過，因為太高所以搆不著這種話，可是小孩子的專利啊。兄弟們，讓我們像個紳士一樣工作吧！」

不能讓捕捉到的敵魔導師輕易逃脫，繼續活動。對霍斯曼而言，只要考慮到任務內容，這件事就沒有商量的餘地。

「聽到了吧？很好，Mike 小隊去排除敵哨兵。其餘人跟我去強行偵查。然後我們就這樣衝過防線。」

帝國警戒線薄弱的現在，是共和國最大且絕佳的獲勝機會。這是參與本次作戰的將官乃至於基層士兵所徹底奉行的一大原則。不能在以遲滯防禦為目的的臨時防線上浪費時間，放任敵方的主要戰力折返回防。

正因為如此，搜索魔導部隊被期待能基於過去的強行偵查，也就是接觸敵方防線以盡可能收集情報的做法，更進一步地達到擾亂敵方戰線的目的。一旦擾亂成功，就可期待出現突破缺口。自覺肩負著讓共和國獲勝的重責大任，他們抱持著絕不撤退的決心。

「收到，我立刻就會跟上。」

小隊長話一說完，Mike小隊就迅速爬升展開追擊。當然，一旦達到高度八千英尺，就算是共和國的精銳，也得承受激烈的消耗吧。能夠承受實戰的高度，一般是以四千英尺為基本，就算再怎麼勉強也只能維持在六千英尺。

就這層意思上，選擇八千英尺的敵兵相當聰明。實際上，這次的追擊恐怕會消耗掉Mike小隊的戰力，讓強行偵查的規模實質上降低到兩個小隊。就引誘與拖延戰力的觀點來看，敵哨兵做出了極為優秀的貢獻。我們正在與如此值得尊敬的對手戰爭啊。

「Engage。Fox One（發射半主動式導引攻擊）、Fox One！」

然而霍斯曼中尉陷入沉思的寂靜，隨即就遭到部下傳來的無線電通訊打破。身為中隊長的他傾聽起戰區無線電，部下的聲音反覆宣告已展開封入干涉式的長距離射擊戰。同時，眼前的敵兵出現新的動作。恐怕是理解到逃離不了。敵影迅速迴轉，就像是要狩獵似的朝Mike小隊突擊。看來是要轉守為攻了。

「Fox Two（發射熱導引攻擊）、Fox Two！怎麼可能，居然避開了！」

部下透過無線電傳來的困惑聲，蘊含著對自己遭到突擊的驚訝，以及瞬間發出的射擊遭到避開的動搖。霎時間，就算要猜測敵魔導師的意圖，相對距離也在瞬間遭到縮短的Mike小隊，與敵兵的距離已縮減到中距離。

儘管離得有點遠，但在隱約察覺到 Mike 小隊開始採取纏鬥機動時，他就確信他們足以應付這個情況。是想藉由混戰來爭取時間嗎？就瞬間能採取的戰術來看，這個選擇並不壞。但對手不是中隊而是小隊規模。小隊規模的合作模式，對於擾亂作戰會是相當強力的束縛，對單獨的魔導師而言是令人絕望的戰力差。是該向對方的勇氣與決心獻上敬意，但這是有勇無謀之舉。

「敵兵衝鋒了！散開！散開！」

同一時間，Mike 小隊的隊員散開，特地將戰鬥隊形重新編組成纏鬥編隊。他們的目的終究只是排除敵軍的雙眼，支援後續的攻勢。奮戰中的對手恐怕不知道，早在他被捕捉到的時候，搜索魔導中隊的任務就等同是已經達成。也就是擊潰雙眼。因此，就算被稍微阻礙一點時間，也沒什麼好擔憂的。

「交叉射擊三連發！術式準備！要發射了，Fox Three（發射主動式導引攻擊）！Fox Three！」

故意保持能迎戰突擊的距離，同時確保交叉火網的射線，部下們的技術與合作默契，就跟教戰守則一樣理想。敵魔導師闖進了封入術式的術式封入彈頭的射線當中。就算敵魔導師占有速度優勢，對於守株待兔的一方來說，想要直接命中也不是什麼困難的事。

然而對以霍斯曼中尉為首的他們來說，接下來的情況卻超乎他們的預測。毫無疑問是遭到直擊了。能讓泛用規格的防禦膜瞬間剝落，甚至能打穿堅固防禦殼的軍用爆裂術式的統一射擊，直接命中了目標。

「Fox Three！Fox Three！該死！怎麼會這麼硬！」

複數的封入彈頭在啟動術式瞬間，確實讓敵魔導師遭到爆炸火焰吞沒。明明就是如此。

「那個」的行進方向毫無紊亂，宛如飛在無人的天空般，肆無忌憚地縮短距離。不是透過理論，而是透過感覺意識到發生了某種糟糕的狀況。只不過人類這種生物，早已伴隨著文明進步喪失野性的嗅覺。

「Mike3！Check six（背後）！Check six（在背後）！啊啊，混帳！」

就在眨眼般的瞬間，部下被「那個」闖進懷中。他的胸口不祥地長出一把清晰可見的魔導刀，然後就如同在餐桌上切割晚餐般，以細心且毫不粗魯的動作，一鼓作氣地揮開刀刃。

「Pan-pan、Pan-pan、Pan-pan！（註：求救訊號）」

「那是什麼！那是什麼！那傢伙！可惡，Fox Four（發射空對空機砲）！」

錯綜複雜的無線電通訊。那是什麼？那究竟是什麼？隔著雙筒望遠鏡，在自己凝視的雙眼前面展開的景象。那副慘狀讓他不禁懷疑起自己的眼睛。在空戰機動方面，是全中隊首屈一指的Mike小隊。他們居然被恣意擺布，遭到玩弄？……這不可能——他不自覺地喃喃說道。魔導師是能做到這種程度……做到這種程度的兵科嗎？

「Mike1？Mike1？」

等回過神來時，Mike小隊早已是等同半身不遂的慘狀了。一號與三號遭到擊墜，四號的演算寶珠機匣恐怕被擊中了。此時正在失速墜落中。進行掩護的二號勉強還支撐得住，但恐怕也支撐不了太久。

「該死，Bravo 小隊、Golf 小隊迴轉！迴轉！要去掩護 Mike 小隊了。」

對霍斯曼中尉來說，他不可能對眼前發生的部下困境視若無睹。連忙指示在他指揮下的小隊迴轉，以最大戰速趕去掩護 Mike 小隊。

但他心中仍然存在著「為什麼？」這個疑問。魔導師就算實力會因人而異，但會到如此一面倒的程度嗎？據傳帝國的魔導師當中，有一部分會持有經過特殊調整，稱為特規機的演算寶珠，並運用與生俱來的高輸出魔力武裝自己。

但就算是這樣，也頂多是能跟兩人小隊勢均力敵。聽說就連 Named 級別的怪物，也大多是強化打帶跑戰術的傢伙。在對魔導師戰鬥中，不是各個擊破，而是以小隊規模為對手正面交戰，簡直教人難以置信。

「敵兵進入射程了！」

然而，身為中隊長的霍斯曼完全沒有時間煩惱。Bandit 已進到我方的射程範圍內。摒除一切無關戰鬥的雜念，以長距離編隊規模發出狙擊術式的指示。就算距離稍遠，但兩個小隊規模展開的彈幕絕對不可能落空。

對方想必也清楚這點。只見他宛如教戰守則般，急遽採取了迴避機動。直到這邊都還可以接受。但問題就在於，他為什麼能像是毫無重力般地輕盈飛舞？

「Fox One！Fox One！」

但最令人難以置信的——不對，是宛如惡夢般的事情是，對方防禦膜的堅硬程度。就算長距離射擊是以射擊精度為重，但好歹也在誘導干涉式中混入了爆裂式。哪怕攻擊幾乎遭到迴避，也不可能完全避開漫天蓋地的爆炸範圍。

然而對方卻絲毫不為所動，一副不痛不癢的模樣展開回擊，甚至讓人不禁湧出「這是在開什麼玩笑」的想法。

「要衝鋒了！掩護我！」

是判斷這樣下去會沒完沒了吧。Golf02 拔出近戰魔導刀發動吶喊衝鋒。這是正確的判斷。哪怕防禦再堅硬，也不可能在近距離遭到魔導刀攻擊後還能平安無事。既然長距離射擊戰無法解決對方，盡可能集中火力也是合情合理的戰術。

「得手啦！Fox Two，Fox Two！」

呼應他的衝鋒，全隊懷著在難以迴避的中距離下交戰的覺悟前進。同時發揮出以 Named 殺手之名威震他國，共和國傳統的統一射擊的真功夫。以六把狙擊術式與一把代替煙霧的爆裂術式進行的突擊支援射擊，確實直接命中了敵魔導師……理當是這樣才對。

「仍然健在？這怎麼可能！」

「Golf02，散開！散開！」

然而，在承受到牽制兼掩護的中距離射擊後，敵魔導師卻仍然健在。吃下能將半吊子的防禦殼瞬間貫穿的狙擊術式後還能飛行？儘管突然目睹到這難以置信的情況，他們卻沒時間慢慢思考這個疑問。

至於試圖發動近戰攻勢的Golf02，則是在Mike2的掩護下勉強逃出生天。外加上，敵魔導師發出的射擊，就像將我方的防禦膜視為無物般撕裂，轉眼間解決掉兩名隊員。

「我們上當了！該死的混帳！」

哪怕再不甘願，他也明白自己被狠狠擺了一道。

前往高度八千英尺的退避行動是欺敵。是誘使我方分散戰力的戰術行動。無法在高度八千英尺下進行戰術行動是一般常識……但這項前提已遭到顛覆。徹底上了敵人的當，讓部下遭到各個擊破，自己竟犯下如此蠢行。咬緊下唇，儘管難以吞下讓部下傷亡的憤慨，霍斯曼中尉依舊理解到目前的處境。他們遇到了怪物──未知的Named。

「Mayday、Mayday、Mayday！我方遭遇到敵新型機！」

「該死！什麼輕鬆獲勝啊！Golf01呼叫CP，緊急事態！我方遭遇到未知Named，請允許RTB（返回基地）並要求增援。」

所謂的新型兵器，不是只要技術夠新就好。包括成本在內，可維修性與運作率等要素皆具有決定新型兵器生死的價值。但另一方面，也有許多要素必須實際在前線運用才能做出評價。

儘管對於參謀本部是最糟糕的惡訊，但與法蘭索瓦出乎意料爆發的西方戰役，對九五式的開發小組而言，可是盼望已久的實戰機會。隨後在技術人員全員出動下，期盼得到成果的九五式平安達成了實戰證明。而且還以極為優秀的形式，辜負了他們原先的預期。

「戰果如何？」

「相當出色。擊墜六，擊破三，行蹤不明三。根據觀測班回報，就連行蹤不明的那三名，能返回基地的可能性也相當渺茫。」

就算失敗也理所當然，畢竟是基於奇蹟般的實驗完成的兵器，然而在實驗運用後卻獲得驚人戰果。九五式獲得的戰果，足以讓笑不攏嘴的技術研究所負責人們，意氣洋洋地給予讚賞。

當然，使用者的技術也不容小覷。提古雷查夫少尉確實是足以授獲銀翼突擊章的戰鬥能手。

但光是如此，不可能顛覆如此程度的戰力差，獲得這種輝煌戰果。

「這實質上，幾乎算是單獨殲滅一個中隊了。」

就只是沒有達到全機擊破，但也獨自擊退了一個中隊。這所代表的意思，除了壓倒性的質量優勢外別無其他。是理論值可能化作現實的實證。

「嗯，沒想到竟會到這種程度。」

就常識來看，這只能說是難以置信的成果。除了革新以外，別無其他言詞可以形容吧。透過技術革新，另一個境界的戰鬥已揭開序幕。

「是啊。從艾連穆姆工廠的實際成績來看，我還以為會是多麼慘烈的缺陷機械呢。」

曾對維持開發懷有質疑的將校近似自嘲地發出感慨。曾經擔憂的東西在掀開蓋子起來一看後，竟發現能將至今以來的失敗一口氣全面打消的輝煌成果。既然能達到如此成果，那過去的一切就不算什麼了。就連成本方面，也只要量產就有辦法壓低。

「不，實際上這確實是缺陷機器沒錯。」

然而對於這語帶感慨的讚賞，技術部狠狠潑了一盆冷水。他們十分清楚運用方的腦子裡在想些什麼。革新的技術。期望能達到革命性的質量改善。這一切倘若要技術部表示的話，很不幸地只是個幻想。

既然是夢，就得讓他們早點醒來。

「這是什麼意思？就戰果來看，可是能單獨獲得超乎期望的戰果啊。」

「沒錯。這可是能改變魔導戰型態的產物吧。」

九五式的確是在實戰中獲得豐碩戰果。這是事實。性能方面也與現世代有著極大差距，就算稱之為次次世代也不為過。借助四機同步機構讓魔力轉換固定化在實戰運用以及其蘊含的可能性，這種能夠將幻想化為現實的技術，想必讓運用方垂涎三尺吧。

畢竟將魔力固定化，能如同子彈般保存下來的技術，在戰術價值上簡直是不可限量。能夠隨時隨地活用儲備的魔力戰鬥，實際上等同是消除了魔力保有上限。

「過去在批判中指出的各種擔憂，全都在實戰中遭到反駁。我們是這樣解讀的。」

這是某位參謀將校的低語。實際上，實戰的結果勝於雄辯。借助四機同步實現四倍的輸出，讓戰鬥能力提升到嶄新的境界。在得知這是可行的技術後，運用方當然會渴望立刻擁有。

「成功案例就只有一件。除了技術檢驗的目的外，這項計畫是徹底失敗了。」

但就技術人員的觀點來看，他們並不是為了推銷技術才將九五式投入實戰當中。就實際情況來講，是想要透過實戰實驗查出問題所在，才試著在西方戰役爆發時投入實戰運用。姑且不論技術方面，首先就不曾考慮過量產。

「其他的案例呢？」

畢竟最佳的成功案例，同時也是唯一的成功案例。要說到有沒有常態量產的頭緒，只能說連能否重新製造出來都令人質疑。對於難以找出可運用人員的魔導相關技術，僅有一人成功運用的寶珠，實在是不可能作為兵器量產。

「在比較嚴重的案例中，甚至曾在工廠引發爆炸意外，犧牲掉整個小隊的人員。」

畢竟這是會常態性的爆炸，因為電路不完善而自行崩壞的東西。雖然只要以魔力成功覆蓋過一次，之後確實是能夠盡情使用，這點已經由實戰實驗獲得證明，但最關鍵的覆蓋成功率卻是令人絕望的水準。

當中最糟糕的案例，是在同步實驗失敗後，四倍的魔力爆發在相乘效果下，將運用實驗中的小隊整個炸飛。而且還是包含中央直轄的教導隊與先進技術檢證團的精銳等一整個小隊。

「……只不過，這能讓魔力增幅吧？這可是難以放手的魅力啊。」

「能妥善運用的人，就只有提古雷查夫少尉一個。其他的驗證人員，能不被炸飛就是最好的成果了。」

所以身為開發方、身為技術人員，都不得不基於良心做出嚴厲警告。當初請求維持開發的技術人員們，就只將重點放在技術層面的革新性上。修格魯主任工程師與旗下小組成員，就只是在衝動性的研究精神刺激下，想要追求「所能做到的極限」而一心埋首在開發之中。只不過在冷靜下來後，他們也是最能理解這項技術的危險性與困難度的人。

也不得不理解到這一點。

「不是有成功案例嗎？只要再重現一次不就好了？」

「……艾連穆姆工廠差點就要消失了喔。提古雷查夫少尉的成功案例，儘管這不是技術人員該說的話，但幾乎是在莫名其妙下偶然成功的產物。」

借助四機同步進行的魔力轉換固定化，所具備的危險性遠大於原本的預測，這在分析過觀測值後已經獲得證實。儘管實驗奇蹟似的成功，但假如失敗的話，就所觀測到的魔力量來講，可是足以將整座艾連穆姆工廠炸成灰燼。所以就常理來判斷，會造成如此損失的實驗，是不可能經得起一再的失敗。

「你說偶然？」

「在魔力失控導致核心即將融解的瞬間，失控的干涉波剛剛好形成一致，才勉強在核心融解之前達成同步。」

這對技術人員來說，雖然是讓人想抱頭大叫的結果，但總而言之就是「莫名其妙」就成功了。目前只能夠知道，失去控制的魔力是在偶然下自行巧妙地結合在一起。但就算想進行更進一步的驗證，到頭來也依舊只能說是偶然。

硬要說的話，只要讓魔力失控，再巧妙地進行調整，說不定就有辦法重現。不過這種結論有也跟沒有一樣。這不是能正常重現的結果。就像是打下來的雷，碰巧造就出一尊鬼斧神工的雕像，然後要人以手工的方式重現一樣。

「因此，失控的魔力引發了魔力轉換固定化現象。總而言之，這是近乎奇蹟的偶然。」

就連在實驗報告書上，修格魯主任工程師都註明「這是基於神的作為才得以成功」，就能夠推測這是多麼奇蹟的事情了。幾乎是不可能的事態。這是超越人智所能理解的偶然產物。

就連完成九五式的修格魯主任工程師也放棄繼續開發。他表示：「再繼續下去是冒犯這項奇蹟，是不敬上帝的傲慢之舉。」連這些徹底的技術專家，最後都做出「這顆演算寶珠是唯有神選之人才能夠使用的道具」這種結論，就能猜想得到這究竟有多麼困難。

「也就是說？」

「莫名其妙的東西，在莫名其妙的情況下，硬是拿來運用。這就是目前的狀況。」

總之，就只知道這種程度的事。不論是解明原理，還是再次重現，都必須花費莫大的時間與勞力。而且成功機率不論怎麼推算，都只能得到不值得一賭的數字。

「乾脆拱提古雷查夫少尉當英雄吧，這樣說不定還比較划算。」

「……我同意。這樣所能獲取的利益比較大吧。」

所幸提古雷查夫少尉是以如此年輕——或是說明白點，以如此稚齡就授獲銀翼突擊章的人才。讚揚她的實力，對於政治宣傳也比較方便吧。

幼年學校　宿舍

我，維多利亞・伊娃諾娃・謝列布里亞科夫總是起得很早。

「維夏！起床了，維夏！」

「唔唔唔唔，早安，艾勒。」

正確來說，是因為漂亮的朋友總是會叫我起床，才讓我得以維持早起的生活。這名好心腸的艾勒不僅身高比我高，身材也儘管苗條，但該凸的的地方也凸的很明顯，有著一副任性的好身材。明明有著這種好身材，卻與早晨的低血壓無緣，還有著善解人意的個性。

雖然我身高只比她矮一公分，身材也算是苗條，但上天也太不公平了。為什麼艾勒明明跟我過著相同的生活，特定部位的發育卻會有著如此差距，讓人有點難以接受。

不論是誰，在升上幼年學校後，都會想窩在早晨溫暖的床鋪上賴床。畢竟與宿舍的朋友們愉快地通宵聊天，是這裡為數不多的樂趣。而艾勒也是個熱愛熬夜聊天的人。大多時候還是我比她早上床睡覺。

儘管如此，她卻總是比我早起，真是太不合理了。也就是說，這是不論我再怎麼努力都很難改變的個體差異。

不過說是這麼說，但我意外地不討厭我這個善良的朋友。

一般就算不是志願役，基本上魔導師適任者都會半強制地遭到徵募，丟到幼年學校裡頭接受訓練。面對嚴厲至極的規律生活，還有魔鬼教官不絕於耳的怒罵。我之所以沒有一直怨恨上帝，正是因為這段美好的相遇。

但與這名好友共度的生活，大致上也只預定到今天為止。儘管我直到現在都還沒有實際的感受，但今天我和艾勒就要配屬到實戰部隊。雖然希望能配屬到同一個部隊，不過看來是沒辦法太過期待。

與其說是穿著軍服，倒不如說是被軍服穿著的我們，要說是軍人也確實是名軍人。而且不知道是因為什麼樣的命運，讓我們具備魔導的資質。

於是我們成為了帝國傲視世界的偉大帝國軍的魔導師。正確來說，是預定成為的雛鳥。在不知不覺中成為西方萊茵戰線的補充人員，等到回過神來，已經被丟到西方方面軍的宿舍裡。

基於軍人的義務，必須要為了親愛的祖國，在危機四伏的西方擔任護國壁壘，夙夜匪懈地刻苦精勤……的樣子。我好歹也算是偉大帝國的臣民，也曾想過要為了國家奮鬥，但總會覺得不太對勁。這也難怪，畢竟我的故鄉是雪白瑰麗的莫斯科。雖然我那模糊的記憶中，還殘留著共產主義思潮這種不怎麼美好的回憶。拜這所賜，讓我有著與雙親一起投奔親戚的亡命經歷。雖然我當時還小，那段日子對我來說只是段記不太清楚的回憶，但身為一名純粹的帝國軍人，我似乎稍微有點不夠資格也說不定。

不過我還是很感謝收養我的姑媽夫妻。第二順位，則是感謝賜予我每天糧食的神。

「我開動了。」

有別於後方的飲食生活，前線附近的士官餐廳是以不新鮮的蔬菜與罐頭食品為主，如今我也已經吃習慣了。就連到部第一天，那個吃起來像野戰糧食，害我不經意哭出來的餐點，最近也覺得比較好吃了。

「維夏有在聽嗎？妳配屬到的小隊，聽說是由新的小隊長指揮的呢。」

所謂的用餐時間，就是大夥聚在一塊愉快聊天的時間。外加上是在這種時期與場所，所以話題無論如何都會偏到我們的配屬單位上。

「真的嗎？現在這種時期，怎麼可能還特地配屬新任的小隊長啊？」

「才沒有錯呢！」

「艾勒，冷靜點啦。」

當然，這些大半都是毫無根據的傳聞。我曾經耳聞過，只要在部隊裡待得夠久，就有辦法探聽到自己甚至於隊友的配屬單位，我也認為這是有可能的。不過理所當然的，雖說是士官，但像我們這種幼年學校出身的魔導師，在軍隊裡根本搞不懂東西南北，更別說去探聽這種消息。

說是這麼說，不過我也非常關心自己的配屬單位。而且，我的朋友在奇怪的地方上消息特別靈通。

「可是，真的嗎？我們是補充人員耶。會特地讓我們到最前線組成新小隊嗎？」

「維夏，理論上雖然是那樣，但我保證這件事不會錯。畢竟，我可是親耳聽到人事官他們這麼說的喔。」

不過我最在意的一件事情就是，艾勒到底是從哪邊若無其事地探聽到這些情報啊。又不是小學老師，軍隊的人事官會在有人的地方討論人事問題嗎？……還是別想太多吧。

「艾勒……我有時會覺得妳該不會是來自遠東的忍者吧。」

「哈哈哈哈哈。好女人總是伴隨著祕密喲，謝列布里亞科夫同志。」

「好了啦。話說回來，妳知道是哪邊的新編成小隊嗎？」

「啊，不是新編成的小隊，是全滅小隊的補充人員喔……基本上。放心吧，聽說那個小隊長可是持有銀翼的老練軍人喔。」

霎時間，我無法理解自己聽到了什麼，等到好不容易回過神來後，我那悠哉的腦袋就因為太過驚訝，而在瞬間發出反應。

「銀翼？……銀翼是指那個銀翼突擊章嗎！」

「喔喔，瞧妳嚇得驚慌失措的樣子。」

「咦？」

「維夏還是一樣表情豐富呢。」

朋友精明地控制音量，在不引起餐廳其他人注意的程度下低聲大笑起來，之後再向她道謝吧。

不過話說回來，居然有人能活著領到銀翼突擊章啊……與其說帝國軍人厲害，倒不如說——人類還真是厲害呢。

「對了，妳應該也知道自己的分發單位吧。」

「沒錯。我是支援砲兵隊的觀測班。負責在後方打混摸魚喲。」

「妳呀……要是掉以輕心，可不知道什麼時候會出事喔。」

「哎呀，悠哉過頭了，用餐時間要結束啦。維夏，趕快吃吧。」

說是這麼說，不過朋友會待在安全場所的消息讓我羨慕得要死，同時也感到由衷放心。

「咦咦，也是呢……啊，我的牛奶糖呢？」

「喔喔，瞧妳留著沒動，我就幫妳吃掉嘍。」

畢竟，這個愛惡作劇惹人生氣的人，是我最重要的朋友。

「你說調任嗎？」

讓她擔任九五式演算寶珠專任實驗人員，當作實驗白老鼠對待的技術研究所發出的調任通知。懷著度日如年的心情殷殷期盼，好不容易才盼到今天的譚雅．提古雷查夫少尉，心滿意足地收下了這份通知。終於……她的申請似乎終於通過了。這樣精神也能獲救了。現在立刻前往新的部署去吧。

「是調任沒錯。高層似乎不打算讓 Ace 繼續閒置了。是去擔任第二〇五突擊魔導中隊的第三小隊長。」

考慮到連教導隊都得參戰的緊迫戰局，會被分配到最前線也是無可奈何。倒不如說，軍官學校出身的魔導師到最前線擔任小隊長，比起目前被當成實驗白老鼠惡整的現況好得多吧。

總算是能擁有部下。這樣就能把自己過去獨自進行的工作分配下去。就算會讓高層留下不好的印象，但部下在最糟糕的情況下還能拿來充當肉盾。算了，只要別太無能的話，應該就不會這麼做吧。不管怎麼說，這都是令人高興的事態。

「還有恭喜妳了，少尉。根據先前的戰功，我們決定授予貴官航空突擊章。不過跟銀翼比起來，這或許有點可笑就是了。」

「謝謝長官。」

譚雅甚至露出符合年齡的笑容簡單答禮。她隨後興高采烈地返回宿舍，迅速整理行李。不過軍人本來就沒什麼私人物品。就算她在生物學上是女性，但對譚雅而言，衣服總之只要穿起來整潔體面就夠。手邊的衣物頂多就是軍服。只不過，由於既有的尺寸她都不能穿，所以是逼不得已領取治裝費去訂做的特製品。

儘管如此，這種程度的私人物品，不到一個小時就能打包裝進軍官旅行包。在作為臨時派遣駐點的宿舍，向管理負責人提出調任命令與任命書，同時簡潔地感謝他過去這段日子的照顧後，搬家手續就算是完成了。

之後就是立即前往所指定的部隊。說到底，這本來就是在前線發布的任命書。所以也省下送行會或惜別宴這些麻煩的社交禮節，只求能盡早到任。因此在取得防空識別區內的飛行許可後，她就立刻背起打包好的行囊，朝指定的友軍集合地點飛去。

所幸儘管戰情告急，這仍然是後方據點之間的移動。在平安無事完成短程飛行後，抵達基地後還不到兩個小時，譚雅的身影就出現在友軍部隊的中隊長眼前，高聲唸著到任報告。

「我是今天起配屬到第二〇五突擊魔導中隊第三小隊長的譚雅・提古雷查夫魔導少尉。即刻起前來報到。」

「來得好，少尉。首先歡迎妳來到這裡。我是中隊長，伊倫・史瓦魯柯夫中尉。」

面對依照頒布的任命書到任的小隊長，中隊長邊確認到任文件邊表示歡迎，完成整個配屬手續。依照軍隊規定進行交流的兩人，邊進行事務性對話，邊不著痕跡地以視線打探對方。說到底，雙方都是軍人，軍人無法選擇自己並肩作戰的對象。所以既然無法選擇，最起碼也要知道對方的為人，否則無法在戰場上生存下來。這是相當正確的道理。

「是的，史瓦魯柯夫中隊長。今後請您多多指教。」

「很好。就讓我們速戰速決吧，提古雷查夫少尉。妳指揮小隊的經驗如何？」

而至少令譚雅高興的是，就第一眼的印象來看，調任單位的長官是個極為正統派的魔導師。中尉階級的中隊長。就年齡來看，恐怕具備相當久的從軍經驗。此外，還可根據他配戴的從軍章推測，他的實戰經驗也很豐富。

特別是那幾個表揚他曾參與過小規模戰役的勳章，想必具有一定的擔保性吧。因此就第一印象來說，看來不用擔心是比敵人還恐怖的無能長官了。由於不能選擇長官，所以長官如果是個跟搞垮緬甸、英帕爾戰線的那名傳說軍人一樣的傢伙，就只能做好覺悟，哀悼這起不幸的事故。

「在正式任官後，這是第一次。」

而史瓦魯柯夫中尉也同樣在觀察提古雷查夫少尉。不能否認，當他看到一名幼女大搖大擺來到自己位在中隊指揮所的辦公桌前時，是稍微困惑了一下。畢竟上頭傳來的聯絡，就只說要派在北方戰線有過實戰經驗，同時還是擔任中央的教導隊勤務的魔導師，轉派到自己隊上。

史瓦魯柯夫中尉原本以為來的會是名從基層幹起的千錘百鍊的老兵。畢竟說到教導隊所屬的少尉，會推測是從士官磨練上來的老練軍人也是無可厚非的事，而既然是老練軍人，那在各方面上都很值得依賴。更別說來的可是銀翼突擊章持有人，肯定是名實戰經驗豐富的強者。所以直到今天，在目睹到眼前這個以標準姿勢敬禮進行到任報告，比自己的女兒還要年幼的小鬼前，都期待能將只有老手才能應付的最難搞的小隊交給對方指揮。

「……少尉，我就直說了。」

只要沒有偽造經歷，或是中間有什麼誤會的話，史瓦魯柯夫中尉眼前這名立正站好等待他發言的少尉，確實是名建下彪炳戰功，由高層派來對應西方惡劣戰況的其中一名重要戰力吧。但名選手跟名教練是完全不同層次的問題，而此時的狀況讓他不得不懷有相同的擔憂。

「我們第二〇五突擊魔導中隊照規定來講有三個小隊，但實際上早在戰爭初期，就已經衰減到不足兩個小隊，人員一直無法補滿。」

因此才會重新分發第三小隊的小隊成員與小隊長作為補充。就實際上來講，就算小隊員全是閃亮亮的新兵，史瓦魯柯夫中尉也很清楚自己沒辦法抱怨什麼。但正因為是這樣，他才會希望負責指揮的小隊長是經驗豐富的老練軍人。

「……妳能指揮好由幼年學校的新兵組成的小隊嗎？」

說難聽點，由小孩子率領的菜鳥小隊別說是派上用場，根本就是累贅。不對，豈止是累贅的程度啊。這是理所當然的事，要是有這個餘力邊打仗邊照顧小孩，哪裡還會打得這麼辛苦。

針對這項疑問與是否要立刻換人的判斷根據，他發出了這項詢問。而對於這個問題，提古雷查夫少尉的答覆非常簡潔。

「請命令我這麼做。」

沒有多費唇舌，就單純只是述說事實的沉著語氣。儘管如此，她回視史瓦魯柯夫視線的雙眼中，蘊含著桀傲不遜的自負與對自身能力遭到質疑的憤慨。

「這樣我就會做給你看。」

這句話也同時展現出她堅決不可撼動的自信。這是超乎期盼的答覆。既然實戰經驗者斷言「請下達命令」，就要相信他在下達命令後一定能達成目標，是信賴的第一步。

「嗯，銀翼突擊章持有人，我會期待的。」

「是的！」

最主要還是因為，她是教導隊出身的銀翼突擊章持有人，值得給予某種程度的信賴。

譚雅也隱約察覺到，史瓦魯柯夫中尉會姑且接受自己的發言，理由是因為自己配戴的勳章。

這也就是說，譚雅．提古雷查夫少尉身為一名軍人的價值，就只有這面勳章。

就這點來講，還真是非常感謝銀翼突擊章。她別說不想被當成勳章的附屬品，想立刻拋棄的「白銀」別名，反正除了精神的SAN值檢定外，目前也沒造成任何實質損害，而且還為她帶來了正面評價。

這算是值得歡迎的情況吧，在保持軍人面貌的表情下，譚雅暗自計算起損益得失。受到好意與好評，至少比受到敵意與侮蔑好得多吧。

「很好。那就立刻說明狀況吧。」

「是的，麻煩您了。」

於是，對彼此抱持至少一定程度的好評價的雙方，決定先相信對方，以專注在完成各自的義務與工作上。接下來是工作的時間了。

「就如同貴官所知的，目前大陸軍的主力正在急速重編與集結當中。」

西方遭到法蘭索瓦共和國戰略性奇襲的帝國，儘管初期確實是陷入混亂，但縱觀首戰的情況，大致上皆有良好的對應，將戰況維持在能給予如此評價的程度。儘管這仍改變不了遭到壓制的事實，但這也是國防方針所指示的內線戰略的一環。就這層意思上來講，儘管有接受中央駐守部隊的增援，但成功阻擾敵軍攻勢的西方軍，可說是完全盡到方面軍的義務。

「儘管如此……他們也還要一點時間才能趕來西方戰線增援。」

問題就只有一點。原本用來反擊的中央預備戰力與大陸軍，全都基於參謀本部那些大人物的判斷，作為什麼一舉解決諾登問題的策略派往北方，導致無法執行原先的國防計畫。

「西方軍儘管想盡快獲得援軍協助，但也預計必須還需要一段時間。」

根據原先的計畫，在發布動員令後的二十四小時以內，包含先遣的近衛師團在內共有三個師團緊急增援；七十二小時以內則會有十個師團從中央緊急增援。而說到大陸軍本隊的防禦計畫，則是會在這之後的一個星期內，先後投入相當二十個師團的雄厚常備軍與相當六十個師團的後備軍人，這種名副其實具備壓倒性規模的戰力。

正因為如此，西方軍打從一開始就沒預想過，需要獨自進行遲滯作戰將近一個月。想當然，既然計畫中有考慮增援，就算是遲滯作戰，作戰行動也依舊著重在抑制西方軍的人員損耗。

西方軍所擁有的作戰計畫，終究只有不到大規模反擊程度的有限防禦作戰。

然而無視於這個前提，輕率地將大陸軍投入諾登戰區的代價，比想像中的還要嚴重。

高層顯露出的慌張模樣、不得不出動教導隊救援的情況、不計代價匆忙建立西方防線的態度，都再再述說著這個事實。甚至連本來會基於保護軍事機密的理由而禁止帶出本國工廠的九五式，也以繼續評價實驗的名目作為實質戰力，讓譚雅帶到這裡來了。

雖說是受到戰局驟變的影響，在某種程度上來講是迫不得已，但既然事態已讓高層驚慌失措到顧不得保護機密，老實講也不可能正常執行預想好的防禦計畫。

被視為帝國軍主要戰力的大陸軍，基於戰略上的判斷錯誤而悉數部署在北方。將部隊重編與重新部署，在物理上只需要短暫時間，但就軍事觀點來看，卻需要相當漫長的一段時間。

「目前集結的狀況如何？」

可以輕易想像得出來，正因為在事前的計畫當中，並未預想過展開部隊的必要性，所以讓這個狀況變得格外棘手。明明連計畫周詳的行動都很難按照事前的規畫去做，何況是在毫無計畫的情況下面對這種事態，根本不可能做出完美的對應。

這樣一來，目前的集結狀況就必然無法期待。在得知到這點後，那麼援軍究竟會慢多久，會對前線帶來怎樣的影響，對西方軍來說可是攸關生死的問題。同時也是在大陸軍趕來增援前，必須站在第一線的帝國軍人所關心的重點。

「不太樂觀。由於運輸車輛悉數派到北方的關係，要將部隊重新部署到西方，大約還要再兩個星期。」

而史瓦魯柯夫中尉對於增援只要再等兩個星期這點，抱持著半信半疑的態度。司令部在有關增援的規模與時期上，總是會發出樂觀的推測。這他早已在實戰中領教到了。

重新部署這話說起來簡單，但這不僅要重新編製部隊並恢復指揮系統，還得先完成人員補充與補給作業，才有辦法移動部隊，想要實現可不是件簡單的事。軍隊光是進軍就會產生消耗。這邊說的消耗不僅是燃料物資，疲勞等難以數據化的要素也不容忽視。

「所以目前西方戰線已放棄遲滯防禦，決定改進行機動防禦。」

正因為如此，所以當長官如此淡然宣告時，看在譚雅眼中是一點也不驚訝。既然判斷光是拖延時間會來不及，就必然會改進行機動防禦戰。以原本警戒敵方長距離砲擊而進行過嚴密補強的後方據點為據點陣地，採取將遲滯作戰所退後的距離分配給防禦縱深的機動防禦。

「少尉，這種事或許不用我說……但這可是說來容易做來難的典型案例喔。」

「是的，下官了解。」

本來在內線戰略下，是要以防衛線阻礙敵軍進攻，再藉由大陸軍的增援戰力包圍殲滅深入帝國的敵軍。既然防衛線已經崩潰，就只能如履薄冰地進行不輕鬆的防禦戰鬥。雖然要說到輕鬆的防衛戰，大概就是在那個著名的家裡蹲專用的馬奇諾防線裡當差吧。如果是在那裡，就能夠一路蹲到戰爭結束。

如果要譚雅來講，這是戰略層面失敗以前的問題。早在未經戰鬥就失去應戰能力這種戰略性失敗以前，既然打算靠抑制損耗戰術對應戰爭，就應該要有用要塞將國境完全封鎖起來的觀念才對。如果是預期位在帝國西方的法蘭索瓦共和國，會甘願忽視協約聯合戰敗後所導致的外線戰略崩潰的威脅，就真教人啞口無言了。這份誤算的代價，即是讓身為基層的譚雅與史瓦魯柯夫等現場軍人，落得一如字面意思以血償還的下場，是讓人難以忍受的事態。

「我們是軍人。只要上頭命令我們去做，我們就得去達成任務。」

解說

【馬奇諾防線】 法國花費龐大國家預算（1930年的33億法郎）建立的防衛線。但令人傷心的是，由於德國迂迴繞過沒有攻打的關係，導致固守在馬奇諾防線裡的部隊無法對戰局做出貢獻。儘管大喊「已堅守馬奇諾防線」，敵軍卻從阿登與低地國迂迴繞過，被從後方打得潰不成軍的可悲要塞。雖然構想不錯，但就算是好點子，倘若無法徹底發揮就無用武之地的典型範例。

只因為國家戰略的指導者無能，就對難以挽救的祖國掀起反旗，是愛國者才會去幹的事。只不過，譚雅絲毫沒有想為帝國犧牲的念頭。正因為如此，她才會經常述說有違真心的場面話，為讓自己出人頭地而扮演著對方所期盼的角色。為了這點，她甚至不惜發表內心視為無能而極為輕蔑的廿級言論。如果有需要，她甚至願意大喊「愛國無罪」。

宛如呼吸般自然說道的姿態就某方面上，再搭配她那人偶般的外表，將能充分給人一種「愛國者」的印象。

最重要的、一般來講——這對輕蔑在後方輕易將「愛國」、「忠勇」等豪語掛在嘴邊的精神主義者的軍人而言，是極為真摯的想法。戰場名譽受到讚揚的實戰經驗者的誓言、護國心與獻身性。正因是在極限狀況下，他們才會將這解讀為信念的告白。

「……正如妳說的。提古雷查夫少尉。」

因此，對於遂行任務型戰爭主義忠實，淡然完成交辦任務的態度，既是帝國軍的楷模，同時也是尊敬的對象。

「很好。那就言歸正傳吧。」

「是的！」

至少知道她不是個無能的軍人。因此，史瓦魯柯夫中尉伴隨著深深的滿足，對這在不怎麼愉快的狀況下送來的好條件，感到稍微輕鬆了一點。

沒有明確的戰略方針，指揮臨時遭到動員的部隊進行的防衛戰。在不斷遭到敵軍追擊的過程中失去了許多部下，而且補充人員還是一群累贅的新兵，指揮官甚至是個幼女？看在曾瞬間想抱頭仰天大叫的史瓦魯柯夫中尉眼中，提古雷查夫少尉是能派上用場的軍官這點，真的是為數不多的好條件。

「在機動防禦戰當中，我們第二〇五突擊魔導中隊被選拔為機動打擊部隊。」

畢竟，史瓦魯柯夫中尉的中隊，基於在首戰時的奮戰表現與訓練程度，肩負起機動打擊的任務，要在戰場上擔任救火隊東奔西跑。這項任務就性質上來講，所要求的職務與一般情況有著許多差異。

「我們是反擊的主軸。作為肩負這重責大任的一員，我期待貴官的奮戰。」

「多謝中尉的賞識。我會盡心盡力，挺身保衛祖國。」

以清澈碧眼注視史瓦魯柯夫中尉的雙眼，用稚氣未脫的雙唇說出崇高理念並讚揚對祖國的獻身精神。譚雅・提古雷查夫的舉動中就連一個分子的真心也沒有，單純只是基於立場的發言。

解說

【辻級】日文讀音為 Tsuji 級。語源是來自奇異參謀辻政信。意指能力不上不下的勤勞人。具備行動力。不論是好是壞，有著強烈的自尊心，總而言之就是劇毒。長久以來的種種獨斷獨行，讓人們知道領導能力對於軍隊是有多麼重要的將校。儘管如此，他不僅沒受到懲罰，反倒還飛黃騰達，這世上真是充滿著不可思議。

雖說是其他世界的書籍與戰爭電影，但對知道壕溝戰有多麼慘烈的譚雅而言，沒有被部署在環境惡劣的戰壕裡，而是被分配到反擊的預備戰力當中，反倒是值得歡迎的事情。

確實是能理解，外行人在乍看之下，會覺得固守在有鋼筋水泥保護的野戰陣地裡會比較安全的想法。看在知道機槍的問世確立起防禦方優勢的人們眼中，防禦陣地擁有堅強防禦力是毋庸置疑的事實。要是在乃木將軍的指揮下，接獲命令要以血肉之軀攻略旅順要塞的話，相信任何人都會毫不遲疑地讓司令部爆發「意外事故」吧。在鋼筋水泥面前，人類實在是太過脆弱了。

但同時也不能忘記，旅順要塞據點遭到海軍重砲部隊徹底粉碎的事實。戰場據點有著無法移動這種致命性的結構性缺陷。歷史已告訴我們，不論是構築得再堅固的據點，在要塞戰用的重砲面前都只是個靶子。基於這種觀念，緊急時可逃向任何地方的野戰機動部隊就會比固守據點來得安全，譚雅對此十分清楚。

對「擁有堅實防禦的據點」發動近距離攻擊，確實就連魔導師都無法全身而退。不過也要知道，「擁有堅實防禦的據點」將會如何遭到砲兵隊的蹂躪。然後打擊「突破防禦線後疲憊不堪的敵軍前鋒」，相對上來講又會是多麼安全的一件事。

因此，譚雅儘管說著謊話連篇的忠誠告白，但唯有對配屬單位的喜悅是毫無虛假。就算僅能提高些許的生存率，也毫無疑問是件令人高興的事。

「很好。有什麼問題嗎？」

「是的，中尉。請問我方的出擊地點是設在防衛據點嗎？還是設在後方的據點呢？」

但有一點必須要注意。機動打擊部隊分為兩種。一種是駐守後方據點，目的是要封鎖敵突破缺口的快速反應部隊；另一種是從防禦據點出發，對敵後方進行壓制的部隊。雙方的差異，就在於可以作為反擊戰力在後方爽，還是忙著挖掘戰壕構築據點，同時還要成天畏懼敵軍的襲擊。所置身的各種環境條件，有著相當大的差距。

當然，想要封鎖敵突破缺口，就得衝到最前線去，就這層意思上來講確實是帶有風險。只不過為了遂行反擊作戰，基本上都會享有具備優勢的兵力比。換句話說，就是不用太擔心要在壓倒性的劣勢情況下進行反擊。

「高興吧，少尉。是最前線喔。」

「這是我的榮幸。」

再糟糕也不過了。

在前線擔任機動打擊人員？也就是說，是要擔任據點防衛兼反擊時的伴動部隊嗎？這就算命再多也不夠用啊。如果是戰壕防衛，還可以拿身邊的傢伙當肉盾，但要是離開據點的伴動作戰，可就沒辦法這麼做了。要說這是與後方增援及據點兵力一同夾擊敵深入部隊，聽起來或許是不錯吧。但實際上就是個體面的靶子。

「我就知道貴官會很高興。視情況，我們還得支援據點防禦。」

跟預料中的一樣，我該高興嗎？不祥的預感沒有落空，可不是什麼愉快的經驗。雖然就危機管理來看，這或許是個不錯的能力，但最好還是一輩子都別用到比較好。

「也就是以機動打擊為主，同時支援防禦嗎？」

「妳認知的沒有錯。」

不僅被綁在據點裡，同時還得作為機動打擊部隊被任意使喚的命運。這誰受得了啊？要人過度工作也該有個限度吧。讓人想要求改善工作條件，最低限度也是要求加薪。

當然，既然這在契約範圍內，我會毫無意見服從軍務，但也太操了。我要求適當回報。

「只不過，我們的目的不是殲滅敵軍，而是擊退。不需要勉強進行包圍殲滅。」

「這也太糟了。看樣子大陸軍似乎集結的很不順利啊。」

「喔，妳看得出來？」

「倘若不是採取以消耗敵戰力為主的機動防禦，而是單純將目標放在拖延敵軍行動上，根本撐不到援軍抵達，這種事連愚蠢的新任軍官都懂吧。」

沒辦法在遼闊的戰線上進行遲滯防禦。倘若不採取以消耗敵戰力為前提的機動防禦，就根本不可能壓制得住攻勢，所以才必須故意讓敵軍突破防線再進行打擊，情況已惡劣到不得不這麼做的地步。不過這至少是有組織性的機動防禦，所以不會像末期的東方戰線（註：指德蘇戰爭）那麼慘烈也說不定，但還是不得不先做好覺悟。

「……講話還真刻薄。也好，開朗愉快的戰爭也讓人打不下去啊。這是貴官的小隊。」

「是的。請容我拜讀。」

做好覺悟，翻閱交付到手上的文件，看起這次人生首度擁有的正式部下的資料，但由於在紙面上奔走的碧眼捕捉到的內容太過荒謬，讓譚雅的腦袋瞬間如同字面上意思的僵住，等到回過神來時，才發現自己正在搖晃。她沒有下意識地把文件摔出去，與其說是理性的勝利，倒不如說是驚訝過頭傻住了吧。如果要她說的話，就是「這實在是太過分了」。

「該方面軍目前全面缺乏基幹人員，我第三小隊在此影響下，只能收到未上過戰場的新兵作為補充人員——我原是這樣認為，不過現在進行修正……這邊我可以解讀成，我們收到的是未經過訓練的新兵嗎？」

「妳的解讀沒有問題。也就是說，貴官的小隊嚴重缺乏訓練。所以希望你們以據點防衛為主要任務。」

將剛在幼年學校上完基礎課程的魔導師，緊急分發到實戰部隊裡參戰，這個決定愚蠢到只要是對魔導師戰的基礎有一知半解的人，都會把這當成愚人節的笑話一笑置之吧。魔導師是以四人組成小隊、十二人組成中隊，是精銳主義的極致。就算先天具備魔導師的資質，只上過軍隊基礎課程的新兵單純只會礙事。這就跟讓剛死背完軍隊規則與操縱方式的新兵去駕駛飛機一樣吧。這已經不是給人當火雞打的問題。

原來如此，據點防衛任務的指示，是在迂迴告知我們不算是戰力吧。說到底，會對這種戰力抱持期待的人，腦子根本不正常，史瓦魯柯夫中尉的判斷算是相當妥當。

「中隊長，我身為小隊長想跟您提個建議……」

「提古雷查夫少尉。我知道要貴官在打仗時照顧小孩，是很強人所難的一件事。雖然由我對妳這麼說也不太對勁就是了。」

「我坦白稟告，這樣與其編成小隊，倒不如讓下官單獨作戰，還比較能作為戰力正常運用。我不得不提出這項建言。」

明白小隊的訓練不足，那麼就當成固定戰力？可能無法承受機動戰，那麼就在重新教育與訓練的期間內，作為據點的防禦戰力？換句話說，就是要我去給無能扯後腿吧！懷著難以言喻的憤怒，面對這個危機，譚雅猛烈地提出反駁。只要譚雅在軍官學校學到的軍規沒有重新修訂，不論再怎麼樣，保母也絕對不包含在軍人的軍務之中。

乾脆把這些扯後腿的新兵丟去送死，讓自己恢復自由之身或許還比較安全。如果有機會就這麼做吧。不對，連見都還沒見過，就對小隊的能力妄下判斷，果然還是太操之過急。

「我身為軍官，儘管不打算放棄指揮義務，但還請您考慮最適當的戰力運用方式。」

「那些傢伙本身是預備戰力。根據必要性與時期，貴官也需要執行游擊任務。」

雖然嘴巴上要她努力讓小隊派上用場，但史瓦魯柯夫中尉打從最初的時候，就暗示他會在必要時，將譚雅．提古雷查夫當作單獨的兵力運用。

「遵命。請問我方允許視情況放棄據點嗎？」

「很遺憾，戰線已不容再繼續退後了。」

「也就是要盡可能死守嗎？」

「上頭似乎是要我們選擇，要勝利或是去英靈殿。」

勝利或是去英靈殿？這能叫作選擇嗎？這總之就只是死守命令的委婉表現吧。不對，這就連說是委婉表現都很奇怪，頂多只能算是自我陶醉的妄語也說不定。

我為什麼一定得要為了他人而死啊？他人擅自為我而死，完全是對方的自由意志；但是要我為他人而死，卻完全違背了我的自由意志。

唯有自由才是至高無上的。不論民主主義、民族主義，甚至連帝國主義，我都會基於自由而予以肯定。所以拜託了，給我停止發行戰時國債吧。以帝國勝利為前提增加發行戰時國債，藉此來調度戰爭資金這種事，不論戰後是贏是輸，都肯定會爆發惡性通貨膨脹啊。

解說

【英靈殿】 戰死者的靈魂與受到招募的勇者們所前往的地方。換句話說，要人選擇是勝利還是去英靈殿，即是要人勝利，否則就去死的意思。不過大半的人都會去英靈殿就是了。

不論是輸是贏，美好的未來都只存在於想像中，真是不愉快到極點。

「真是太棒了。這兩邊我都很喜歡。」

「非常好。那就立刻向中隊成員介紹貴官吧。」

好啦，去向在這場一點也不愉快的戰爭中一起努力的夥伴們打招呼吧。根據時間與場合，說不定還會成為肉盾，就讓我打從心底好好期待吧。

於是，少女與幼女就在彼此不情願的情況下，在西方並肩作戰，啜飲相同的泥水，在槍林彈雨中，一邊啃著不用刺刀削開就根本咬不動的「軍用單兵口糧」一邊戰鬥著。

我對於帝國軍，西方方面司令部直轄機動打擊群第七突擊挺團，第二〇五突擊魔導中隊所屬的譚雅．提古雷查夫少尉——也就是我的長官的第一印象，硬要說的話就是「吸血鬼」，有著病態的白皙肌膚，與厭惡陽光的銳利眼神。這毫無疑問讓我嚇了一大跳。

一開始，在中隊長史瓦魯柯夫中尉的命令下集合待命的我們面前，出現的是一名與軍服莫名搭配的小小孩。別說是幼年學校的學生，甚至還不滿入學年齡的小孩子。將蓬亂頭髮隨便綁起的頭上，戴著一頂尺寸有些不合的制服帽。看到這樣的年幼小女孩掛著少尉的階級章，普通的軍人都會瞬間回頭，懷疑自己的眼睛吧。

然而，直到中隊長在我們面前介紹之前，提古雷查夫少尉都並未讓我有「不對勁」的感覺。儘管沒辦法好好表達出來，但她的存在很理所當然。

然後，當她用冷酷的眼神，以彷彿在評價物品般的視線盯過來時，我不經意嚇得縮起身子。或許會被嘲笑幹嘛怕這麼小的小孩子，但對我來說，少尉那種「彷彿貓咪在玩弄老鼠般」注視著我們的眼神很駭人。

就跟艾勒說得一樣，提古雷查夫少尉確實是名老練軍人與Ace，以銀翼突擊章為首，受領過各種讚揚功勳的勳章。散發著濃厚的戰場氛圍，有如人偶般端正的臉孔，蔚藍虛無的眼睛與略帶灰色的金髮。

外加是在缺乏日照的萊茵戰線，看起來簡直就像是吸血鬼——我不禁在心中如此喃語。

當她以平淡且事務性到毫無誤解餘地的語氣，催促我們報告各自的官階姓名與原所屬單位時，讓我稍微有種想拔腿就跑的衝動。幼年學校的分組方式很簡單。就算讓志願役與徵募組一起訓練，彼此也難以互相理解。對這種情況非常清楚的學校，會打從一開始就將魔導師分成志願役組與義務參加組。也就是預定就讀軍官學校的C大隊，與作為義務兵役其中一環的D大隊。

然後我的兩名同僚都是C大隊的俊材。

「我是克里斯多．馮．巴魯霍魯夫下士，來自伊達魯．修坦因幼年C大隊第一中隊！」

「我是哈羅德．馮．畢斯特下士，同樣來自伊達魯．修坦因幼年C大隊第一中隊。」

我是在幼年學校志願組的兩人後面報告官階姓名。我也不是想轉成志願役，但接在志願報效國家的人之後說自己是徵兵來的，總有點微妙地難受。這即是說，我不像艾勒那樣粗神經，可以不在意這種事情一笑置之。神呀，為什麼要讓我受到這種折磨呢？

「我是維多利亞・伊娃諾娃・謝列布里亞科夫下士，來自伊達魯・修坦因的幼年D大隊第三中隊。」

徵募組只有一人，讓我有點難以自處，或許該這麼說吧。畢竟，克魯斯多與哈羅德下士是同個中隊出身的志願者。考慮到要是按照慣例，會讓熟悉的兩人組成兩人小隊的話，我的搭檔就會是小隊長。

因此讓我在報告時同時想著，要是不會被罵是慢吞吞缺乏幹勁的徵募組就好了。正因為懷著這種想法，所以在聽到少尉接下來的話時，我才會霎時間嚇得目瞪口呆。

「我對貴官的義務由衷表示敬意，謝列布里亞科夫下士。儘管環境惡劣，但期許妳能盡全力生存下來。」

意想不到的激勵話語。而且還是出自於，直到方才都還覺得眼神冷酷到沒有人比她更適合打仗的長官之口。在這瞬間，無法理解現況的我傻住了。

同時——

「然後，志願從軍的兩位。既然是志願役，那再怎麼樣，也別給我比謝列布里亞科夫下士還晚死喔。」

平淡的語調並沒有變化；音量也沒有特別粗魯。始終面無表情述說的話語，卻比什麼都還要沉重。

「我醜話先說在前頭。帝國沒有餘力飼養無能的候補軍官。這甚至是種弊害。」

與指導教官們不同的氛圍。以身為帝國軍人，可說是有些異質的態度繼續說出的話語。對我而言，這是與當兵以來所被灌輸的價值觀完全相反的話語。

「如果是無關於本人意願，基於祖國需要才來當兵的人倒還另當別論。但既然自願為祖國穿上軍服，就給我做出相對應的貢獻。辦不到的無能，就給我去死。」

或許是該對啞口無言、呆若木雞的新任士兵們說的話已經說完了。在聽聞中隊長宣布「以上，到此結束」後，少尉就立刻將還愣著不動的我們踢到野外去。等回過神來時，我們就落得才剛到部就被丟到戰壕裡，遭受共和國軍定期砲擊的下場。

在那裡等著我們的是，身為魔導師的基礎技能的再確認。並且理解到，我們豈止是薪水小偷，甚至連垃圾都不如。

不堪遭到如此羞辱，克魯斯多與哈羅德兩位下士開始出現反抗行為，不過表面上他們並沒有遭到懲罰……表面上。他們就單純是在中隊長與少尉「沒辦法在前線照顧他們」的低語後，被配屬到後方去了。

之後再經過了一段短暫的實戰後，結果只有我以提古雷查夫少尉的小隊員身分，與她組成搭檔飛行。

相反地，他們則是榮升了。他們晉升兩級，分配到中隊駐紮據點的防衛任務，待在安全的碉堡裡作為預備戰力準備反攻。然而，我在出飛行任務的過程中得知到一件事情……那就是對砲兵而言，不會動的碉堡，就只是比較堅固的靶子。

這是在我接獲命令，要去對擁有共和國重砲兵部隊支援突襲而來的敵突破部隊，在面壓制砲擊下進行側面攻擊時的事情。當時邊哭哭啼啼說自己肯定沒救了，邊追隨著露出別有含意微笑的中隊前輩們前進的我，看到的卻是遭到炸飛的友軍陣地，以及毫髮無傷的我們。

不可思議地，我們不僅沒遭到多少砲彈攻擊，甚至直到接敵為止都沒有值得一提的消耗。在反覆經歷過這種情況的過程中，我理解到所謂的砲兵，總是伴隨要有組織性地運用的問題。

只要仔細想想，就會發現這道理很簡單，比起用大砲攻擊航空機，用機槍攻擊的命中率會比較高。只要沒有飛進高射砲陣地裡，會攻擊航空機的頂多就是機槍。魔導師就算速度比航空機慢，對於需要慢慢瞄準的大砲來說依舊是太快了。

倘若是在突擊火力陣地或要塞碉堡時遭到濃密的區域射擊，倒還另當別論吧。但假如是在自軍陣地開戰，就唯有速度才是一切，他們教導了我這一點。老練的魔導師都會對理所當然的定點防禦抱持懷疑態度，能從提古雷查夫少尉與史瓦魯柯夫中尉那邊學到這點的我真是幸福。

總而言之，在戰場上唯有大砲才是值得信仰的神，同時也是不可招惹的神，這點不會錯。如果無法學會讓神成為夥伴，如何避開其憤怒鐵鎚的方法，人類將無法生存下去。

或許正因為如此吧。我的上司是徹底的火力戰的信徒，毫無討論餘地、不由分說地是運動戰的化身，最後才總算是魔導師的樣子。我的上司唯一的信仰，就只有在相信大砲這一點上。

軍人這種現實主義者的集團會信仰神嗎？她對於這項疑問的回答十分有趣。我在寫給艾勒的信上提到這件事時，看到她在回信上寫著「那我就是掌管神意的戰女神嘍」這句很有她風格的答覆，讓我哧哧地笑了起來，不過說得還真好。

正因為有眼睛與耳朵的存在，蹲在前線上、戰壕裡、火力陣地之中的所有虔誠信徒，才能夠確實獲得大砲的啟示。

正因為有觀測人員們的貢獻，我們才能在危機時呼叫砲兵隊的最後防護射擊與齊射。雖說這讓我回想起，笑說這是能喝茶打混的輕鬆工作的艾勒身影，但她凡事都很愛照顧別人，肯定意外地是懷著責任感在工作吧。

而在進行跳躍突擊前，中隊最期盼的也是來自砲兵的支援砲擊。在接獲命令對突破各處防線的共和國軍突破集團進行反擊時，配合砲兵隊的最後防護射擊，同時發動側面突擊。

在已經習慣的戰場上，還是菜鳥的我，唯一的工作仍是追在突擊的提古雷查夫少尉後面跑。

還被中隊長笑說，這算是理想的兩人小隊吧，不過暫時還需要實戰研習啊。

「喔喔，讚美神。他的名字叫作砲兵！現在應該這麼喊吧。真是美妙的聲音呢！」

而那位史瓦魯柯夫中尉，目前正帶著笑容，極力讚揚在最佳時機落下砲彈的砲兵隊。如今好不容易才克服砲兵的激烈砲擊聲的我，看來音樂喜好跟他們稍微不太一樣。

「沒錯，是戰場之神啊！對於吾等無線電的請願，神給予了回應！」

「砲兵啊、砲兵啊，您正是我們的朋友！您正是我們的救星！」

鬆緩緊繃的表情，持續興奮情緒的那群人，是嚴厲可靠的第一小隊老前輩。雖然就實際問題而言，他們的表現是有點誇張，但有關砲兵是我們的救星這項評價，也不見得是錯的。我也已經學到這件事了。我們雖說是反擊部隊，但任務內容大都是困住敵方行動，讓砲兵隊進行砲擊。

只要成功包圍住對方，不論森羅萬象、突破部隊、防禦部隊，甚至是敵方砲兵，一切都會被砲兵粉碎。只要看過一次那種景象，就會讓人不禁想向上帝祈禱。神呀，請賜予我砲兵支援。

突擊前的攻擊準備射擊，對怯弱的內心來說是非常可靠的支援。曾有一次是在支援沒趕上的情況下，以大隊規模的混合魔導部隊，跟旅團規模的敵梯團展開交鋒……當時的情況，我實在是不太願意去回想。

所以就這點來講，在擁有充分支援與適當縱深的狀況下進行機動戰，將能讓人坦率地放鬆肩膀上的壓力——沒錯，這次也能夠活下去。

透過雙筒望遠鏡的鏡片眺望敵部隊的譚雅眼前，砲彈正忠於理論地耕耘大地，將人化作曾經是人的肥料。也就是說，正在標準地執行，以砲彈這種物質將名為人類的有機生命體變成過去式——戰爭的正確做法。

「不過，一二〇mm的集中砲火還真是壯觀呢，中尉。這正是我所期盼的畫面。」

「說得真好，少尉。只不過，這次觀測員與砲兵的團隊組合，本領看來不錯啊。直到效力射為止，幾乎沒有浪費砲彈。」

凡事只要一帆風順，就能讓人類的情緒獲得穩定，這就連在戰場上也不例外。根據芝加哥學派值得感謝的教誨，世上的一切皆能用經濟學來評量，但事情順利進展對於健康的效能，實在也不容小覷呢。就不會產生額外成本這點來說，能夠邊維持冗餘性，邊按照既定規畫行事，實在是相當美好的一件事。

解說

【梯團】 軍隊在運用上的稱呼。突擊時的第一陣叫作第一梯團，後續的第二陣叫作第二梯團。在將數個部隊編制在一起時，經常會像這樣使用。

在第二〇五突擊魔導中隊眼前展開的情況，可說是這句話的範本。就跟史瓦魯柯夫中尉讚賞的一樣，砲兵隊的本事相當了得。或許是維持著相當緊密的合作關係，從第一次射擊到效力射為止，就只用了幾發砲彈，真是精采的技術。

拜這所賜，對於抵達衝鋒準備位置的第二〇五突擊魔導中隊來說十分幸運的，敵梯團正受到砲兵隊徹底的面壓制砲擊，以現在進行式逐漸瓦解當中。本來的話，也有可能因為敵砲兵隊的對抗射擊而演變成砲戰情勢，但如今敵砲兵隊似乎沒有餘力壓制我方的前進陣地。

「去掃蕩被聯合軍團砲兵用一二〇ｍｍ彈炸飛的殘兵敗將嗎，運氣還真不錯。」

「就是說啊。」

正因為如此，就像史瓦魯柯夫中尉所說的，中隊的運氣真的很好。總而言之，對於譚雅．提古雷查夫少尉來說，今天是相當不錯的戰爭好日子。只需要在確立區域優勢的戰場上打擊潰不成軍的敵步兵，真是簡單又適當的任務。

不需要勉強自己，但又能毫無疑問對軍隊做出貢獻的任務，對出人頭地也很有幫助。正因為如此，趴在作為戰壕的潮濕預備壕當中眺望敵軍情況的譚雅，嘴角才會在不自覺中泛起微笑。

「是時候了。中隊，準備發動突擊。要去獵漏網之魚嘍。」

然後遵從中隊長的命令，扛起裝填封有術式的術彈的步槍，並拿起寶珠準備突擊。

儘管中隊本來就是在待命準備突擊，但在準備衝鋒的這一瞬間，就算是老兵也不免感到渾身僵硬的緊張感。太過緊張而吞嚥口水的聲音，在身處於砲彈在附近爆炸的戰壕之中，化為極具印象的聲音闖入耳中。

「是開工的時候了……只不過，要是每次都能這麼輕鬆，那該有多好啊。」

就譚雅看來，相對於被砲兵的最後防護射擊徹底瓦解的敵殘兵，能在史瓦魯柯夫中尉這名正常的軍官底下作戰，相對來講是件多麼令人高興的事態。畢竟，戰爭可不是會讓人心甘情願去涉險的事情。

當然，要問到她現在是否幸福，她將能對把年幼的自己丟到這種莫名其妙戰場上的存在X，發出她所知道的一切咒罵。就算必須要以客觀的角度看待事物，但比起最惡劣的事態，人們會歡迎惡劣的事態這點不會有錯。

「少尉，可不能挑食喔。會長不高。」

「史瓦魯柯夫中隊長。我覺得受彈面積小是件值得高興的事耶。」

「……算我服了妳了，少尉。這是我所聽過最具有說服力的挑食藉口。」

而看在跟前正在摸索突擊時機的史瓦魯柯夫中尉眼中，提古雷查夫少尉的這句話是個不錯的契機。無須翻開古今中外的歷史，對於各級指揮官來說，消除突擊前過度的緊張感，是讓任務順利進行的一種管理手法。

就算史瓦魯柯夫中尉的第二〇五突擊魔導中隊，是在萊茵戰線征戰多年的老資格，依舊在突擊前會感到緊張。正因為如此，史瓦魯柯夫中尉就看準部隊因這簡單的笑話適度放鬆的瞬間，讓部隊展開行動。向砲兵部隊發出突擊通知。

一收到戰區管制官的答覆，史瓦魯柯夫中尉就開始行動。

「很好，各位振奮你的精神，可別讓挑食的提古雷查夫少尉一個人獨占美食啊。」

邊輕鬆笑道，邊感謝上帝讓中隊能在敵人面前保持平靜，史瓦魯柯夫中尉用他那鍛鍊良好的聲音發出吼叫。

「部隊突擊！大夥跟我上——！」

中隊從衝鋒準備位置一齊飛起，朝著眼前的敵部隊以不顧一切的速度突擊。

高速突擊而來的魔導師，對血肉之軀的步兵而言，是相當於砲兵的嚴重威脅。而且最重要的是，受到防禦膜與防禦殼保護的魔導師，擁有不會被區區幾發子彈擊墜的堅固防禦。儘管如此，卻還能輕快地投射重兵器以上的火力，真可謂是棘手的強敵。

面對恐怖的魔導師，有效的對抗手段十分有限。其中之一是榴彈。但也就是如果運氣好，投擲範圍內有魔導師在的話，就可以攻擊看看的程度。而最主要的對抗手段，還是以集中的統一射擊展開迎擊。但這反過來說，就是假如沒有這些手段，步兵部隊對於魔導師的對抗手段就不得不變得極為有限。

因此就算是不滿編的一個中隊，僅僅數十名魔導師，對於指揮系統遭到砲擊截斷的敵梯團而言，也是值得恐懼的威脅。正因為如此，基於以眼還眼、以牙還牙的道理，對方恐怕也經常部署著直接掩護的魔導師，但就算是魔導師，也很難對抗砲彈的直擊。

對於中隊而言十分幸運，同時對於共和國軍而言十分不幸的是，當天帝國軍的一二〇mm砲，正好將飛在空中的共和國魔導師，漂亮地加工成絞肉，用力地砸到大地上。

「攻擊各級指揮官與無線電兵！」

這還用得著你說嗎？

譚雅邊這麼想，邊朝看似揹著顯眼的揹負式無線電的那群人影，跟其他中隊員同樣地，以爆裂術式向共和國這群不請自來的客人，獻上火鐵交織的「溫暖且熱情的歡迎擁抱」。

就零星射來的子彈密度來看，抵抗很微弱。頂多是少數幾名孤立的士兵各自發出的盲射，大多數的人都已經落荒而逃，進入到掃蕩戰狀況的情勢。

倘若是一般情況，還得擔憂敵後續梯團的救援，但這次有其他砲兵與機動打擊群的聯合部隊負責處理。所以就跟字面上的意思一樣，是在掃蕩殘留的敵兵。

這讓譚雅甚至有餘力去仔細觀察，平時頂多留意有沒有跟在背後的謝列布里亞科夫下士的戰鬥技術。就她看來，雖然偶爾會被步槍擊中，但防禦殼似乎沒被擊穿。飛行機動也是照本宣科的水準。不過相較於一個月前，動作已經截然不同了。這種程度的話，應該還算是可以吧。

說到將瀕臨瓦解、潰不成軍的殘留敵兵當作活靶進行實戰演習，就讓人不得不回想起史瓦魯柯夫中隊長曾說過的話，實戰果然才是最好的訓練啊。

「真懷念當初會嚇到臉色發青嘔吐的時候。哎呀，人真的是得要訓練呢。」

還真是不能小看人類的可能性。對於重新認知到這件事的譚雅而言，正是因為這樣，人類的尊嚴與自由意志才會如此偉大。

這甚至讓她有點可憐共和國的士兵。在砲彈面前，只會一味叫士兵突擊的共和國軍司令部，簡直就是嚴重的時代錯誤集團。明明早在十幾年前，聯邦與皇國在遠東地區交戰時，就已經向世界證明砲彈能讓肉彈屈服了。

欠缺進取精神的人類，就是這樣才可怕。這些人甚至已經喪失了可能性。拜他們所賜，讓富有進取精神的潛在人力資本豐富的人力資源，徒然被做成絞肉輸出帝國。真是惡劣的諷刺。

讓人不禁想質問他們，要不要基於市場原理，稍微重新認識一下人力資本的價值。

然而遺憾的是，這世上的一切皆受到契約束縛。身為帝國軍人的譚雅與身為共和國軍人的侵略者，只會是殺與被殺的關係。真受不了，各國的政治宣傳要讚揚為國捐軀的崇高性是可以，但希望他們也要知道，這背後具有要為國殺敵這種極為理所當然的另一面。

就浪費有為的人力資源這點來講，沒有比戰爭罪孽深重的事，以剛剛施放的術式，再次奪走數名年輕人未來的提古雷查夫少尉如此感慨。

唉，事情總是不如人意。

邊在心中如此低語，邊從手邊釋放術式，將轉身落荒而逃的共和國軍士兵，毫不留情地轉換成曾是士兵的有機殘骸，這種光景真的只能說一句浪費。雖說是他國士兵，但將受過軍紀教練的年輕人大量浪費掉的行為，對譚雅來說有種揮之不去的異常感。原來如此，就這層意思上來講，是會讓人覺得奢侈是大敵。曾經怒喊過這種口號的那個國家，後來竟會那樣地浪費人力資源，就某方面來講歷史還真是諷刺。看來會將前途看好的愛國者白白浪費掉的無能領導者，不論在哪個時代都不會消失吧。

「我也真是的，在戰場上的雜念也太多了吧。」

在午後陽光和煦，令人昏昏欲睡的戰史課學到「砲兵耕耘、魔導師突擊、步兵推進」這句話，是什麼時候的事呢？

在幼年學校裡頭，伴隨著平凡印象與睡意一起學到的教訓，一旦置換到現實裡頭，即是如此殘酷的情況。在維夏眼前的提古雷查夫少尉，儘管一臉不滿，同時卻也毫不留情並且迅速地散發著破壞的風暴。這超乎常人的作為讓我半是佩服、半是錯愕，就連光是追在她身後飛行就竭盡所能的我都會遭到敵方的抵抗，但少尉似乎就連一發子彈都沒有挨到。

這種時候，就算知道想這些也沒用，但眼前的情況仍讓我不得不明白，倘若不是有某部分達到與我們完全不同境界的人，恐怕就沒辦法領到「銀翼突擊章」吧。

「中隊長呼叫各位。三百秒後友軍預定再次砲擊。開始脫離。」

然後就在她恍神時，不知不覺東逃西竄起來，可說是敵梯團殘渣的敵兵已開始朝後方撤退。戰鬥在她渾然忘我飛行的時候結束是常有的事情。正因為如此，所以跟往常一樣做好心理準備，準備受領追擊戰命令的維夏，才會在答覆「收到」的同時感到些許放心。

沒錯，是放心。在她心中有的，是不用懷著內疚心情展開追擊戰的安心。自己跟能朝轉身逃跑的敵人，冷靜投射追擊用的光學狙擊術式與爆裂術式的提古雷查夫少尉不同。自己不用這麼做，所以才會感到放心。

在拚命到腦袋一片空白，緊追在長官背後四處散發術式時，是渾然忘我地沒有餘力多想。不過她仍然對用術式瞄準逃亡的敵兵，然後顯現這件事感到猶豫……明確來講，就是懷疑殺死那名敵兵的行為究竟正不正確。

當然，身為維多利亞．伊娃諾娃．謝列布里亞科夫下士，她是該攻擊沒錯。但身為維夏，她卻沒有攻擊的動機。

「集合完畢，損害為零。各員除裝備外也毫無消耗。」

到最後，等降落到集合地點時，維夏就因為緊繃到極限的神經突然放鬆的反衝，陷入恍神的狀態。腦子裡充滿的，就只有今天也要睡得像爛泥一樣的念頭。

雖然她也覺得這就一名花樣年華的少女而言有點糟糕，但在連水都匱乏的前線，悠哉地想要女性專用沐浴室，實在是痴人說夢。就跟粗魯地丟下一句「睡了，晚安」就走向床鋪的提古雷查夫少尉一樣，她也隨即死心，邊感謝還好有床可以躺，邊滿懷著想要休息的心情躺下。

但上帝似乎並不怎麼溫柔善良。突然的招集。回過神時，部隊人員已經全部聚集起來。

「很好。各中隊成員注意。有個不太好的消息。」

情況不太對勁。在忍不住緊繃起來的維夏面前，史瓦魯柯夫中隊長無情地淡淡說道。長官們特地用平淡語氣說話時，就是某種糟糕事態的前兆。儘管軍旅生活的時間不長，但維夏也已經學到這件事。

「緊急通報。第四〇三突擊魔導中隊與正面滲透中的兩個敵魔導中隊不期而遇，進而展開遭遇戰。」

這是負責敵後續部隊的友軍遭到襲擊的通知。原本是去打擊敵梯團後續部隊的友軍，卻遭到新出現的敵部隊阻擾。哪怕腦袋已經疲憊不堪，也仍舊在危機感的運作下，漸漸理解到現況。友軍部隊，敵軍的後續部隊。還有新出現的敵部隊。

「……那後續的梯團呢？」

「正被砲兵隊打擊，但觀測員正被直接掩護的魔導師追擊，無法確實進行彈著觀測。」

軍官們的對話，讓她預想到了非常討厭的未來。伴隨著「啊啊，又要開打了嗎」的嘆息聲理解現況。

「我們要趕去與四〇三會合。現在立刻出發。」

一難過去又是一難。外加上一度鬆懈下來的士氣，也不是能輕易重新建立起來的東西。然而，拋下還在困惑的維夏，中隊長繼續開口說道：

「同時還要去救援彈著觀測員。這邊也正遭到敵中隊的追擊，目前正在尋求援護。對了，說到這個，提古雷查夫少尉以前也曾在北方經歷過這種事吧？」

「是的，我也不想再經歷第二次了。」

擔任砲兵隊的彈著觀測任務，總而言之就是去當敵魔導戰力的活靶。只要擊潰雙眼，敵方砲兵就不足為懼，任何一位老練軍人，都會異口同聲重複強調這句話的重要性。擔任戰場支配者砲兵的雙眼，就得背負起首當其衝的命運。

……艾勒那個騙子，什麼在安全的後方打混摸魚啊？

觀測員被敵魔導師視為眼中釘的程度令她愕然。主要還是就維夏所見，連那個能冷靜穿梭在槍林彈雨之間的提古雷查夫少尉，都曾在彈著觀測任務中身負重傷，這讓她害怕得不得了。觀測員就是如此地危險。

反過來說，那名和艾勒有著相同處境的觀測員也很危險。毫無任何道理，「必須得去救他」的心聲催促著維夏。這是本人也不太清楚的感覺。

所以，要盡全力進行救援任務。在重新下定決心後，她挺直背脊深呼吸，替疲憊不堪的身體注入活力。

只不過，這是她內心裡的變化。有違維夏內心裡的激昂，她的外表看起來就是個精疲力盡的小孩子。

「原來如此，那麼……提古雷查夫少尉。配戴銀翼的貴官有辦法救援嗎？」

「遲滯另當別論，救援恐怕很難吧。」

「就算帶上那個九五式也一樣？」

「……下官是另當別論，但謝列布里亞科夫下士已經到極限了吧。」

朝茫然地站著不動的維夏輕輕瞥了一眼後，提古雷查夫少尉就像是認命似的，回答史瓦魯柯夫中尉的詢問。

「我不想成為前去救援，結果卻害死部下與救援對象的無能軍官。」

「那就將兩人小隊打散……不，當我沒說。」

她的這句話中，蘊含著不計其數的情緒。說不定是失望，說不定是擔憂。但所能說出口的，就僅有「沒辦法」這句單純的宣言。

而史瓦魯柯夫中尉才剛說出口就放棄的話語則訴說著一切。兩人小隊是基本單位。

假使讓提古雷查夫少尉單獨前往救援，等待著她的將是與至少兩個魔導中隊進行的空戰。而既然是正面滲透中的敵部隊，預想會有後續部隊是基本常識。這種時候在沒有隊友幫助、沒有支援的情況下，目前還是菜鳥的維夏生存率可說是微乎其微。

就算要讓她一同前去救援，維夏在突擊任務過後，也在眾軍官面前呈現著精疲力盡的恍惚狀態，情況令人擔憂。正因為如此，所以才否定；正因為如此，所以才猶豫。

當理解到這點時，維夏就在連自己也無法理解的衝動驅使下發出高喊。

「中隊長，請容許我發表意見！」

「謝列布里亞科夫下士？」

「我志願參加！也讓我志願參加救援任務！」

史瓦魯柯夫中尉語帶疑惑。當然，未經長官許可就擅自插話，弄得不好甚至會遭到懲處。真沒想到自己會有這種膽量，做出這種連作夢也想不到的衝動行為。

「下士！」

「我也是帝國軍人！我自知僭越，但下官確信自己完全承受得起這項任務！」

就像在教訓她似的，提古雷查夫少尉發出短促的斥責。就連這光是聽到就會讓她退縮的凌厲聲音，如今也無法阻止維夏的行動。

「中隊長，請務必讓我參加！」

「她這麼說呢，少尉。」

「史瓦魯柯夫中尉！」

少尉目瞪口呆的聲音。平常總像是不感興趣般瞇起來的眼睛，如今則是睜大到極限，就像是看到難以置信的事物般發出反駁。她這副模樣，看起來很不可思議地，像是個合乎年齡的十歲小女孩。

就連有著如此冷酷眼神的人，姑且也會擔心部下安危的樣子。

「我讓尚茲的分隊陪妳過去。開始行動吧。」

「可是……中尉……」

「本人已經做好覺悟了。少尉，我明白貴官的顧忌，但繼續下去就是過度保護嘍。」

提古雷查夫少尉露出錯愕神情。她意外是個感情豐富的人呢——這甚至會讓我萌生這種失禮的念頭，等察覺到時已經露出豐富表情的提古雷查夫少尉，看起來相當有趣。雖然不太謹慎，但這讓我稍微能體會取笑我表情豐富的好友心情。

如今她那給人吸血鬼印象的冷酷已然消失，露出的是受到些許動搖的感情。

我意外地受她疼愛呢——在這種奇怪的細節發現這點，也讓我有種奇妙的心情。這或許有點馬後砲的感覺，但我原來是被這麼年幼的小孩子保護啊。

「我知道了。我會全力以赴。」

「如果陷入危機，我會立刻趕過去的。這可是魔導師的夙願呢。祝妳武運昌隆。」

「中尉也是，祝你武運昌隆！」

留下這句話後，中隊主體就從集合地點迅速出發，目送他們離去的提古雷查夫少尉，隨即以迷人的笑容朝我看來。

「好啦，下士，妳有所覺悟了吧？」

露出燦爛笑容的長官。不知為何，在看到她露出笑容的模樣後，竟會讓人有種「這個人的牙齒，果然就跟吸血鬼一樣銳利呢」的感覺。真是不可思議的笑容。不過面對她的笑容，我也充滿自信與榮耀的展現笑容。沒錯，我已經自己下定決心了。我不會放棄任何人。

「是的，少尉。」

「很好。該是工作的時間了。尚茲中士，就麻煩你的分隊了。」

「我們可是萊茵最老資格的隊伍，儘管放心吧。」

「去他媽的情報部！說什麼這個地區的防禦最薄弱啊！」

朝著輕盈飛舞，看在旁人眼中十分優雅，但實際上正如同字面意思在拚命採取迴避行動的帝國軍魔導師，有如降下光雨般施放光學干涉式。這總算是第四個了。打從方才，他們就一直在擊墜四散逃竄的敵觀測員，但敵方的砲擊精準度卻絲毫不受影響。根據砲聲來判斷，恐怕是一二〇ｍｍ的重砲吧。搞不好還摻雜著一八〇到二四〇ｍｍ口徑的砲彈也說不定。

試圖全速脫離戰區的友軍地面部隊，目前已陷入混亂，淪為對方的砲靶。草率以突破速度優

先進行編制，結果導致防禦能力低弱根本是適得其反。

因為是以突破優先，所以有增強直接掩護的魔導師戰力，大概是唯一的強處吧。但令人想哭的是，目前狀況已經多到連管制都忙不過來，迎擊效率相當於是矇著眼亂槍打鳥。

哪怕現在已將單獨行動的敵觀測員分別擊破，但他們也肯定發出了警報。通訊干擾也已經達到極限，維持不下去了。就時間上看來，不得不認為具備相當戰力的迎擊部隊或快速反應部隊已經出動。在最糟糕的情況下，別說是支援地面部隊，就連我方部隊都要有被截斷退路的覺悟，情況就是如此地刻不容緩。

「有空說廢話，還不趕快動手！你這混帳東西！」

所以首先為了協助友軍撤退，說什麼也得想辦法癱瘓敵砲兵的作戰能力。問題就在於該怎麼做。直接打擊砲兵隊是最單純的方法。但就砲擊規模來看，對方擁有聯合砲兵的規模。

如果是師團或大隊的附屬砲兵，只要懷著自我犧牲的覺悟衝入對方懷中，也不是沒辦法解決，但如果是聯合砲兵，就有充分考慮到對魔導師戰鬥。既然如此，就只能退而求其次，選擇狩獵觀測員了。但這不僅耗費時間，效果還要一段時間才會顯現出來。

「Aye, Sir。該死，只靠光學系有極限。請准許使用爆裂系術式。」

只要用爆裂術式將空間整個炸掉，就連在地表躲藏偽裝的觀測員也能一起炸飛。光學系還得先仔細掃描地面，時間上會來不及。不僅得下降到一定高度，為避免看漏還必須得反覆來回偵查好幾趟。最初是趁對方在空中無防備的時候攻擊，但敵人也不是笨蛋。期待敵人是笨蛋的傢伙，才是真正的笨蛋。

想必我方的襲擊消息早已傳開，其他的觀測員也立即躲藏起來了吧。想當然，要把這些傢伙找出來，得花費相當驚人的勞力。

「照這速度下去，就連一半也解決不了。」

所以才要將可疑的區塊整個炸飛。這項提議作為方法論而言是成立的。實際上，在對砲兵戰的前哨戰時，雙方都會依靠友軍的偵察部隊一邊搜索敵方位置，一邊嘗試以對人用的榴彈進行面壓制來妨礙對手，運氣好還能將敵觀測班整個炸飛。但這種方式，就只限於尚存有一定以上火力的時候。

這總之就是要求魔導師中隊至少要時常以瞬間最大火力攻擊。這份消耗老實講，雖說有增強戰力，但對目前的前鋒集團直接掩護部隊來說，負擔實在太重。倘若以規模大到足以燒盡大地的術式進行壓制，對續戰能力將會有嚴重的不良影響。

「不可能。就長期來講這只會妨礙偵查。」

不過說到長期，只能說他們真的很不走運。

「高魔力反應！疑似敵增援的魔導反應正在急速接近中！」

「啊，該死！停止狩獵觀測員！準備迎擊！」

兵力分散，隊員疲憊不堪的狀況。本來根據教則，是強烈建議避免在此情況下戰鬥。只不過，書上的理論終究是理想論。在實戰當中，大都是「要是能這樣做，哪還用這麼辛苦？」的情況。連先行突入的梯團都還尚未脫離的情況下，後續部隊要是撤退，想必會如同字面上意思的全軍覆沒吧。

當然，如果以早在突破失敗時，就開始逐漸脫離戰區的地面部隊俯瞰圖來看，儘管全軍正在退後是事實，但魔導師的速度與地面部隊的速度可不能相提並論。

可以想見在他們迴避敵增援魔導師的時候，地面部隊將會在返回職位的觀測員的彈著引導下，遭受到敵砲列的攻擊而全軍覆沒。

正因為如此，他們才不得不確保這個空域。在這世上，有些戰鬥是無法退讓的。

「通報各位。友軍觀測員已遭到擊墜。重複，友軍觀測員已遭到擊墜。」

當收到這則通知時，譚雅．提古雷查夫少尉一臉不滿地呢喃著一句「真是夠了」。

此時閃過她心中的念頭是，要是再早一點出發，或是同樣地再慢一點出發的話就好了——這種怨嘆。

這時機之差，讓她不禁想發出咒罵。趕不上救援，但想折返也已經離敵方太近。這樣看來，就只能不得不去做吃力不討好的工作吧。

「……各小隊成員注意，就跟你們聽到的一樣。儘管遺憾沒能趕上，但就算沒趕上，我們也還是有工作要做。」

「提古雷查夫少尉，這對單獨一個小隊而言，負擔會不會太重了。」

從中隊長那邊借來的尚茲中士發出語帶警告的稟報。根據作戰中心送來的最新敵情，友軍魔導師已經失去聯繫。判斷已經遭到擊墜。根據該名魔導師在失去聯繫前送來的最後報告，敵魔導部隊至少也有兩個中隊規模以上。就這意思上來看，哪怕會伴隨著遭到追擊的危險，撤退也是正確判斷。他們是被派來救援的，既然該救助對象已遭到擊墜，就沒必要再繼續待下去了。

「尚茲中士，貴官的意見大致上沒錯，但唯有在目前的狀況下是錯誤答案。」

就常理來講，這是絕對不想用單獨的小隊挑戰的對手。以譚雅來說，要是距離夠遠，她就會立刻掉頭返回基地。只不過，與其背負著被追擊的風險，邊飛邊不斷擔憂背後的話，還不如掌握主導權，主動襲擊還比較有勝算。

「沒錯，不能否認我們是有數量劣勢……但也沒必要老實等敵方集結完畢。」

各個擊破是戰爭的基本。

「就敵情來看，推測滲透過來的敵部隊，是針對長距離行軍編組的兩個中隊規模。」

他們確實是精銳吧，但也在提高警戒的狀態下，經過了長距離進軍。這過程中的消耗絕對不小。不僅突入帝國軍的防衛線，還得保留餘力在返回基地時走完同樣漫長的距離，對方能用來戰鬥的能力受到很大的限制。另一方面，目的是防禦的我方在全力戰鬥後，只要等友軍回收就好。只要砲兵隊的陣地來得及構築完畢，就連讓砲兵隊以砲擊收拾善後的準備都安排好了。

當然，敵方縱使有損耗，卻不該期待他們會有絲毫的大意。只不過，意志是會遭到肉體背叛的。勝算並不小。主要是敵部隊為了進行掃蕩作戰，不得不將兵力分散開來。部隊之間的距離相隔太遠，因此只能採取小隊規模的協力作戰。

雖說是連續作戰，但因為是防衛戰所以得全力以赴的帝國方，以及被迫在敵方領地開戰，因此補給與支援皆有限的共和國方。倘若以同等的數量交戰，勝利的天秤將會大幅傾向帝國。

「也就是說，這是只要連續擊潰疲憊不堪的小隊六次就好的簡單任務喔。」

雖說隨便，但也有接受補給。雖說很少，但也有後方支援。

一比六是令人絕望的數字，但一比一就存有勝算。而且，只要能在數量劣勢下給予敵方損害，事後軍方也不會再多說些什麼了。

「各小隊成員注意。我負責三個小隊。其餘的就交給你們。這應該不難吧。」

雖然很難期待能殲滅敵部隊，但只要努力達到各別擊破就能累積擊墜數，真是相當有賺頭的狀況。這是向上頭展現自己工作能力的好機會。

就算出師不利，但所幸值得感謝的聯合砲兵就在後方。也就是多少有些餘力。在詢問之下，還特意幫我們準備了散彈。簡直就是太完美了。本來想以身為搭檔的下士的疲勞作為藉口，迂迴拒絕救援任務卻拒絕不了，才正在怨嘆就遇到這種情況，人生還真不曉得什麼是幸運呢。

不過話說回來——譚雅看了一眼跟在身後的部下的臉，思考起來。儘管緊張，但飛行情況卻很穩定沒有搖晃的謝列布里亞科夫下士，有別於她的本領，是徵募組的人。不是自願成為軍人，而是基於義務被抓來當兵的少女。那個下士居然會積極地志願參與戰鬥，真是作夢也沒有想到。雖然不知道這是基於義務感、愛國心，還是同胞愛，但會主動去做超乎薪水的工作，可說是前途相當看好的人力資源吧。

「只有小隊長想成為 Ace 嗎？」

「問得好啊，中士。也沒什麼，我只要再擊墜十架，就能照規定獲得獎金與榮譽假。我也差不多是該放假休息一下了呢。」

只要擊墜數突破五十大關，就能獲得特休。具體來講，就是兩個星期的榮譽假，還有獎金以及加薪。勤務時間也導入彈性工時，並可擁有部分的獨立行動裁量權。擊墜五架是 Ace；擊墜五十架是 Ace of Aces（王牌中的王牌）。

很遺憾地，我在九五式運用實驗時的記憶很混亂，而且還進行了相當於長距離砲擊戰的遠距離狙擊。所以不免得會出現許多無法確認的戰果數量。不過，就算少算了一些，目前獲得承認的擊墜數也有四十。

而最重要的是，這種單純的戰果並不會成為戰爭罪的追訴對象，真是太棒了。就算考量戰後的狀況，也完全不會有事吧。也就是說，殺人是犯罪，但大量殺人卻是能獲得授動的功績。這就一般論而言是有矛盾，但就經濟學來說卻是有可能的一件事。

「然後，我打算用擊墜數獲得的休假，去悠哉地享受一趟美食之旅。抱歉啦，各位。我可是想在啤酒館裡優雅地吃份午餐呢。」

「還真是教人羨慕啊。」

尚茲中士逗趣地點點頭，謝列布里亞科夫下士兩人則是露出不知該如何反應的笑容，但事情就是要這樣才對。努力達成工作，然後充分享受工作的成果是Very good。榮譽假中的勝利組，甚至還能在後方享受美味的餐點。此外，還有機會與企業的經營團隊聚餐。總而言之，就是對建構人際關係的社會資本來說最適當的環境。雖然剛剛說過，不過實在是太美好了。

「尚茲中士，雖然有點對不起跟過來的你們，但先搶先贏喔。」

史瓦魯柯夫擔憂戰力不足，而從貧乏的戰力中撥出分隊過來支援。雖只有追加兩名人手，但對魔導師來說，這所增強的戰力可是一點也不小。反過來說，就是帝國還有餘力，甚至能讓現場軍官做出這種體貼舉動。

這換句話說，就是目前並不是不可能退到後方休假的時期。要是現在不退到後方去，就這樣一直被拖在前線消耗下去，之後肯定是愉快的收容所生活。唯有這點我絕對不要。所以必須要以打贏戰爭為目標，同時做好準備以預防萬一。

……真的能贏嗎？

沒錯，帝國是精密無比的戰爭機器。跟我所知的德國一樣，如果以單獨一國為對手，恐怕是必勝無疑。就連雙面作戰，也不是不能一戰。不過，這儘管訴說了帝國的強大，卻無法保證一定能夠獲勝。

畢竟，這是一國對世界。該說是世界大戰，或說獨自對戰其他世界各國。這種戰爭能贏嗎？老實講，很難吧。

「戰爭就是要在贏的時候盡情享受呢。」

「哎呀，我還以為像少尉這種人，也會喜歡絕望般的防禦線呢。」

……如果能出人頭地，倒也不是不能考慮啦。

但坦白講，想要「奇蹟連發！」是不可能的。九五式可是詛咒的結晶，而且就算使用根本不想用的東西，也不一定能保證獲勝。

「我是軍人。只要有命令，我就會去做。」

對於行政命令，綜合職只能夠乖乖遵從（註：日本特有的職別。相對於處理一般事務的一般職，從事需進行綜合性判斷的事務）。同樣地，就算只有徒具形式，軍官也必須要向國家效忠，否則就是違反契約。我是迫不得已才參戰的。有誰會喜歡闖進槍林彈雨裡頭啊？——譚雅如此簡潔答道。

「失禮了，少尉。所以少尉也不喜歡戰爭嗎？」

該說是有點意外吧。謝列布里亞科夫下士掛著問號，罕見地介入長官們的對話。

「這還用說嗎，下士。我也喜歡平穩的生活啊。尚茲中士，貴官又是如何？」

「下官跟少尉的意見相同！」

尚茲中士靈活地以標準姿勢敬禮，看起來十分逗趣。他會這麼做，絕大部分是想要讓動作有些僵硬的謝列布里亞科夫下士他們紓解緊張吧，幹得真好。難怪書上會說，優秀的士官是無從取代的寶物。

「這算是理所當然的吧。好啦，該是要檢討一下歡迎會的主旨了。」

在用這句話做出結論後，譚雅就迅速提升高度，準備進入戰鬥。此時她心中迴盪的是，對平穩生活的渴望，以及對擾亂她平穩生活的那群傢伙的憎惡。有誰會喜歡扛起槍來作戰啊——心中的這股憤怒十分強烈。

對這受詛咒的世界降下災難吧。或是對我以外的一切降下災難吧。倘若沒辦法，就至少別讓我遇到災難啊。

邊在心中如此嘀咕，譚雅邊在空中飛翔。

「少尉打算怎麼做？」

「就盡情款待他們吧。子彈與魔力光算我請客。」

子彈費是用公費。浪費預算會導致評價下滑，但為了提升業績而投入資源可是業務的一環。

會將交際費列為公司經費，是因為有其必要性。也就是說，只要是必要的行為，就算盡情揮霍，也只要拿出成果就沒問題。魔導師只要能量產敵人的屍體，就算亂射子彈也不會遭到抱怨。

唯一需要擔心的，就只有財務官的胃。讓他們如此操心，實在是很過意不去。我是真心覺得不好意思，也希望負責人務必要對財務官的精神健康做出貢獻。

我的工作是花費經費打敗敵人；財務官的工作是想辦法籌措這筆經費；而我們的心理照護，則是專門輔助人員的業務。眾人各司其職的理想世界。真應該要對經濟學推崇秩序、預見到分工合作成果的先見之明給予讚賞才對。

「要不要順便檢查他們有沒有帶護照與簽證呢？」

「很好，就這麼做吧。」

對呀，戰時交戰規則不會讓入國管理法無效才對。那要是有人穿越我帝國主張為國境線的地區，就當然得要進行入境審查。居然要部下提醒才察覺到這點，稍微有點粗心啊。

「那就把這當成開始的信號吧。既然如此，要不要順便比賽呢？」

「哼，那就比擊墜數吧。要是能贏過我，我就把中隊長珍藏的葡萄酒拿來當獎品。」

記得以前在窺看他營帳時，有看到中隊長偷偷藏著一瓶高檔到像是來錯地方的葡萄酒。那基本上應該是靠卡片弄到手的吧，不過要讓他同意把中隊的財產讓給有功人士應該不難。要是沒辦法，就只能放棄靠溫和的手段取得了。這也沒什麼，就算還不到能喝酒的年紀，也是能擁有鑑別酒的眼光。

「這該怎麼辦才好呢……那好吧，要是提古雷查夫少尉獨贏的話，我們就將今天的薪餉一起奉上。」

「嗯，這賭注不錯。真是不錯。我就跟你賭了！」

萊茵戰線

頭腦昏沉，意識也朦朧不明。完全不是擔心部隊、部下目前情況的時候。

豈止是如此，光是在下一瞬間維持住即將喪失的意識就已經是極限。不顧已經倉卒展開光學系的折射光學誘餌，還連續進行大幅超出安全規定的隨機迴避。

儘管有勉強維持住指揮系統，但自許為共和國精銳的中隊，居然被區區一人恣意玩弄著。事態在這短時間內，有著過於劇烈的變化。

「Mayday、Mayday、Mayday。」

起初是通知已經接敵的緊急警報。這還是他首次聽到那名前線戰區管制官發出悲鳴。

「散開(Break!)！散開(Break!)！」

指揮官下達散開指令。畢竟沒有讓敵人用遠距離射擊將部隊一網打盡更蠢的事了。他隨即依照指令散開，儘管擁有能迅速對應這道指令的高訓練度，但還是做得不夠徹底。就在他沒發現到敵影感到困惑的瞬間，搭檔的上半身就被炸飛了。

「西恩！」

「敵影，高度一萬兩千（Bandit! Angel12）！」

「你說一萬兩千！」

在朝遭受攻擊的方向掃描後發現到敵影，卻對那過於荒唐的高度啞然失語。高度一萬兩千英尺。讓魔導師的實用升限六千英尺變得毫無意義的高度。

在談論氧氣濃度只有地面六成左右的嚴酷環境之前，魔力就先會枯竭。航空魔導師的實用升限會設為六千，可不是基於什麼半吊子的理由。

「怎麼可能，是戰鬥機吧！」

「該死，不會錯的。」

儘管懷疑是戰鬥機，但果然沒有搞錯。有偵測到魔力的粒子反應與魔力光。毫無疑問是航空魔導師。

稀薄的氧氣濃度、劇烈下降的體溫、致命性的魔力枯竭，外加上高空適應也是個大問題。儘管難以置信，但敵方的魔導師似乎克服了這一切，甚至還有餘力戰鬥。其悠哉飛舞的姿態，難道是帝國武力的具體呈現嗎——甚至讓人不得不萌生這種印象。

「上昇、給我上昇，在高度八千應戰！」

部隊已精疲力竭。不僅在排除敵觀測班時消耗掉集中力，長時間滯空也磨耗掉一切資源。就常理判斷，跟質量與數量勢均力敵的部隊交戰，會是氣勢十足的一方占有優勢。

帝國的航空魔導師是遠近馳名的精銳；相對地，我方則傾向於以數量彌補質量的劣勢。更別提眼前的敵人太過超乎常理。哪怕是在萬全的狀態下，也不免要歷經一番苦戰吧。說到底，想要攻擊高度一萬兩千的目標，幾乎等於是不可能的任務。

「隊長，這也未免……！」

「沒有其他方法了！」

理論上，航空魔導師與航空機相比，會是航空魔導師較占有優勢。

不過這是侷限在高度六千英尺以下的情況。航空魔導師雖然能使用魔法，但畢竟是血肉之軀的人類。在高空中進行戰鬥，就只會淪為活靶。

「……難怪AWACS（空中預警管制人員）會驚慌失措。」

「我同意。這……太過分了。」

原來如此，甚是可說是超乎規格。非常能夠理解AWACS慌張的理由。畢竟，一般航空魔導師根據空戰規定，被視為不可能上昇到六千八百英尺以上。不，是根本不可能。要用演算寶珠與步槍交戰，六千就是極限了。雖然作為極為罕見的例外，高地部隊出身的航空魔導師能在七千英尺以上戰鬥，但依舊是差太多了。

高度一萬兩千英尺。就連戰鬥機都需要供給氧氣，否則駕駛員就會瞬間失明的世界。氧氣濃度實在是太過稀薄了。除非是非常緊急的避難措施，否則不可能爬升到這以上的高度。更別說是戰鬥機動。

就算能擊墜敵魔導師，生還的機率也令人絕望。只不過，唯有這次是例外的事態。

「倘若不壓制住，地面部隊會無法歸國。」

「還真有道理……也只能上了。」

不限於航空魔導戰，上空遭到敵方壓制都是十分致命的情況。

因此，他們只能上昇。至少要讓對方進到我方的射程內，不然就只會淪為活靶。不論是要逃要戰，倘若不上昇就什麼事也做不到。不過，沒辦法逃。必須爭取時間讓地面部隊撤退，否則不只是我們，就連整個地面部隊都很有可能會全軍覆沒。打從一開始就別無選擇。

「這是總體戰。別去想回程的事。」

交戰到耗盡魔力為止。最重要的，是要替西恩報仇。絕不能讓他活著回去。

「攻擊！直到被敵人擊墜為止，都不准停止攻擊！」

包含著指揮官的決心，可說是號令也可說是吶喊的一句話。

不是我們將他徹底擊潰，就是他將我們殺得片甲不留。就只有這兩條路可走。

「Bravo，Engage。」

Bravo 小隊也開始交戰了。這種容易遭到各個擊破的情勢，讓他不禁想詛咒上帝。一想到除了這名棘手的敵人外，敵方還有其他增援，就不得不有種想要罵髒話的衝動。

「……我的天呀！」

然而，在展開長距離觀測術式後所看到的東西，卻遠超乎他的想像。在函式庫中搜尋目標的個體魔力元素。於是一個比敵增援這個事實還要惡劣的答案無情地展現在眼前。

「登錄魔導師」通稱 Named。航空魔導師的世界很小。就算是中隊規模，編制也只有十二人。直到航空魔導大隊，編制才終於達到三十六人。

航空魔導師的世界就是這麼小。只要擊墜五名航空魔導師就會被稱為 Ace，擊墜數達到五十就會被視為 Ace of Aces。而擁有六名以上 Ace 的部隊，或是個人擊墜數超過三十時是一個境界線。一旦超越這道境界，就會遭到敵軍「登錄」，視為必須警戒的勁敵。

Named 支配著戰場。能與 Named 對抗的，就只有壓倒性的數量，或是同級以上的 Named。對戰場上的友軍官兵來說，沒有比空中有我方的 Named 存在更好的精神支柱。正因為如此，才會給予敵方 Named 作為識別的個體名來作為警告。

而「登錄魔導師：個體名『萊茵的惡魔』」，看在共和國眼中是一場災難。只要認定具有戰術性的威脅，就會對敵航空魔導師進行登錄。當中又以萊茵的惡魔，被眾人視為最不想遇到的對手。確認他在該方面的戰鬥中出現，僅僅是兩個月以前的事。儘管如此，萊茵的惡魔的擊墜數卻已經突破六十。

尤其是重魔力系的空間轟炸與精密的光學系狙擊式令人害怕。被他用跟狙擊兵相同的「友釣」手段（註：使敵人重傷，再攻擊前去救援的敵軍人員的手法）釣到的部隊，有半數遭到全軍覆沒。而最令人厭惡的是，有許多魔導師是受到勉強能夠返回基地的致命傷。

就算惋惜貴重的航空魔導師而傾注全力治療，也幾乎是全員死亡。這不僅讓醫藥品的消耗加劇，最重要的還是會限制住軍醫們的行動。拜這所賜，讓許多地面部隊的士兵面臨到軍醫不足的問題。

而且航空魔導師的損耗，也達到戰術層面來看十分危險的程度。以單獨的個體，對抗著整個戰略、整個軍隊。這不叫作惡魔，還能叫作什麼啊？他是無論如何都得在這裡擊墜的對手。

當然，要與高度一萬兩千英尺的對手交戰，恐怕是無謀之舉吧。不過只要上昇到八千英尺左右，就能充分展開攻擊。重點在於我方雖說有兵力損耗，但依舊占有數量優勢。對方正飛在一萬兩千英尺的高空上。倘若不是相當勉強，根本不可能辦到。哪怕是超乎規格的對手也一樣。

就提古雷查夫看來，敵部隊朝自己吶喊衝鋒，可說是她始料未及的行動。

敵方看起來已精疲力盡，而且兵力分散。不認為他們還有餘力，所以打算從遠距離單方面進行攻擊，但看來這個如意算盤是打錯了。在目前這種情況下吶喊衝鋒，儘管有勇無謀，但同時也是最為有效的手段。

「萊茵的惡魔！今天一定……今天一定要將你擊墜！」

「……我們應該是首次見面吧？」

然而，無視本人難以理解現況的困惑，敵方戰意原因不明地集中在譚雅身上。

她邊純粹地感到疑惑，邊繼續戰術判斷。對方動作迅速，並採取隨機機動，精密狙擊已經不管用了。

所以判斷最適當的方法，是連同大致上的區域一起轟炸的爆裂系，或是針對空間目標的導引射擊。鎖定目標。修正相對速度。在無意識中，以艾連穆姆九五式選擇最適當的射擊方式。解除空檔狀態，離子濃度正常，更新後設運動區的參數。系統一切正常。

Nicht!（不行）

偵測到複數以微弱魔力照射的最初瞄準點。類型是不可視的引導射擊式與空間顯現爆破式。

明明已進入到敵方的攻擊範圍內，卻被毫無意義的對話奪去注意力，停止思考了！

腦中的鎖定警報盡全力響起。立刻以艾連穆姆九五式的核心，將魔力緊急分給魔力顯現程序。在明知會失去平衡下，以最快速度灌注魔力。同時自動啟動隨機迴避機動。在勉強趕上迴避後，方才的所在空間就隨即降下滿天彈幕與魔力光。

當中似乎還混有一部分的爆裂式，衝擊波的餘波大到讓人無法維持高度。

「呃……這該怎麼辦才好呢……」

原本以為他們是高地部隊，結果居然省略高地適應就直接上昇到高度八千英尺。就算考慮到高低差，也已經進到敵射程範圍內。而且糟糕的是，對方還占有人數優勢。如果他們是知道這點才進行吶喊衝鋒，敵人就比想像中的還要不容小覷。半信半疑地肯定敵方的本事，在霎時間緊急生成光學誘餌。

立即顯現術式，同時開始欺敵行動，避免飛行軌道遭到預測。然而儘管散布了數道幻影，本體依舊是立即遭到射擊魔法攻擊。竟能在瞬間做到如此程度的統一射擊。

「居然避開了？那傢伙是怪物嗎！」

那群傢伙在公開線路上大聲喧嘩著。不對，他們是故意這麼做的吧。對方正在活用數量優勢。是想反覆利用無線電對話吸引注意，削減我的集中力吧，但我不會再上當了。

以統一的射擊魔法進行戰鬥的類型，是仰賴個人技巧的帝國魔導師的弱點。

特別是共和國，一直以來都是徹底活用數量優勢，來對付以質量優勢自豪的帝國。當中尤其是像眼前這些傢伙一樣整齊劃一的交戰方式，如果不是會被戰區通知警告的 Named，根本不可能辦到吧。

將偵測到的魔力反應與函式庫對照。這令人氣惱的預測完美命中了。是群遭到本國戰技教導隊針對統一射擊技術發出警告的麻煩傢伙們。這很明顯是超出薪水價值的無償勞動啊。

「緊急聯絡ＣＰ，敵中隊是 Named。重複，敵中隊是 Named。」

「ＣＰ收到。現在立刻派遣增援。沒必要勉強擊破。」

真是感激不盡的指令。

只要沒叫我去死，就可以說是再好也不過了吧。但在軍人這種生物的社會裡，「勇敢」與「豪語」是會獲得好評的。敬重蠻勇更勝過怯弱，要在這種瘋狂集團裡保持正常實在是非常辛苦。只不過，為了出人頭地，這也是沒辦法的事。

「確認增援。但這裡是我的戰場。」

雖然不想做，但要是不先喊得幾句，就會有礙戰功評價。回想起來，真虧關東軍能那麼輕鬆地把自己的虛像吹捧得那麼誇張。（註：指舊日本軍駐紮在滿州的部隊）但模仿他們的行為就能出人頭地也是事實。自稱愛國者的人都不會是什麼好傢伙。

真正的愛國者會以行動表示，冒牌貨則是用嘴巴表示。但想要出人頭地，就得同時用行動與嘴巴表示。愛國主義作為道具實在是相當好用。而既然是道具，就得有效地充分使用。

「凡是侵入帝國之敵，無論協約聯合還是共和國，將森羅萬象毫無區別地加以殲滅，是我等的使命。」

艾連穆姆九五式附有愈是全力使用，精神就愈會遭到侵蝕的詛咒。作為其性能的代價，使用者會盡全力讚美自稱為神的存在X，有著這種噩夢般的規格。能在採用關東軍式升官主義時，讓它聽起來像那麼一回事，算是唯一的幸運吧。

但話說回來，愈是模仿諸如辻政信這些死腦筋的傢伙就愈能出人頭地，軍方肯定有哪裡搞錯了。就是因為這樣，才會造就出那些愚蠢到想要戰爭的軍人吧。

本來的話，明明就沒有比軍人還要期望和平，希望能光領薪水不做事的職業了。

「確認空間座標，算出各目標的隨機迴避軌道，膨脹室的魔力填充正常。」

敵人想活用數量優勢狩獵自己。對付共和國的航空魔導師，各個擊破怎麼想都不會管用。想要各個擊破，恐怕會遭到數量擊潰吧。畢竟對方可是以整齊劃一的指揮自豪。

一開始能用狙擊削減部分戰力，相當於是僥倖。要做好不會再有第二次機會的覺悟。那麼就換個想法吧。總之，只要把那些傢伙當成統一的群體就好。也就是要以小博大。

不需要一一仔細瞄準，只要以空間為目標就好。

「呼叫ＣＰ，請發布戰區空間轟炸警報。」

「ＣＰ收到。隨即發布戰區空間轟炸警報。」

艾連穆姆九五式具備四核心的同步機構，並且能儲藏魔力。而在使用儲藏魔力進行全力運作下所顯現的爆裂系術式，對世界的干涉將能夠波及整個戰術戰區。不用說，這是缺陷演算寶珠的全力運作。可以保證絕對會引發一些不好的情況。

「尚茲中士！衝擊準備！」

不僅會不分敵我地將所有人炸飛，還會散播魔力雜訊，讓爆炸煙霧限制目視範圍，並且造成人員孤立。讓組織戰鬥變得極為困難，完全沒辦法進行指揮，在進行組織戰鬥時相當難用。

對於這招，教導隊甚至給予了「除了拿來自爆外，沒什麼其他用途」這句值得感謝的講評。但如果是個人對組織，就能將組織炸散，把戰況帶入個人對多數個人的場面。所得到的結論，就是在組織戰鬥時，這只會給隊友增添麻煩，但在以少數兵力對抗敵軍時，則是不錯的術式。

「退下吧。不法之徒。這裡是我們的帝國、我們的天空、我們的故鄉。」

朝著整個空間廣播愛國情操，可期待獲得戰功評價吧。

而一般來說，信仰虔誠的人也比較容易獲得好評，所以就順便利用存在X的詛咒來協助自己出人頭地。這次我就甘願忍受吧。哪怕自己的自由與尊嚴，正因難以忍受的痛苦而發出悲鳴也無所謂。

「你們如想對祖國行不義之事，我們將向神祈禱。」

敵魔導師散開。形成左右的交叉火網，不讓自己集中射線，採取要將我慢慢磨死的空中機動。

外加上拉開的間隔，也比針對一般爆裂系術式的散開基準還要大很多。

「主啊，請拯救我的祖國。主啊，請給予我殲滅祖國敵人的力量。」

在低氧環境下連續進行大幅超過基準的高速機動，最後還進行牽制射擊的戰爭狂。真受不了，既然這麼喜歡戰爭，乾脆自己人分成兩隊互相廝殺不就好了？

就這麼喜歡把別人牽扯進來嗎？想必是沒人教導過他們不能給他人添麻煩的道理吧。換句話說，他們的教育肯定出了重大紕漏。教育可是決定孩子們未來的關鍵，希望能確實做好啊。

還是說他們也跟我一樣是想透過戰爭追求升官與生存，有著這種具備經濟合理性的理由嗎？不對，等等喔，既然如此，難道不該進行交涉，摸索雙方的共同利益嗎？……我的天啊，我居然差點喪失追求利益這種身為合理經濟人的自覺。戰爭竟殘酷到讓我失去身為人類的理性嗎？

利益即是一切是顯而易見的道理。換句話說，就是交涉。所以要是在與交談對手交涉前，就把他連同空間一起炸飛，也就沒辦法進行交涉了。

等察覺到這點時，充斥譚雅腦海中的，是自己是如何輕易讓戰爭損害自身理性的自覺，以及對於自己險些喪失人性的悔悟。既然相互廝殺不是她的興趣，所以要是沒有利益，殺害對手就是無益之舉。沒錯，既然不是零和遊戲，那麼建立合作關係就賽局理論上來講是可行的。

既然如此，與其認真廝殺，打場假比賽才是合理的選擇。從互相殘殺的殺戮世界，轉移到合理性的世界。相信能建立所謂的雙贏關係吧。

當然不能做得太過分。就跟經濟學家透過統計方式發現日本國技充滿假比賽的情況一樣，掩飾的結果總有一天會在未來暴露出來。但等到會被第三者發現是假比賽時，戰爭也肯定早就結束了吧。而且經濟學家在戰時還有其他工作，那些工作在許多場合上都比這來得重要許多。

「請救贖我們免於無信仰之人的侵略。神啊，請賜給我殲滅敵人的力量吧。」

盡全力不斷發出毫無意義的讚美歌，讓自己至少看起來像是在展開術式。這樣也能對ＣＰ暫時隱瞞自己的意圖。如果順利的話，只要在魔力雜訊遮蔽住自己這邊的情況的時候，與對方達成協議就行了。

狀況正逐漸備妥。認知到這個事實，譚雅在短暫思考之後下定了決心。應該要向對方傳達訊息吧？

對方說不定會開啟交涉的窗口，雙方說不定能順利達成協議。被成見束縛住，身為社會人士可是不及格的。我對於這些共和國軍人，說不定也抱持著名為共和國的成見。

不能以貌取人。必須要確實看穿對方內心的本質，慎重地進行對應才行。人類的個性是無可取代的，所以我們應當要給予尊重。

哪怕身處在戰爭之中，面對可能進行交涉的對象，我們都該誠實以待。不用說，與敵人進行交涉當然會被送上軍事法庭。放棄戰鬥等同是敵前逃亡，等著我的將會是不由分說的槍決。

但身為一個有良知的人，只要能夠避免無意義的戰鬥，就算自己得背負風險也甘之如飴。只要對方是能溝通的對象，我將不吝於延後個人的升官與休假機會。等到要從戰爭狂手下自我防衛時，再去累積戰果吧。

最重要的還是軍隊裡的工作與風險，也很明顯是超乎薪資價值的不當勞動。對於超乎薪水的事情，自己沒有負責的義務。

要是對方不幸地無法溝通，那就擊墜他們，到後方悠哉地享受休假與美食吧。儘管非常遺憾自己還不能喝葡萄酒，但聽說後方地區的煸炒魚料理很有名。真教人期待會有多麼好吃。

「我在此宣告。各位已侵犯帝國的領土。」

總之先說幾句不痛不癢的話吧。

「我們會竭盡全力保衛祖國。因為我們的背後，有著必須要守護的人民。」

聽說軍人的義務是要守護祖國的人民。雖說也有著作為暴力裝置的軍隊，以及直屬皇帝的軍隊，但保家衛國依舊是軍人的職責。不過也有像普魯士那樣，是軍隊擁有國家，而不是國家擁有軍隊的案例在，所以也不能一概而論。就一般論而言，這也是種宣傳的表面話。

「回答我。你們為什麼要侵略帝國，侵略我們的祖國？」

發出看似譴責的詢問。試著主動拋出交涉的契機吧。如果是這種程度的詢問，也能將向敵兵搭話這種毫無常識的舉動敷衍過去。

好啦，他們會怎麼回答呢？儘管抱持著這種期待，但得到的答覆卻是髒話辱罵與彈如雨下的射擊。他們該不會是跟無法言語的野獸一樣的戰爭狂吧？在感到疑惑的同時，譚雅也不得不深深質疑起對方的精神狀態。

他們難道不是擁有正常精神，可以相互追求合理性的近代經濟人嗎？還是說，對方說不定也在戰爭中失去人性了。要是這樣，還真是令人傷心。同時這也表示，自己必須陪這些傢伙享受這場焦躁難耐的戰爭。真是糟糕透頂的情況。

真想向上級要求加班津貼與危險加給，不過規定上卻沒寫該向哪邊申請……我就像個小孩般鬧起彆扭，但會感到莫名想哭也是情有可原。

「CP呼叫各單兵，這是戰區警報。請警戒高度魔力雜訊。」

CP周到地根據我的要求發布警報。目前也已經累積到充分魔力。既然是合理的經濟人，毫無疑問是重視一更勝過於零。

也就是說，只要電波狀況沒有惡化到讓人收不到訊號，戰區裡頭說不定會有行事謹慎的人，對這種要他們冒險的事情感到不悅。如果是這種合理的對象，就算遭到轟炸並生存下來，也肯定會選擇合理的解決途徑。

至少我就會這麼做。既然如此，工作就應該追求速戰速決。摒除一切的躊躇與延誤，促使事態順利進展。全力控制累積的魔力，並甘願接受侵入思考的雜訊。

「聖徒啊，相信主的恩惠吧。我們乃不知恐懼之人。」

將填充的魔力猛烈解放開來的虛脫感。全身細胞的魔力遭到吸取，讓我幾乎發出悲鳴，但受到艾連穆姆九五式的詛咒制止。詛咒將痛苦強制轉化成喜悅，帶給我難以抹去的異常感。

喜悅與痛苦混合起來撼動腦袋的感覺，糟糕到難以用任何事物形容。

「莫感慨命運。喔喔，神並沒有捨棄我們！」

以全身感受的喜悅，以及自由遭到掠奪的忌諱感，已達到難以承受的程度。如果可以的話，真想立刻破口大罵，但嘴巴卻很可能不由自主地吟唱讚美歌。令人厭惡的共產黨唯一正確的事，肯定就是把宗教視為毒品吧。

就芝加哥學派的見解來看，毒品是能用經濟學方式控制住的。

不過說是這麼說，但問題就在於這個毒品不是想戒戒不掉，而是戒掉後就很可能死掉。實在是相當棘手。芝加哥學派的見解，可沒考慮過戒掉後有機會當場送命的藥物啊。

「遙遠旅程的終點，我們將抵達約束之地。」

在這瞬間，啟動類似油氣彈的程序。將壓力達到極限的魔力以無法計算的速度噴出。伴隨著沸騰魔力蒸發氣體爆炸，擴散開來的魔力與空氣混合引發非密閉魔力爆炸。劇烈的氣壓變化會引發急性肺不張與肺充血，並經由燃燒讓原本就很稀薄的氧氣濃度下降到足以致命的水準。

高度八千英尺的缺氧與一氧化碳中毒狀態，就連頑強的航空魔導師也會瞬間失去意識，朝地面墜落。而勉強維持住意識的魔導師，則會面臨到讓人劇烈掙扎的痛苦。急性肺不張與一氧化碳中毒，外加上氧分壓劇烈下降所導致的併發症狀，伴隨著地獄般的折磨。

「呃……咳咳，咳咳。」

連在有效攻擊範圍外的提古雷查夫，都常因為氧氣濃度的低下感到呼吸困難。留在攻擊範圍內的魔導師就算還能飛，也已經無法支撐太久了。畢竟非密閉魔力爆炸會廣範圍地散播魔力，形成魔力雜訊。

這不僅會讓通訊中斷，甚至難以維持飛行術式，根本不可能繼續戰鬥。儘管煙霧會遮蔽視線這點很麻煩，但可以輕易想像得到，直接受到這種術式擊中的對手會落得怎樣的下場。

「向交戰中的共和國軍宣告。目前勝負已定。」

因此她試著進行勸降。儘管很懷疑在這種情況下是否還有人能夠活下來，但反正也不是會多消耗成本的行為。

也好，要是沒人活下來，就以擊破中隊的功績到後方喝茶休息吧。

「如果願意投降，我軍將基於沃爾姆斯公約，保障你們身為俘虜的權利。」

共和國軍依靠數量優勢的傾向強烈，對於能與帝國精銳勢均力敵的 Named 有著堅定無比的信賴。基於 Named 本身的稀有性與戰術價值，投入重要作戰的他們是著名的驍勇善戰。

第四航空魔導師團所屬的第四十二航空魔導團一〇六、一〇七搜索魔導中隊也作為這群精銳的一員遠近馳名。直到最近為止。

「現在開始有關一〇六搜索魔導中隊以及一〇七搜索魔導中隊覆滅的戰技評議會。」

根據初期的預想計畫，認為帝國軍以 Named 為主的強力魔導部隊，皆跟隨主要戰力部署在對協約聯合戰的最前線，因此不在國內。所以對共和國而言，Named 以及僅次於 Named 的精銳部隊遭到殲滅的情況，就常理來講恐怕是不可能的事情吧。

但就是發生了。而且還是在擁有壓倒性的數量優勢下，僅藉由區區一名魔導師之手。起初在聽到這件事時，任誰都不禁懷疑起自己的耳朵。覺得自己一定是聽錯了。

「一〇六以及一〇七中隊，在從事排除敵觀測魔導師的任務時，與前來迎擊的敵魔導師部隊接觸。」

司令部基於長距離侵略的必要性，而決定派出 Named 部隊。畢竟這是項艱難的任務，其他部隊難以勝任。但難以置信的是，他們居然受到人數低於自己的部隊給予重大損害，不論實際狀況為何，這都很可能對戰局造成影響。

深知這點的參謀們，總之不得不露出嚴峻的神情。

「現在發下去的，是根據回收的演算寶珠與生存者的報告，所歸納而成的報告書。」

不過進行資料分析的魔導軍官們，表情則是比參謀們更加凝重。他們基於得在會前分析資料的必要，已先行分析過回收到的演算寶珠的資料與記錄器。

對於生存者的詢問，儘管因為是重傷患者而有所限制，但依舊聽到了衝擊性的內容。

這倘若不是從生命垂危的少數生存者身上回收的東西，根本就難以置信。不對，應該說是不願相信。

「……首先，請觀看交戰紀錄的影像。」

「Mayday、Mayday、Mayday。」

這是通知接敵的緊急警報。工作是要始終保持冷靜的前線戰區管制官此時發出了悲鳴。如果是新兵還可以當作笑話看待，但他可是資深老兵。是最早向司令部報告一〇六的覆滅紀錄，發出撤退支援要求的人。多虧了他，才勉強救回一〇七與一〇六的生存者。

「散開！散開！」

摻有雜訊的畫面上，顯示著立即遵從指揮官命令迅速散開的部隊身影。已經分析過影像的航空魔導軍官們，至今仍難以接受接下來的影像是確實發生過的事情。

他們仍難以置信，紀錄資料竟顯示此時部隊遭受到的攻擊，是遠遠超出最大交戰距離的超長距離精密狙擊。

一〇六隨即全力進行隨機迴避。

「西恩！」

伴隨著劇烈的隨機迴避軌道，畫面也跟著不斷猛烈移動。就連在這段期間內，也有數人中彈墜落。

「敵影，高度一萬兩千！！」

「你說一萬兩千！」

而且令人難以置信的，這是來自高度一萬兩千英尺的攻擊。

這項情報雖已緊急通報回國內，但帝國軍魔導師居然已經達到目前實用升限兩倍以上的高度。倘若這是事實，目前的航空魔導師就等同是全體喪失戰力。

「……這怎麼可能。」

這句不清楚是誰發出的呢喃，具體呈現出司令部全體的感想。一萬兩千這個數字，讓他們的大腦瞬間麻痺。這數字就是如此地難以置信。

實際上，部隊當時也猜想是不是戰鬥機。但對方毫無疑問是航空魔導師。

透過複數光學處理所得到的影像，顯示出持有帝國軍制式規格步槍，並伴隨著未知的演算寶珠反應的敵影。

由於距離太遠，所以無法清楚顯示出對方的身影，但個子相當矮小。不過那悠然自得，有如支配者般巡航的身影，充分展現出他將一切障礙視為無物的態度。

接著，一〇六確認到交戰對手是「登錄魔導師」。而且惡質的是，還是在這個戰區迅速展露頭角的新銳 Named。詳細資料全部不明。別說對策，就連一般的戰術手法都是未知的威脅。

司令部目前正踢著情報部的屁股要他們重新調查，而雖然尚未查證，但已發現到數則被當成前線謠言而遭到否定的報告。像是據說有敵兵單獨與中隊交戰、據說有魔導師在不可能的高度上飛行等。這裡是戰場。雖然早已明白情報會很混亂，但竟會因為對方的異常性而導致太慢察覺，實在是教人懊悔不已。

「萊茵的惡魔！」

「暫停播放。卡基盧上尉，萊茵的惡魔是？」

「是詳細資料不明的 Named。目前僅能透過魔力反應識別。」

受到質問的情報參謀臉色整個發青。僅能透過魔力反應識別，總歸來講就是什麼也不知道。這等同是在與會的高級軍官面前，坦白情報部的無能。

只要解析交戰時的演算寶珠紀錄，就能掌握到大致的情報。這也就意味著，他們不是怠於分析紀錄，就是單純沒有記錄到任何情報。

「你們分析過紀錄了嗎？」

理所當然的，擔任主席的參謀總長隨即問出眾人心中的疑惑——你們就連這種程度的事情都沒做嗎？

「以從擊墜人員身上回收到的物品為中心，我們已經完成了十七件檢證。生存者也已經詢問完畢。」

然而，情報部的答覆十分清楚。他們有確實完成工作。就連受到未確認的魔導師給予重大損傷的情報，本來也是由他們發出的。

甚至還編成專任的調查班，特意讓對方擊墜，毅然執行前去回收未能救回的魔導師遺體的作戰。最後他們成功回收到數顆演算寶珠，並針對殘骸進行調查，試圖找出有用的資料。

……但是什麼資料也沒有。

儘管能證明對方存在的證據堆積如山，卻完全得不到實際樣貌。

「……所以只有查出魔力反應？這是怎麼回事？」

「幾乎沒有人在近距離目視交戰後生存。而生存者有大半是遭到射程外攻擊擊墜。」

接近對方的魔導師，全都遭到足以讓全身焦爛的火力炸死。回收到的演算寶珠，頑強的外殼也融解開來，使得內部的核心受損。尋常兵器想要達到這種威力，恐怕得拿出重砲或一噸的炸彈才有可能吧。

敵軍存在著能在近戰時以極高火力殲滅對手，還能從遠距離進行精密狙擊的魔導師。情報部將這位魔導師視為戰術上的威脅，儘管尚未確認，也依舊將魔力反應登錄到軍方的函式庫。

萊茵的惡魔這個別名，蘊含著他們對看不見的敵人所抱持的恐懼與厭惡之情。畢竟，確認他在該方面的戰鬥中出現，僅僅是兩個月以前的事。沒錯，如果紀錄正確，就是跟著共和國軍的進軍同時出現，目前擊墜數已然超過六十。

前線甚至提出要求，殷切期盼司令部能投入 Named 戰力進行驅逐。

「接著，這是奇蹟生還的一〇六隊員的演算寶珠，在機能停止前所記錄的影像。」

影像中顯示著，將中隊規模的統一射擊視為無物迴避掉的敵影。我方的射線怎樣都無法命中對方，甚至讓人懷疑他們究竟是在瞄準哪裡。難以置信的是，儘管受到交叉火網攻擊，但敵人的移動軌跡卻平穩到只能用優雅形容。

「……該不會是在跳舞吧？」

其飛舞的姿態相當迷人，足以讓人不經意說出這種呢喃。

魔力光發出盛大光芒，在傾注而下的無數光源中，敵影精采地避開一切攻擊，其翩翩飛舞的模樣甚至堪稱優雅。可恨的是，完全沒有擊中的跡象。

雖不知道是誰取的名，但萊茵的惡魔說得還真是好。能夠穿梭在統一射擊之中，絲毫不感危險的冷靜應戰，怎麼想都不會是正常人。

「統一射擊無法逮住對方，是因為機動性追不上嗎？」

「也就是說，對方具有如此高的機動性啊。」

過去在帝國軍魔導師擁有質量優勢的背景下，讓共和國軍催生出統一射擊的技術。透過集團的力量，確實解決過度信任個人實力，容易深入敵陣的敵魔導師。

這種戰鬥教義，雖是以數量優勢為前提，但對共和國軍而言卻是對抗帝國的一種解答。所謂只要展開彈幕，就沒有擊墜不了的航空魔導師。

「空間爆破也遭到迴避了。恐怕是在偵測到我方的最初瞄準點後，隨即零時差的採取迴避機動吧。」

「在不到數秒的時間內進行迴避？這樣豈不是能完全避開魔力引導系的攻擊嗎！」

統一射擊的基本概念，是同時使用大量的誘導彈，讓對方的迴避路徑受到嚴重限制，再進行直接射擊。同時大略測量對方的速度與方位，隨後以爆裂系作為代表的爆炸術式，廣範圍地轟炸預測路徑上的空間，試圖將對方捲入爆炸範圍內。

但要是無法瞄準與測量對手，這些攻勢就極難造成有效打擊。有組織性地維持協力作戰。這是集團的戰鬥方式。也就是說，這要是起不了作用，那麼儘管不能說完全，但集團作戰的優勢也不得不大幅減少。

止住呼吸的列席者們，心臟在下一瞬間猛然緊縮。敵演算寶珠的測量魔力值不僅超出觀測極限，還將魔力還原，加以增幅。這龐大的光芒，竟是透過複合多重的干涉誘發，促使魔力元素衝撞所產生的！

多重詠唱規模的魔力，帝國軍只靠單獨的魔導師顯現出來。

「觀測機的紀錄也顯示，此時的魔力已突破觀測值的極限。」

「怎麼可能！這豈不是……」

他會中途停下話語，是因為引發魔力元素固定反應的觀測資料明擺在眼前。無法觀測的魔力規模，意味著這是許多魔導師與國家意圖實現，最後卻只能放棄的現象。

理論上，魔力顯現現象對空間座標進行干涉，被視為是不可能的現象。魔力轉換現象的顯現固定化實驗，被視為是瘋狂的舉動。這理當是不可能的事情。

「……不可能，這不可能！」

比誰都還要理解箇中含意的技術軍官，彷彿故障似的開始否定現實。這不是魔導師的技術，已經算是神話世界的議題。

「你們如想對祖國行不義之事，我們將向神祈禱。」

以最大望遠距離記錄下來的身影令眾人震撼。就算是模糊摻有雜訊的不清晰影像，也依舊不會看錯。

「……這不是小孩子嗎？」

就算說是幼童也無妨的魔導師。然而從她口中說出的話語，卻是帶來毀滅與殲滅的聲響。測量到的魔力值與令人忌諱的聲音，預告著破滅的降臨。

如果妳所祈禱的神真的存在，那究竟是惡魔，抑或是破壞神呢——讓人不禁想抱頭祈求主的救贖。

「主啊，請拯救我的祖國。主啊，請給予我殲滅祖國敵人的力量。」

然而，她的話語真摯。眼神當中充滿著純潔的意念。該把她稱為敵魔導師嗎？她的話語只是一味地向神祈禱。

「請救贖我們免於無信仰之人的侵略。神啊，請賜給我殲滅敵人的力量吧。」

我們難道是不被允許的存在嗎——她以虔誠的眼神批判著我等的罪行，令人不禁想要如此開口詢問。

「我在此宣告。各位已侵犯帝國的領土。」

這番話語就如同宣告神諭的巫女般凜然莊嚴。這份威勢背後，明顯有著信仰作為支持。

「我們會竭盡全力保衛祖國。因為我們的背後，有著必須要守護的人民。」

這番話語的背後充滿著義務感。光是如此，就足以讓人明白這是她的義務。伴隨著要守護背後之人的迫切情感一起。

她僅是為了達成義務而挺身站在眼前。

「回答我。你們為什麼要侵略帝國，侵略我們的祖國？」

想必是預料到災難即將降臨吧。二〇六開始集中火力，盡全力做出阻礙。哪怕僅能拖延些許時間，也要阻止她繼續詠唱。

「聖徒啊，相信主的恩惠吧。我們乃不知恐懼之人。」

但現實是殘酷的。命運並不是他們的夥伴。倘若真有神在，也是朝著她露出微笑。

「莫感慨命運。喔喔，神並沒有捨棄我們！」

收縮起來的魔力劇烈到讓觀測紀錄開始產生雜訊。這意味著，此處正停留著規模龐大到足以攪拌整個空間的魔力元素。

「遙遠旅程的終點，我們將抵達約束之地。」

以這句話為鑰匙，開啟了潘朵拉的盒子。停止思考的他們，眼前所看到的是發出驚人閃光的顯示器。最後演算寶珠損壞，重新播放的影像到此為止。

「……神呀，請拯救我們。」

神呀，這就是……祢所期盼的嗎？

[chapter]

IV

第肆章

軍大學

War College

帝國軍大學選拔再審議會

「時間已到，現在開始帝國軍大學選拔再審議會第三次審查。」

主持會議的是軍大學的教官。而與會列席者一如字面上意思，全是足以擔任軍隊中樞的人才。

對於肩負次世代的人才選拔，帝國向來是不惜投入人力與時間。

如此作為的成果，即是當今以卓越水準磨練出來的各級優秀指揮官的優越性。

「今日的議題，是針對各負責人所提出的候補人選進行重新審查。」

正因如此，帝國會將軍大學的選拔一如字面意思，作為與國家戰略及國防有直接關係的概念討論。如此一來，他們當然會在選拔過程中納入各種考量，不惜努力挖掘出最適當的人才。

因此軍隊為了重視人員的多樣性，甚至會針對不合格的候補生，以不同的審查員進行二到三重的審查。他們認為，倘若在某次選拔課程中落選的軍官擁有卓越的特性，那麼讓他落選，就是帝國的莫大損失。

而帝國的歷史也早已證明這是正確的選拔流程。

就連帝國陸海軍富有盛名的軍官，也有不少人是經由這個選拔流程達到軍隊的中樞。就連受到當時負責選拔的審查官誇讚，表示他在軍旅生活當中最大的戰果就是「選拔出偉大的老毛奇」的老毛奇將軍，都曾遭到「這名候補生根本不適合當軍人」的嚴厲批判，直到第三次審查才勉強合格。

「依照慣例，我期待各位能根據前線、參謀本部，以及軍大學等各單位的觀點，活躍地進行討論。」

而就帝國軍大學的傳統見解來看，人員是在第幾次審查合格的這點並不太重要。

就拿近年的事例來講，傑圖亞與盧提魯德夫這兩名傑出軍官就都是二次審查組。前者被擔憂「學究性格過於強烈，不適合擔任將軍」，後者甚至被批評「頭腦敏銳並充滿幹勁，但是有妄想症的傾向」，直到後來才通過審查。

但是如今兩人都同為備受期待能肩負帝國未來的俊傑已久。兩人也因此有資格參與審查會。正因如此，甚至有人說，在極為普通的審查基準下合格的一次審查合格者不會有所成就。

因此，為了淘汰單純的教條主義者，甚至會反過來將合格視為不合格，讓淘汰掉的人選在二次、三次審查獲得承認，這樣一說，或許就能明白帝國有多麼徹底地執行這套審查流程了。

「那麼，首先就對人事局雷魯根少校所提出的，針對一次審查合格人選的再審議要求，進行討論。」

但連在徹底執行審查流程到這種程度的帝國，通常也不可能發生將一次審查合格人選重新評為不合格的事情。

正因為如此——

與會列席者們皆瞬間露出難以理解的表情，不得不朝主持會議的軍大學教官投以困惑眼神。對通過一次審查，二次審查也沒出問題的候補生提出再審議要求。這究竟是什麼意思啊？

就連表面上正在主持會議的軍大學教官恐怕也無法釋懷吧。

「這次的審議對象，是在以追求公平性的觀點進行的一次審查中，在匿名審議時獲得最優等評價的人。」

在一次審查時會進行所謂的匿名審議，基於省略一切申請人個人情報的文件，由數名審查員進行審議。審議員能看到的，就只有實際成績，以及情報部與教育負責人所給予的評價。根據這些資料進行的講評，將能排除一切人情影響，進行比較公正的審查。

等審議完畢後，就會公開個人情報，最後讓申請人成為走在軍隊菁英道路上的軍官。這個人事審議必須要嚴正並且公平的進行。當然，會在這裡獲得最優等的評價，就表示候補生的資質當中，並沒有發現任何會被軍方視為缺點的部分。

「不過參謀本部人事課長對此表示反對意見，並且提出再審查要求。本次的審查會議，即是根據他的要求所舉辦的。」

教官話中暗示著他難以理解為什麼要提出再審議要求的心情。實際上，這倘若不是由能夠詳細查閱候補生資料的人事局課長提出的，恐怕這個再審議要求根本不會通過。

過去就算有引起爭論的一次審查合格者，問題也是出在於他們太過平凡。因此，就連負責主持會議的教官語氣也不得不變得疑惑起來。在匿名審議當中，就連得到優等評價的軍官都很少，況且這還是最優等評價，也就是說，這是在對實際上的首席合格者提出質疑。

倘若是對軍隊具有重大影響力的將校子女或是貴族的關係人，說不定還能質疑這件事的公平性。儘管是少數的例外事例，但要說到存有人情疑慮的案件也不是完全沒有。

但就這次來講，候補生的身分是軍人遺孤。當然也沒有具備影響力的親戚。推薦者也都是毫無關係的外人。跟派系與貴族也毫無關聯。豈止是如此，就連推薦者也全是在軍中以耿直聞名，在戰場上打滾過來的幹練軍人。是在戰場上擁有實際戰功，另一方面也沒留下任何問題行動紀錄的軍官。

像這種彷彿要將擁有如此出色經歷，靠著實力一路晉升上來的軍官拒於門外的主張，以軍隊的傳統來講簡直是不可思議。因此，在座眾人皆露出一副無法理解的眼神，朝陸軍大學人事審查局人事課長的雷魯根少校看去。

「雷魯根人事課長，我想知道貴官的判斷基準。就資料看來，我只覺得他真是一名優秀的候補生呢。」

雖說他這句話的語調稍微有點戲謔，但盧提魯德夫准將的詢問也是列席者共同的疑問。究竟是為什麼？

「當地部隊的推薦、軍官學校的成績、軍方情報部的背景調查、憲兵隊的調查報告書，還有軍功，這位軍官皆有著卓越的表現。究竟是哪裡有問題呢？」

軍功推薦名額是用來選拔卓越軍官的名額。會藉此選拔少壯或是說年少的軍官，是要實現優秀人才的適才適所，以期待能帶來龐大的好處。

當地部隊的推薦，是毫無保留的極力讚賞。考慮到軍官學校的成績，雖然實戰技能看似有些許拙劣，但實戰經驗卻反倒是出類拔萃。考慮到單純的適應性問題，是能給予相當於榜首評價的傑出人才。實際上，考核評價是近乎完美。

此外，就連平時會囉嗦到不行的情報部與憲兵隊也都齊聲讚賞，甚至讓人不禁好奇，過去到底有過幾次這種案例。

「嗯，該怎麼說呢……近年來難得一見值得期待的候補生，這相信是包含我在內，大多數人對於他的印象吧。」

換句話說，對如此優秀的候補生表示質疑，就連自負個性彆扭的盧提魯德夫准將也無法理解。這倘若不是擔任陸軍人事中樞的菁英中的菁英，無法容許一切瑕疵的人事局課長所提出的再審議要求，恐怕會被認為是在開玩笑而遭到眾人怒罵吧。

「沒錯，該員的所有表現，確實都有著最優或是相當於最優的評價。但下官對於這件事，是無論如何都覺得難以接受。」

然而，雷魯根少校卻明確表示，他是在承認這些評價後，才提出再審查的要求。換句話說，就是哪怕擁有這些評價，他也難以接受讓該員通過審查。

「他可是在校成績第二名，與憲兵毫無嫌隙，情報部表示他擁有優秀的愛國心，並對他的保密能力做出保證。甚至還獲得實戰部隊推薦的軍官喔。」

想當然，這種藉口看在與會列席者眼中簡直只能用無理取鬧來形容。儘管為保持匿名性，所以隱瞞該員的授勳情形與軍官學校的經歷，但他毫無疑問是就算曾受領過野戰航空戰技章以上等級的勳章也不足為奇的傑出人物。

畢竟他甚至受到必須要人格實力皆很出眾才能獲得認同的當地部隊的推薦。

「如果要讓他落選，就只能讓本季入學的新生人數掛零了。」

這句沉重說出的話語，幾乎等於是全員的共同意見。除了說他是實力、軍功、考核等各方面皆很卓越的軍官外，無從有其他評價。如果要讓擁有如此成績的申請人落選，就只能宣告本季的申請人全數不合格了。

「這次就特別取消匿名審議。各位請看這份資料。」

實在是看不下去了吧。同席的人事局總務課長，開始分發相關文件。本來在針對匿名審議的內容重新審查時，原則上會繼續保持匿名性。但根據情況，他也能運用權限取消匿名。

好歹也算是認識雷魯根少校的他，想盡可能地成為雷魯根少校的助力。這硬要說的話，就單純是出自於想保全他經歷的善意。

原本就是罕見的銀翼突擊章持有人，還在前線建立軍功獲得野戰航空戰技章的推薦。這種軍官就一般而言，想必會被視為將來的幹補候補生，舉雙手歡迎他通過審查。

但問題是，建立如此戰果的人，是名年僅十一歲的幼童。只要是正常的軍官，任誰都會猶豫派她上戰場的小孩子。雷魯根課長反對她就讀軍大學的理由，也是對她的年齡感到擔憂吧。儘管只有這種程度的認知，不過他總之是同意解除這起案件的機密限制。

「……也就是說，如此豐碩的戰果，竟是由這樣的小孩子創下的？」

而她的年齡，就連自負個性彆扭的盧提魯德夫准將也啞然失色。大概是終於認知到事態的異常性，室內鴉雀無聲，瀰漫著困惑與驚愕之情。

年僅十一歲就當上魔導中尉。軍官學校第二名畢業，持有銀翼突擊章，並擁有野戰航空戰技章的推薦。是擊墜數六十二（協同擊墜三十二）的 Ace of Aces。別名為「白銀」，並擁有教導隊所屬的經歷？

讓人猶豫起自己該不該笑。只能說是曠世奇才的經歷。

「魔導軍官的培育是當務之急，但果然還是得加上年齡限制吧。」

認為她果然還是太年輕的列席者並不少。對於能否讓她擔任部隊——而且還是大隊規模的部隊指揮官，放心將部隊交給她指揮這點感到疑慮。主要來講，雖然培育魔導軍官的必要性已高呼很久，但同時也有著魔導軍官凡事都很容易短視近利的批判聲。

「沒錯，不論作為魔導軍官的能力再優秀，能否勝任將校仍舊是個問題。」

畢竟，光是在極為專業的領域中達到卓越，就得花費一番苦心了。航空魔導師儘管以個人的卓越能力自豪，但能勝任部隊指揮的人意外地少。

所以說作為魔導軍官的優秀能力，並不一定與擔任指揮官與將校的能力有直接關聯。名選手並不一定能夠成為名教練。也就是說，就算以個人來講是Ace，但擔任部隊指揮官所要求的卻是其他要素。

因此，有部分將官認為雷魯根課長是對她的年齡與實力存有疑慮。如果是從這方面來看，確實是有讓人感到疑慮的空間。

「她在資質上沒有問題。最重要的是，不論軍功、當地的推薦，還有形式，都完全符合條件。當中沒有足以否定她能力的要素在。」

但考核負責人卻否定了這種疑慮。紀錄上指出她擁有小隊規模的指揮經驗，指揮過程也並未發現瑕疵。雖說要是連小隊程度都無法指揮，就根本沒有接受軍官教育的意義，但在這裡挫敗的人意外地不少。

不過考慮到當地的推薦，至少就目前來講，對她的部隊指揮能力提出疑慮並不恰當。

「她可是接受短期速成教育的軍官。戰術知識很偏頗吧。將校教育會比較適合她吧。」

部分的將官仍對此提出疑慮。畢竟她接受的是短期速成教育。就算實戰中能發揮某種程度的效果，但經常伴隨著知識有所缺失的可能性。若單純是戰術層級的指揮倒還另當別論，但她有足夠的能力擔任必須到考慮綜合性條件的部隊長以上的指揮嗎？他們懷有這種常識性的疑問。

「她的畢業論文是《在戰區機動中的後勤》。鐵路部曾對這篇論文讚不絕口喔。」

只不過，在匿名審議時給予她特優等評價的考核負責人們也毫不退讓。畢竟，她早在畢業時就已經證明，她能夠討論戰略層級的議題。

而且這篇論文，還是難以想像通常會好大喜功的軍官學校學生會選擇的低調題材。不過考慮到她的戰果，卻意外地覺得理所當然。居然會去探討戰區的後勤，作者難道是熟練的戰場經驗者嗎——甚至讓他們在匿名審查時有過這種想像。讀過這篇論文的人，都會基於內容而認為這是專家所寫的專業書籍，不會太過於去深入追求。

而看在這方面的專家眼中，就算再不喜歡，也會對文中的秀逸之處與關注焦點感到佩服。大綱簡單明瞭。訴說物資儲備的重要性，以及透過配備倉庫與規格化讓物流暢通，好確保後勤路線。極為重視效率化，將目標放在除了緊急儲備物資外，排除一切的閒置物資。

根據對後方閒置物資的批判，提出必備物資管理的提案，藉此讓部隊能在前線維持正常的戰術行動。讀過這篇論文的陸軍鐵路部部長對此讚不絕口，甚至還懇求將作者分發到鐵路部這件事，在後勤相關人士之間似乎相當有名。

實際上，當時審查論文的幾名熟練的戰場將校，也全都對這篇論文讚不絕口。他們表示，只要有經歷過在前線發動攻擊時物資不足情況的人，就一定能夠理解這篇論文。

而就連對戰時的後勤運用感到煩惱的盧提魯德夫准將也不出例外。正因為如此，所以在匿名審議時，任誰也想不到她竟然只有十一歲。

「失禮了。因為是機密指定對象的緣故，所以我沒有去考慮作者的身分……但這不是軍大學的研究報告書嗎？」

「不，這是她在軍官學校時期寫的論文。」

「不好意思，請問還有需要繼續審議嗎？我不覺得有這個必要。」

當談論起後勤層面時，就已經難以說她短視近利。就像盧提魯德夫准將所困惑的一樣。愈是討論，就愈是覺得要讓她合格，懷疑的理由只有減少沒有增加。

該說是連他也看不下去了吧。始終保持沉默的傑圖亞准將一副按捺不住的表情開口。說話的音量並沒有特別高亢。但說話的口氣果然也顯得無法釋懷。

「我有疑問。早在軍官學校時期的現場實習時，應該就已經以瓦魯可夫准將的名義推薦她去軍大學了，但人事局卻否決了這項推薦。我想針對這件事提出疑問。」

就傑圖亞准將看來，除了年齡外，提古雷查夫中尉這名候補生毫無疑問地十分優秀。而且早在軍官學校時，就已經有部分將校給予她的資質極高評價。

讚賞她在紛爭地區的活躍，瓦魯可夫准將還在當時推薦她就讀軍大學。儘管直接往來的機會少，但就與她數次對話時感到的知性來看，很難想像瓦魯可夫准將會做出嚴重錯誤的推薦。

此外如果要他說的話，就從經歷上看來，提古雷查夫中尉儘管能力有受到評價，但遭到質疑的情況卻是一次也沒有發生過。

「當時為什麼沒有進行審議？否決的人是誰？」

「……是下官。否決的理由是年齡與戰功不足。」

而對於雷魯根少校的答覆，他一副果然如此的態度點點頭，投以嚴厲的目光。

「雷魯根少校。」

「是的，請問有什麼事嗎，准將？」

「我不想質疑貴官的公平性，第一次也就算了，但你這次要求審議的理由是什麼？」

雷魯根所說的話，已經等同是會讓他的公平性遭到質疑的不合理要求。傑圖亞准將雖然沒說出口，但幾乎所有人都抱持著相同的疑問。如此傑出的人才，如此豐碩的戰功。顯然是名卓越的軍官。為什麼要對她提出質疑？

「……因為我對提古雷查夫中尉的人格抱持著嚴重的懷疑。」

對於雷魯根少校來說，答案只會是他對提古雷查夫中尉的人格有著難以抹去的不信任。他根據閱過無數軍官的經驗，極為自然地對那個人感到不對勁。

而這種不對勁的感覺，如今已化作嚴重的不信任，在他心中根深柢固。這讓他下定決心，絕對要阻止那個人格異常者進到帝國軍的中樞。

「你這是在知道，她的精神鑑定與情報部的保密能力檢查，雙方都得到極高分數之後所做出的發言嗎？」

「是的。」

果不其然，她就連精神鑑定與情報部的調查都通過了。豈止如此，根據場合，她還會是受到宗教家讚揚其虔誠心的虔誠信徒也說不定。畢竟大半軍人的精神構造，都不會在交戰時乞求神的寬恕。然而，這只是表示這些檢查發現不到她的異常性罷了。

「貴官是在質疑這些檢查嗎？」

「是的，正如您所說的那樣。不過，我不是質疑檢查造假。我認為這些檢查都有得到確切的結果。」

這些調查恐怕都有得到確切的數值。畢竟，她的異常性並不在這裡。唉，這也是無可奈何的事。這些精神鑑定，大都是針對成年職業軍人的精神進行鑑定，而不是針對像她這樣的人格異常者。所以這些結果，可說是基於公平且嚴正的檢查所得到的吧。

這正是她異常性的原因。

「雷魯根少校，我有件事想確認，同時我也明白提醒你，貴官的發言將會留下紀錄。」

「是的。」

對於雷魯根少校而言，不論是留下紀錄，還是讓經歷受到嚴重傷害，都是令他擔憂的情況。實際上，他是作為萬中選一的人才奔馳在菁英道路上的人。就他的立場看來，本來應該是要避免進行這種爭論。

然而他卻感受到一種不得不說的衝動。整個身體、整個精神，都在向身為人類的他，宣告著天敵物種的存在。那是異端，無法容忍的異常。

「貴官為何會對提古雷查夫中尉的人格存有疑慮？」

「下官曾見過她三次面。」

第一次見面，覺得她是名卓越的候補軍官；第二次見面，覺得她是名恐怖的候補軍官；第三次見面，確信她是名瘋狂的候補軍官。

「是公事，還是私事？」

「三次都是軍方的公務。我在視察軍官學校時見過她三次。」

恐怕從來沒有候補生會像她這樣令人印象深刻，今後相信也不會有吧。至少他現在能確定她是異常的。冷靜並且合理；愛國並且抱持著平等主義；是虔誠的信徒以及自由主義者。儘管擁有這些值得讚美的人類特質，但她依舊很扭曲。她身上同時存在著難以形容的不對勁與扭曲。

「你是想主張她曾做出問題行為？還是言行舉止有問題？」

「請看當時教官們的意見。上頭潦草寫著『異常』兩字。」

與她接觸機會最多的指導教官留下有趣的紀錄。儘管對她的一切都給予卓越評價，但私下卻潦草寫下「異常」的評語。他所感到的不對勁，難道不就是她的本質嗎？通常來講，指導教官就算會指責學員們的缺點，也不可能寫下「異常」這種評語。

「……唔，看來不是平白無故啊。說明吧。」

聽到這邊，傑圖亞准將也總算解除譴責的姿態，擺出傾聽的態度。就他的立場而言，只是覺得有必要以徹底公平的觀點確認事實。

「這是異常的情況。像這種已經具備完整的人格與觀點，將人類視為物品看待的候補軍官，我還是第一次見到。」

簡直就像是組裝完成的機械。徹底遵從命令，然後達成。根本就是理想的軍官。儘管如此，她卻能理解現實，從來不曾聽她說出空泛的言論。怎麼想都不會是正常人。

正因為如此，第三次見面時才會發生那種事情。

「你不認為這是英才特有的現象嗎？」

「這些特質毫無疑問地在戰場上也管用。實際上，瓦魯可夫准將與情報部，就曾聯名提出授予她二級鐵十字勳章的申請。」

最重要的是，要說那個人是新任軍官，怎樣都只會覺得不對勁。將權限發揮到極限的結果，甚至發現她在少尉任官以前就曾參加過實戰的疑慮。

儘管線索很少，但綜合來看，她曾參與過情報部作戰的嫌疑相當大。就算授勳在手續階段就遭到撤銷，但打從他們提出二級鐵十字勳章的申請時，這背後就肯定有發生過什麼事。

「……你說是在現場實習時？」

驚訝擴散到眾人身上，讓室內瞬間嘈雜起來。這雖是難以置信的事情，但她在短期間內造就的輝煌經歷，讓這件事增添不少可信度。

這是她在現場實習時的事，換句話說就是九歲左右的小孩子，不僅參與實戰，最後還得到申請授勳的資格？這要是說出去，只會被當成拙劣的玩笑一笑置之吧。這種媲美拙劣玩笑的事，居然會在選拔肩負軍隊未來的候補生的考核會議上聽到，就足以說是種異常的事態。

「在逼問過情報部後，我發現她可能曾極為機密地參與過某種作戰。」

國境紛爭地區。作為候補軍官的實習地點算是相當危險的類別，不過這種程度應該還算好吧。但是在實際上的敵方領地，進行連健壯士兵都會發出慘叫的長距離滲透訓練？

全副武裝，在夜間橫越匪徒肆虐的地區，朝著孤立的友軍基地行軍。這怎麼想，都不會是候補軍官所能指揮的作戰行動。受他逼問的情報部友人，甚至認為參與這場作戰的部隊，是由久戰沙場的准尉指揮。

這也難怪。假如是擁有如此實力的指揮官，應該就連情報部也會想尋求協助吧。但他們恐怕作夢也沒料到，對方竟然是實習中的候補軍官。如今懷疑當時的授動申請會遭到撤銷，說不定意外地是情報部事後終於察覺對方是候補生的緣故。

「……你是說，候補軍官在戰區，參與過足以讓情報部提出授動申請的作戰？」

議論至此，已經無法再無視她的異常性了。遭到眾人注視的情報官們皆一副不知情的模樣直搖頭。不過眾所皆知的，他們的原則是左手做的事情不會讓右手知道。所以可以想見，只要他們著手調查，肯定能挖掘出什麼蛛絲馬跡。畢竟他們的臉色，打從方才就突然變得相當難看。

「如果允許的話，我希望能公開這些機密情報。」

「這邊我會去調查。然後呢？光只有這樣，應該就只是名優秀的軍官吧。」

查證是我這邊的事情。儘管話中帶有這種意味，但主席也已經確信這是事實。但正是因為如此，才不得不感到疑惑。

對於除了年齡外，戰功、考核皆沒有問題的軍官，他為什麼要質疑到這種程度。

「她在就讀軍官學校時，曾以魔導刀威嚇違背命令的學員。」

「……教訓反抗者也是高年級生的職責吧？」

極端來講，軍法是禁止私刑，但也有著沒有浮上檯面的潛規則在。比方說在訓練中受傷會是意外事故，在與高年級生進行格鬥訓練時受傷也是稀鬆平常。

說得難聽點，才這種程度就要受懲，那幾乎大半的軍人都得受到某種負面評價了。

「她可是認真想要劈開對方的腦袋喔。倘若沒有教官制止，恐怕就會有人殘廢了。」

不對，才不是這回事啊，雷魯根少校壓抑著想如此大叫的衝動說明。他也很清楚，這是只有在場的人才能理解的事情。

「……少校，要是真相信教育負責人說的話，如今軍隊裡早已是屍橫遍野嘍。」

軍隊裡的教育負責人對新兵發出過度激烈的言詞，對軍人而言不過是稀鬆平常的事。海軍陸戰隊或航空魔導軍官在訓練新兵時的各種辱罵，「我要宰了你」還算是可愛的說詞。徹底否定身為人類價值的教育方式，在軍隊裡並不罕見。

諸如劈開你這傢伙的腦袋瓜、把你這顆空心的腦袋炸爛等，就連這種程度的斥罵聲，也經常在教練場上迴盪開來。就連體罰也不是不使用，只是不推薦使用而已。

「就算稍微有點偏激的傾向，這種評價也有點微妙啊。」

「考慮到她的年齡，甚至能讚許她的自制力不錯呢。」

倘若只是言詞辱罵、威嚇的程度，坦白說不是很可愛嗎——大多數的軍人都基於自身經驗做出這種判斷。這是因為他們沒有親眼見到那個場景。

他們甚至認為，沒有因為不斷抗命的過錯把人送上軍事法庭，就算是很溫柔了。畢竟反抗上級命令，最嚴重甚至會被處以包含槍斃在內的極刑。換句話說，就是他們相信，與其槍斃缺乏判斷能力的新兵，直接痛毆他們算是很溫柔的做法。

「唔，人事課長是在擔憂她的年齡與自制力吧，就這點來看我也不是不能理解。」

議論至此，他們的結論毫無動搖。沒錯，她確實是有不符合年齡的地方。人事課長所謂她會嚴懲新兵的評論，雖然是有點偏激，但也還在容許範圍之內；對於她所具備的異常優秀的才能，人事課長會感到擔憂，也不是不能理解。

但是讓她就讀軍大學，反倒能提供她未曾接受過的教育，讓她接觸尚未接觸過的領域，這樣肯定能將她培育成一名優秀並且卓越的軍官。

「不過，雷魯根少校，你的意見果然還是太過主觀了。不得不說你欠缺客觀性啊。」

雖然中途稍微起了點爭議，但最後他們還是決定認同她通過審查。

「當然，我們也認為你是想講求公平。不過，像你這樣的份量與身分，未免也太過拘泥於印象了。」

「不過，你調查得很好。該如何管束情報部將是個問題呢。」

倒不如說，如今他們已沒有人認為人事課長是真心想討論她的問題。在軍中的政治力學上，必須得發揮卓越處世之道的人事課長，恐怕沒辦法公然抨擊情報部。所以才會藉由其他話題來進行批判——大部分的人是這樣看待此事。

儘管沒有明說，但他們認為人事課長是在考核人事途中發現到情報部的不透明動向，於是提出這次的審查要求作為抨擊情報部的題材。藉此指出情報部所給予的評價，是反映出過去祕密作戰的不透明行為。假如是這樣，他確實不能說是有過失，甚至還可說是立下大功。至於情報部，不僅沒辦法追究雷魯根少校，甚至還得向他謝罪。

也就是說，眾人對這件事大致上的評價，就只有人事課長調查得很好這種程度的認知。總歸來說，就是認為他是在追求公平性的同時，對情報部的祕密主義提出質疑。

「辛苦你了，雷魯根少校。雖然沒辦法通過她的再審查要求，但是我會接受針對情報部的再調查要求。」

「……感謝。」

就這樣，與雷魯根少校的意圖相反，沒有任何一個人想出面阻止這件事。

西方最前線的萊茵戰線。她在這塊土地上，過著不分晝夜都會被突然叫醒趕去執行迎擊任務的日子。而就在渾身滿是泥濘與敵人的鮮血，硝煙的味道不僅附著在頭髮還沾滿全身的時期，譚雅收到晉升中尉的任命書。儘管很少，但基本薪資增加是一件好事。

不過還有比這更加讓譚雅欣喜的消息，那就是跟著晉升任命書同時送到的軍大學入學通知。該說是幸運吧。由於史瓦魯柯夫中尉表示，謝列布里亞科夫下士的能力已在實戰中獲得肯定，所以也在考量下推薦前去接受將校課程，所以妳就放心去就讀軍大學吧，因此也沒有客氣的必要。

不需要裝出擔憂部下這種軍人應有的姿態，對譚雅來說真的是很幸運。

而關鍵的軍大學入學通知也一如她所願，是以受到他人推薦這種在軍隊裡非常榮耀的形式獲得。由於申請資格最低也要相當中尉以上的官職，所以她本來並沒有申請資格，但在打聽下，似乎是方面軍裡的奇特人士以軍功推薦名額推薦她入學的樣子。不用說，譚雅當然是邊在內心對自己默默培育的人際關係讚不絕口，邊答應意味著能調派到後方安全地帶的軍大學入學邀請。

就這樣——

書面年齡十一歲的譚雅．提古雷查夫中尉，開始享受她在主觀記憶下的第二次大學生活。看在世人眼中，她大概是所謂的跳級生，但實際上這卻是她第二次的大學生活。就本人的主觀來看，想要適應根本用不著多少工夫。

當然，嚴格來講軍大學與一般大學在教育方針與課程上還是有相對的差異在。但若要譚雅來講，就是能在一天三餐都能享受熱食熱湯的後方上學。跟前線相比，後方的生活真是舒適。

而且對譚雅本人來說，主要還是她認為雙方就本質上來講是一樣的。只要能透過信號理論展現自己的人力資本價值，那軍大學在本質上也只是一所大學。不僅如此，倘若就局部來講，甚至有著比一般大學還要優秀的地方，這是譚雅的一貫主張。

就經歷的觀點來看，不僅不需要學費，還能領到國家津貼，並且確保將來一定能出人頭地，確實是好處多多的大學。正因為如此，譚雅．提古雷查夫中尉才會身為新生在軍大學興高采烈地熱衷學習。她那比較適合揹小學生書包的身高，穿著感覺莫名合身的軍服，並揹著不相稱的軍官大包包。

同時作為標準配備，揹著自戰場以來就無法放開的步槍與演算寶珠，譚雅今天也在完成每日功課後前往大學。當然本人也知道，去學校時應該是要帶筆記用品而不是步槍。

但話雖是這麼說，但她早已染上手邊沒有武器就會覺得少了什麼的習慣。畢竟隨時都有可能會遇到槍殺瘋子與狂信者，或是存在X的大好良機。因此要做好常在戰場的心理準備等待良機，這是不該懈怠，也不可能懈怠的事情。

沒錯，常在戰場的心理準備。正因為如此，像譚雅．提古雷查夫中尉這種跳級就讀的小孩，才能夠自然融入軍大學的環境之中。儘管本人絲毫沒有這種意圖，但配戴銀翼突擊章從戰場歸來的軍官一旦散發著常在戰場的緊張感，就很難會遭到他人輕蔑。

外加上她還會在無意識間，一邊咬牙幻想著射殺存在X的瞬間，一邊在休息時間分解清潔步槍。而當前來查問的教官問她為什麼要攜帶步槍時，她的回答也令人印象深刻。

被詢問到的當事人在瞬間愣了一下，露出符合年齡的困惑表情後，泰然自若地宣告：

「既然這是隨時都有可能賭上自己存在意義的裝備，要是平時不帶在身邊，就會讓我感到不安。畢竟我很膽小。」

「……也就是說，要是不帶在身邊，妳就無法安心？」

「是的，就是如此。請把這當成幼童不肯放開心愛毛毯的幼稚習性，笑我吧。」

這種舉動，將能充分給予決定性的印象吧。就這樣，雖說還是個小孩子，但從前線歸來的印象太過強烈的結果，就是讓所有人都不需要花太多時間，就能認識到譚雅．提古雷查夫中尉是怎樣的一個人。所謂會帶著笑容與同桌學習的同學，邊討論排除敵兵的方法，邊述說自己的國防觀點，讓人覺得可怕又可靠的軍人。

「早安。拉肯衛兵司令。」

直到聽到招呼，才總算是察覺到她靠近。真的是完全感受不到氣息。自己好歹也是歷經過戰場的人，但看在戰場歸來組眼中果然還是太遲鈍吧。還是說，因為她是名卓越的士兵呢？

「早安，提古雷查夫中尉。失禮了，請問今天也帶著步槍嗎？」

我儘管身為士官看過無數名將校，但很少有像她這樣前程似錦的軍官。打聽之下，年僅十多歲就能就讀軍大學可是前所未聞。不過在這之前，才十多歲就能中尉任官的經歷更是驚人。

但看來世界是很遼闊的。

就連在戰場上一次也沒吃過敵人虧的自己，也有軍官能輕易地來到我身後。很明顯地，提古雷查夫中尉恐怕是位無法以貌取人的軍官。據說她幾乎每天都會配戴步槍與演算寶珠，託付給值班的衛兵司令保管的樣子。

不放開武器，應該是因為戰場上的經歷吧。偶爾也會有戰場歸來的人無法在精神上放開武器，但她似乎和這些傢伙不同。就算放開武器，看起來也沒有格外感到不安的樣子。

總歸來講，就是約束自己要將配戴武器當成一種習慣。雖然剛剛已經說過，但常在戰場的心得貫徹到這種地步，真不愧是小小年紀就能授獲野戰航空戰技章的人。刻劃在身上的戰鬥教訓，還有對士官兵的適當態度。

下次上戰場時，還是別以年齡區分敵兵，要是不開槍說不定就會死吧。就當作學到一個經驗好了。

「是呀，說來丟臉，我似乎到現在都還改不了這個習慣。」

我很能體會這種感受。自己也是直到能安穩睡在有月光的床鋪上為止，都會隨時下意識地尋找掩蔽物。就算知道這裡安全，但在戰場上拚命學到的習慣，可不是能輕易改掉的東西。

「怎麼會，這樣相當了不起啊。」

倒不如說，這反而證明她有確實理解到戰場上的重點。保持正常的精神，在戰場上理解什麼是重要的事，對青澀新任少尉而言是一種試煉。戰場是會將他們堅信的信念以激烈的現實加以蹂躪的世界。

在勇敢、光榮、名譽都沾滿泥濘的廝殺中，只有少數例外的軍官能獲得名聲。唯有這些少數軍官知道的祕密，其實並不是什麼困難的事情。就是傾聽士官兵的話語，提出令他們心服口服的意見。但能做到這點的軍官，真的是少之又少。

「謝謝。能得到幹練士官的肯定，真是比什麼都還要讓我高興。」

所以有必要對於眼前少女的內在，而不是外表獻上敬意，真摯地進行對應。

懂得讚賞幹練士官的軍官會更加成長。抱持著這樣的想法，衛兵司令以忠實盡到自身的責任，來對這名令他惶恐的嬌小中尉表示敬意。

「不好意思，想請問一下，中尉今日前來的事由為何？如您所知，今天可是假日，學校並沒有開課喔。」

今天是社會上一般所謂的安息日。也就是星期天。如果是虔誠的信徒，大都會在今天前往教會，有些人還會進行懺悔。聽說這位中尉也常在上午前往教會拚命地真摯祈禱。更重要的是，我曾不只一次實際看到她一味注視著聖像的模樣。

「嗯，理由很簡單。就是想使用圖書室。宿舍資料室裡的書籍不太夠。」

而理由也非常單純，提古雷查夫中尉真的是相當勤勉。就連乖僻的圖書館長，也會讚賞她的知識以及好奇心與求知慾，說不定該說她是軍人的楷模。最主要還是曾聽老長官提起，她對古老戰鬥教訓的分析與概念的再分析，甚至足以讓參謀本部的作戰課嘆為觀止。

這個小小的腦袋瓜裡，究竟裝著些什麼東西啊——我真心地感到如此讚嘆。

「容我失禮了。如果方便的話，請按照慣例，將武器交由下官來保管。」

通常的話，保管軍官的私人物品，既要進行多餘的手續，還得要費心管理，總是讓人提不起勁，但這位中尉可是另當別論。在戰場上，沒有比步槍還要值得信賴的戰友。而對魔導師而言，演算寶珠就跟步槍一樣無可取代。能負責保管這兩樣物品是榮譽，所以完全不覺得麻煩。

「就這麼做吧。那麼，我先告辭了。」

提古雷查夫中尉在迅速就指定位置寫好申報書，以熟稔的動作收下保管證明書後，朝著校內走去。雖是驚鴻一瞥，但從背後看去，發現她的步伐儘管小，但腳步卻毫無一絲的猶豫。這讓她本來嬌小的背影，看起來意外地龐大。竟能受到這樣的軍官信賴，讓她毫無猶豫地將戰友託付到我手中──一想到這，就讓我不由自主地感到高興。

「……准尉，她還真是個囂張的小鬼啊。」

但有個無法理解這種身為士官的無上幸福感的白痴潑了一盆冷水。她才這種年紀就當上軍官了，這個笨蛋卻除了年紀外一無可取。

「你傻啦？那可不是乳臭未乾的小鬼，而是還散發著在戰場上沐浴到的敵人鮮血味道，滿是硝煙味的小鬼喔。」

身為有過實戰經驗的中士，也難怪他會責怪，不過他的認知還太淺了。要成為如此徹底的軍人，就連歷戰老兵也得要有才能以及對戰爭的愛才有可能辦到。換句話說，倘如不是以人類的立場來講厭惡戰爭，但就算遠離戰場，也仍舊會眷戀戰火的人，恐怕是無法理解她的吧。

「中士，你的認知就只有這種程度嗎？」

「咦？沒有啊，我當然是覺得她會成為一名好長官。」

她當然會成為一名好長官吧。如果她能擔任自己的大隊長，我應該會樂意服從她的命令。就算是突擊、就算是最後防護、就算是遲滯防禦，不，就算要我擔任殿軍也甘之如飴。因為她是受戰爭所愛之人。

想必會是個讓人以軍人身分名留青史，或是獲得無上光榮的部隊吧。我確信這是保證能確實獲得的榮耀。正因為我見過無數軍官才能夠明白。她就是所謂的英雄。

「給我注意點，蠢貨。中尉可是持有兩個演算寶珠，而交付保管的就只有一個喔。」

不過就算跟無法理解的蠢貨們說這些也沒用。中尉是對我方的職責讓步，才將步槍與備用的演算寶珠寄放在這裡。她將最後的一顆——也就是那顆最常使用的演算寶珠留在身邊，就相當於是她的權力。

不過，對於不是理解這點而默認她帶進校園，而是根本沒發現到的笨蛋們，我根本沒有想說明的意願。

「她是沒注意到吧，還真是不能掉以輕心的長官啊。」

「……這要是被值星軍官抓到可就糟了啊。」

……唉，你們還是只有這種程度的認知啊。

走在逐漸習慣的軍大學校區裡，譚雅的心境就跟往常一樣微妙且複雜。人類要是失去羞恥心，等待他的就將會是不知羞恥，這種對社會性生物來說不名譽的指責。這意味著，知恥是身為社會性生物的一種現象。

因此……啊啊，丟臉死了——她才會有這種想法。就算滿懷著復仇在我心的志氣，揹著步槍到處跑可也不是值得誇耀的舉動，譚雅對此有著自知之明。

正因如此，自從教官若無其事地警告過她後，只要是在軍大學設施裡，她都會把步槍寄放在衛兵司令部。做出妥協地改配戴非魔導依存的戰鬥用軍事小刀，讓自己不是完全赤手空拳。

但要說她每次去寄放武器時，絲毫不在意她在衛兵司令部所承受到的那些視線，是騙人的。她可不喜歡曝曬在這種像是在看古怪人士的視線之下。而且一想到這些視線確有其道理在，就讓她是一點辦法也沒有。

或許是心理作用，但總覺得那些衛兵都在嘲笑她：瞧那個蠢貨又把步槍揹過來了。不過在後方地區，要是有個全副武裝的魔導師四處遊蕩，首先會遭到眾人注目這點，是連譚雅也能夠理解的心理現象。一想到自己也會這麼做，就完全沒辦法責怪他們。

儘管如此，基於無法跟他人述說的理由，譚雅依舊是不得不隨時配戴著武器。

原因就單純只是尊嚴的問題。倘若不明確維持自己存在的理由（Raison d'etre），避免讓理性遭到信仰侵占，自我意識最終就將會逐漸薄弱，讓人可以想見到淪為存在X的玩具任祂擺布的未來。自稱為神的超常存在之輩或許是基於無聊才玩起人偶遊戲，但被當成人偶玩的人可受不了啊。

所以為了要明確地重新認知敵人的存在，最近這段期間，譚雅只要一到假日就會前往最近的教堂，在存在X的仿造雕像前不斷孕育憎恨的意念。心中伴隨著對怨敵的無限憎惡，是充滿詛咒話語的健全心境。這正是對於存在X這個玩弄人類的存在，譚雅·提古雷查夫這個個體概念的答案。儘管她打著一旦有機會就要當場射殺存在X的主意把步槍帶進教堂，但遺憾的是，她一次也沒有遇到過那傢伙。

當然，她自己也很理解這是非生產性的行為。然而雖說是非生產性活動，但要是懈怠下來，艾連穆姆九五式的詛咒就很可能真的讓她成為一名虔誠的「神的信徒」。考慮到保全心理衛生的必要性，維持一見到存在X的模樣就會感到厭惡的心理狀態，是不可避免的必要行為。

要是怠慢這件事，就跟怠慢呼吸、放棄思考是同樣的行為。

「……哼，也就是不想被當成人偶擺弄嗎？」

解說

【存在的理由】

存在的意義。自己身為自己的一條牢固的境界線。

人類的尊嚴在於思考，譚雅對此深信不疑。對從猿猴進化而來的人類種來說，正是思考這個概念讓他們成為有別於其他物種的存在。

正因為如此，她無法理解「相信的人會有福」這種放棄思考的行為。

當一個人喪失思考、喪失疑問、喪失探究能力時，它的存在對譚雅來說就不再是人，而是淪為形似人類的機械。正因為如此，譚雅．提古雷查夫這個個體的存在才會尊敬思考、熱愛議論，並打從心底嘲笑教條主義者。

正因為如此，她才會恥笑狂信者與盲信者。她會難以忍受自己跟那些盲信共產主義的教義，這種媲美某種宗教的東西，在社會實驗中製造出堆積如山的屍體的蠢貨們是同個物種，全是基於這種人類觀點。正因為人會在世上反覆試誤，所以才顯得偉大。自己不去思考，還強制他人遵從自己的教條主義，簡直是愚蠢至極。

意圖讓自己成為這種尖兵的存在X，只會是她不共戴天的仇敵。

話雖是這麼說，但她殘留的理性，也讓她覺得像這樣光是讓憎恨之情高漲是種毫無生產性的行為。正因為如此，所以她才會姑且將這事放到一旁，專注在自己的求學道路上。

所以在注視自己的將來，盡自己目前所能盡到之事這點上，譚雅會十分貪心。正因為如此她才會前往圖書館。走在已經走慣的道路上，一邊與面熟的職員們打著招呼，一邊毫無迷惑地走向圖書館。

「報告，提古雷查夫中尉要進去了。」

然後等抵達圖書室門口後，就跟往常一樣，先進行簡短報告再推開大門。她這麼做的理由很簡單，因為軍大學的入學資格，要求最低階級必須有中尉以上，所以身為中尉的譚雅會是階級最低的人。

而且雖說是星期天，但就算有幾個人先到也不足為奇。也就是要時常提高警覺，認為裡頭隨時會有長官存在。

「唔？」

然後她平時的用心在此時得到了回報，證明這是正確的顧慮。走進圖書館內的譚雅，隨即看到一名年過半百貌似學者的軍人已在圖書室裡頭，隔著堆積如山的資料朝她看來。

從肩膀的階級章來看是准將的將官，然後根據他的軍裝判斷應該是大人物。這位先來的客人會在這裡翻閱大量的地圖與紀錄，考慮到軍大學資料的質量也是當然的事。而這也跟軍事戰略的研究，無論如何都得依靠軍大學資料庫的情況，有著很大的關係。

當然，就算大人物極為罕見地前來軍大學找資料，也不是什麼稀奇的事。畢竟這裡嚴禁攜出的紀錄與論文堆積如山。想要閱覽就只能自己走過來，所以會待在這裡也是當然的事。

「呃，抱歉打擾了。准將閣下。」

而這正是千載難逢的好機會，譚雅在心中對這場美好的巧遇暗自偷笑。不論哪個時代，有個高層的知己都是有百利而無一害。倘若想尋求見面的機會，就必須親自前往有可能的場所，提高巧遇的機會。

話雖如此，但非常遺憾的是，這身體的外觀年齡太年幼了。因此會被能活用酒精的場所拒於門外。當然，就算能在那種地方與大人物在酒席上同席，也只會掃對方的酒興造成反效果。

但這反過來說，也不是不能利用小小年紀就十分可靠的形象，博得對方的好印象。儘管如此，但要活用自己的外貌，假如不去有意識地展現小孩子的舉動，實在是很困難。

光是要她像個小孩就已經是無法理解的次元，更遑論是要像個小女孩，這就跟要她去理解宇宙人的生態是相同的意思。倘若有迫切必要，基本上還是能裝出笑容，但頂多就這種程度。

正因為如此，只要有機會，她就會毫不猶豫地將這個機會發揮到最大效應。

「嗯，不用客氣。現在只要當我是畢業學長尊敬就好。」

面對她的敬禮，對方答禮的語調與其說是軍人，更適合說是一名研究學者，有種哲學家的感覺。就某方面來講是個古板的人吧，但就她所見，與其說是個性乖僻，倒不如說是個性直爽，讓人有著這種印象的將官。

「是的，感謝您的寬待。我是學生譚雅．提古雷查夫，受帝國任命為魔導中尉一職。」

「我是傑圖亞准將。官拜參謀本部的副戰務參謀長。」

參謀本部的戰務參謀！這不是相當於後方大人物頂端的集團嗎？真是太走運了。

「能見到您是我的榮幸。准將閣下。」

她發自真心地如此說道。畢竟他們可是擁有跟參謀本部掌管人事的那群人同等的權威。拿企業來講，就是制定經營戰略的中樞部門。

能在職務外認識那邊的人員，真的只能說是幸運。

「唔，中尉，妳有急事要辦嗎？」

「報告，我並沒有特別的急事。准將閣下。我今日是為了學習知識而前來自習的。」

邊克制自己興奮到快跳起來的衝動，邊老實稟報自己的目的。所幸，自己基於滿足求知慾的必要性與法令研究的目的，有在頻繁地使用圖書室，所以應該不會讓對方感到不自然。

「這是個好機會。如果時間允許，可以讓我稍微聽一下年輕人的意見嗎？」

「是的，如不打擾的話，我樂意之至。」

「沒關係，妳就放輕鬆吧。」

「是的，就容下官失禮了。」

而幸好對方也對自己抱持著某種程度的興趣。這比對自己毫無興趣的對手做簡報輕鬆多了。也可說是比在裁員的簡報會上，跟無法理解裁員必要性而不肯接納的董事打交道好多了。

「貴官的事情我也略有耳聞。似乎相當活躍的樣子呢。」

「是的，承蒙眾人過高的評價。」

「白銀」是個讓人感到難受的討厭別名。讓我確信有必要重新徹底檢討帝國軍的命名品味，但至少要說顯眼也確實是很顯眼的樣子。

對於少壯的菁英來說，多少提高自己的知名度，似乎有助於出人頭地。但所謂棒打出頭鳥，看來有必要多加注意，維持在可以控制的程度吧。

「什麼話，我覺得這是很恰當的評價……對了，就問看看貴官的意見吧。」

而虛名有時也能對見面時的第一印象做出貢獻的樣子。畢竟看似對她有點興趣的准將，雖說就像是突然想到似的，但還是起了向譚雅尋求意見的念頭。

「中尉，就算是主觀意見也無所謂。依貴官的看法，覺得這場戰爭會如何發展？」

作為對話的一環，以軍人的身分談論戰局。也就是一般大眾所謂的閒話家常。適當地延續無傷大雅的話題，以一般平凡的想法來說確實沒錯。

但對方對她有興趣。只要坦率表達出自己的意見，就能在某種程度內向他展現自己的幹勁。當然，不說蠢話是最低限度的條件。

「承蒙閣下賞識，但不知閣下話中所指的是哪方面的意思。」

所以，確認對方發問的意圖，同時展現自己的積極性與謹慎態度，正是出人頭地所不可欠缺的行為。在軍隊中，長官們最喜歡的部下習慣，毫無疑問是會跟長官仔細商談，持續報告不中斷聯絡。不懂的地方就要直接問。這種姿態與報告、聯絡、商談的原則，就某種層面上，正是在軍隊中才格外有用的樣子。最重要的是帝國軍人這種生物，對正確性拘泥到偏執的傾向很強烈。

正因為如此，比起爭取加分，倒不如留意避免扣分。光是講話大聲，是沒辦法出人頭地的。要留意微小細節，以宏大的音量喊出，才能夠出人頭地。

「嗯，確實是如此。那我換個方式問吧。貴官預料這場戰爭會是怎樣的型態？」

「恕下官冒犯，下官認為這不是自己所能談論的事情。」

然後要避免做出超乎自己權責的發言。舉例來講，就跟人事部不該插嘴營業的事情、營業不該插嘴人事部的事情是一樣的道理。重點就在於要懂得自己的分寸。

「沒關係。反正這又不是諮詢，妳就自由論述吧。」

「那下官就恭敬不如從命了。」

本來是不想講的。但要是再堅持婉拒反倒會顯得失禮。最主要還是擔憂，會被當成沒有自己論述的無能。認為就算不開口，對方也能夠理解是種天真的想法。還是種超誇張的幻想。

人類有兩個耳朵，但只有一個嘴巴。這即是表示，面對願意傾聽的對手，只要一個嘴巴就夠了。所以說，就算只說出最低限度的話語也能夠達到某種程度的溝通，但要是不開口就不可能進行溝通。

「我堅信這次的戰爭肯定會發展成大戰。」

簡報的基本之一。預測最好要說得很篤定。就算要順便增添獨創性，也要確保穩健的內容。

簡報要是不能傳達重點，就沒有意義了。

「妳說的大戰是？」

「恐怕會將大半的主要列強牽扯進來，發展成世界規模的戰爭吧。」

在這個世界裡，這場戰爭將會成為世界大戰的開端吧？就算不是，也肯定會發展成列強之間的全面戰爭。要說是大戰也沒有錯。

也就是以常識來想，肯定會認為這場戰爭會演變成世界大戰。列強與列強為了爭奪霸權而相互衝突。各個陣營不可能不全力以赴。所以在這邊展現出自己見識夠深、有認清楚現實的一面，將會獲得好評吧。

「……根據呢？」

「帝國雖是新興強國，但與過去列強相比，就算單獨一國也擁有相當強大的優勢。」

再來，就是不要怠於說明。要避免無用多餘的會議，唯一的解決策略，就是徹底地建立彼此的共識。

就這層意思上來講，准將實在是做得相當確實。與區區一介中尉交談，居然能認真到這種程度，真是令人驚訝的寬容。正因為如此，才有發表意見的價值。

「因此，帝國與其他列強一對一交戰絕對不會輸，必定能獲得勝利吧。」

「唔，對共和國的戰爭也一定能贏吧。」

而且，還會幫忙說出自己難以啟齒的話語。「對共和國的戰爭」這句話反過來說，就是對其他國家不一定的意思。多虧上位者幫忙點出軍隊潛在敵人的存在，讓話題進展得更加順暢。

邊坦率地感到佩服，譚雅也同時感到自己稍微變得多話起來了。這甚至讓她感覺到，難以選擇部下的軍隊，會比企業還要更加徹底活用部下的能力。

這是在人事部進行裁員時的她所不具備的觀點，應該要真誠學習吧。軍隊跟企業不同，沒有辦法自己選擇部下，所以只能培育。

「不過就實際情況來看，難以想像聯合王國與盧斯聯邦會對此事坐視不管。義魯朵雅王國的態度則尚未明朗。」

「……他們與這次的戰爭應該沒有直接利益才對。」

而且，還會重新確認理所當然的事。嗯，真是棒。實在是太棒了。這正是所謂的知性對話啊。對方要是不對自己的知性程度感興趣就無法成立的對話。真是太開心了。這正是社會人士的醍醐味吧。

「是的，直接利益就如您所說的一樣。但另一方面，他們也面臨到是否要允許霸權國家誕生的抉擇。」

「霸權國家？」

「是的。在大陸中央地帶，帝國在消滅掉法蘭索瓦共和國後，相較於其他列強將不再是相對性的強勢，而是能確立起絕對性的優勢。」

只要想看看德意志帝國能獨自戰勝法國與俄羅斯帝國的情況就好。大英帝國會蠢到對這種事置之不理嗎？他們要是有這麼蠢，如今那個島國，肯定還只會被人當成邊陲小國看待。

正因為他們能理解到嚴苛的現實，所以才會參與戰局。就算是這個世界的列強，也絕對會遵照國家利益的指示參與戰爭。

「因此，倘若無法在短期間內，而且還是在不允許他國干涉的情況下消滅共和國，就絕對會連鎖性地引發他國的干涉。」

「原來如此。確實會演變成這種情況也說不定，但這樣一來，共和國不也有機會成為霸權國家嗎？這應該也很難讓人接受吧。」

呃！該死，居然被對方幫忙補全論點不足的地方了。如果他是考慮到我看起來年幼才這麼做的話，自己想必是被憐憫了。再失敗就危險了。

再接再厲吧。確實注視對方的眼睛，清楚地答覆。

「我同意。所以我認為，他們會企圖讓帝國與共和國同歸於盡。」

「介入戰局嗎？」

「是的。恐怕會從向共和國提供借款開始，之後也可能會供給武器或派遣義勇兵吧。」

這也就是著名的租借法案與戰費籌措。讓英法兩國就算打贏戰爭，國力也已經疲憊不振。只要想到這件事，認為他們是想讓帝國與共和國快快樂樂地打仗，等雙方精疲力盡後再介入收割，會是很自然的結論。他們若有心，甚至還可能擺出一副「善良調停人」的嘴臉。

「……原來如此，確實是可以想見。」

「是的，借給共和國大量的資金，意圖讓雙方同歸於盡，等到最後再介入收割成果。下官認為其他列強是打著這種主意。」

還真是過分，國家肯定是邪惡的存在。會讓善良的個人扭曲成邪惡的組織人。應該要認真檢討，國家是讓人類本性大幅扭曲的存在的可能性。

比方說令人厭惡的蘇維埃與東德，祕密警察就對人性造成極大傷害。看，在史塔西監視下的社會有多恐怖（註：德意志民主共和國的國家安全機構，是當時的情報和祕密警察機構）。去追求自由。追求精神的自由吧！個人主義才是拯救世界的唯一正道，人類應該要立刻覺悟。

「那麼，要是帝國獲得壓倒性勝利呢？」

「基於自國的安全保障政策，極有可能會與其他列強聯手直接介入吧。就算沒辦法，應該也會不惜獨自介入這場戰爭。」

不過思想自由這種崇高的命題固然重要，但也不能忽略這場智慧性的談話。要在誠實地深入思考後述說見解，維持這種對話形式。

「原來如此，很有趣的假設。那要該如何對應呢？」

「沒有足以對應的奇策。」

實際上，如果能想出奇策，我早就呈報上去了。如此一來將能成為出人頭地的契機吧，只可惜自己缺乏這種軍事上的才能。算了，這種軍事上的創造性，還是交給拿破崙與漢尼拔吧。身為熱愛和平的善良個人，不需要感到羞恥。

「所以應仿效過去的歷史謀求談和之道。倘若沒辦法，就將抑制消耗作為首要目標。」

「……不設法求勝嗎？這嚴重的話，可是能質疑妳奮戰精神的發言喔。」

該死，完蛋了。一不小心竟說溜了嘴。准將那大學教授般的姿態，令自己稍微滔滔不絕起來。偏偏還是在副戰務參謀長面前，做出這種會被質疑奮戰精神的不當發言。這真的是自己說出口的話嗎？這真是想拿槍打爛自己嘴巴的嚴重失態。

這很可能會傷害到經歷。不對，以前曾聽說過，膽小鬼會在最前線遭到嚴酷對待。太糟糕了。這非常糟糕。得避免露出動搖的表情，以極為冷靜的語氣，間接主張自己並沒有這種意圖。同時還得說些勇敢的發言，展現自己的奮戰精神，要不然會很危險吧。

解說

【租借法案】是在戰爭時，向以友好國為主的他國出租兵器物資，以及基地或土地的服務。因為是出租所以是借來的東西，但看在對峙方的眼中，哪怕是借來的東西，敵方戰力也依舊是增強了，所以會感到相當棘手。姑且是有償還的必要，不過就像蘇聯常常向美國租借然後賴帳不還錢一樣，基本上是要有虧損覺悟的跳樓大拍賣。

「是的，字面上的意思就如同您說的，准將閣下。但是這並非是不設法求勝。這是定義上的問題，應該要對前提進行解構。」

「然後呢？請繼續說明。」

「是的，下官所相信的是，我們首先應該要將在不敗北的情況下實現國防目的，定義成帝國的勝利。」

「那麼，該怎麼做才能達到貴官所說的勝利呢？」

「貫徹讓敵人流血的行動，徹底粉碎敵方的續戰能力。」

選擇徹底、貫徹、粉碎等軍人偏好的詞彙。邊表示自己的戰意相當高昂，邊設法摸索出帶有現實性的說法。

「是要殲滅敵野戰軍嗎？」

殲滅敵野戰軍？這是理想的做法，但很難實現。也就是說，這個詢問是誘餌。為表示自己不是要迎合對方才提倡強硬作法，有必要特意進行反駁。

「這是理想做法，但恐怕很難實現。應以消耗敵方資源為目的，徹底貫徹陣地戰。」

「這樣能贏嗎？」

「我無法斷言。但是也絕對不會輸。在這裡保留能給予致命打擊的餘力，將能增加戰略上的靈活性。」

沒辦法斷言一定能贏，也不能被認為這樣會輸，所以這個答覆就是極限了。姑且作為保險，在話中加入致命打擊的詞句。這種具備擊敗敵人企圖的言論，必須一直提出來才行。

「嗯，很有意思。但對手總有一天也會採取相同的戰術，到時候該怎麼辦？」

就是這裡，只能在這裡展現出積極性了。既然對方對自己表示出某種程度的興趣，最後給予的印象應該會最為深刻。如果是這樣的話，就必須展現出自己最大限度的攻擊性，將奮戰精神不足這種非常危險的實情敷衍帶過。

「是，考慮到這種情況，下官提案將戰場的主軸改為由步兵防禦、魔導師發動攻勢。」

「我覺得魔導師雖具有破壞力與衝擊力，但可不是個適合鎮壓據點的兵科喔。」

「我同意。只不過，發動攻勢的目的不是占領，而是要消滅敵方的兵員。」

換句話說，這不是要占領國家的主權以及領土，而是以消耗該國國民為前提進行的戰術行動。在面臨總體戰時，最關鍵的部分，就是要認清楚唯一的勝利方法，只有讓敵方的續戰能力徹底崩解的事實，並基於這點思考各種因應策略。

解說

【拿破崙】 是法國引以為傲的法國大革命時期的軍人兼政治家。和德國的小鬍子一樣，其實就某種層面上來講，也是外人將別國耍著玩的範例。不過他雖然戰敗也依舊獲得很高的評價，所以就算在法國談論波拿巴，也不用擔心被抓去關。

在戰場上，經常在戰術層面上凌駕他國的第一次世界大戰時的德國，儘管能屠宰俄羅斯、痛打英法聯軍，但最後還是慘遭敗北的最大理由，就是他們已耗盡國力。他們在與英法兩國外加上美國為敵時，正是因為領悟到這場戰爭不可能獲勝，德國參謀本部才會決定投降。

儘管他們的戰線未曾被攻破，但領悟到已經無法繼續戰爭，所以只好承認敗北。這段過去的歷史相信是很重要的教訓吧。這就是總體戰的敗北形式。不論戰線如何地頑強，只要國力耗盡就沒辦法繼續戰爭。因為這不是精神力層面的問題，單純只是在物理法則上達到極限的緣故。

「所以下官確信，應該要將主軸放在航空魔導師的戰場襲擾與正面滲透襲擊上，藉此讓敵軍疲憊不堪。」

正面滲透襲擊這種事，老實講根本是瘋狂的舉動，但既然有可能藉由魔導師實現，哪怕實現的可能性再低，都有提案的價值。反正實際去做的人又不是自己，光是嘴巴上說說，要說得多亂來都沒問題。瞧瞧辻政信吧。

那個笨蛋在滿蒙邊境地帶恣意妄為幹了這麼多荒唐事，到最後還不是回本國獲得榮升。或是強行執行英帕爾作戰的那個將軍！被稱為同盟國最佳間諜的亂來口或是鬼畜口將軍（註：指舊日本軍的牟田口廉也將軍，被日本兵稱為比敵人還可怕的笨蛋將軍）。不對，等等喔，或許該稱他為去死去死詐欺將軍？

嘴巴上要人去死，然後藉此搶奪和解費嗎？嗯，總覺得有點不太對，想不太起來了，嗯，就算了吧。要是能不負責任到那種地步，人生也就不用這麼辛苦了吧。

但遺憾的是，我是善良的個人。既然還沒有放棄當個人類，就基於自身的經驗，保留在有可能辦到的程度吧。

唉，我還真是個有常識的人類。就算說我是善意的集合體也肯定沒錯。嗯，自己毫無疑問是正義。善良且渴望和平，以極為健全的人性自豪的辛苦人，大概就是這樣吧。

「嗯？魔導師不負責支援任務嗎？」

「在陣地戰時能展開相當於大砲的火力，同時又具備步兵以上的靈活性，魔導師正是狩獵敵兵的理想兵科。」

老實說，機動防禦真的是相當辛苦。在被迫與 Named 廝殺時，就讓我深深感受到，與戰爭中毒者交手是件多麼棘手的事。倘若真要有神，應該先把那群傢伙統統消滅掉後再主張自己是神吧。喜歡殘殺同族的種族根本是瘋了。

這也證明了存在X並不是神。唉，該如何從惡魔的掌心中逃跑啊？要是惡魔在沒有神的世界裡遊蕩，只能說是世界末日吧。

「倘若要在抑制自軍的損耗下奪取勝利，就得採用抑制損耗主義吧，這樣魔導師也是最適合的兵科。」

「原來如此，妳很擅長推銷啊。」

「下官愧不敢當。」

這邊應該要稍微退縮一下吧。不過，對方的反應並不壞。看到他邊聳聳肩，邊開始在手邊的文件上寫起字來，感覺是沒有想責問的意思。真是太好了。

既然能靠嘴巴把事情敷衍過去，我說不定也可以考慮當個談判員呢。不過，我的專業還是人事管理。雖然比起職責廣泛薄淺的工作，狹窄深入的工作薪水會比較好。該怎麼辦好呢？

為了開始著手戰後的人生規畫，說不定該去學個一技之長。既然如此，就絕對得要去考張證照吧。擔任魔導師的實戰經驗豐富，隨時隨地都能夠與人廝殺，光靠這種經歷就想要二度就業，是想去當哪邊的黑道流氓啊？不論是哪個時代，退伍軍人都會面臨到就業問題，所以要是不投資自己成為一名人才就麻煩了。

正因為如此，她才會到圖書館學習法律相關事項，想要考個司法資格或是諸如此類的證照與技能，避免將來落入沒飯吃的窘境。

「那假設來講，如果要以魔導師作為抑制損耗主義的主軸，妳想要有多大的規模？」

……就這樣，或許全怪她正在腦海裡想著人生規畫吧。面對這個詢問，她沒有太過去解釋話中含意，就隨口答覆了。

「是大隊吧，我確信這是適當的規模。這不僅對後勤的負擔少，還能夠成為戰力的最低限度單位。」

「有意思。嗯，我會檢討看看的。年輕人的意見總是這麼有意思。」

「多謝誇獎。」

會沒察覺到這件事，是她單純的失誤。倘若是平時的譚雅，就絕對會察覺到話中的不對勁之處，想方設法避免這個事態。但因為她的粗心大意，讓她忽略了這個事態。沒錯，正是因為粗心，才導致了她人生當中最為可怕的失誤。

帝都／參謀本部副戰務參謀長辦公桌

他在迷惘時，往往能從過去的教訓中學到些什麼。

就算常被人指責太像個學者也在所難免的程度，傑圖亞這名軍人會向歷史學習。過去經由人手建立的戰略原則，仍包含著至今有用的部分是他的理由。

而因為喜好歷史的緣故，讓傑圖亞准將成功察覺到某種難以形容的根本性變化。這是他在歷史中學習到的，對於潮流轉折點的感覺。這也可說是，對目前帝國面臨到的國防戰略情勢，在套用舊有典範後所產生的不對勁感。

作為指導方針的歷史教訓，顯示出這是變革期的可能性。

究竟起了什麼變化，這種難以捉摸的疑問，對大半的帝國軍人來說是種多餘的雜念。畢竟看在大多數軍人眼中，他們只想應付眼前的現實，所以也這是難免的事。在這方面上，從帝國軍只求如何遂行各自任務的傳統思考方式來看，傑圖亞准將確實是個異端分子。

只不過，傑圖亞准將儘管有著學究性格，依舊以優秀成績證明了自身的資質。既然他已展現自己是名優秀的將校，帝國軍也不會吝於歡迎各式各樣的人才。

因此就連在參謀本部，傑圖亞准將一樣是受到眾人的另眼相看。

他在辦公桌前陷入沉思的模樣，已經成為一種名勝，任誰也不會去特意打攪。看在傑圖亞准將底下做事的參謀們眼中，他們早已習慣長官一辦完公事，就會同時到參謀本部的書桌前，翻開哲學書陷入沉思的模樣。

而自從開戰以來，他們就受到情勢影響陷入被工作追殺的兵荒馬亂狀態，不過在西方、北方兩面戰線達到穩定與暫時平穩的狀態後，如今則有時間稍微喘一口氣。

因此，考慮到將校軍官自開戰以來就不曾休假，為讓他們好生休養，就連參謀本部的將校們，也總算是獲得短暫的休假。欣喜激昂的年輕參謀們，紛紛朝著啤酒館「戰意高昂地突擊」，將沒多少地方花用的薪水拿去揮霍。就連年長的參謀們，也回家享受許久沒有的天倫之樂，難得地喘口氣休息一下。

眾人的共通點，就是任誰都充分享受了這久違的休假，愉快地度過這場假期。

然而這一天，收假回來的參謀們所看到的，卻是片刻也沒有休息，眼泛血絲盯著潦草筆記，一動也不動的長官身影。對於困惑的他們，留下來值班的軍官們告知，傑圖亞准將打從半天前從軍大學回來後，就同時像是把一切拋諸腦後般瞪著手上的筆記，做出這種令人困惑的舉動。

「傑圖亞閣下？」

看不下去的校官們好幾次若無其事地向他搭話，但那雙泛著血絲的眼睛，卻只是一味地在桌面的筆記上來回游走。唯有這麼做，傑圖亞才能夠消化自己受到的衝擊。

一開始，他就只有「提了個有趣奇特意見的軍官」這種程度的認識。就連記錄在筆記上的提議，也只當成是對事情的一種看法。

等到他在返回參謀本部的路途上邊走邊想時，開始覺得外線戰略與內線戰略的衝突，確實是會不斷地發展下去，並對這個觀點感到佩服。

然而，就在他深入思考的過程中，他的理性理解到自己正漸漸地掌握到某種東西。然後，等到回過神來時，就算他再不情願也不得不承認，丟在自己辦公桌上的筆記裡頭，寫著非常不妙的真理。

偏偏是對連參謀本部都還捉摸不定的戰況預測，述說得如此明瞭的驚愕，還有對戰爭型態的劇烈變化的確切理解。就傑圖亞准將所知，就連最為敏銳地暗示戰爭潮流開始變化的盧提魯德夫准將，恐怕都沒能理解得如此透徹，提古雷查夫中尉卻能說得如此堅定。

所謂的世界大戰——總體戰是不可避免的。這種假如聽在他人耳中，就只會被視為杞人憂天的戰爭型態。然而自己卻能感覺到，這就像是將聯邦與皇國在遠東地區暗示的未來變革，化作言語表達出來似的東西。將傑圖亞與盧提魯德夫兩人所感受到的，難以言喻的「某種東西」完全掌握住了。

儘管是充滿妄想的提議，但確實有種微妙的說服力。

她那堅定的語氣，就像是曾親眼見過似的。而作為她信心依據的分析與情勢掌握，也讓傑圖亞准將不得不表示同意。

等回過神來時，有數名參謀正擔憂地關注自己的臉色。不能在部下面前失態，是將校的基本價值觀。儘管感到慌張，但遠超乎於此的知識衝擊卻仍然在腦海中餘波盪漾。

就連說聲「沒事」敷衍過去的心情都沒有，傑圖亞准將不經意地說出坦率的感想。

「各位，是世界大戰。你們覺得有可能與全世界開戰嗎？」

「啊？」

部下們露出一副「怎麼了嗎？」的表情。看到他們臉上一齊浮現擔憂的神色，讓傑圖亞自己也顧忌起來，說不出心中那個難以置信的想法。然而，傑圖亞的經驗與知識卻做出判斷，告訴他那顆年幼腦袋所看到的可怕未來是「恰當的預測」。

沒錯。這是更加適合開朗歡笑的小孩子所說出的話語。但傑圖亞准將知道，不能把這當成孩童的戲言一笑置之。

在軍大學的選拔過程中，曾經耳聞過經歷的軍官……或許該這麼形容的年幼少女。有幸在軍大學偶然遇見她，打著試探的主意向她搭話，結果卻是潘朵拉的盒子。

「不好意思。我沒辦法說明出處，但想要你們檢討一下這個可能性。」

「……還真是相當偏激極端的預測呢。」

這雖說是自己的命令，但他也十分能理解部下們感到的困惑。這也是當然的事，畢竟就連自己也未曾想過帝國與全世界陷入戰爭局面的可能性。

偏激也該有個限度吧。認為這想法很極端的意見也非常合理。但愈是去想，腦海中就愈是會閃過可怕的可能性。

覺得不可能會有這種事。認為應該能在哪裡找到這論點的破綻。

但要是假設。這終究只是個假設。要是……要是她的想法正確的話，這樣一來，就跟字面意思一樣，帝國將不得不與世界開戰。

等到那時候，就按照約定交給她一個大隊也不壞吧。倘若不讓自己陷入瘋狂就無法贏得戰爭，那就只能這麼做了。

「……真不想成為討厭的大人啊。」

然後，驚覺到自己想法的傑圖亞准將當場愣住。把小孩子送上戰場？這是身為軍人最嚴重的恥辱啊。而且，自己居然像是理所當然似的做出這種假設。

……啊，真痛恨自己的無能。

高級參謀這個職業，也就是「軍事」領域上的專家。但也並不能單純只是個專家。在是個軍事專家的同時，還要是個對相關領域具備廣泛見識的通才。這就是帝國軍要求高級參謀所要具備的能力。

當然作為最低條件，至少也要熟知戰場與後方兩邊的環境。所以對走在軍中菁英道路上的軍官而言，調任可說是種會頻繁遇到的過程。

在參謀本部裡，算是中樞單位的人事局任職的雷魯根少校，也早已經習慣調任了。畢竟，就連在軍中經歷上可說是很重要的人事局的課長職位，也只是他下一個職位的過程。

而雷魯根少校在軍大學的審議會上，展現出來的對眾多部門的觀察力，就連在參謀本部裡頭也受到很高的評價。只不過，這不是基於本人所意圖的對候補生提出質疑的舉動，而是基於他通曉其他部門的通才資質，所給予的評價就是了。

不管怎麼說，在戰時的情況下，能幹的通才不論有再多都不夠用。

所以沒多久，他就收到晉升中校的任命書。對於比慣例時程還要早晉升的雷魯根中校，參謀本部所提出的職位是參謀本部作戰局所屬的執行官。

儘管沒有特定的職務，但能夠作為高級軍官的手腳，參與制定軍方全體的各種方針。而這種立場，也展現出軍方對雷魯根中校的高度評價。然後，才剛去做到任報告，雷魯根中校就立刻品嘗到被當成手腳嚴酷使喚的傳統。

這裡是位在參謀本部，擔任帝國陸軍中樞的作戰局。座落在閑靜帝都最佳地段，這棟頗具歷史的參謀本部，有著合乎其悠久歷史的靜謐。只是有別於外在，裡頭可是一片兵荒馬亂。

「恭喜晉升，雷魯根中校。歡迎你的到來。」

「承蒙您的賞識，盧提魯德夫准將閣下。」

「什麼話，我可是會把你當拉車的馬匹嚴酷使喚喔。現在可是有再多人手都不夠用啊。來，坐下吧。」

對於他到任與晉升的祝賀。收到到任任命書的雷魯根中校，提著裝滿隨身行李的包包穿越作戰部大門，在那裡迎接他的是作戰副參謀長盧提魯德夫准將。儘管經過參謀本部內無人不知的連日繁忙工作，盧提魯德夫准將依舊露出神采奕奕的笑容，就像是不想浪費時間地要他坐下。

而就在雷魯根中校坐在椅子上的瞬間，盧提魯德夫准將就像是不想浪費時間一樣，迅速切入了主題。

「好啦，中校。儘管很匆忙，但我要貴官隨即趕往北方戰場。任命書在這裡。」

雖然早知道他是名速斷速決的人，但在到任報告的同時就要人直接離開，就連雷魯根中校也是始料未及。

「就跟你知道的一樣，戰略層面的混亂，帶給北方戰線的影響相當深刻。」

只不過，雷魯根中校對自己配戴的參謀飾繩充滿自負。這可不是單純的裝飾。配合狀況立刻切換意識，集中精神。為不聽漏長官話中一字一句的含意，他僅花費少許的時間，就讓自己開始專心傾聽。

「這是在原本未曾預想過主攻狀況的戰線，進行大規模動員展開攻勢。會陷入混亂也是在所難免。」

對帝國軍而言，情勢判斷錯誤讓他們付出相當高的代價。西方的緊張情勢無法止緩，強行讓大陸軍在未曾預想過的方面上不斷進行大規模展開，所帶來的不良影響甚大。

可以輕易想像到，波及各方面的餘波，讓各方面軍面臨到難題。

內線戰略的強悍在於域內機動。但倘若沒有準備好萬全的態勢，就難以期待能發揮作用，所以一旦態勢崩壞，就無法避免陷入混亂。

「沒有比放任無法盡到責任的人，繼續待在不適當的位置上坐領乾薪，還要對國家殘忍且無用的事了。想當然，負責人已遭到撤換。」

結果，參謀本部當中提倡一擊論的許多參謀，皆遭到撤換、降職的悲慘下場。當然，裡頭並不包括沒有犯下大錯並且有遂行職務的人。話雖如此，如今的環境能方便提拔有為的人才作為重整態勢的一環也是無庸置疑。

雷魯根中校本身能這麼快獲得晉升，並得到參謀本部的重要職位，可以說是受到此恩惠的其中一人。

「結果弄得人手不足，還真是諷刺啊。不過這也給了像貴官這樣的人活躍的舞台吧。正因為如此，我才要貴官去一趟北方。」

「是要命令我去掌握現況嗎？」

考慮到這些情況，以參謀本部作戰局的執行官身分趕往北方的意思，就是要他前去視察。在這種狀況下給予這道命令，是想要能作為長期情勢的判斷依據。高層的這種意思，就連參謀本部新到任參謀也能夠瞬間理解。

然後依照傳統來看，相信會依循帝國的基本戰略來極力打破兩面作戰的情況。也就是說，高層恐怕是想要判斷依據，來決定該優先處理西方戰線還是北方戰線。

「沒錯。在西方戰線趨於穩定的情況下，實在是不想同時維持兩個戰線啊。」

「也就是該解決哪一邊的意思嗎？」

「沒錯。你在北方視察完後，就直接趕往西方視察吧。」

准將閣下感到十分滿意地點點頭。就他的反應來看，盧提魯德夫准將似乎是很滿意雷魯根的應答。

「是的。下官即刻前往北方。」

為讓自己能立即對應發布下來的命令行動，參謀本部的執行官們會將裝有替換衣物的包包放在辦公桌旁，正是基於實務上的必要性。

仿效前輩們這麼做的雷魯根中校，在收到任命書的同時，就忠於傳統的提著裝有衣物的包包，穿過作戰局的大門。只不過，雷魯根中校也沒想到會這麼快就派上用場也是事實。

「很好。啊，對了，中校。路途中你就看看這個吧。」

「這個是？」

「傑圖亞拿給我的論文。值得參考。」

「了解。下官就先告辭了。」

隨後直接離開的雷魯根中校，利用參謀本部的公務車趕往車站，搭乘前往北方方面的列車，列車也隨即啟程。在車內，雷魯根中校來到高階軍人專用，已經事前預定好的頭等艙包廂坐下，拿出交到手中的論文看起標題。

標題名是《這次大戰的型態與戰局預想》。他腦海中瞬間浮現戰務局的傑圖亞准將那張學者風範的面貌，是會讓人懷念起戰史課講義的標題。傑圖亞准將以經常沉思聞名的事情，就連雷魯根自己也略曾耳聞。

正因為如此，在看過後覺得論點有趣的盧提魯德夫准將才會推薦給我看吧。雷魯根中校雖是如此解讀，但隨著他閱讀起交到手中的論文，追逐文字的眼睛卻漸漸模糊起來。豈止是如此，隨著深入解讀，他臉上甚至浮現驚疑的神色。只能說是對恐怖與驚愕感到動搖的情感波動。就像是腦袋突然遭到痛毆似的，不得不感到愕然。

「……這是什麼？」

這是？這次的大戰是？不對，說到底，真有可能出現上頭寫著的戰爭型態嗎？他在心中低語著滿滿的疑問。

……有可能。他身為專家的意識做出答覆。

就雷魯根所知，傑圖亞准將不是會做出異想天開妄想的將官。倒不如說是名個性拘謹的人。他具有透過分析來理解現實的傾向，是參謀本部共同的見解。這名有著學究性格並且是現實主義者的准將所警告的世界，簡單來講就是世界戰爭。未免也太蠢了。要是能這樣一笑置之，該會有多幸福啊。

然而，雷魯根中校卻只能抱頭低吟，不得不面對這個現實。戰爭的戰略論經常伴隨著人多口雜的議論，而內線戰略對於外線戰略的兩難推論，他身為參謀本部的一員也確實有所感覺。

當然，倘若要說到面對內線戰略，對手會如何突破的話，就能夠理解了。

「這樣一來。這次的大戰就必然會演變成世界戰爭？」

遭到列強包圍的帝國。帝國這種基於現實的地緣政治學，導致國防環境十分脆弱的情況，經常是讓國防負責人感到頭疼的問題。正因為如此，哪怕帝國擁有比周遭列強還要出眾的軍事力，也仍舊是持續抱持著不安。

但對於包圍帝國的各國來說，鄰國有著強大的帝國存在這件事，會讓他們抱持著安全保障上的兩難困境，也是情有可原的事。

這樣他們當然會意圖建立針對帝國的統一戰線，以所謂包圍網的外線戰略分散帝國戰力，藉此達到相對性的勢力均衡，這是可以預測的結果。

這條寬鬆的鎖鏈，正是帝國的威脅。所以想要突破這個有如用絲棉勒住頸子的包圍網，帝國所想出來的方法即是內線戰略。

同時還長期致力於外交事務上，簽訂了諸如與義魯朵雅王國的同盟、與盧斯聯邦的互不侵犯條約等各種條約。這本來應該是會讓各國猶豫因為區域糾紛而挑起戰端的外交環境。

然而，真的是這樣嗎？假如協約聯合脫離戰線，與帝國擁有紛爭地區的法蘭索瓦，就會面臨到要單獨對抗帝國壓力的必要性。

要說到老奸巨猾的聯合王國，是否甘願與法蘭索瓦平起平坐也很微妙。他們應該是會在均勢策略上提供支援，但能預測只會維持在最低限度，意圖讓法蘭索瓦共和國與帝國同歸於盡。

既然提出這個論點，就沒辦法否定之後會連鎖性引起戰火的可能性。基於跟共產主義在體制上的差異，曾具有傳統同盟國關係的盧斯與法蘭索瓦之間出現嫌隙。而趁著這個機會，帝國與盧斯聯邦簽訂了互不侵犯條約，此舉對法蘭索瓦而言，讓他們不得不期許協約聯合能擔任牽制帝國的第二戰線。

看在帝國眼中，自己會落得不得不與協約聯合與共和國這兩國為敵的處境，正是因為這個緣故。而最致命的是，要是「共和國與帝國同歸於盡」是其他列強唯一允許的終戰方式的話……他們可能不會容許獲勝的霸權國家，成為凌駕周邊諸國的存在。

雷魯根的智慧與經驗，聽見了「世界大戰」的門扉緩緩開啟的聲響。告訴他——這是可能發生的事。

接著，在與世界開戰時。「總體戰理論」這個概念就彷彿魔女的微笑，伴隨某種嗤嗤笑著的不明存在，一起自然地進到腦海裡。

所謂的「總體戰理論」，是指進行戰爭的國家，將會面臨到動員所有國力的必要性。

儘管瞬間湧現想要辯駁的衝動，但文中所描述的卻是基於事實的推論。

戰爭性質產生本質性的變質，彈藥燃料的消耗量遽增。這些全在他在參謀本部所見所聞的事實下獲得佐證。這毫無疑問是事實。特別是與其他列強爆發正面衝突的西方方面軍，武器與彈藥的消耗量已經超過開戰前的預測。

戰鬥人員的大量犧牲？沒錯，這確實也說中了。曾聽聞有少數單位的補充速度已達到極限。

將兵喪命的數量超乎預期，已讓平時的兵員補充計畫出現破綻。

以大量消耗武器士兵為前提的戰鬥。人力資源的莫大消費，以及可能導致國家經濟崩壞的大規模資源浪費。沒錯，人命的消費。甚至不是犧牲，而是單純作為數字的「消費」。這種瘋狂的競爭。這場勝負，將會持續到其中一方難以承擔負荷崩壞為止？

論文中提出直到完全破滅為止，將會持續消耗人員與物資的戰爭型態。而且還會以世界規模持續展開。這種預測原本只會是種誇張的妄想。

倘若肯定這個預測，等待著他的，將是一個以數字把人類假設成消耗品的恐怖世界。然而這上頭的理論，包含許多說不定很有道理的部分。但一想到肯定這些理論所代表的意義——

不對，這是當然的。總體戰與世界大戰，作為理論都有著許多能夠批判的地方。但是儘管如此，卻莫名地帶有真實性。有著某種就算想否定，也難以否定的東西存在。

但這是為什麼？為什麼我無法否定？某種不對勁的感覺哽在喉嚨裡。

「……這不對勁的感覺究竟是什麼？」

不論總體戰還是世界大戰，應該都曾在身邊遇到過。不對，這種事情怎麼可能在身邊遇到，但總有種印象在。或是說，是對這種異質的感覺有印象。

「是在哪裡……不對，是我忘了什麼嗎？不對，是有某種東西讓我感到在意。」

是以前在某篇論文中看過嗎？不對，不是這樣。總體戰與世界大戰，全是我第一次看到的詞彙。直到現在才第一次知道。

那麼是類似的概念？記憶中應該是完全沒有。最為類似的概念，記得曾在科幻小說中看過。既然如此，那就是基於某種經驗嘍？可是自己待在前線的經驗不多。

雖然直到中尉為止都是待在戰區，但自從擔任聯合王國駐外武官以來，就一直都是後方勤務了。既然如此，那就是在聯合王國聽到的？自己寫過的聯合王國報告書堆積如山，一切都記得清清楚楚。但不記得有這樣的概念……是我想太多嗎？不對，我應該是有在哪裡看過吧。

哪怕是在戰爭當中，不對，正因為是在戰時，才必須要有能幹的參謀。所以帝國才會不惜金錢地在參謀教育上投注資金。身為參謀的其中一員，譚雅・提古雷查夫中尉正在進行作為傳統軍事訓練一環的參謀旅行。

以度假勝地聞名的麥因涅溫泉地。儘管是自古以來就作為溫泉療養勝地名聞遐邇的知名溫泉街，卻是位在終年白雪皓皓的嚴寒山岳地帶附近。在近到足以眺望那條悠哉街道的山岳裡，在身心皆操勞過度的軍大學生當中，也看得到譚雅的身影。

在軍大學的選拔過程中，身為女性並且是小孩子的只有她。實際上，就算她在主觀意識下缺乏這種自覺，但就生物學上來講卻也無從否定。只不過，在這個單純離女士優先這種性別盲主張相距甚遠的狀況下，譚雅基於身為女性的表面，讓她比起一般軍大學生還要相對受到優待。

作為單純的例子，就是在行軍途中的村莊留宿時。在一般學生別說是大通鋪，甚至還得自己挖戰壕睡在裡頭的時候，就唯有譚雅因為上頭顧忌外頭的觀感，而准許借用民家的床鋪過夜。此外，還能夠使用當地的軍方相關設施。

簡單來講，軍中除了魔導師外是個男性社會。實際上，就連魔導師也大都是男性。當然，帝國軍是會依照紀律規則來決定女性軍官的待遇。在很有帝國風格的周詳軍規中，當然也有明確規定女性軍人所要遵守的軍規。

話雖是這麼說，但在魔導師出現以前，數量稀少的女性軍人大都是皇族。基於這種前提制定的軍規，是假定皇女與皇女侍從在進行名義上的從軍義務所制定，時代錯誤得相當嚴重。不過對於皇族不會分配到的，擔任最前線勤務的魔導師，近年來仍不免是大幅修改規則，調整為適合實戰的內容。儘管如此，關於後方的女性軍官待遇，大半仍舊是以貴族或皇族的女性為前提，實際上就像是本寫滿陳腐規範的禮儀書。

而且因為就讀軍大學的女性軍官人數是絕對性的不足，所以任誰也沒有想特意去修改軍大學的規範。結果讓本來以皇族女性在軍大學實習為前提制定的規範，就這樣保留下來。不只是幾十年前，甚至讓人想問這是幾世紀前的時代錯誤規則，在帝國只要尚未遭到修改廢止，就仍然具有效力。這算是官僚主義的不良弊害，就算是享有特權的規定，只要是規定就得去遵守，這就是帝國的規則。因此，讓譚雅過著在相較之下算是走在紅地毯上的旅行。

本來這趟旅行的目的非常簡單明瞭。是在思考極度遲鈍的極限狀況下，進行耐力訓練兼現地實習。參謀在精疲力盡時靠氣勢制定的作戰，大都會是辻級的核地雷這點，就連譚雅也能理解。正因為如此，看在軍大學的教官們眼中，實戰經驗豐富並具備適當體力的提古雷查夫中尉，根本就沒必要視為女性給予優待。而已經化為古籍的女性軍大生的規則當中，並沒有規定到「魔導軍官」的待遇。換句話說，儘管不能無視「要給予女性軍官適當的宿舍」這條規定，但只要沒有規定「不能讓女性魔導軍官背負重物」，就算在一般行軍時嚴厲對待也沒有問題。

因此，這次就以魔導師有演算寶珠的輔助式協助為由，要她義務帶著重機槍的仿製品並全副武裝參加這趟參謀旅行。別說是一般的全副武裝，還得扛著重達五十公斤的重機槍爬山。只要譚雅本人能克制住大叫虐待兒童的衝動，這裡就不存在法律上的問題。

當然，他們走的不是遠足路線，而是山岳旅團訓練時的地區。這讓她確信，設計制度的人絕對是個虐待狂。就連身穿輕裝的山岳旅團都會哀號的路線，居然要她帶著重裝備爬上去。

不過話雖如此，但就以目的論而言，這樣做並沒有錯。

但就個人來講，應該是要努力讓參謀不會陷入疲態吧？讓人會不經意產生這種念頭。

「維克托，假設敵人在那座丘陵架設了防禦碉堡。你的大隊則是不得不迅速前進。」

只不過，參謀教育做得十分徹底。對於精疲力盡的軍官們，毫不留情地接連提出模擬戰鬥指揮的質問。

「請提議攻略方法。」

碉堡設在丘陵上？倘若是在這麼嚴峻的位置，不論想突破還是迂迴都沒辦法吧。不是黯然離去，就是只能靠重砲部隊從遠距離擊潰了。或者是派魔導師吶喊衝鋒。

「突破很困難。為迅速進軍，下官提議迂迴前進。」

不過維克托中尉看樣子已經累了，腦袋似乎只能夠判斷出無法突破。因此照本宣科地採用迂迴戰術。雖然就這情況看來，確實是不太可能突破。

不過同樣也不太可能迂迴成功。畢竟這裡缺乏遮蔽物，對方還占有上方優勢。在迅速進軍前，應該會被當成活靶打。

「有本事你就做給我看啊。」

「咦？」

「在這嚴峻的地形下，有本事你就迂迴給我看啊！你這智障！會不會看地形啊！」

想當然，教官的怒吼也跟著增強。只不過，我也沒有那個餘力去幸災樂禍。

「提古雷查夫，妳會怎麼做？」

該死，等下非得要你請客不可，維克托中尉。要是你答得出來，就不會有人挨罵了。儘管想瞪他，但要是表現得驚慌失措，就會劈下感激不盡的怒雷。

維克托就算派不上用場，也能當個不錯的避雷針。避雷針就該拿來用，而不是把它折斷。現在還是老實地想辦法先度過這個難關吧。

「請問有重砲支援嗎？」

首先是做基本確認。在這種山岳地帶，難以想像步兵大隊會帶著步兵砲移動。但如果有師團直轄砲兵在，應該就能期待獲得支援。或是軍團直轄砲兵也無所謂，總之要先確認有沒有掩護。反正，一定是要我以沒有掩護的情況來考慮吧。

但要是不展現出確認手上的牌的姿態，肯定會被罵「妳就沒想過要重砲兵支援嗎」。儘管早就知道了，但還真是不可理喻。

「當作沒有！」

「第一案，大幅後退，沿著其他山脊採取迂迴機動。」

既然如此，要避免無謂的犧牲，就只能迴避這裡。所幸，根據選擇的山脊，整體花費的時間不會相差太多。最重要的是，應該沒必要做無謀的攻擊。命令士兵朝確保良好射界的敵方據點突擊，甚至可以說是有勇無謀。

要問我這種人能不能當參謀，我只能回答不想他當。無論如何，想要以血肉之軀贏過火力，除非士兵的數量比子彈多，否則就是不可能的任務。

「假設時間緊迫的情況。」

「……第二案，採用魔導師與步兵的散兵戰術。由魔導師擊潰碉堡，步兵負責掩護。」

這是航空魔導師攻略據點的標準方式。儘管必須覺悟會有某種程度的犧牲，但比讓步兵單獨突破要來好得多了。最重要的是，自己是航空魔導師。既然這問題是假設由我指揮，那就算步兵大隊有魔導師跟隨也不會不合理。

算是稍微有點狡猾的答案也說不定。

「很好。那就假設只能派步兵攻略的情況吧。」

「咦？只能派步兵『攻略』嗎？」

……我上當了嗎？等回過神來，命令就在不知不覺中變成用步兵大隊攻略碉堡了。

「沒錯。我給妳一點時間。如果不想野營，就給我趕快回答。」

真是會強人所難。如果能靠步兵攻略陣地，陣地戰哪還需要人煩惱啊？要我在這種狀況下進行攻略戰嗎？

沒有工兵，也沒有魔導師？這是要我當人肉炸彈吧。不對，這連想都不用去想。

「報告教官，下官認為不可能完成攻略任務。」

瞬間，同學們的表情都變了。正在苦惱的他們，絕大多數都很震驚我會回答不可能的樣子。畢竟這很明顯是會讓教官心情惡化的答覆。說不定會讓自己的名次下降的發言。

感覺實在很糟。既然要叫人回答，點名跟我競爭名次的烏卡上尉不就好了？真想抱頭大叫太倒楣了。不過雙手正抱著重機槍，所以這是絕對辦不到的事。

「妳這是什麼意思？」

如果是像某日帝一樣自軍擅長刺刀突擊，對方的阻止火力也很微弱的話，那倒還有一絲希望吧。但朝共和國軍的防禦陣地刺刀突擊，只會淪為蜂窩。雖然也能考慮夜間的大隊襲擊，但在山岳地帶進行大隊規模的夜襲，恐怕會全軍覆沒。

既然連做到這種地步，成功的可能性都還這麼低，答案就只會是不可能。

「所謂參謀的職責為何？回到任務上來講，考慮自己被賦予的義務與任務，下官基於職務稟告這是不可能的。」

所以要確實準備好規避責任的說法。人類是會從失敗中學習的生物。以前在圖書室與准將對話時，曾有過不小心說錯話的經驗，我不打算重蹈覆轍。要說明自己不是欠缺奮戰精神才回答不可能，而是基於職責才這麼說的。

「我的職務是尋求可能實行的最佳策略。」

也就是說，我是以參謀的角度，認為這種事情是不可能的。所以沒有辦法去執行。當然，參謀的工作是制定能夠獲勝的作戰。不過只要名義的話，能當作藉口的義務是要多少有多少。

「讓士兵一味地白白犧牲是最該避免的行為。」

要是被罵勝利當然比士兵的性命重要，那我也沒轍了。

但至少可以避免被批評為欠缺奮戰精神，這可說是最恰當的說法。要重視士兵，這件事我在軍官學校已經反覆地、反覆地，不知道為什麼一直反覆地被如此教導。

回想起來讓我覺得不可思議的是，不知為什麼有種是針對我如此強調的感覺。要是認為我無法理解「沒有辦法選擇部下，所以需要培育」的概念，就太遺憾了。

總之，名義完美，大義充分。這次可以堂堂正正地挺胸答覆。

「基於以上理由，下官對本案的答覆是，應該要迴避攻略。」

瞪著自己的教官眼神，就像是要看穿我的真正意圖似的。我所說出的話毫無半句虛言。抱持著這種意志回瞪回去，是上班族的必備技能。之後就只需要有不輸給軍人這種眼神凶惡的傢伙們的膽識就好。

總而言之，就是習慣占五成，然後相信內心自由的心再占五成。

「很好。我會記錄下來的。好啦，繼續行軍！」

呃，果然還是會被記錄嗎？看來上班族的思考方式，果然不受軍人思考喜歡的樣子。唉，這該怎麼辦才好？

儘管想認為已經順利蒙混過去了，但總覺得遭到記錄不太會是一件好事。

[chapter]

V

第伍章

開始的大隊

Primeval Battalion

參謀本部第一會議室

「西方方面的情勢總算是停止惡化了。」

當天，掌管所有戰鬥勤務的傑圖亞准將，在參謀本部第一會議室裡提出的報告，讓眾人闊別已久地舒展愁眉。也就是戰況嚴峻的西方戰線，情勢正逐漸恢復平穩狀態的消息。

「至於戰區概況，目前依然是略遭壓制的狀態。」

展示在會議室裡的地圖上，可看出西方軍正在頑強死守。儘管第一時間反應不及，讓法蘭索瓦共和國推進了不少戰線，但仍舊堅決阻止他們進軍到萊茵工業地帶。不用說，前線的戰力已接近極限，部隊幾乎是遍體鱗傷地進行抗戰。他們已被逼迫到，必須緊急從首都調度戰力，採用分批投入戰場的手段也是事實。

儘管情況緩和，但整個戰線依舊是漸漸遭到壓制。現在甚至有部分後方據點，已經進到敵魔導師的續航範圍內了。

「只不過，大陸軍主力的集結與重新部署也已經完成了。」

西方軍頑強死守的程度，超乎國防計畫三一五計畫原本所預想的極限，替帝國爭取到關鍵性的時間。帝國就在這段時間內，勉強讓作為決戰戰力的大陸軍趕得及展開部署。同時也開始在前線重新編制。

不用說，這是從北方到西方的大規模重新部署。遠超乎他們所擔憂的，受到鐵路大規模運輸能力相當嚴重的限制。結果，讓行程比當初預定得要落後許多。但概括來講，在方面軍得到大陸軍這面防壁增援的現在，仍然有辦法控制住戰局，重新建立起戰線。

「……實際上只能說是勉強趕上的程度吧。」

然而，參謀們臉上浮現的表情，卻不是對趕上所感到的喜悅與放心。傑圖亞准將與在座的參謀本部人員所共同意識到的問題，是對時間與快速反應能力的苦惱。時間、時間、時間。這是在遂行戰爭時，絕對難以避免的一個要素。

雖說大陸軍的重新部署有趕上，但就參謀本部的見解來看，這可說是相當危險的時間點。而且本來應該要透過內線戰略，以有效動員戰力為前提的大陸軍，卻在國內機動上花費了不少時間。這意味著戰略選擇，並沒有開戰前預期的那麼具有靈活性。

本來為了彌補這點，會將中央的常備部隊視為預備戰力。但西方戰線卻顯示出，少數部隊的增援只是杯水車薪的現實。就算有著優秀的快速反應能力，數量依舊是個深刻的問題。

「果然還是該增強能夠快速反應的部隊吧。戰務局不得不提出這項勸告。」

「作戰局也贊成讓可任意運用的戰力，具備機動力與一定以上的戰力。」

就根本來講，必須要讓大陸軍能夠迅速動員。這是軍方一致的見解。為讓大規模移動能夠更加順利，還希望能夠調整鐵路時刻表。畢竟將戰力集中在單一戰線上奪取勝利這種帝國軍的傳統戰略，速度即是一切。

但同時，就像傑圖亞准將所勸告、盧提魯德夫准將所贊同的一樣，他們也認為充實保有一定戰力並且能快速展開的預備兵力也確有必要，所以也強烈希望能強化快速反應部隊。只要部隊的大規模展開有來不及的可能性，就絕對有必要準備預防這種情況的救火隊。

「此外，戰務局想提案進行以兩面作戰為前提的國防戰略研究。」

同時也開始迅速主張起，重新審視戰略前提的論述。所謂在一邊取得勝利的過程中，另一方已經產生破綻的風險，近年來已變得太大了。就算再怎麼粉飾太平，運用上也已經達到極限，這讓以傑圖亞准將為首的戰務局成員對內線戰略抱持著強烈的懷疑。

這份主張，也就是「是不是該切換根本的前提，懷著覺悟進行兩面作戰？」的疑問。讓各地的方面軍以防禦為主要任務，交給大陸軍發動攻勢的概念，他們覺得無法再維持下去了。

「我不反對研究……但在實際作戰上，我們不得不去避免兩面作戰。」

不過想當然，分散投入戰力是軍事戰略的大忌，這項原則不論在哪個時代都近乎鐵則。「以全力擊敗一邊的敵人，然後再對付另外一邊的敵人」這種所謂的內線戰略，已被奉為金科玉律在參謀本部根深柢固。

最重要的是，看在盧提魯德夫准將等作戰局的人員眼中，集中確定能獲勝的戰力壓制敵人，這種正攻法是難以否定的真理。

「我同意有備無患，但作戰局認為，應該把重點放在如何迴避這種情況上。」

「盧提魯德夫准將，考慮到帝國的地緣政治學因素，這種事很難辦到。」

「這我無法否認。不過這項議題，在最嚴重的情況下，將有可能導致全戰線都在戰力上落於劣勢。」

在確立區域優勢，奪取絕對勝利的期間內，由方面軍頑強地爭取時間。這是遭到列強圍繞的帝國傳統與基於地緣政治學的必要性所產生的戰略。說到底，要是具有能全力遂行兩面作戰的國力，哪還用得著這麼辛苦。

「倘若情勢不允許呢？各方面軍的增強，我相信也是在提升內線機能上，在某種程度內不得不做的事情。」

然而，方面軍儘管具備某種程度的規模，也仍舊在共和國軍面前瀕臨崩壞也是事實。要是大陸軍沒能趕上，西方工業地帶想必一定會失陷吧。內線戰略要是其中一邊沒辦法支撐住，就沒辦法實行。

因此，目前的當務之急是要增強防禦戰力，傑圖亞准將等人的主張未必有誤。

「……就現況來講，想要大規模重新編制軍區很困難。有什麼不錯的替代方案嗎？」

只不過，光是平時要重新編制軍區就是件浩大工程。要求司令部在與敵人打得如火如荼時進行重新編制，強人所難也該有個限度啊。這就像是在足球比賽途中，把前鋒與後衛全員撤換掉一樣。要只是大混亂就能收場，下場還算是好吧。

「那麼，我想提議快速反應軍的創設。此時正需要經由戰區機動的改善，能夠在必要時前往必要地點展開的部隊。」

此時所提案的，是很久以前就曾主張過的快速反應軍的創設。他們經常主張，希望設立能經由戰區機動確保某種程度的快速反應能力，並具備軍隊規模的集團。特別是以傑圖亞參謀本部副戰務參謀長為中心的戰務參謀們，近期內更是如此強硬主張。

「好吧，作戰局也能同意此事。只是不得不說，還得視規模而定。」

擔任實際運用的作戰局也同意戰務局的意見，明確表示他們也認為有必要提高快速反應能力的認知。過去曾認為大陸軍能勝任這個角色。但大陸軍的規模擴張得太大，導致他們已無法擔任這項任務。倘若不是西方軍英雄般的奮戰，如今恐怕西方工業地帶早已失陷，此時也正在編寫談和會議的條文吧。

「就這點來講，西方與中央的快速反應部隊的奮戰姿態，真的只能說是相當出色。戰務局想在此提案，藉由增強中央部隊，來讓預備戰力獲得強化。」

因此，傑圖亞准將在此提議增強中央部隊的戰力。將能朝四方緊急展開的預備戰力編制成常備部隊放在手邊。這項方案儘管會形成游離部隊，在軍事上應該得要避免，但在現實需求的逼迫下，可也管不了這麼多了。

「不過在編制時，還得顧慮到東部與南方的方面軍吧。」

「真是受不了。光只有西方軍一直受動的情況，實在是太不尋常了。」

「軍大學的軍功推薦名額，還有分配到的中央職位減少。對各方面軍來說，這毫無疑問是個難以接受的問題。」

儘管如此，但基於組織的常態，就算是帝國軍，也必須在重新編制時顧慮到各種問題。實際上，西方軍在奮戰之下，讓他們獲得遠超過其他方面軍的授勳與獎金。但礙於預算問題，所能給予的獎金與獎賞名額有限，結果導致其他方面軍的損失。一部分的軍官人事已逐漸扭曲。陸續出現不僅是被同梯，甚至是被學弟超越的軍官。各方面軍提出的軍大學推薦名額，東部軍也是在不甘願下，把部分名額讓給西方軍。

「我不想太過輕估這所造成的影響。」

「沒錯。特別是吃虧的東部軍，對這種情況的不滿相當嚴重。」

就跟人事局所透露的一樣，這是在軍方人事上不太期望的事態。畢竟他們在西方、北方屢建戰功時一直遭到忽視。在防禦東部地區的重要職位上享受好待遇的人，突然面臨到待遇惡化，晉升機會不斷延後的事態，難免會感到不滿與不安。功勳自然不在話下，甚至擔憂會遭到學弟或同梯超越，這雖然尚未浮上檯面，但也已經形成嚴重的不安情緒。

「東部方面軍沒有參與跟協約聯合或共和國的戰爭。雖說是抑制東方情勢的部隊，但吃閒飯的人是得不到什麼好評價的。」

「實戰經驗不足也是個問題。有必要取一個適當的平衡。」

此外，他們的心情雖然也是個問題，但更主要的問題還是實戰經驗不均。打仗並不是光靠西方軍的將兵。必須要假設東部軍的士兵也總有一天會站上戰場。要是直到開戰前都讓他們袖手旁觀，未免也太無所作為了。

但就算是這樣，也不能從戰況激烈的西方，大量抽出資深老兵到東部軍進行教育。

「你的意思是，要以東部軍為主，成立具有一定靈活性的部隊？」

這樣一來，最實際的辦法，就是從東部軍的部隊中挑選人員組成快速反應部隊。作戰局的盧提魯德夫准將向人事局確認的事情，也就是新部隊的編制，是否該使用東部方面軍的人。

儘管沒辦法讓他們體驗戰爭，但至少比讓部隊遠離實戰氣氛來得好多了，這個提議主要是基於他的這種判斷。這不僅能減輕西方軍的負擔，也能讓快要因預算起爭執的雙方和平共處。

「我想兼做戰略機動的實驗，以軍團規模進行嘗試。」

儘管如此，提案總是會伴隨著議論。雖然傑圖亞准將等人非常注重戰區機動實驗，但是資源有限。就算他們的各項提議獲得贊同，但談到規模，果然是沒辦法輕言答應。他們與鐵路部聯合提出的師團規模的實驗，在戰時實在是太過奢侈。雖說是與快速反應軍的構想一起復活的提案，但反對的意見也很強硬。

「我反對。東部的戰略預備部隊就只有兩個師團喔。」

而就實際運用的作戰局來看，不可能答應在預備戰力有限的狀況下，再額外抽出人手。

「規模太大了。不能讓東方的防禦戰力也跟著薄弱。」

對他們而言，前任者在編制大陸軍時，讓西方防禦戰力薄弱的錯誤是個教訓。西方軍的苦戰，說到底就是因為國防計畫的前提崩壞。考慮到這點，雖說是遠離主戰場，但要是從東部軍抽出太多部隊也很危險。

畢竟東部軍的戰略預備部隊，除了主要戰力外就只有一個軍團。所以他們反對從最低限度的戰略預備部隊當中額外抽出部隊。

「分別從東部方面與南方方面抽出部隊如何？」

「這也要等北方處理完畢才行。」

只要處理完北方協約聯合的事情，多少也能空出一點餘力吧。但作為實際上的問題，雖說大陸軍主力已解決掉敵方主力，但還需要時間壓制。要是在這時從南方、東方方面軍中抽出部隊，未免也太本末倒置。沒道理為了編制能前往所有戰線救援的部隊，讓國境線的防備變脆弱。

「那麼，我想嘗試一個實驗要素。將魔導師大隊實驗性地置於中央快速反應司令部的管轄之下如何？」

此時戰務局所提出的，是作為次佳方案，但實際上卻是主要目的的一項提案。以傑圖亞准將為中心所構想的，「快速反應魔導大隊構想」早在這之前就已經向參謀本部提出。

「是那個『快速反應魔導大隊構想』嗎？這提案我也贊成。」

而如果是大隊規模的實驗，就不會對作戰造成什麼妨礙。就他們看來，雖說是以軍團規模的戰術運用為前提的魔導大隊，但就算抽走大隊程度的人員，在運用上也能充分彌補。

就這點來講，倒不如說他們非常歡迎能在前線靈活運用的魔導大隊成為預備兵力吧。

「要特意抽出魔導大隊？」

「若是從東部方面軍的話就還有餘力。主要還是魔導大隊也方便空運，展開力也高。」

雖然有部分人擔心東部軍的戰力下降，但是遭到展開力高的理由反駁。魔導大隊為三十六人編制。以陸軍來說，比中隊還要方便運送。

就算三十六名士兵需要攜帶四十五天份的規定物資，對於後勤的負擔也極為有限。若有必要，甚至可能在一天之內，從西方趕往東方展開部署。

「……那麼，就認同實驗性地設置魔導大隊吧。就當作是參謀本部的直轄部隊。」

原本就是不太可能出現反對意見的提案。

「快速反應軍司令部的設置先暫且觀望，就看魔導大隊的表現如何了。」

儘管快速反應軍司令部果然是沒辦法獲得認可，但好在能獲准採用實驗性的內容。快速反應魔導大隊的設置，肯定也能在將來促成快速反應軍司令部的設立。

「那麼，就進行下一個案件吧。」

看樣子是能守住承諾了。在感到放心後，傑圖亞准將偷偷地放鬆肩膀。然後切換心情，集中精神面對下一個案件。

統一曆一九六七年六月二十三日　倫迪尼姆　ＷＴＮ記者室

世界大戰存在著許多謎題。

尤其是帝國方面的資料，雖說有受到終戰期的混亂影響，但幾乎都還是個謎。儘管認為兩軍曾出手犯下許多禁忌，但這些至今仍舊隱藏在厚重的機密面紗之下。我曾身為環球今日新聞（world today's news）的戰地記者參與過那場戰爭。就跟許多有關那場大戰的同世代人們一樣，我也想知道真相。

我沒有要審判的意思。就單純只是想要知道，當時到底發生了什麼事情。我與贊同我想法的夥伴們想要追求戰爭的真相，而在ＷＴＮ的編輯會議上提案製作紀錄片。

坦白講，在這種不知道該從何處著手的狀態下，就連自己也不知道該怎麼做才好。但好在理解我的上司與夥伴們願意對我伸出援手。

只不過就實際上來講，我們仍然是充滿著不知道該從何處著手的疑問。什麼是戰場的真相？這種事不是會因人而異嗎？各種意見眾說紛紜，讓我們難以決定方針。儘管已有數項機密文件解密，但這些文件不僅無法讓我們深入理解全貌，反倒還帶來了混亂。

當初，我們首先將重點放在較早解密的聯合王國的資料上。一開始先試著調查大戰後半的達卡戰役。這是被視為佯攻作戰，受到許多人談論的南方作戰。

參與這項作戰的聯合王國海軍本國第二戰隊的旗艦胡德號，連同旗下七艘船艦盡數覆沒的事件相當有名。艦隊為什麼會突然遭到殲滅？這其中一定有被視為機密的理由。

我們原本懷疑，帝國被假情報矇騙，所以才將全部的迎擊部隊集中在達卡。也就是假設，為隱藏對帝國發動奇襲作戰，聯合王國將第二戰隊作為祭品犧牲掉了。難道不是為了隱瞞這項事實才列為機密嗎？

我們想像在戰場上曾有過這樣的陰謀。實際上，這些骯髒事早在擔任戰地記者的時期就略有耳聞，所以我們預想能找到資料作為佐證。但抱持著這種想法迅速閱讀解密資料的我們，預想卻一口氣遭到打亂。

「聯合王國海軍最糟的一天，是由××××××××所引起的。」

儘管只有解密這一句話，但軍方相關人士卻全都守口如瓶，拒絕回應。

就在這個時候，認識的戰史相關人士帶來一個有意思的消息，這或許就是緣分吧。他暗示我，只要仔細分析戰場上的謠言，就能夠發現真相。

所謂××××××××××× 這十一個字的暗號，皆有在許多戰線上發現到。根據他的說法，這或許是高級將官或是間諜的暗號。我們將這個 ××××××××××× 與塔羅牌連結起來，命名為「第十一號女神」開始調查。

調查的結果十分驚人。「第十一號女神」在帝國所有的大規模戰鬥當中，可說是幾乎都有出現。最早獲得確認的，是在大戰的兩年前。在國境紛爭地區遭到某國的情報部確認。之後我們就假設，這個暗號所指的該不會是情報官或是幹員吧？

然而，我們卻注意到一件奇妙的事情。一部分有過前線經歷的人，對我們取的「第十一號女神」這個名稱有著敏感反應。表示「這是我聽過最惡劣的笑話」。

我們該不會因為偶然都有十一個×字，所以把複數事物當成同一個呢？一想到這，我們就盡可能透過文字脈絡與地區，從資料中找出合理性最高的「×××××××××××」試著統計。

然後，發現到充斥著最多 ××××××××××× 這個暗號的戰場。

萊茵空戰（又稱為大戰的關鍵戰役）。在作為最激烈的戰區，以「天空三分血七分」之名受人恐懼的萊茵絕對防空區所展開的魔導、航空戰。

碰巧，我與同僚克雷格是曾身為ＷＴＮ派遣的戰地記者，見證過萊茵空戰的現場證人。想必任誰都曾聽過諸如「惡魔棲息的萊茵」、「Named 墳場」、「連銀都會生鏽的戰場」等，在和平世界裡無謂誇張且超乎現實的稱呼，但我可以斷言。這些全是事實。我可以根據經驗斷言，在那個戰場上，有著貨真價實的惡魔存在。

打個比方，假設有個跟我們在酒館意氣相投個性不錯的魔導師。在短短六小時後，就算我們出席變成肉渣的該名魔導師的葬禮，也沒什麼好奇怪的。至少我就曾經歷過三次。

「在那裡，人類會變得不再是人。」與我交好的一位航空魔導軍官在戰死前說出的這句話，我至今仍能伴隨著栩栩如生的感觸回想起來。那裡是聚集著人類瘋狂的戰場。

萊茵戰的各種報告書，直到現在都還覆蓋著厚重的機密面紗。這當中恐怕有許多事態，是受到這血腥世界的異常狀況所引起的吧。

而且，在這場萊茵空戰當中，「第十一號女神」展現出了絕對的存在感。這讓我們突然感到了興趣。儘管早知道會失敗，但還是向當時的帝國軍相關人士訪問調查的結果，只是讓我們知道 NEED TO KNOW（僅知原則）的障礙比想像中的還要高。曾在參謀本部擔任過勤務的將校僅是語重心長地說了一句話。

他表示，希望能等到無法與他取得聯絡後再公開發表。而當我們想進一步詢問時，他卻早已經失去音訊。此後，至今我們仍將無法與他取得聯絡的事寫在備註上。

他要求匿名所說出的一句話，這邊就根據與他的約定寫下。

「V600」。

我們持續追逐著這個謎題。為了得知在那個瘋狂的時代，究竟發生了什麼事情。

（本文：安德魯WTN特派記者）

克琉格魯街3號　澤魯卡餐廳

軍大學的教育課程，本來會在時間運用上安排得很寬裕。因此一到戰時，就會有許多課程遭到取消，但另一方面，也會將教育內容切換到更加適合實戰的方向。還有部分課程獲得品質改善的好評。畢竟烏卡自己就曾有過，通常要上兩年的課程在被刪減到不滿一年後，內容反而變得更加嚴厲的經驗，所以讓他也不免這麼認為。

曾認為自己的才能絕對不會比同學們拙劣，但在與有如閃耀明星的英才們一同學習後，果然會有種世界是很遼闊的感覺。只不過，自己很幸福。

雙親雖然沒有強迫我邁向軍人之路，但在聽到我成功考上軍官學校時，就像是自己的事情一樣替我高興，而能遇到自己根本配不上的好妻子，是我最大的幸福。

前陣子出生的女兒，也可愛到讓人難以置信的程度。

所以才會有這種念頭吧。或許是成為女兒的父親後，才總算是有那個心，去詢問以前特意不去在意的事情吧。

聖格里高利教堂附近的閑靜餐廳。就跟事前問到的一樣，裡頭看得到將步槍與演算寶珠胡亂丟在餐桌上，正在點午餐的年幼少女身影。據消息來源的憲兵隊友人表示，她星期天總是會在這裡用餐的樣子。

據他的說法，教會附近能允許客人武裝進入的餐廳就只有這一間。

「烏卡上尉，真難得在這裡遇見你。」

等回過神來後，提古雷查夫中尉就經由服務生的視線察覺到我的存在，端正地向我敬禮。我一邊答禮，一邊朝她的座位走去，在適當地跟服務生點完餐後，遞給他小費要他暫時不要靠近。

「不是偶然，因為我聽說妳總是會在這裡。現在方便嗎？」

這不是能在人來人往的地方輕易說出口的話題。

「當然方便。請坐。」

勸我坐下的她，身上的軍服看起來十分搭襯，毫無矯揉造作的感覺。老實講，提古雷查夫中尉要是穿著便服，自己可能會找不到她吧。她就是如此地適合穿軍服。她是比起十一歲的年齡，更適合中尉這個官階的軍人。

就連私人物品，也除了公發品外，看不到值得一提的東西。硬要說的話，就是攤在桌面上的報紙，以及用來在報紙上添註的倫迪尼姆時報與WTN的特刊吧。雖然不是沒想過，不過話說回來，軍大學的語言教育很推薦學生學習鄰國的語言。

中立國的倫迪尼姆時報以及WTN等，算是能普遍取得的優良教材。但這應該也算不上是私人物品。

「上尉平常都會來這用餐嗎？」

她停止在報紙上添註，望來的眼神或許沒有那個意圖，也讓我脊背發寒。如此嬌小的她，同時也是帝國軍魔導師當中屈指可數，引以為傲的Ace of Aces。不過身為一名父親，我無論如何都無法克制住想要詢問她的衝動。

「提古雷查夫，不好意思想請問妳，為什麼要志願從軍？」

「……咦？」

該怎麼問好呢？腦袋裡頭儘管千頭萬緒，但要是說得太婉轉就沒有意義。煩惱到最後，脫口而出的是單刀直入的疑問。這話問得太過簡單，甚至讓她難以理解我質問的意圖。

真沒想到，居然能看到那個提古雷查夫中尉臉上浮現問號的模樣。就算是人稱鐵面人的她，似乎也是有表情的。還以為她缺乏情感表現，但看來還是有著人性的一面。儘管不太謹慎，卻也讓我感到放心。

「對了，我希望妳別把這當成是上尉的提問，而是同學對妳的疑問就好。」

我想聽的不是應付長官疑問的場面話，而是她的真心話。

「既然妳有如此出眾的才華，應該有很多條路可以走吧。為什要特意從軍呢？」

假如單純只是身為魔導師的才能出眾，選項應該不會太多。既然軍方渴望優秀的魔導師，只要具備能作為戰力的才能，他們是不會太介意年齡的。所以像她這麼有才能的人，確實會在年紀輕輕時就遭到軍方徵招也說不定。要是只有這樣，她想必只會被當成一個兵器對待吧。

只不過，就算會被徵招，應該還是會基於年齡而給予延期。然而，她卻純粹憑藉著自身的才智，一路來到軍大學。年僅十一歲，雖說敬陪末座，但也成功當上軍大學榮耀的十二騎士之一。僅憑天生的魔力，或許只能停留在兵器的程度，但要是具備如此才能，不論是當技術人員還是研究者，應該有許多選擇才對。實際上，帝國大學也接受跳級生，對於資優的學生不僅免除學費，甚至還會給予獎學金。所能選擇的出路應該是要多少有多少。

「……我的父親生前是名軍人。」

「生前……抱歉，失禮了。」

一聽到生前，我就立刻明白了。這不是什麼罕見的事，畢竟帝國軍人總是與死為鄰。不論是誰，都隨時有可能死亡。

這些死掉的人有著各自的家庭，也有著被他們遺留下來的家人。

「請不要在意。這在現在也不是什麼罕見的事。」

只不過，提古雷查夫就像毫不介意似的露出笑容。一副早就習慣的態度。但是她才小小年紀就已經明白這種道理，讓我深深覺得這是場悲劇。她是為了復仇才從軍的嗎？

「身為孤兒的我沒有其他路好走。孤兒沒什麼選擇的權利。」

然而她的答覆卻超乎我的想像，是截然不同的答案。

「可是，既然妳有能力考上軍官學校，不是也能選擇接受高等教育嗎？」

畢竟她有著小小年紀就能突破重重難關來到這裡的頭腦。就我所知，應該有不少社會善心人士，會很樂意援助像她這樣有才能的年輕人。她為什麼會沒有選擇的餘地？

「……上尉，請恕我失禮，上尉的家境應該不錯吧？」

「沒這回事。雖然幸福，但就只是個普通家庭。」

父親身為政府官員算是中堅分子。母親出身於平凡的家庭。不認識什麼值得一提的有權人家。頂多就是祖父曾是海軍軍人，所以很高興我能成為軍人的程度。

然而，提古雷查夫中尉隨後說出的話語，卻讓我受到無法言語的衝擊。

「唉，真是令人羨慕。孤兒可沒有選擇的餘地。只能活過一天是一天。」

她的語氣，就像是回想起那飢腸轆轆的生活一般。儘管沒有說出口，但她渾身散發出來的氣息，再再透露著自身悽慘的際遇。難以想像的沉重氣氛，讓我不自覺地倒在椅背上。回過神來時，已經被壓制了。被她的氛圍。

「……軍人遺族應該能領撫卹金吧。」

「上尉，我是連母親的長相都沒見過的私生子。倘若沒有孤兒院的話，我如今早就曝屍荒野了吧。」

教會附屬的孤兒院。原來是因為這樣啊，我頓時明白了。雖說是不幸的開端，但正因為是教會拯救了她，她才會如此熱忱地前往教會。正因為如此，才會如此真摯的祈禱嗎？

然而，就算是這樣好了。

「只不過，我不知道該怎麼說好，但妳還是小孩子。不應該再繼續當軍人了。」

就算在戰時想要不當軍人是痴人說夢，也不應該捨棄其他道路。軍人這種生物，就本質來講必須要是吃閒飯的。而雖說是吃閒飯，但等到必要時卻不得不死。

讓小孩子做這種工作是一種悲劇。

「……烏卡上尉是在質疑下官的能力嗎？」

然而，等到提古雷查夫面無血色地提出反問時，烏卡上尉才醒悟到自己說了多餘的話。不慎對擁有名譽與榮耀的軍人，說出這種相當於是憐憫的話語。

「我不是在質疑妳的能力！而是覺得像妳這樣的小孩不應該上戰場。」

這聽起來像是在辯解，卻是我的真心話。朝我投以試探眼神的中尉，還只是個孩子，應該要受到保護的年幼少女。不論是誰，都不會想把女兒送上戰場吧。

光是想到要把剛出生的女兒送上戰場，就讓我幾乎發狂。她那賭上性命為帝國捐軀的父親，也肯定不希望她這麼做。同樣身為父親，我可以斷言這絕對沒有錯。

「這是軍務。既然身為軍人，就沒有辦法避免。」

然而她卻坦然地，毫無一絲猶豫地斷然說道。身為軍人。她就如同字面意思的，將這句話具體呈現出來。這不是作為原則的軍人論，而就像是在不知道其他道路之下成為軍人，然後培育出宛如軍人般的自我一樣。

那她的自我究竟在哪裡呢？

「妳是認真的嗎？」

但我還是下意識地，問出這句自己也知道毫無意義的詢問。只不過，她注視而來的眼神，是不想看漏我真正意圖的認真眼眸。如果是在說笑或是說謊，是不可能說得這麼斬釘截鐵吧。

更遑論她是有過充分實戰經驗的人。跟不知道戰場情況的人所說的空泛言論截然不同。有著包覆硝煙與鉛的堅定信念。

「……上尉打從方才起，究竟是怎麼了？」

或許是覺得烏卡的煩悶很可疑吧。保持著禮節，提古雷查夫稍微向眼前的對手發出疑問。這讓烏卡感到非常地無地自容。

「我的小孩出生了。聽說是個女孩。」

「恭喜上尉了。」

雖然她很恭敬地獻上祝賀，但這種依循禮節的對應，甚至讓我感到寂寞。有種她與其說是基於對小孩的愛情，更像是單純對喜事淡然地發表祝賀的感覺。她的視線，就彷彿是在看待與自己無緣的世界。

「一看到妳就讓我忽然想到，自己的女兒會不會也需要上戰場呢。」

她已經相當地敞開心胸了。也覺得從她口中聽到了率直的意見。然而難以克服的認知差異與不對勁的感覺，卻狠狠衝擊著我。

「居然讓正需要人疼愛的小孩上戰場，這個社會究竟是怎麼了？妳不這麼覺得嗎？」

我也不清楚自己到底想說些什麼。就只是將湧上心頭的情感，如實地用言語表達出來。

我感受到她注視而來的視線就像是想看穿什麼似的。老實講，就連我也沒想到自己會失控到這種程度。但既然話已說出口，就沒辦法再逃避了。最後，正在觀察我模樣的提古雷查夫中尉，就宛如宣告神諭的巫女般緩緩開口。

「……上尉，你是個有常識的人。我勸你現在就退役吧。」

彷彿立場顛倒的話語。

「還以為妳要說什麼。在這個需要我們收拾善後，不讓戰火延燒到下一個世代的時刻，叫我退場也太過分了吧。」

「你是在知道戰場後還保有良知的人類。你如果退役，將能成為一股力量。」

你應該這麼做才對。蘊含著這種言外之意，她握緊放在餐桌上的小手極力地主張——你應該要退役。

「我是軍人。除了軍人外，什麼也不是。」

「不，上尉。你還保有理性。就讓我以同學的身分厚著臉皮建議你，至少在這瘋狂的舞台揭開序幕前退到後方吧。」

「這種事是不被允許的。」

這可是戰爭。能悠閒待在辦公桌前工作的情況已經結束了。而且我也沒辦法拋下夥伴、拋下同梯、拋下戰友，自己一個人恬不知恥地離開。朋友啊，我曾經發誓要與你們並肩作戰。絕對不能就這樣離去。

「上尉，活著也是場戰鬥。這也是為了不讓令嬡被送上戰場。」

「……我會考慮的。」

但我卻沒辦法反駁她。儘管感到抗拒，卻說不出更多的話語。我被十一歲小孩的氣勢壓倒。無言以對。

「時間不多了，請盡早下定決心。」

「妳說話就跟參謀一樣啊。」

「因為我只接受過這種教育。」

看來我真的是心無餘力了。居然要求軍大學的學生講話不要像個參謀，這根本毫無意義。畢竟我們受的教育，就是要我們成為這種高級參謀或幕僚。

這倒不如說是讚美。以話語的使用方式來講，沒有比這還要錯誤的用法吧。就連自己也能隱約注意到，自己感到相當地動搖。

「……原來如此。確實就跟妳說的一樣。」

確實就跟妳說的一樣——我也只能夠這麼說了。我這個人的詞彙還真是貧乏啊。

「啊，午餐似乎是送來了。一起用餐吧。」

「……嗯，就這麼辦吧。」

中午遇到的烏卡上尉，看來是因為小孩出生所以精神錯亂的樣子。嗯，我同意成為父母會誘發心理學變化的學說。

總之，這樣烏卡上尉也就從軍大學的升官道路上脫落了。主張要趁對方在精神上毫無防備時說服他的法西斯主義者，肯定是惡魔般的天才。這樣他就會因為希望擔任後方勤務而導致評價下降，烏卡上尉應該不會不知趣地提出抗議吧。如此一來，我也能在軍大學的百人之中，確定獲得前十二名的名次。拜這所賜，雖說僅限於我這一代，但也能冠上馮之名，成為參謀將校了。

畢竟難得獲得軍大學的經歷。要是名次太高，事後應該會有很多麻煩事，但要是太低也很難自由行事。就這點來講，如果能姑且取得優等評價，獲得軍方榮耀的軍大學騎士的稱號，就不算太壞。不過還是得看學習的成果和與教官們的關係。

想到自己被懷疑稍微缺乏積極的奮戰精神，這個名次應該算是妥當吧。雖然之後得再多展現一點積極的態度就是了。畢竟自己一直都很倒楣，必須得再多注意一點。

算了，今天就先這樣了。方才的午餐，是靠三寸不爛之舌攏絡成功的烏卡上尉幫忙代墊。晚上則是要被參謀本部招待，不曉得餐點會是什麼呢。雖然不到海軍的程度，但聽說參謀本部的餐廳品質也不錯。真是教人期待。

參謀本部第一（陸軍）晚餐室

解說

【馮（Von）】放在貴族名字之中的修飾。近代以後的新授爵人員（準貴族），會在本來的姓名當中冠上馮自稱。意思相當於英文的「Sir」或法文的「Du」。

正當某軍大學的同期學生，在市區的餐廳裡談論彼此的經歷時，參謀本部的第一晚餐室，也同樣在用餐的同時進行對話。

只不過，這邊是受到排場與傳統束縛的餐會就是了。

過去，帝國陸軍在參謀本部內部蓋了一間豪華的晚餐室。這間豪華的晚餐室，不僅遭到士兵們抱怨極為浪費，將校們也不太方便使用，所以評價並不怎麼好。但由於海軍的一句話，讓輿論徹底逆轉。所謂「陸軍就連晚餐室也很多餘」。

對於嘲笑這件事的海軍，陸軍則是提議刪減戰艦的多餘設備反擊。

所謂「真搞不懂開旅館打仗的傢伙們在想什麼」。

因此，陸軍如今是團結一致，把對晚餐室的一切批評視為背叛行為。此後，就為了展現出陸軍有在活用晚餐室的情況，陸軍的相關會議經常到晚餐室以餐會的形式舉辦。收到要在這間豪華房間裡進行午餐會議的通知時，正好與雷魯根中校剛結束北方與西方這兩邊戰線的視察，把包包放在作戰課的辦公桌上時幾乎是同一時間。不過這種事雷魯根中校也早就習慣了。

但問題就在於餐會的議題。

「我反對。我堅決反對這件事。」

在打開信件的瞬間，雷魯根中校忍不住瞪大了眼。這種事他是絕對無法接受的。光想著這件事，讓他在上午幾乎沒辦法好好工作。完全沒動眼前陳列的食物，在與會高官之中，雷魯根中校獨自一人展開激烈的反對論戰。

「雷魯根中校，我尊重貴官的意見，但你得先排除主觀因素。」

只不過，擔任直屬上司的作戰局副參謀長盧提魯德夫准將，很不幸地並不支持雷魯根中校的意見。畢竟這對他來說，可是期盼已久的戰術改善方案。他恐怕是不會輕言放手吧。但這看在從戰場視察回來的雷魯根中校眼中，實在是太過危險了。

「絕對不能讓她指揮快速反應大隊。按照她的個性，可是會直到全滅為止，都不會停止前進啊。這是在白白消耗魔導師的行為！」

提古雷查夫中尉會在軍大學畢業的同時晉升為上尉。這儘管令他害怕，但如果是這種程度，倒也還有辦法修正。認為技術研究所或教導隊應該還有位置安排給她而掉以輕心了。沒想到，上頭居然想在提古雷查夫上尉的指揮下編制實驗部隊！

喔，神呀！這根本就是場惡夢。她太過危險了。那個戰爭論可是她的看家本領。

「雖然貴官如此主張過好幾次，但軍大學的教官們，可以給予她重視士兵的評價喔。」

確實是有部分軍官學校的教官支持雷魯根的見解，表示「她太過好戰」。

但軍大學的教官們卻有不同的意見。她就連在參謀旅行這種極限狀態下，也會重視士兵，避免損耗。這可不是靠表面工夫就能做到的事——這是他們的結論。在成員皆是軍大學畢業生的參謀本部裡，這個意見具有決定性的重量。

所謂「戰鬥慾旺盛。儘管如此，卻同時保有避免損害的正常感覺」。總之，他們將這視為是優秀的資質。

「你是不是太過於被成見束縛了？」

「……您難道沒看到她在軍官學校時代的報告嗎？」

他不死心地提出調查到的她的負面評價。但雷魯根自己也是軍大學畢業的參謀，連想也不用想就十分清楚長官們會以哪邊的判斷為重。所謂軍人這種生物，會更加尊重自己人的判斷。

「就當作最後她也在教育之下獲得成長吧。軍大學說她沒有問題。」

要是有在軍大學惹出問題，評價或許會完全相反吧。但在軍大學獲得優等評價，獲選成為騎士的她毫無瑕疵。

「她的行動與其說是教育的成果，更該說是本性啊！不能把大隊交給她！」

但至少也必須要提出反對意見。就算這會讓自己身為高階軍官的經歷受到傷害，也不應該逃避身為軍人的義務。要是把大隊交給她，大隊很可能會在與敵人交戰前先被她殺死。這是身為軍人絕對無法容許的事情。

「最主要還是她還太年輕，階級也不符合條件！」

「提古雷查夫中尉已經決定要晉升為上尉了。比起中隊指揮官，她是更應該擔任大隊指揮官的人才。」

「帝國沒有那個餘力讓能幹的軍人閒置。這貴官也知道吧。」

只不過，上頭已經決定好方針。聽到盧提魯德夫准將訓誡他的聲音，雷魯根中校不得不明白這一點。這是為了改善快速反應能力，解決這個當務之急的問題。就算多少有些問題，上頭也肯定會睜一隻眼閉一隻眼。

「既然如此，就該讓她回教導隊，或是擔任技術研究人員。她還是小孩子。您難道不知道，小孩子的天真有多麼殘酷嗎？」

他試著提出其他方案。參謀本部在傳統上很歡迎議論。因為他們相信，多方面的觀點能減少事情的瑕疵。

「雷魯根中校，我會傾聽貴官的意見。但這件事已經決定好了。」

「這是參謀本部的決定。我相信貴官也知道這所代表的意思。」

反過來說，只要是透過議論決定的事情，就不允許再有異議。推薦進行徹底的辯論，但只要決定好方針，就要求全體一致團結毫不拖延地執行下去。要是沒辦法做到這一點，就只會被驅離參謀本部。

「……呃，下官失禮了。」

已是實質決定好的事嗎——雷魯根中校垂頭喪氣。從來沒想過參謀飾繩會有一天看起來如此可恨，但他還是克制住了。不對，本來的話，根本不可能頂撞中央到這種地步。儘管如此，他仍然是非常不安。

「很好。那就照預定，讓提古雷查夫上尉編制新的大隊吧。」

「等編制完成後，立刻準備讓她晉升少校與擔任大隊長的任命書吧。」

「以上。接著討論下一個議題。」

……這樣真的好嗎？

這是對勤務兵放在眼前，盛在盤子上頭的料理，譚雅率直的印象。

「百聞不如一見。」

譚雅知道這是名叫屠宰肉拼盤（Schlachtplatte）的料理。屠宰肉拼盤她並不討厭，而且還是在戰地難以吃到的燉煮料理。這種將在戰壕生活中原本就容易缺乏的維生素C，經由加熱處理浪費掉的奢侈料理，就只有在後方才吃得到吧。

考慮到前線歸來的人也會來這間餐廳吃飯，所以在菜單裡放入只有後方才能吃到的料理，算是個不錯的主意。要說理由的話，就是用跟前線相同的食材費安排餐點，表示後方並沒有亂來的周全顧慮。

到這裡都還很好。到這裡。

問題就在這與其說是酸，倒不如只有鹹味的調味，以及煮得半生不熟的豬肉。這要不是還有馬鈴薯，根本就只能拿去倒掉的搭配，讓她驚訝不已。

況且主食的麵包還是戰時麵包。這似乎是要兼作為普及宣傳，但講明白點，海軍的黑麥麵包還比較營養豐富且美味吧。如果要她說的話，真想拜託他們別勉強把小麥粉與馬鈴薯混在一起做麵包，正常地分開來做料理吧。

要是去海軍的餐廳，肯定能在相同預算下吃到更好吃的東西。

理由很簡單。雖然陸軍方面想必是撕裂嘴巴也不會洩漏半句，但晚餐室的設備用掉了太多經費，結果必須不斷拿部分伙食費去填補折舊費用，已近乎是公開的祕密。外加上跟海軍不同，就算吃粗食也無所謂的風氣，似乎也無法刺激廚師們的創作慾望。還不只是如此，伙房人員的頻繁替換，也讓他們在技術上完全應付不過來。

就連戰時麵包，也是因為是最便宜外加上沒人想吃，所以才有辦法端上餐桌的麵包。在參謀本部的陸軍餐廳吃的食物，別說是海軍自豪的上級軍官休息室，甚至比他們下級軍官休息室的食物還難吃。就算撕裂嘴巴，也不願意承認海軍浪費預算的指責，真是讓人對陸軍的頑固意志感到

解說

【戰時麵包】 德國引以為傲的新型麵包。別名鐵絲網、乾燥蔬菜、「K-Brot」即「Kriegsbrot」（也就是「K麵包」），是難吃程度無人能及的戰備糧食成員的一員。在小麥粉中混入馬鈴薯粉讓體積增加的麵包，是既健康又健全的食品，但遺憾的是，就只有味道糟糕透頂。帝國不缺馬鈴薯，所以提供給各軍充裕的K麵包。

目瞪口呆。老實講，這可以跟聯合王國競爭飲食的世界最低水準吧。不對，肉餡羊肚的水準說不定還比較高呢。

這絕對不是會讓人主動跑去吃的味道。

「……味道如何，上尉？這可是參謀本部的招牌菜喔。」

沒錯，主動。反過來說，這要是參謀本部人事局的柯德上校與戰務局的傑圖亞准將招待的料理，就是不得不吃了。也由不得人說不吃。

「是的，若要下官據實以報，就是讓下官回想起常在戰場的心情的出色料理。下官實在是佩服不已。」

「哈哈哈哈，這真是漂亮的回答啊，傑圖亞閣下。」

正因為如此，面對傑圖亞准將的問題，譚雅不得不保持禮節地說出自己的真心話。就算要人耐得起粗食，這種食物也未免太過分了吧？

或許是相當中意自己的答覆吧。開懷大笑起來的柯德上校，開始碎碎唸起：「乾脆就取名為常在戰場的餐廳吧……」

「妳的心態可嘉，上尉。不過不需要客氣。」

「不，我已經吃飽了。請不用太在意我。」

實際上，既使是他們也不是自己喜歡吃這種食物的樣子，

「是這樣嗎？妳還在發育，吃太少不好喔。」

「是的，下官的食量很小。我會努力讓自己多吃一點的。」

基於立場不得不利用參謀本部的餐廳……而且還被陸軍方面持續強迫利用的傑圖亞准將，大概會對每位新任的參謀提出相同的詢問吧。譚雅認為這就跟大學裡會有部分教授喜歡稍微惡整學生是一樣的情況。

不過這種情況也只到用完餐為止。

就在柯德上校驅離前來收盤子的勤務兵，要他在送上咖啡後暫時不要靠近後，隨即進入了正式主題。

「那就進入主題吧。啊，雖然遲了點，不過恭喜晉升，提古雷查夫上尉。」

她在軍大學畢業的同時，收到晉升上尉的任命書。核准這道命令的不是別人，正是人事局的柯德上校自己。這還真是相當做作的祝賀詞。

「感謝您的祝賀，上校。」

身高不夠，硬是坐在高椅子上才勉強搆得到餐桌的譚雅，就算挺直背脊，也仍舊是不得不抬頭仰望著對方。儘管如此，譚雅還是按照將校應有作為的刻板印象，以爽朗的聲音答謝。

至少在軍隊這種龐大組織裡，模範值得效仿。

實際上，首次見面的人事部上校也朝她露出滿臉親切笑容。雖然只是擺出對方也應該要這麼做的態度，但禮節並不是無意義的行為。至少在交涉時，將有可能是逮住對手破綻的工具。

有別於內心的漠不關心，發出宏亮的聲音。早已經收到晉升的任命書了。

如今，不需要故作恭賀的上校說也早就知道了。包括接下來的主題才是重點這件事。

「請妳過來不只是因為晉升一事，還要討論貴官的分配單位。」

沒錯。就是軍大學的畢業出路。軍大學畢業生的人事，不是由教育總監負責，而是掌握在參謀本部手中。

人事權是由這群擁有強烈同伴意識的少數人負責管轄。想當然，倘若惹到他們不高興，可不會有什麼好下場。但這話反過來說，也是真理吧。

「我想盡可能參考妳的意見。」

「感謝。」

柯德上校所謂的參考，總之就是我會假裝聽一下的訊息。只要是人事部的人，不論是誰都至少有過越級命令的經驗，這種事並不罕見。

但不論人事部的人表現得多友好，都千萬不能夠大意。倒不如說，我十分清楚他們是活在場面話世界裡的人種。正因為如此，場面話就要以場面話來對應。

「不過下官是軍人。只要有命令，不論怎樣的單位我都會虛心接受。」

睜眼說瞎話的答覆。說不論怎樣的單位都會虛心接受，在大多情況下都比隨便打草驚蛇來得好。當然，得小心別讓自己抽到下下籤。

「很好。送到貴官這邊來的是這些文件。」

隨後上校就像是很滿意一般，細心地拿出一疊人員申請書，交到我手中。全是來自第一線的部隊。而且都迫切需要魔導師與軍官的樣子。雖然看起來也不是沒有正在後方重新編制的部隊。

姑且算是有很多單位想要我的樣子……假設我要是說錯什麼話，肯定會毫無選擇餘地，被丟到最嚴酷的地方吧。

「對了，參謀本部也提出了一張。」

最後交出來的文件，單純是參謀本部希望我前往參謀本部的配屬希望書。

「考慮到貴官的功勳，人事部不會強制妳的選擇。妳就選自己喜歡的單位吧。」

「能選擇的單位實在太多了。真不知道該怎麼選才好。」

不過，實際上根本沒得選。掌握人事權的參謀本部，只是想讓我知道究竟有多少單位要我吧，這也就算了。

但是，擁有決定權的參謀本部都叫人去他們那裡了，哪裡還會有笨蛋不聽從啊？這是不可能拒絕的。

「也是呢。」

上校在深思熟慮後催促著我，這雖說是故作姿態，但他卻像是真摯地對煩惱出路的年輕人給予建言般，營造出這種人物形象。真是名傑出的演員。不過早在他配合自己這邊的蹩腳演技演出時，這就已經是齣看得到結局的三流戲曲了。

「不過，不論哪個時代，都沒有輕鬆的工作喔。」

「是的。」

保持挺直背脊的姿勢答話。看來對方也挺忙，似乎沒太多時間配合我的蹩腳演技。

「我不清楚參謀本部想任命妳做什麼，但就先祝妳幸運了。」

「感激不盡，上校。」

祝我幸運，這是種私人的表現。總之，就是向我傳達個人善意的訊息。對方似乎握有什麼會對我有很高評價的要素。

也就是說，最初的「不清楚要任命我做什麼」這句話是謊話，應該認為他已經知道才對。你究竟知道些什麼？想詢問此事的譚雅，無意識地像個小孩般，微微地偏著腦袋。

對於她的詢問眼神，自以為明白的上校點點頭，站起身。

「儘管遺憾沒辦法一起享用點心，但下官就先告辭了。」

「辛苦你了，柯德上校。等會兒見。」

覺得該說的都說完後，柯德上校就連忙離開餐廳。儘管視線追逐著他離去，但傑圖亞准將也同時叫出在一旁待命的副官，開始進入只是交付文件，卻特意把她叫出來的最大主題。

「畢竟是貴官，我們就直接來談實務內容吧。妳會分配到參謀本部底下的單位。雖然不是直屬長官，不過妳就當作這實質上是在我的底下辦事吧。」

「是的。今後請多多指教。」

他事務性地淡然述說著。但即使是從軍多年的傑圖亞准將，也是連作夢也沒有想到，自己居然會有這麼一天，擁有讓十一歲小孩成為自己部下的經驗。

就連被提拔的本人，也一副這正合我意的感覺，讓他懷疑對方是否在適應軍大學生活上，意外地吃了一些苦頭。不過既然有能獲選為騎士的才幹，以及戰場歸來的身分，年齡想必只是個小問題吧。

這個小小上尉的腦袋裡裝著的某種東西，能以經驗讓我們知道，對我們來說，依賴視覺判斷狀況是件多麼愚蠢的事。本來應該要對這種情況感到不對勁吧。在如此年幼的階段就發揮出卓越才能的人太過異常。

她那獨創性的概念，究竟該給予讚賞，還是批判她瘋了呢？

只不過，她能不能作為將校派上用場？傑圖亞准將與參謀本部就只在乎這一點。既然能派上用場，那其他議論就顯得不重要了。

「很好。」

實際上，就連她也對未曾指揮過中隊就需要指揮大隊的情況，絲毫不顯得慌張。根據她的言行來看，恐怕她早就認為自己會立刻擔任大隊指揮吧。

我曾從軍大學的圖書館管理員們那邊聽說，她曾在戰史編撰室中研究過大隊規模的機動。倘若不是對自己的言行有著相當的把握，應該是不會有心思準備到這種程度。這意味著，自己眼前的提古雷查夫上尉，早在授命擔任大隊長之前，就已經是一名大隊長了。

「上尉。參謀本部打算立刻讓貴官負責大隊指揮。」

實際上來講，她會這麼心急也是莫可奈何的事。倘若是魔導大隊，就能兼具某種程度的裁量權與戰鬥能力，是行動相當自由的部隊規模。她似乎認為自己適合在前線作戰，就跟大部分教官所指出的一樣。所謂重視士兵，但極為積極果斷地邁向戰鬥。

如此具有幹勁的野戰將校，還同時是名卓越的魔導軍官。她一定很樂意現在就立刻率領部隊，在最前線發揮本領吧。

「是的，這是下官的榮幸。」

但對傑圖亞而言，還是期待她能成為少數經歷過軍大學教育的魔導軍官，擔任起更加廣泛的職責。因此就某種意思上，他甚至認為這是個好機會。

「很好。不過要交給妳的，將會是新編制的魔導大隊吧。」

「是新編制嗎？」

「這是組織的常態。要整合的麻煩事會很多喔。」

組織部隊，加以訓練，並確立管理系統。倘若沒有經驗老道的老兵支援，這些全都會是極為困難的工作。人儘管能夠創造組織，但組織卻無法創造人。

因此，只要能組織出某種成果，才能算得上是帝國軍真正貴重的中流砥柱。正因為如此，才會以重新編制大隊的功績，強行將大隊交給她指揮。

「然後，妳明天就會收到編制官的任命書了。」

所謂專家的事情就交給專家處理，他將制度上能利用的制度全部利用了。這也是沒辦法的事，想把魔導大隊交給連中隊長經驗都沒有的一介中尉指揮，必須得要運用相當的手段。

比方說，編制官這個職位，原本是負責將傭兵隊編入正規軍，這種幾乎算是中世紀遺物的職務。這不需要有過中隊長經驗，只要是軍官都可以擔任。是為了統一管理僱用的傭兵團，用來統治他們的制度。這雖是在三百多年前使用的制度，但只要沒有廢止，當然就是有效。

既然在文件上有效，就任誰也無法提出異議。說到底，說不定會因為根本不知道編制官這種職務，連想抗議都沒辦法就是了。

「編制官？這似乎是相當古老的職務吧？」

不過她相當優秀。提古雷查夫知道編制官是種古老的職務。想必很快就會知道，這實際上是強行靠制度敷衍過去的做法吧。

實在是相當可靠。這麼優秀的人，倘若要是男性，就算要我把自己的孫女嫁給她也沒問題。由於她太過可靠，甚至幾乎要讓我忘記，眼前的軍人只不過是一名少女。

「要將大隊交給上尉指揮很難。所以我會先利用編制大隊的功勞，強行讓妳晉升少校。」

這本來是不應該說出口的話也說不定。但是面對她，或許老實讓她接納我們是她的夥伴，會讓她把事情幹得更好吧。這是要重新編制一個大隊。該做的事情堆積如山。所以事先讓她知道，戰務局不是她需要警戒的對象會比較有益。

「……可以認為我是實質上的大隊長嗎？」

「全力以赴吧。我保證妳少校與大隊長的位置。」

看來她果然沒忘記自己曾說過想要一個大隊的事情。區區的中尉，竟向准將如此要求。這肯定是懷有超乎尋常的決心與自信才會這麼做。而且，她的這份能力是貨真價實的。

身為魔導師並擁有指揮官器量的稀有人才。就算如此強行運用她會遭到其他部門的抗議，我也早已做好覺悟。

「我能以會遭到周遭人士的反感為前提發表意見嗎？」

最重要的是，她這故作不知向我確認情況的謹慎態度。與其說要以周遭人士的反感為前提，倒不如說早就遭致反感了。就算她透過越級上訴獲得大隊長位置的謠言沒有傳開，如此快速的晉升也十分醒目。但她會把這件事說出口，是想在確實掌握住情況後尋求協助吧。

「說得好像事到如今才在意呢。妳就說吧，有什麼要求嗎？」

「在進行編制時，可以認為是由下官全權負責嗎？」

「沒錯。大隊的人員與裝備，我會盡可能撥發給妳。」

對於她的疑問，我的答案十分明確。當然是任憑她的自由。倘若有必要，我還會舉戰務局的全力提供支援。而就像我讓人事局的柯德上校同席所表示的一樣，人事局也能在某種程度內給予通融。

打從一開始就是這種約定。大隊的人員與裝備都會盡可能給予通融，替她做好安排。

「只要在四十八名以下，就照妳高興地去編制吧。」

而兼作為讓她從零開始編制大隊的賠罪，我稍微出手關切了一下。關切的重點，則是大隊的規模。幫她確保了相當於加強大隊程度的預算。名目是以實驗部隊的例外措施。

「四十八名，是加強大隊嗎？謝准將。」

「讓快速反應大隊具有加強大隊的規模，是當然的處置。因為是新編制的部隊，所以塞了很多預算下去喔。」

快速反應部隊要是太弱還能用嗎？在他如此低語後，負責運用的作戰局就與他連成一氣，表示支持。而理解到傑圖亞意思的盧提魯德夫在背後幫忙，或許也占有很大的因素吧。

但盧提魯德夫准將的判斷，主要還是受到實際利益的觀點影響。比起分散遠處的複數兵力，能集中在手邊運用的大隊會更有價值。就常識來判斷，這是任誰都會舉手贊成的內容。

「不過有個條件，就是只能從西方、北方方面軍以外的部隊裡挑選人才。唯有這一點是無法商量的。」

唯一的條件就是人才的來源。不能從正在擔任最前線的方面軍中擅自帶走精銳。這同時也是運用部門與方面軍的意思，要以未經實戰的人員組成部隊的核心。

就這層意思上來講，這也是讓各方面軍交流經驗的好機會。就連對各方面軍來說，只要能表現得比其他方面軍還要優秀，藉此重新建立管道，就再好也不過了。

這個部隊，肯定能以有形無形的方式成為帝國軍的支柱。

「大隊就配合妳的本業，編制成航空魔導大隊。」

這是當然的事。航空魔導大隊的編制，就等同於是已經發布命令一樣，之後就只是時間的問題。提古雷查夫上尉看起來也像是能理解似的，不發一語。也好，沒有多餘的對話，事情也比較有效率。

「請問是怎樣的指揮系統呢？」

她是會率直發問的人。這裡要是能回答快速反應軍司令部，想必會相當輕鬆，但傑圖亞准將卻只能回以苦笑。

也好，指揮官確實也有必要思考，部隊是在誰的指示下運用。光是會詢問這件事進行分析，就足以給她及格分數了。畢竟這不是找碴，而是純粹的疑問。

「就快速反應部隊的觀點來看，是直屬參謀本部。所準備的編制編號是Ｖ６００。妳有什麼要求嗎？」

「下官沒有特別要求。請照一般事務處理。」

毫無猶豫的答覆。總而言之，就是對編號與虛名不太有興趣。不過還是有顧及到部隊的辨識度與業務需求的必要。

「那就六〇一吧。基本上妳沒有長官。高興吧。是直屬參謀本部喔。」

「……還真是我人生的春天啊。」

「一點也沒錯，簡直是羨煞他人啊。」

俗話說大隊長是最輕鬆的。能身為指揮官站在第一線，又具備某種程度的獨立指揮權。總之就是能邊參與戰爭邊指揮作戰。對於優秀的軍人們來說，這想必是相當輕鬆的立場吧。更遑論是能大幅擺脫煩人規定的參謀本部直屬的大隊長了。

「完成編制的期限是？」

「愈早愈好，不過沒有明確的期限。」

「了解，下官會努力選拔。」

而基地應該會稍微避開鄰近主戰場自顧不暇的北邊與西邊，及容易遭到政治干涉的南邊與東邊，設置在中間地帶吧。就算事務手續是交給下屬處理，也還是能知會她某種程度的推測。

「基地恐怕會是位在東南方的基地吧。」

「了解。」

與主戰場完全相反的位置。也就是說，能有時間盡情地訓練部下，她露出帶有這種含意的微笑。看著抿嘴微笑的提古雷查夫，我稍微想起一些不好的傳聞。也就是所謂她對部下的選拔基準過於嚴苛。

「上尉，我先忠告妳一句，有人批判妳太過於挑選部下了。」

這意味著，她培育部下的才能與能力受到質疑，這將會導致嚴重的負面評價。在軍隊裡，當然不可能自己挑選部下與長官。簡單說就是只能在賦予的條件下，想辦法順利完成任務。

如果辦不到，不論個人的能力再出眾，也是不合格的將校與軍人。頂多作為一匹狼在組織中流離失所遭到孤立吧。畢竟群體能以壓倒性的數量取勝。

「我不是懷疑妳的能力，但這不是什麼好風評。自己留意點。」

「感謝准將的關心。」

但她卻有餘力淡然應付這項指責。真可靠。恐怕早已擬定好某種程度的人員方案了。

「沒什麼，這是妳靠實力獲得的結果。就盡情自豪吧。」

「驕者必敗，所以我想謙虛過活。」

「很好。看這樣子，是沒問題了。」

最重要的是，這個人並沒有對自己的出人頭地與特權感到驕傲。保持自然，就算享受恩惠也不會沉溺，充分完成那份義務。實在是罕見的軍官。不對，或許該說這是貴族的風範吧。所謂的貴族，本來就是基於風範，而不是基於血統。憑的稱號並不是全部。畢竟高貴的姿態與血統毫無關係。

「明天就會送出任命書了。今天可別離開宿舍喔。」

「……效率還真高呢。」

聽起來十分錯愕的口氣。也是，要是昨天的任命書到今天就遭到更換，會想這麼抱怨也是無可厚非。

「這是我少許的歉意。別放在心上。」

「沒這回事，感謝准將。」

「我很期待妳喔，上尉。祝妳武運昌隆。」

我將實驗部隊託付給她。這是項重責大任，但我是真心期盼著她。但願這項實驗措施能夠獲得成果。

「V600。」

這個編制編號，是在紀錄上完全不存在的編號。在戰後公布的部隊資料當中，除幾項被指定為機密的資料外，部隊編號已悉數公開。但V600系統卻是怎樣都遍尋不著。

帝國軍的編制是從中央軍的V000號開始，就算包括各方面軍在內，合計也只到V400多號。考慮到例外案例，就是中央技術研究所所屬的部隊。但在公布的資料當中，也只有V000多號或是V500多號。

部分專家表示，這可能是為維持高度的機密，而例外給予特殊實驗部隊V600的編號。大戰時激烈的技術競爭，讓技術相較於大戰之前獲得了世界級的發展。想要在這場技術競賽中拔得頭籌，無論如何都不能避免高度的機密保全。這難道不是為了保全機密，所以才用其他編號設置部隊嗎？

這項意見確實是很有可能。我們連忙從退役人員當中，找出可能的相關人士製作名單。同時，我們的團隊也開始試著接觸帝國軍技術部的資料。從中顯現出來的結果，指向一名曾隸屬於中央技術研究所的技術人員。

我們隨後獲得機會，能直接訪問這名中央技術研究所的前技術將校。他的名字是阿德海特・馮・修格魯主任工程師。是在大戰中期開發出被譽為傑作的艾連穆姆工廠製九七式「突擊機動」演算寶珠的主任開發人員。

據說擁有虔誠信仰的修格魯先生，每逢星期天都會在上午進行禮拜。多虧先生每週拜訪的教會祭司肯幫忙接洽，才有辦法實現這場會談。所幸儘管會受到嚴格監視，但對方仍舊是答應了我們的訪問。

修格魯先生就如同前述，是名理性的人物。「我很高興能在向上帝祈禱的日子接待遠來的訪客。」這也是神的旨意吧。伴隨著如此低語，他由衷歡迎在安息日午後不請自來的我們。

老實說，我們早有覺悟像先生這種帝國的技術人員，個性一定會很乖僻，這種結果反倒讓我們有點洩氣。此時我們向善良的修格魯先生坦白自己曾經懷疑過他的人格，請求他原諒我們的狹隘氣量。

「這表示你們已經知錯了。凡事只要順從心靈的引導就好。」

在修格魯先生笑著接受謝罪後，我們隨即向他詢問V600編號部隊的事情。然而，就在我們說出V600編號的瞬間，意圖回答的修格魯先生就遭到看似在監視的憲兵制止。這當中必定有鬼。我們如此確信。

只不過，修格魯先生在苦笑著看了憲兵一眼後，說出讓我們意想不到的話語。

「V600這個部隊編號並不存在。不過各位。去翻找紀錄吧。學習歷史對記者來說也很重要吧。」

儘管對先生苦笑說出的話語感到混亂，但我們依舊是做出判斷，V600這個編號不是部隊名，而是指其他事物，並針對這點著手調查。修格魯先生要我們學習歷史的話語成為了關鍵。

彷彿不存在的部隊編號？不對。是真的不存在。直到軍制專家替我們解答疑惑之前，我們就這樣一味地抱頭苦惱將近一個月的時間。

不過國際新聞部的同僚介紹的專家，一眼就看穿我們所犯下的錯誤。

所謂「V×××號本來是編制編號」。

帝國軍根據其軍事制度，是由戰務課編制，作戰課運用。這邊的重點，即是負責編制的部署與負責運用的部署不同。通常運用單位會直接沿用編制單位的編號。

比方說，要是戰務課為補充中央軍的戰力編制了一個V101部隊，作戰課就會將這批部隊作為第101特遣隊運用。但沒有明確決定所屬單位的部隊，就會使用平時不會用到的編號來避免誤會。所以顯而易見的，就算編制編號V600可能存在，第600號部隊也不會存在。

把這兩者混為一談，讓我們自行創造出第600號部隊這個不存在的幽靈部隊。唉，真是丟人現眼。還以為找到真相，結果卻是這副德性。

於是我們決定突發性地到啤酒館取材，寫下報導小組一連整天的啤酒館體驗記事。（不過很遺憾的，上頭並不承認啤酒館的取材經費。）

原來如此，聰明的修格魯先生肯定認為我們在追逐某種奇異的事物。但先生的最大誤算，大概就是誤會我有聰明到能理解他的建言吧。

很好，這樣事情肯定能順利進行了。如此認為的我們，邊煩惱著莫名發疼的腦袋，邊開始翻找起帝國軍參謀本部戰務課所留下的編制資料。接著，我們就輕易發現到找尋的事實。

畢竟在歸檔的檔案裡，編號600的檔案就只有一本。那個檔案夾，就像是要人發現似的放置在那裡。只不過，裡頭是空的。只有留下一張簡潔的字條。

帝國軍參謀本部戰務課通知：

「我們將經常領導著他，經常不捨棄他，經常走向充滿荊棘的道路，經常置身戰場。一切皆是為了勝利。所追求的魔導師，將前往艱難的戰場，領取微薄的報酬，過著槍林彈雨的陰暗生活，承擔難以承擔的危險，無法保證生還。等到生還之際，將能獲得名譽與讚賞。」

參謀本部第六〇一編制委員會

但話說回來，編制編號六〇一究竟被分配到怎樣的部隊編號啊？很遺憾的，資料就只有一張字條。不過對討厭文字修辭的帝國軍來說，這張字條所蘊含的情感可說是異於尋常。

如果有人看過，肯定會留下印象。做出這種判斷的我們，開始調查起當時的帝國軍魔導師。然後才第一位就中獎了。所得到的答覆，相當令人遺憾。

「啊，那個很有名啊。是打造政治宣傳部隊的事吧？那些真心志願跑去報名的傢伙們，回來時都在那邊抱怨連連呢。」

「政治宣傳部隊？」

「對呀，聽說是宣傳部想要一個『展現帝國的正義與高貴的部隊』。」

「那個，就算你說是政治宣傳，但我們手邊並沒有這種資料耶。」

「這是當然。要是把航空魔導師的大部隊拿去做政治宣傳，怎麼可能不引發問題啊？」

「那個，也就是說？」

「聽說是基於作戰課與前線的強烈投訴，編制這件事本身才取消了。這件事應該挺有名的吧。」

不會吧──抱持著這種想法的採訪小組，隨即訪問起數名前帝國軍魔導師。這一半是希望他們能予以否定；一半則是認為他們會回答「對呀，我知道這件事」的自暴自棄。

然而不知道該說是命運弄人還是幸運，事態出現微妙的差異。我們從數名魔導師身上，得到其他有力的證言。

「對呀。我知道這件事。是快速反應軍司令部的構想在妥協失敗之後的產物吧。」

「那政治宣傳部隊呢？」

「啊，那個單純只是謠言吧。我曾聽說過快速反應軍是分配到V600的編號。」

「快速反應軍？」

「是呀，似乎是上頭想要比大陸軍方便細微運用的部隊。不過好像失敗了。」

這是前中央軍的士兵。

「好像是基於方便，把西方方面軍與東部方面軍的聯合部隊叫作Ｖ６００的樣子。」

「……你有聽過快速反應軍或政治宣傳部隊的事情嗎？」

「有啊，那是唬人的消息喔。在戰時是常有的事情。」

「那麼Ｖ６００部隊是怎樣的部隊呢？」

「說明白點，就是將開戰初期戰力消耗的西方方面軍與東部方面軍重新編制。」

「重新編制？」

「沒錯，聽說不是解散，而是為了方便整理所設置的部隊。」

「那其他各種傳聞是？」

「我聽說是諜報上的虛張聲勢。好像是以正在重新編制精銳部隊的消息來嚇阻敵軍。」

這是前北方方面軍的士兵。

除此之外，還有許多從乍聽之下確有可能到接近荒誕無稽的各種傳聞。簡直就是戰場的謠言大集合，讓我們陷入邊捧腹大笑邊抱持迷惘的狀態。愈是深入調查，就愈會從其他方面突然跑出新的傳聞。就算真實不僅只有一個，也該有個限度吧。我們完全陷入五里霧中。

究竟什麼才是對的？首先就來思考這個問題吧。儘管聽到各式各樣的傳聞，但總覺得不太對勁。試著統計後發現，這些傳聞相互有著一致與矛盾的部分。也就是說，毫無疑問有著作為根本的事實，然後謠言才愈傳愈誇張。如果是這樣，那我們就絲毫沒有接觸到真相。

就像這場戰爭一樣。人們經常談論著戰爭，讓世人知道戰爭的慘痛。但這場戰爭的真相，至今仍尚未明朗。

「V600」與「第十一號女神」的渾沌。

這不就像是這場戰爭的本質嗎？

（安德魯WTN特派記者）

參謀本部編制課

這裡是掛著參謀本部戰務局編制課第六〇一編制委員會這個招牌的事務室。設置在參謀本部的角落，負責編制新編部隊的事務室。而這間事務室的主人譚雅・提古雷查夫正面對著這世上不可思議的事件，由衷地抱頭苦惱。

原因是坐在訂製椅子上的她，眼前辦公桌上那堆積如山的申請書。這如果是在招募應屆畢業生，還可以理解會有這麼多的應徵履歷。要是參謀本部這種高薪單位，要設立新單位並公開招募應屆畢業生，就連自己也會考慮參加應徵。

但招募要項應該不是這個才對啊。雖說偶爾會覺得自己的感性與他人有所歧異，但這完全是出乎預料。想說是不是有哪邊弄錯，還特地拿回分發到各方面軍的招募要項，一字一句地仔細確認，不過沒發現任何錯誤。

「我們將經常領導著他，經常不捨棄他，經常走向充滿荊棘的道路，經常置身戰場。一切皆是為了勝利。所追求的魔導師，將前往艱難的戰場，領取微薄的報酬，過著槍林彈雨的陰暗生活，承擔難以承擔的危險，無法保證生還。等到生還之際，將能獲得名譽與讚賞。」

會被經常丟到最前線，就算要撤退也是最後一個離開；就算是不合理的要求，也要打開戰線，不允許投降後退，會經常配置在戰場的宣言；最後還老實表示，戰場是艱難的場所，報酬也很微薄。照道理來講，這樣已過度充分地盡到說明義務。除此之外，甚至還特地註明槍林彈雨的慘烈，以及不能有一絲大意，一旦大意就會立刻喪命。生還之際，姑且是會頒發勳章，但總之就是沒有特別獎賞。

這不論怎麼看，都是「這是前往地獄單程旅行的旅遊指南，由衷感謝您的閱讀」這種等級的招募要項。就常識來想，看到這種亂七八糟的招募要項，應該是不會有人想來應徵才對。譚雅曾如此堅信過。

畢竟，如果是自己，就是百分之百不會應徵。就算是一般的軍人也絕對不會來應徵，這樣就能以志願人數不足為藉口，打著以拖延戰術爭取時間的如意算盤。她甚至反倒佩服起戰務課，居然有膽子在一個星期前，讓她通過這麼亂來的募兵要項。

身為菁英享受各種良好待遇的魔導師，不可能回應這麼亂來的徵才條件。這要說的話，就像是在華爾街與西堤區刊登徵人廣告，上頭寫著「需無薪加班，不適用職災保險，須經常假日出勤，沒有醫療保證。在生意成功之際，將能保證獲得滿足與充實感（成功機率極為渺茫）」。這樣當然是任誰也不會認為，會有經濟專家或是業務交易員會前來應徵。

當她提出嚴苛到這種程度的募兵條件時，就已經預計好能靠募集志願人員消耗掉三個月的時間。但實際上如何呢？端看結果，眼前這堆積如山的文件，全是各方面軍踴躍提出的志願申請書。人員募集至今，才過一個星期。

「……為什麼會這樣？」

獨自一人在辦公桌前抱頭苦惱，伴隨著宛如呻吟的疑問發出嘆息。想說志願應該人數不多，所以就只有在設置事務室時跟戰務局借了點人手，認為其他事情可以獨自處理的譚雅，此時打從心底後悔這個天真的決定。

儘管計畫脫軌也很令人苦惱，但在這之前，這堆文件怎麼看都不是能獨自處理的量。就算自認為擅長文書工作也有限度。但就算想解決人手不足的問題，也沒辦法輕易就找到人手幫忙。

這就某種層面上來看，是戰略的失態。靠耍小聰明的戰術手法，應該很難改善眼前的這種事態。儘管懷疑人們的常識究竟上哪裡去了，但總之只能承認計畫前提有著嚴重的錯誤。沒錯，參謀本部附屬第六〇一編制部隊編制官——譚雅．提古雷查夫魔導上尉，確實在嚴苛的現實面前，品嘗到敗北的滋味。

說到底，參謀本部決定實驗性設置快速反應魔導大隊，並將基於這構想的遠大計畫交付給她這件事，實際上也超乎本人的預料。就譚雅的主觀來看，她就只是在與傑圖亞准將對話時，表明自身的能力與對現況的認知，想藉此不著痕跡地讓對方對她留下印象。但在不知不覺中，卻演變成大人物把大隊託付給她，要她放手做事的情況。

對譚雅來說，她不下數次地想當場大叫「這簡直莫名其妙」。不過就現況來講，她只能邊呢喃說著「身為軍人，能肩負起這個責任，是下官無上的喜悅」這些空泛的詞彙，邊在心底難以理解地感到納悶。

軍方的官僚機構願意成為她強力的後盾，這是多麼難以置信的大方態度啊。簡直就像是看到難以置信的事物般讓人驚訝。這事詭異到讓她有股衝動，想拿步槍打爆某人的腦袋，看看這是不是現實。

畢竟，這雖說只是在編制部隊時，用來無視軍隊垂直管理體制的名目，但也擁有絕大多數的自主權。而且編制的規模是加強大隊。就連截止日期也是任她高興。

就在她如此抱頭苦惱提出反問時，視野不經意捕捉到擺在眼前的桌上電話，然後想起因為太忙而遭到徹底遺忘的副官人事。對了，我應該有副官吧。總算是想起這個事實的譚雅，就在腦海中閃過或許能把副官當祕書使喚的念頭後，瞬間拿起話筒。

「副官、副官！」

自從在參謀本部的角落設置辦公室以來，已經過了一個星期。總算是想起副官存在的譚雅，立刻拿起話筒呼叫副官。此時譚雅滿腦子都在想，有必要招集事務人員來消化掉這堆積如山的文件。如果可以，最好能有一打不會放過任何瑕疵，凡事吹毛求疵的憲兵將校幫忙，並盡可能現在就要。

「是的，上尉。請問有何吩咐？」

嗯？似曾耳聞的年輕女性聲音？

雖然在意，不過以叫人優先的譚雅腦子裡，煩惱的全是那堆積如山的文件。對於允許入內的詢問，她也只是虛應一聲，臉完全沒從文件堆中抬起。儘管如此，但這終究還是對方到任以來第一次見面。還是得見個面吧……就在她抱著這種想法，把臉從文件堆中抬起的瞬間，就被那張懷念的面容嚇得就像是隻被槍打中的鴿子，表情瞬間僵住。

「真是好久不見了，提古雷查夫上尉。維多利亞·伊娃諾娃·謝列布里亞科夫，即刻起前來報到。」

眼前活潑地伴隨著端正敬禮來到的人，是譚雅首次擁有的部下。一邊答禮，一邊看向她肩上的階級章，是少尉階級。這樣看來，她是修完初期的速成將校課程，獲得晉升了吧。等想到這，譚雅才總算是把舉起答禮的手臂放下。

「好久不見，謝列布里亞科夫少尉。啊，雖然有點晚了，但恭喜晉升。」

「謝謝上尉。」

在意外的地方遇到意外的人，讓她有點吃驚。

「貴官就是我的副官嗎？」

「是的。」

原來如此，看來高層相當用心啊。讓同性擔任副官，這種配置意外體貼。就算不打算讓部下幫忙辦私事，但女性副官也比較方便辦事吧——高層會有這種奇怪的顧慮也是無可厚非。

而且，本來只有期望副官別是個無能，但沒想到居然會是她，這對譚雅來說是個喜出望外的誤算。副官如果是能幹又值得信賴的部下，工作確實是能比較順利。幸虧她很能幹，這樣就能一直把她當作祕書與副官使喚。

「那麼少尉，不好意思，麻煩去幫我跟衛兵司令借幾名憲兵過來。」

老實講，還真想要一個能直通憲兵辦公室的電話線路，但不知道為什麼，個人辦公室裡頭沒有能從陸軍參謀本部打到外部的電話。這是基於保密吧，只能辛苦一點了。這樣也好，我也嫌放入電話總機麻煩。

「了解。請問上尉，要跟憲兵司令部借幾名人手呢？」

「只要手頭上有空的人就好。不過記得跟他們講，如果可以的話我想借十二名。」

「了解。那我這就去借。」

看她辦事這麼牢靠，讓我微微笑起。儘管大量等待處理的工作令人厭煩，但有個派得上用場的部下，也能大幅減輕身上的負擔。只不過，這也是等人手到齊之後的事。不管怎麼說，現在最需要的，就是處理志願人數太多的問題。

深呼吸鼓起幹勁，在重新審視申請名單後，發現裡頭不知道為什麼還混著西方、北方軍的申請人……記得是說志願人員要從沒有擔任最前線的方面軍中選拔吧。算了，這大概是事務處理上的失誤，畢竟有這麼多志願人員要花工夫確認。一想到這，譚雅靈機一動想到的解決方案，就是重新進行選拔的必要性。

以事務性的官僚手續，宣布所有文件無效，然後再次舉辦公開招募的計畫。

「很好，就趕快去准將閣下那邊吧。」

只要抗議事務手續有太多錯誤，就能爭取到不少時間，我打著這種如意算盤。只不過，就在站起來的瞬間，我就覺得有必要重新審視自己這淺薄的主意。

等等、等等，我會不會想得太簡單了？

本來預期這場募兵會募集不滿志願人數。認為這種盡早戰力化的要求，以及要兼顧質量不得不仔細挑選的狀況，應該很方便拖延時間才對。但現實卻是來了大量的志願人員。所以容易遭人認為是在堆積如山的申請書面前，白白浪費時間、毫無作為的提案，十分危險。

倒不如說，就現況來講應該要盡早編制部隊，盡可能延長訓練時間，打造出厚實的人肉盾牌才是聰明做法。譚雅決定改變主意。為了自身安全，最好多留一點時間鍛鍊能成為盾牌的部下。西方與北方的文件就當作沒看到吧。這是所謂嚴正審查的結果，這次就當作運氣好放你們一馬。反正這些志願人員肯定是被迫志願的。既然這個部隊鐵定會被派去他們不想去的激戰地區，其實都很希望自己落選吧。也就是說，最好不要讓他們合格。這麼做也絕對是在幫我積陰德。

既然如此，倒不如活用有著大量應徵人員的情況。在今後提高選拔門檻，來打造出最傑出的部隊。這樣就一定能確保質量，同時也能在編制上耗費時間。運氣好，就能花費大量的時間在編制上；就算運氣再糟，能通過這場選拔的部下，也肯定能成為盾牌，所以也沒有壞處。豈止是沒有壞處，甚至可以說是非常之好。

對了。事已至此，應該要切換觀念，想辦法讓損害最小化。避免做出像協和式客機那樣愚蠢的決定過程。

所謂讓損害最小化，就是讓損失降到最低限度。也就是說，應該要避免打草驚蛇。只要能做到這點，就完全沒問題了。就讓我以別說是惡鬼，就連鬼神看到都會拔腿就跑的亂來基準進行選拔吧。

人在被稍微逼急後的想法，頂多就只有這種程度。

帝國軍參謀本部附屬機關第七會客室

「艾莎．修貝魯茲中尉即刻起前來報到。」

「克萊恩．巴魯哈姆中尉，同樣前來報到。」

在招集下從東部軍趕來首都的兩名年輕中尉。他們出現在首都郊外的第六〇一編制委員會基地時，正好是規定的十一點。為了組成最精銳的魔導部隊。在長官要求志願人員報名後，基於義務感與功名心志願應徵的兩人，意氣洋洋地報上官階與姓名。

「辛苦了。我是參謀本部第六〇一編制委員會委員長，格里高利．馮．特納上校。」

接受報名的是格里高利上校。隔著正面的辦公桌，就像是要看穿他們底細地凝視而來，那股讓人聯想到歷戰老兵的壓迫感，令兩人挺直了背脊。

對於在凝視下立正站好的兩人，上校就像是了解什麼似的點點頭。

「兩位有收到本日預定行程的通知了吧，不過行程臨時變更了。」

就連在軍官學校，也經常遇到預定或目標臨時變更的情況。

這肯定是在要求他們的靈活反應能力。如此判斷的兩人，隨即集中全副神經，仔細聽著上校的每一句話。

「原定要在今日1400前到第七演習場集合的通知取消。兩位要從即刻起，立即前往第六航空戰隊司令部報告。」

即刻起——恐怕關鍵就在這個「即刻起」上。這肯定是在考驗他們，對於緊急命令的對應能力吧。

「……此外，不用我說，你們要在這場選拔過程中盡到保密義務。」

然後是選拔過程中的保密義務。果然如此。如此心想的兩人，隨即思考起保密手段，修正原定計畫。市區就原則上是禁止飛行。應該能使用一般的交通手段。但基本上還是用軍方的車輛。而且最好盡可能使用憲兵或司令部的車輛。

「當兩位的保密能力遭到懷疑時，就會即刻給予遣返回原隊的處分。請自行注意。」

「是的。」

在聽完這些不言自明的注意事項後，迅速走出房間的兩人隨即討論起來。

「第六航空戰隊司令部？不好意思，妳知道所在位置嗎？」

「當然，這沒有問題。我記得是位在奧格斯堡空軍基地的部隊。」

對巴魯哈姆中尉來說這是陌生的戰隊司令部。不過好在修貝魯茲中尉記得十分清楚。是位在帝都郊外的奧格斯堡空軍基地。記得是擁立運輸部隊，並能對應大規模運輸任務的戰隊。因為是精銳部隊，所以也很注重與空軍的合作吧。考慮到保密，確實是位在郊外的基地比較適合。

「這樣一來，就是在郊外嗎？糟糕。哪邊可以調到軍用車輛啊？」

這些理由，對兩名年輕尉官來說算是非常容易理解。但問題就在於，該怎麼調到軍用車輛。兩人很遺憾的，目前是所屬東部軍。沒有權利向一般部隊下命令，能使用的移動手段也有限。外加上考慮到保密規定，倘若搭乘民間計程車前往基地，恐怕會當場被遣返回原隊吧。

「……參謀本部附屬的憲兵隊應該會有。或許能跟他們借備用的車輛。」

只不過，就在修貝魯茲中尉煩惱時，正在朝他們敬禮的憲兵身影讓她想出一條活路。她連忙快步走去，確認眼前的憲兵是參謀本部附屬的憲兵中士。如果是他，就應該有車可借。外加上是參謀本部的附屬單位，也沒有保密上的問題。

「中士，能跟你調台車嗎？」

「好的，中尉。這沒有問題。」

他當下欣然應允。對他俐落的辦事手腕感到滿意，兩人向他表達謝意。隨後以最恭敬的敬禮目送這兩名尉官離去的憲兵中士們，就在車輛駛離視線的瞬間，與同僚們一起垂頭喪氣。

雖說目送這些被騙去基地遣返回原隊的傢伙離開是他們的使命，但人也太多了吧？

「……這是第十四組嗎？」

開口確認後，再次感到受騙的人數之多。

「今天還剩下幾組啊？我是聽說還有五組。」

他們光是今天，就已經接受過十四次相同的請求。就連特意在會被對方看到的路線上巡邏，也是遵照上頭的指示。如果只有一兩個人還可說是偶然，但要是人數多到這種地步，考官的意圖也不言而喻。

「這下不妙，我還以為至少會有四組合格耶。」

沒想到他們居然輕易就被騙回原隊，一點也沒察覺到真相。那兩名中尉也肯定會搭上奧格斯堡前往東部方面的運輸機，被遣返回原隊。

「第三小隊那些傢伙們是對的嗎？」

第三小隊賭會全滅。第一小隊賭會有四組合格。順道一提，認為會有半數通過的第二小隊早已出局。算我拜託你們，給我合格啊。

一想到自己作為賭注的好酒，憲兵中士就迫切祈禱這些志願人員能夠合格。儘管沒很虔誠，但他如今也只能祈求上帝保佑。畢竟在這世上沒有比賭徒還要虔誠的信徒了。

兩天後，帝國軍參謀本部附屬機關第七會客室

「你說Ｖ６０１只是個政治宣傳！」

年輕少尉一副無法接受的態度，口沫橫飛地提出抗議。緊握的拳頭如今也幾乎就要砸在辦公桌上。他是想要協助正在苦戰中的西方方面軍才趕來的。然而……給予東部軍的任務居然只是政治宣傳？

別開玩笑了。少尉以全身述說著這種怒氣。

「冷靜點，少尉。我也不想這樣回答你。」

相對於他，少校則是十分抱歉地低下頭。沒錯，少校等同是在跟少尉賠罪。他也對這種事態感到憂慮。但至少也要向少尉表示歉意，就算無法懇切地用言語表達，也要表現在態度上。

見到他的態度，哪怕是憤慨激昂的少尉，也明白到就算對眼前的少校生氣也沒有用。

「……也就是要我默默離開？」

「抱歉。我很高興貴官的幹勁。如果有機會，還請再次志願吧。」

少校的語調聽起來像是對他由衷地感到同情。或許是感受到話語中蘊含的歉意。少尉鬆開緊握的拳頭，在行了個標準敬禮後離開房間。

「……下官告辭了。」

就在少尉把門關上的瞬間，目送他離去的少校身影，就伴隨著晃動模糊消失。同時間，以光學術式遮蔽的座位顯露出來。年輕少尉儘管說得慷慨激昂，但直到最後都沒發現自己正在受他人觀察。正因為如此，方才觀察他的眾人才會漏出失望的嘆息。而且還是深深的嘆息。

「……差不多該徹底檢討對光學系術式的對策了。」

在直到方才為止都還只是牆壁的角落，忽然現身的數名將官就像是吃了一斤黃蓮似的吐出這句話。畢竟他們已經看這種單調到令人生厭的三流戲劇看到厭煩了。

真的是非常可悲，居然得看那些絲毫沒察覺自己受騙的蠢貨們，在測驗中不斷發表愚蠢的演說。會感到不耐煩也是無可厚非。

而且這齣戲的機關還很簡單。就是利用光學系術式製造出騙人的立體影像。先是在置於房間角落的辦公桌前投影出不存在的人物，然後再用光學系偽裝術式掩飾房間內的不協調感。主要就是修改內部裝潢，掩飾辦公桌放在角落的不協調感。

藉由這種修改，將房間偽裝成辦公桌是擺在正中央的模樣。也就是說，讓室內空間看起來格外地小。而高階將官們則是在多出來的空間裡，苦澀觀察著。空有幹勁卻徒勞無功的少尉，就在現場的稽查官面前演了一齣盛大的獨角戲。

結論就是，他身為一名魔導師，在談論常識之前，就連基礎的認知能力都有缺陷。如實證明自己連認知能力都有問題的他，漂亮地幫東部軍宣傳他們欠缺實戰經驗的事實。敵軍倒還另當別論，但沒有參謀會高興自軍的無能遭到證明。

「我說得沒錯吧。會想批評他們視野狹隘也是沒辦法的事。」

提古雷查夫上尉聳了聳肩。看著她厭煩的表情，前幾天憤憤不平地從東部軍跑來抗議的眾人反倒是臉色蒼白。

在精銳部隊的選拔測試中，對於東部方面軍近乎全滅的結果做出的評論，幾乎颳起一陣憤怒的暴風。

毫無忌憚地批評他們是「無能、怠惰、傲慢、沒大腦、低能、注意力渙散、毫無觀察力、最差勁的薪水小偷」，結論還是「有必要對東部方面軍魔導師進行全面性的再教育」？

別開玩笑了。這些參謀就伴隨著這句怒吼，從東部軍跑到參謀本部這邊來激烈抗議。但呈現在他們眼前的，卻是方才那種慘不忍睹的光景。

「與其用說的，倒不如親眼見識會比較快吧。」

在這麼說後，提古雷查夫上尉招聘這些跑來抗議的將官擔任考官。這項測驗的機關很簡單。就單純只是看測驗對象能不能看穿光學系的欺敵術式這種基礎伎倆。

舉例來講，投影在志願人員面前的影像沒有實體。所以，就算隔著桌子似乎能在某種程度內做出掩飾，但一整天看下來，連不是魔導師的自己都能感覺到不對勁。主要是因為立體影像就只是動動嘴假裝在說話。

然後再透過合成語音，從旁邊適當地說出提古雷查夫上尉事前捏造的故事。要是真的有專心在聽，就會發現聲音是從旁邊傳來的。

這種看在知道真相的人眼中，會覺得單純到令人氣惱的機關，幾乎把全員都騙倒了。絕大部分的人都依照命令前往空軍基地，然後直接被遣返回原隊。

這種實情相當有可能會讓東部方面軍遭到訓誡。不對，是幾乎確定了。從東部方面軍跑來抗議的參謀們，遭到參謀本部的眾人從四面八方投來叱責眼神。

「原來如此。看貴官不斷提出不合格報告所以跑來視察，但這樣我也就理解了。」

代表戰務局的副參謀長傑圖亞准將邊笑，邊冷冰冰凝視著東部方面軍的眾人。你們之前究竟是在混什麼東西啊——透露出這種指責。

光學系欺敵術式並不是什麼特別新奇的手段。魔導師的教則裡就有記載，要對抗共和國軍擅用的統一射擊，光學系欺敵術式是有效的對應方法。不僅如此，就連共和國軍也常在戰場上使用，所以對光學術式的對策，被視為是魔導師的基礎。在選拔階段被證實連基礎都做不到，就可想而知他們的訓練程度。

「不過，這可是中央軍的實戰經驗者大半都能看穿的詐術啊。」

「相同水準的測驗，東部方面軍卻幾乎全員都無法看穿，可是個問題呢。」

軍方高官們喃喃批判。正因聽到這些話，一名東部軍的參謀才戰戰兢兢地開口辯護。

「……恕下官失禮，與其說是經驗問題，這難道不是技術差距的問題嗎？」

他的這句疑問，暗指是因為提古雷查夫上尉的技術高超，才會導致這種事態。至少東部軍很清楚，能夠配戴銀翼突擊章的魔導師極為稀少。所以才會開口提問，這與其說是實戰經驗，難道不是因為技術的差距太大才導致的嗎？

「這只是用光學系術式投射幻影的簡單術式。在實戰中一般都會作為誘餌使用。」

不過，提古雷查夫上尉這句淡然答覆即是一切。這是在實戰中活用光學系欺敵術式，從敵方中隊規模的統一射擊中存活下來的人所說的話。這句話帶有相當的重量。但最主要的，還是中央軍之前派去西方參戰的部隊，有將近半數都能看穿這個詐術，這是無法動搖的事實。

「透過光線的折射，在考官面前被不存在的影像耍得團團轉。相信各位長官也能理解，下官不想採用這些傢伙的理由吧。」

「現在東部方面軍的成績是？」

「該志願組至今報名的二十九組當中，有二十七組遭到幻影蒙騙，返回原隊了。」

聽完事務官淡然唸出的報告書內容，看了整天喜劇的稽查官們不經意地嘆了口氣。

作戰參謀們甚至開始抱頭苦惱，認為說不定該認真檢討各方面軍的再教育計畫。如此輕易就受騙上當的部隊，讓人嚴重懷疑究竟有沒有辦法打仗。

「就算加上中央軍在十組中所合格的五組，也只有一個中隊。」

而且，採兩人一組進行的第一次測驗，合格者僅有十二人。就算全員採用，這人數也只能編成一個中隊。只有達到目標的百分之二十五。

「現在也只能期待東部與南部方面軍剩下的六十五組了。」

姑且也不是沒在期待的語氣，但他的眼神卻深深主張著這是不可能的事。

「照這比例來看，沒有用吧。」

然後他所做出的結論，否定掉這個過於樂觀的預測。一旁聽到這句話的眾人也是相同的結論。在放棄辯護後，東部將校們一同垂頭喪氣。他們儘管不希望自己的部隊被蓋上無能的烙印，但現實是殘酷的。東部方面軍的魔導師，大概會坐一陣子冷板凳吧。

「……要降低要求水準嗎？」

「得設定一個基準，讓他們重新訓練後派得上用場。會浪費不少時間在編制上。」

透露出失望的戰務課將校們，談論起重新規畫編制期間的事情。你們訓練時是都在混嗎——當中也不少人以這種眼神狠狠瞪著東部方面軍的參謀們。畢竟降低要求水準，必然會增加部隊的編制時間。

當中最麻煩的是，部隊的教育期間會變得難以置信的漫長。會不對此感到著急的人，還比較奇特。讓幹練軍官適應部隊，跟從基礎開始鍛鍊新兵，在意義上截然不同。能力差別太大的部隊，就算要運用也只會礙事，所以不得不追求均質化。

也就是說，要以提古雷查夫上尉選拔的中隊為基礎組成部隊，需要花費很長的時間。

「具體來講要多久？」

「我需要一個月左右。」

將東部方面軍的眾人從如坐針氈的氛圍中拯救出來的，很諷刺地是提古雷查夫上尉的一句話。一個月這個數字，讓全員忍不住將注意力集中在她身上，結果讓東部軍的事情遭到遺忘。選拔並重新教育，本來需要極為漫長的時間。

但在在座的高階將校面前，提古雷查夫上尉卻面不改色說出這種大言不慚的話。表示只要給她一個月，就能充分把這群無能鍛鍊成有用的士兵。

若是普通上尉誇下這種海口，肯定會被人當作是吹牛或是單純的笨蛋。畢竟新兵教育得花上兩年。就算隊員是多少有些經驗的魔導師，說要在一個月內組成大隊也是很可疑的事。眾人幾乎就要脫口而出「沒辦法」、「不可能」、「實現機率為零」這些話。

但提古雷查夫上尉卻散發著不容置喙的氣概。我會鍛鍊給你們看。她展現出倘若不是有實力佐證，就幾乎可說是傲慢的自信。

在場的高級軍官們，各個都被這年齡足以當自己孫女的上尉的氣勢壓制。她所擁有的存在感與威嚇感，甚至讓他們暫時忘記要對東部方面軍追究責任。

「那這種時候也無所謂了。就算粗暴點也沒關係，給我重新教育吧。」

他恐怕是唯一有料想到這種事態的人吧。擔任戰務局副參謀長的傑圖亞准將咧嘴一笑。所謂的粗暴點也沒關係，就是允許她在不出人命的程度下放手去做。

「是的。」

答話的提古雷查夫上尉，嘴角也浮上與長官十分相似的微笑。就像是吸血鬼得到獵物般的猙獰微笑。就本質來講，更像是貓咪在玩弄獵物的微笑。

「把這份紀錄送到教導隊去。讓他們重新教育南方與東方的方面軍。」

而且，他們是毫無破綻的。傑圖亞准將就像是突然想起似的補上這句話，他絲毫不打算將方面軍的質量問題束之高閣。反倒是展現出要徹底重新鍛鍊的意志。

「再這樣下去，真是教人擔憂。這將是今後戰鬥教訓的共同課題。」

帝國領阿爾卑斯山脈　祖格峰演習場

「主呀，請賜予我引導羔羊們的力量。」

高度八千英尺。在打破現有航空魔導概念的高度上迴盪的聲音十分真摯。那些稍有反抗氣概的傢伙們早已屍橫遍野。如今的我們就有如順從的羔羊，鞭策著瀕死的身體在空中飛行。不對，或許該說是被迫飛行。肺部渴求著氧氣，有如氣喘般不斷緊縮想要吸取空氣。這儘管讓意識渙散，但維夏仍舊勉強維持住意識控制寶珠。事情的開端，如果恍神到變得相當奇怪的時間感沒錯，大約是在五天前。

「給各位選擇吧。是要擊墜我，還是享受這場訓練。」

當我們疲憊不堪，正像具屍體般睡得死死的。跟萊茵的時候相比，這裡居然有床可以躺，提古雷查夫上尉也是有溫柔的地方嘛……如此大意地熟睡的我，就落得連同整間宿舍一起遭到魔導砲擊炸飛，不容拒絕地從夢中驚醒的下場。急忙抓住寶珠與鏟子展開防禦殼，從破破爛爛的殘骸中爬出來的我們，所看到的是提古雷查夫上尉的壯烈笑容。在起床時看到那張在萊茵戰線看慣的笑容，毫無疑問比艾勒的惡作劇還要有害心臟。

她拿在手上的步槍刺刀，就彷彿興高采烈想要獵殺人類的吸血鬼。那磨得閃閃發亮的刀刃，正迫不及待等著魔導師在她面前粗心地喪失意識，無視於夜晚的黑暗，反射著皎潔月光。掛在胸前的演算寶珠所充斥的莫大魔力，毫無疑問散發出一旦有人露出破綻就立刻攻擊的意志。

「聽好了，今後的一個星期，各位要在這個B－十一三演習區域進行戰區機動演習。」

不知何時準備好的地圖上，標示著三個地點。根據演習內容的概要，我們要從開始時刻起，盡全力移動到第一地點。時間限制是四十八小時。

此時允許一切手段。總而言之，重點就是不能脫隊。行軍是部隊的基本，這就連在幼年學校也有嚴格指導過，但拜託能不能別在注意事項上註明，一旦觀測到魔力反應就會進行觀測砲擊與魔導導引砲擊啊？

要一邊隱藏魔導師身上的魔力反應一邊行軍，是件極為困難的事。這就連在萊茵戰線曾累積過數次經驗的維夏也不例外。最重要的是，他們是連同宿舍一起被炸飛。持有物品就只有在緊急展開防禦術式時，有成功守護住的身邊道具。就連水都很匱乏。在這種狀況下進行非魔導依存行軍？這樣實戰還比較輕鬆吧——這讓人忍不住想哭。

然而，就在他們費盡千辛萬苦勉強抵達第二地點時，隨即受領到光學迎擊戰的命令。所謂，由於砲兵隊鬧得發慌，於是變更演習內容。

「各位，見你們無人脫隊，真令我感到高興。」

在見到上尉難得露出滿面微笑的瞬間，全員皆感到不明就裡的寒意，那抹微笑代表著更糟糕事態的揭幕，知道這點的維夏忍不住怨恨起上帝——這也未免太過分了吧。

那個微笑，倘若不是「哎呀，這樣還不夠嚴厲嗎？沒有到會這麼游刃有餘」的意思，就是「看來能再嚴厲一點呢」的意思吧……神呀，我恨祢。

就算再怎麼討厭也能理解到，上尉感激不盡地決定配合我們提高訓練內容的難度。

「而多虧各位的優秀，讓砲兵隊積了不少砲彈。」

接下來的事，也無需說明了。那個上尉就帶著滿面的笑容，將包含維夏在內的部隊成員們一起踹落絕望的深淵。

「各位，排擠同伴可不好喔。這邊就讓我們陪砲兵隊一起愉快遊玩吧。」

語罷，提古雷查夫上尉就展開術式放出熱線。而在射線飛往的方向上，有著正朝這裡飛來的訓練彈。是砲兵隊朝集合地點進行的砲擊。

砲兵的定點砲擊。要是打不中還比較奇怪的簡單砲擊。各位實在很能幹，讓我也與有榮焉？那個人居然說出這種話來。

「真是出色的技術。雖說是訓練，但真虧你們能避開砲兵隊的魔導觀測。雖然很好，不過要是無法抵禦砲兵攻擊可就不好嘍。預防萬一也是種訓練。所以作為各位與砲兵隊的聯合訓練，就在這個據點進行防衛訓練吧。姑且算是防禦戰。即刻起你們有十五分鐘構築陣地。沒什麼，訓練彈的儲備量很少啦。你們不用太擔心。只要連打三十六小時，砲彈大概就會打完了。」

在她以可愛又可恨，彷彿是在宣讀郊遊預定行程的開朗口氣如此宣告後，下一瞬間，維夏隨即哭哭啼啼地衝去構築陣地。她作夢也沒有想到，人生中會有這麼一天，覺得鏟子是如此可靠的東西。

「好啦，各位。如果不想死，就給我迎擊吧。還有，要是有人離開規定路線，『我』就會進行魔導砲擊。」

啊，那真的是差點沒命。現在回想起來，砲擊過程還有打著訓練彈的名義，混入部分「提振精神用」的弱裝彈這點，讓人一點也不驚訝。畢竟，她可是提古雷查夫上尉。肯定會貫徹言出必行的態度。如果不想死──這句話毫無半點虛假。

砲兵隊的連續射擊。就算內心早有覺悟，但一想到自己為什麼得遇到這種事情，就忍不住流下眼淚。

「主呀，請守護祢的僕人。向我展現祢的榮耀、祢的全能。」

在場除了上尉，以全力展開足以讓人感到莊嚴感的防禦殼外，全員都拔腿衝去迎擊傾注而下的砲彈。就距離來看，有數分鐘的迎擊時間。讓他們進行觀測，將迎擊可能軌道上的砲彈在空中擊墜。這說起來簡單，卻得消耗驚人的精力。

訓練生總計約有七十二名。只不過，就算有兩個大隊的規模，但依舊不擅長針對砲兵進行觀測，構築稠密的迎擊網。主要是一旦沒有成功擊墜，就會立即造成重大損傷。

彷彿鄰近砲兵隊全體動員的連續射擊。倘若不是緊急想到要進行識別作業，分辨出混在砲擊中的實彈，真的會慘遭全滅。此外，就連深夜也會斷斷續續進行砲擊，讓人在疲勞與目視領域的極限下感到絕望。最重要的是，要是在自己做事時同伴發生失誤，就會連帶一起被炸飛吧。

但就算是這樣，一旦鞏固起自身的防禦，就會有某人遭到炸飛。只能夠信賴夥伴，辦不到的人就會毫不留情地遭到「剔除」。就像在與前線相同的環境下，被丟到極限狀況之中吧。結果，在據點防衛的過程中，幾乎沒有好好睡上一覺。

然後等到終於經過三十六小時後，上尉就一臉不好意思地指著無線電。

「各位，砲兵隊說砲彈還有剩耶。」

緊接著，那道耳熟的破空聲就再度逼近。事態極為單純。就是砲兵隊重新開始砲擊。但這是在眾人稍微鬆懈下來時的砲擊。這讓至今勉強維持連帶感的魔導師們產生動搖。會自顧性命地拔腿逃跑或許是種本能，卻得付出極大的代價。

訓練生們再次目擊到，上尉會十分樂意地忠實履行宣言的過程。結果，儘管這場砲擊很快就結束，但此時的候補生數量也縮減到六十名左右。然後，開始前往第三地點。條件沒有之前這麼複雜。只需要前進就好。除了時間限制外，沒有說明任何條件。換句話說，就是幾乎沒有給予任何情報。

「各位注意，這是行軍。」

只得到這句指示的維夏，預想著最惡劣的事態。所以要認為一切都有可能發生，絕不放鬆警戒，戰戰兢兢地前進。儘管不時有裝載炸彈的俯衝轟炸中隊在上空搜索，但只要別被發現就好；儘管會莫名目擊到放養的軍用杜賓犬，但也只要避開就好。一切都是能夠迴避的狀況。

但她仍不放鬆警戒，認為這當中必定有詐。但就像在嘲笑她似的，絲毫沒遇到任何充滿惡意的陷阱。真的就只是行軍而已。雖然不用說，所設下的時間限制，得要筋疲力盡的魔導師以全速前進才有辦法勉強達成。

而提古雷查夫上尉在瞥了一眼耗盡體力的維夏等人後，就泛起和藹的笑容站在第三地點等待著。表示「很好，那就開始反審問訓練吧」。

然後在疲憊不堪的狀態下撐過審問訓練的眾人，就直接被丟到阿爾卑斯山裡。那是不願想起的惡夢。自己一邊呻吟一邊發出少女不應該有的慘烈悲鳴，整個人瀕臨死亡，上尉卻在一旁若無其事地行軍。她肯定是惡魔的使者，要不然就是神的使徒。

啊，居然會有比敵人還可怕的夥伴。外加上，上尉根本毫無人性可言。就算要我拿心臟來賭也行，我跟好幾個人都看見了。上尉會在訓練中把斷氣過去的戰友踢飛，等察覺到時，那個人就已經歸隊了。而我自己也確實窺看到死亡的深淵。

這是在這座阿爾卑斯山脈，海拔七千兩百英尺處遭到雪崩捲入，腳骨折趴伏在地面無法動彈的我所看到的情景。我親眼看到就算跟戰友說，他們也絕對不會相信的事情。

「廢物。連雪崩都閃不掉的蠢蛋，扯隊友後腿的感覺如何啊？」

上尉嘴中吐出髒話辱罵。但我知道。而且也看到了。上尉為了救我闖進雪崩之中。

就算聽戰友說，事實上變得殘破不堪的我，是被上尉當條破毛巾般扔給他的也一樣。上尉毫無疑問是名好指揮官。雖然以人類來說，是個讓人搞不太清楚的人。實際上，全員都笑著把上司貶得一文不值。

真是瘋狂的夥伴。說不定是感染到上尉的瘋狂吧。儘管如此，我卻得到神啟，要我拯救帝國。說什麼——妳是守護神國的使徒所率領的尖兵。

真是個瘋狂的世界。要是上尉真的是神的使徒，這個世界就只存在著惡魔了。不對，應該說正因為是這樣吧。神話世界裡頭的眾神，是作為伴隨實際現象，讓我們也能感受到祂們的存在。教義是為了神所設立的。並不是某些人特別為了人類所設立的。

但就算是這樣，人生在世還真不知道會遇到什麼事情。

一個月絕不可能訓練得出精銳。嗯，這是用常識想就能知道的事。

但既然都在大批高官面前誇下海口，事到如今也沒辦法反悔了。

要說的話，這要是失敗，一般來講會是個大問題。而且還是很可能傷害到經歷，並送往最前線作為懲罰的問題。但如果將結論誘導成，是這群人的資質有問題，就連提古雷查夫上尉也無法培育，意義就完全逆轉了。

基於髒東西會被藏起來的想法，甚至還能預料到這件事會就此告吹。外加上也獲得戰務課可以使用非常手段的許可。所以只要徹底訓練到瀕臨極限的狀態，他們就絕對會受不了。

這樣一來，就只要讓他人背負起無法承受訓練，半途而廢的無毅力傢伙們的評價，這件事情就解決了。

我將毫髮無傷。於是決定用上古今中外各種特種部隊的訓練方法。美軍風格的菜單如下：將水下適應訓練改成高度適應訓練。就如同字面意思，要讓他們拿出毅力支撐到極限為止。

這項訓練結束後，再來則是惡名昭彰的地獄週。四天合計的睡眠時間是四小時。這據說是能將人逼入徹底的極限狀態，暴露出人類本性的嚴酷訓練。就算魔導師能分割思考也還是有限度。只要暴露出他們是重視自己更勝於夥伴的蠢蛋，就能以不配當帝國軍人的大義淘汰掉吧。

當然，我並不想虐待部下。我沒有低能到，會對行使無意義的暴力感到興奮。會確實附加理由，讓一切行為合理化，我可不想毫無意義地行使暴力。

所以我隨時歡迎退訓。倒不如說，我甚至希望他們趕快退訓。讓我早日擺脫這項重擔。所以趕快給我申請退訓啦。總之，要是撐過地獄週，再來就是為期一個星期的ＳＥＲＥ（註：美軍的訓練課程，生存、躲避、抵抗、逃跑的縮寫）。嚴格進行反審問與野外求生訓練吧。

只要在這一個星期內，把他們逼到瀕臨發瘋，應該就會立刻申請退訓了。要是這樣下來還不肯放棄，對這些擁有戰爭狂素質的傢伙，我也準備好萬全對策。在地獄週後直接進行ＳＥＲＥ的他們想必已疲憊不堪。

那隨後就直接在阿爾卑斯山脈，進行連續一個星期的非魔力依存長距離行軍演習。

當然，睡眠時間與休息時間也會盡可能減少。會以戰場紀錄當中，狀況最惡劣的紀錄為基準。像是飲用水只有半個水壺。當然也沒有攜帶食糧。要是使用演算寶珠就當場失去資格。能夠使用的，就只有兩人一把的小刀。

說是比參謀旅行還要嚴苛、緊密的行程，應該就能理解了吧。要在一個星期內橫越險峻的阿爾卑斯山脈，如果辦不到就立即退訓。要在一個星期內橫越，通常會是件相當嚴峻的事情，而且這還是指身體健康的人，以萬全的裝備與狀態進行挑戰的情況。

要是有人能在這種惡劣條件下達成，我肯定是被詛咒了。總歸一句話，就是在這裡犯錯的人，將會被毫不留情地刷掉。只要照這個行程下去，最後一定能獲得適當的結果吧。

別擔心，光只有這樣，還是有可能出現萬一。不過我也準備好絕對萬無一失的保險。先說清楚，唯有這個是我絕對不想使用的手段。對我來說，這也完全不是我的本意。不過，沒有比這還要確實的手段。

所以我也只好飲泣吞聲，準備這道保險。

也就是特意將艾連穆姆工廠那個瘋子所新開發的試製量產機型作為標準配備。這據說是那個會走動的災厄——阿德海特・馮・修格魯主任工程師，他正在開發的艾連穆姆工廠九七式「突擊機動」演算寶珠的先行量產機型。

這一定也可能發展成，會讓那個可恨的主任工程師遭到上頭追究責任的事態吧。

嗯，我也曾有過會這麼認為的時期。為什麼會變成這樣呢？我的人生難道真的被詛咒了嗎？還是說，人類的可能性是無限的嗎？相信的心說不定很重要吧。

不過，請回想起來。凡事都必須要徹底排除樂觀推測。過去的經驗往往能帶來幫助。

請回想起來吧。妳的失敗，大多時候都是出在妳自己身上。等察覺到時，已經無法補救的情況也非常多。

等回過神來時，我已經站在講台上了。是睡昏頭嗎——正想對自己意外有著低血壓，早上總是爬不太起來的身體抱怨幾句時，一股難以抗衡的睡意就再度襲上譚雅的意識。不過，就在些許空檔間，譚雅的耳朵捕捉到自己的嘴巴正在說著某些事情。

今日你們將從無價值的蛆蟲畢業。從今日起，你們是帝國軍的魔導師。

締結戰友牽絆的你們，直到死去為止，不論身在何處，軍隊都是你們的兄弟、你們的戰友。今後各位將前往戰場。而有些人將無法歸來。但請銘記在心。

帝國軍人本來就會死。我們是為了死亡而存在的。但帝國卻將永遠存在。所以——你們也將永遠存在！因此，帝國期待你們永遠的奮戰。

……為什麼自己得落得要說出這種話的下場啊？

不記得自己有說過這些話。但是記憶中，卻殘留著自己彷彿說過這些話的印象。過程前後的記憶曖昧不明。很遺憾的，或許是在訓練中啟動艾連穆姆九五式的關係，讓譚雅不得不再次認知到，自己喪失了部分記憶。就是因為這樣，她才討厭那玩意。

對於明明是成長期，身高卻沒長高，微妙地需要煩惱裝備尺寸的譚雅．提古雷查夫上尉來說，身高是她不得不去在意的問題。特別是周遭都是些體格健壯的軍人，或是外表看起來就像是身經百戰的女性魔導師（少數）。

唉，對於雖是頭腦勞動者，但也多少需要體力的前白領族來說，這是讓人不得不感到些許擔憂的情況。健全的勞動成果來自於健康的身體，儘管不是沒有注重飲食，但就是怎樣都看不到成果。雖說要靠吃戰時麵包長高也很奇怪就是了。

總而言之，身為一個人，如果不想多費工夫，首先就必須得長高。因此，我就跑去詢問軍醫，自己明明到了成長期卻沒有成長的理由。是呀，等回過神來時，自己就向軍醫問出「要怎樣才能長大？」這種話了。

軍醫表示我會發育遲緩，是因為訓練與肌肉的均衡失調所致。之後只要保持適當的睡眠時間與適當的飲食，就會自然變大嘍。由於她露出一臉欣慰的表情，所以讓我狐疑了一會兒。

等想通後，我隨即有股衝動想拿手邊的步槍打爛頭蓋骨，抹煞掉這段記憶。

軍醫身為一名女性，有著豐滿的體態。對會顧慮這種討厭之處的參謀本部降下災難吧。居然對我，偏偏是對我，以女性身分做出這種對同性的關懷？可恨的是，這全是因為當初被單方面認定，我是因為身為男性才反抗名為信仰的強迫的關係。儘管覺得不太可能，但我該不會被洗腦成想身為一名女性成長吧？

不對，光靠狀況證據就妄下判斷非常危險。儘管至今因為艾連穆姆九五式，讓我留下許多不快回憶是事實，但思想控制應該只限定在啟動的時候。

就所能確認的紀錄來看，確實是沒確認到自己的思考有持續遭到控制的跡象。只不過，也有種事態正在朝極為遺憾的方向發展的感覺。該死的惡魔，祢這傢伙，祢們這群傢伙，竟然如此玩弄一個熱愛自由的人的人格嗎？

……等察覺到時，脖子上正掛著一條我毫無印象的玫瑰念珠。

聖母像？是呀，就是經常在教會看到的那個。我非常清楚。經常看到修女們在配發這種玫瑰念珠。沒錯，我就只在一旁看著。

……放棄逃避，正視現實吧。

為何我會配戴沒有印象的玫瑰念珠？不對，在這之前，我是從何時開始喪失記憶的？

這下不妙。真的沒辦法相信記憶了。就算是教會給的，感覺也頗有年代。要我說的話，就是有著歷史性的風格與存在感。

講明白點，就是如果生得逢時，說不定會被教會當成聖遺物保管的東西。如果可以的話，甚至讓我想找機會丟到遠處隔離起來；如果能實現的話，甚至讓我現在就想捐贈到某處，丟到別的地方去。

……會在脖子上佩戴這種東西，看來病情相當嚴重了。

記得確實曾進行過訓練，這是事實沒錯。想打著選拔的名目，進行無人合格的報告，到這邊為止都沒錯。這一個月來的記憶十分清楚。只不過，總覺得……總覺得有哪裡不太對勁。

「……不該在高度八千英尺無意識啟動嗎？」

沒錯，為了提升高度啟動艾連穆姆九五式是致命的失誤。說不定該考慮精神汙染會持續累積的可能性。要認為這精神汙染與其說是短期的操縱話語，更像是礦毒一樣會持續累積。

「去接受精神汙染檢查？但要用什麼理由？」

軍方的精密檢查機關，有在研究魔導相關技術對於思考領域的影響。只要相信那票人的技術，他們就曾在反審問技術研究會上發表過，能看穿異常的思考誘導的技術。說不定該趁現在還能做出正常判斷的時候去接受檢查。

只不過，問題就在於理由。要是被認為是精神有問題的指揮官，很可能會全面威脅到包含經歷在內的往後生活。在男女平等觀念發展得不上不下的帝國，女性管理階層雖不罕見，但理所當然會講求品質。如果想成為白領階級，要是被認為具有某種毛病的話，可不是一件好事。

一道規律的敲門聲，打破了我抱頭苦悶的舉動。進入事務室的人，是逐漸上手副官業務的維夏。透過她的表情，我聞到麻煩事情的味道。立即排除沒有即時性的思考。優先將腦袋切換成工作模式。

「上尉，有參謀本部的來信。」

「辛苦了。需要立即回信嗎？」

如果是麻煩事，希望能盡可能給我時間應付。

「是的，公使正在外頭等著。」

「什麼？」

提古雷查夫上尉在瞥了她一眼後，立即拿起筆，閱讀遞過來的軍用信件。

出處是參謀本部。主題是「完成部隊編制，立即前往東南軍區的基地展開部署」的命令。優先度為最優先。

「提古雷查夫上尉？怎麼了嗎？」

「……太快了。這也太快了。少尉，立刻幫我打電話到參謀本部。」

她朝疑惑的少尉發出打電話到參謀本部的指示。不過，就在這瞬間。那個人就像是預料到她的行動似的出現在眼前。不對，肯定是早就料到了吧。正因為如此，才會特地從參謀本部派遣高級參謀來見一名區區的上尉。

「不，妳沒必要打這通電話。提古雷查夫少校。」

「呃，雷魯根中校。你親自到這裡來嗎？」

對方是知己雷魯根中校。是名擁有常識，總是會避免將小孩子送上戰場的善良軍人。

「是呀，恭喜晉升，少校。我是以公使的身分過來的。妳想必有很多事想問吧。」

中校就像是例行公事般地傳達內部通知。儘管不討厭晉升的消息，但有種麻煩事情的味道。特地從參謀本部派遣高級參謀，前來親手遞交區區一名大隊長的晉升任命書，這照常理來講根本不可能。

「……感謝中校的顧慮。少尉，退下吧。」

「是的，容下官失禮了。」

立刻排除包含副官在內的所有第三者眼線。讓空間盡可能地形成密室，好讓雙方能夠進入主題。我的晉升。能隱約察覺到，這所代表的意思與大隊有關。換句話說，就是大隊必須得準備參與實戰了。不曉得能不能用訓練不足、需要時間建立組織的理由爭取時間。

「那麼，中校。請問這究竟是怎麼一回事呢？」

前往東南方的基地展開部署，本來是預定在中央完成部隊的初期編制之後的事。畢竟，根據戰局動向，也不是沒有可能要前往北方或西方展開部署，但收領到的卻是即時前往東南基地的移動命令。

按照慣例，部隊編制應該會給予半年的時間。會這麼早就當作部隊已經編制完成的理由，實在是太不明確了。

「人數已達到四十八人。上頭認為這樣就算編制完成了。」

「沒錯，編制是完成了。但是部隊還尚未完成啊。」

外行人容易產生這種誤解，但編制完成並不等於部隊完成。想要作為戰力運用，還必須得要花費一段時間徹底落實指揮系統，建立合作關係，要不然就只是數字上的部隊。如果是軍人政治家就算了，以這作為本行的帝國參謀本部，應該很清楚這點才對。

正因為如此才可怕。不得不認為發生了某種狀況，讓他們明知如此，也依舊得發出這種不合理的命令。

「兵員、裝備都沒有問題。參謀本部對於貴官的本領給予相當高的評價。」

「別開玩笑了，中校。目前就連合作訓練、應用教習課程、對指揮官的基本認同形成都還不夠確實，實際上就跟訓練大隊沒有兩樣。」

「也就是說，貴官認為部隊在運用上會有限制？」

「當然。請至少給我半年的時間訓練。」

要完成一個組織必然需要耗費時間。要讓部隊成員彼此認識，互相建立適當的人際關係，至少需要半年。就算不理會這點，要讓成員學習戰鬥教訓，也絕對不能缺少反覆不斷的演習。

「上頭相信只花一個月就完成初期訓練的妳，就算是明天也能立刻前往前線作戰。」

「這句話是認真的嗎？剛編成的部隊與能戰鬥的部隊，根本不能同日而語啊。」

在文件上，完成編制的兩個部隊看起來會一樣也說不定。但要是一邊是剛剛新編制的部隊，另一邊是經歷過實戰，並且經過適當補給與休養的部隊，差距就很明顯了。要形成經過適當訓練、確立合作模式的組織，時間是絕對必要的。

「就算是在編制完成後迅速開始訓練，也還是得要設置訓練期間，這是常識。」

「不可能在剛編制完後立即投入戰場嗎？但上頭相信，如果是貴官就有辦法。」

所給予的是完全構不成理由的答案。

「如果是將下官作為單獨戰力運用，這也不是不可能，就算是這樣也沒關係嗎？」

因為知道他們不會單獨派我過去，才能做出這種發言。畢竟他們總不可能在部隊編制途中把指揮官調走，所以我才會如此強硬。

「但如果是希望我發揮大隊的戰力，情況可就完全不同了。」

儘管如此，但要期待應屆畢業生能媲美即戰力一樣工作，簡直是不可理喻至極。這就像是在坦白，他們不但沒有餘力培訓後進，而且戰場上已經沒有幹練老兵一樣。換句話說，就是末期症狀的呈現。

「……少校，帝國軍已經沒有餘裕了。」

「……已經到不得不將訓練不完全的魔導師大隊投入戰場的程度嗎？」

「由於大陸軍的魔導師全都集中在西方，導致北方的戰局變得相當棘手。」

以現況來講，是將魔導師集中部署在西方。這是因為大陸軍所屬的魔導師大量移動過去所致。儘管如此，各方面軍也仍舊保有不少的魔導師。這主要是因為協約聯合已是垂死之身，光靠北方方面軍就能充分應付。

正因為如此，我才想知道在這種時期，特地讓部隊緊急配置到離前線相距甚遠的東南方的理由。像這樣強行提前進度，將部隊部署在後方地區的行為，就像是把只要擺著就能提升價值的葡萄酒白白糟蹋掉一樣的愚昧之舉。或是等同於怠慢起士的保管。

「正因為如此，下官才無法理解。為什麼是東南方？」

如果是北方方面的情勢有需要增援，還可以理解是因為人手不足。這會是相當明白的理由吧。然而說是人手不足，卻將部隊派往與戰線完全相反的場所，讓人不得不感到質疑。

「這是參謀本部的決定。」

「這是下官能詢問的事情嗎？」

「會觸犯軍機。貴官就在東南方的基地致力達到戰力化，直到授領其他命令為止。」

沒有說明背後的政治情形。既然如此，就只能靠自己的腦袋推測，但恐怕是白費工夫吧。總之也只能自己注意，這背後有著不得不將參謀本部的直轄部隊送往東南方的理由。

「如果要達到戰力化，請允許下官運用已完成訓練的部隊。」

「大隊的訓練程度應該已達到標準以上了。」

「雷魯根中校，下官基於職責義務不得不提出申述。現在就展開部隊實在是太過急躁，很容易對準備造成阻礙，讓大隊無法發揮出有益的戰力。」

兼具試探射擊的詢問。只要是正常的大隊長，都會理所當然對戰力化的所需時間過少這點提出忠告。

「我會記錄下貴官的警告。但妳最好認為決定不會更改。」

所得到的，是雷魯根中校事務性的答覆。假如他的強硬語氣代表著上頭的決意，就表示這是無法動搖的既定事項。

「下官知道了。」

所以只能放棄了。只不過，如果只是這種程度的指示，只需要透過文件或命令書就能解決了。為什麼要特地派人過來？心中始終纏繞著這項疑問。這項疑問的解答，是表現得像是做完公使工作，開始整理起行囊的雷魯根中校若無其事說出的喃喃自語。

「對了，身為人生前輩給妳一句建言。既然難得到東南方面展開部署，要不要試著學習達基亞語啊?」

「咦?達基亞語嗎?」

「語言這種東西,學起來總是沒有壞處的。特別是對我們軍人。」

就一般論而言,確實就跟他說得一樣。但為什麼特意要我去學達基亞語?可能性有兩種。不是達基亞會成為友軍,就是會成為敵軍。如果是成為友軍,就有必要跟他們進行溝通聯繫;如果是成為敵軍,則是能用在探查敵情上。

「倘若有時間,我會學來作為額外專長。感謝中校的建言。」

「很好。那就再次恭喜妳晉升了。提古雷查夫大隊長。」

統一曆一九二四年九月二十四日　蘭西瓦尼亞地區圖拉歐郡　帝國軍野外演習場

大隊接獲命令要在所分發到基地展開部署。而他們作為初期選拔最後階段的審查,就在接獲命令的幾天後。

受到戰局緊迫的影響,讓這次審查不得不強行配合部署計畫提前舉辦。由於是急就章的部隊,所以高級參謀們各個都很擔憂部隊的訓練程度,然而他們的擔心,卻在良好的意思上遭到背叛。

畢竟在當天，帝國軍的高級參謀們全都目睹到出乎意料的光景，嚇得目瞪口呆。

「你們這群慢吞吞的傢伙！不要拖拖拉拉的，趕快提升高度！」

「這才八千英尺喔。你們這群窩囊廢。難道要我再說一遍嗎？」

打從方才起，無線電就一直傳出毫無情感起伏的平坦聲音。或許讓人難以置信，但這些話全出自一名尚未變聲完全的少女口中。她所展開的魔力光不祥地明滅，展現出一旦試圖降低高度，就會毫不留情將人擊墜的意思。

「要我再說一次嗎？很好。那就去死吧。現在立刻就給我死吧。你這傢伙死後省下的雜費，將能對戰友做出貢獻。」

一旦訴苦，就毫不開玩笑地立刻展開砲擊術式。不論是喪失意識，還是在魔力耗盡下擅自降低高度，都會毫不猶豫地擊墜。認為她不會認真執行這種誇張宣言的魔導師們，想必會一如字面意思，學習到什麼叫作百聞不如一見吧。

「好啦，不想從容就義，就給我提升高度。」

今天的表現也相當超出常規。

我相信既然共和國軍魔導師能達到高度八千英尺，那我們就得以高度一萬英尺為目標。

在喃喃說出這句話後，提古雷查夫少校就在檢閱官的注目下，命令部隊「立刻」全速上升。

一般會將超過高度六千英尺的交戰視為自殺行為。然而她卻不以為意地超越高度六千英尺的限制，以高度八千英尺為目標。

儘管她說不定是瘋了，但宣言要在「一個月內」將無能培育成菁英的她，確實是認真的。這不是在說大話。提古雷查夫少校真的辦到了。她是認真地將士兵打從骨子裡重新鍛鍊，強行將他們磨練成為精銳。

「雷魯根中校，您還滿意吧？」

我想參與第六〇一編制部隊的檢閱典禮。對於雷魯根中校提出的這項要求，提古雷查夫少校極為輕易就答應了。就像是自己毫無任何問題的態度。

不對，實際上真的沒有問題吧。至少就目前為止，訓練過程中並沒有出現死者。而展現在眼前的魔導大隊，技術確實是如她所宣言的精實部隊。

「相當出色。」

真的只能說出色了。她在逼迫士兵達到極限的方面上是名天才。讓士兵求生不得求死不能，如同字面意思的搾取出近乎極限的能力。

聽聞她所採用的訓練內容，是讓士兵經歷等同死亡的恐怖，藉此大幅提升他們的能力。倘若被擬似死亡的恐懼追趕一整個月，確實是能劇烈地提升能力，這是可以預料並理解的情況。他對那些遭到凌虐的將兵們深感同情。

「……沒有氧氣鋼瓶為什麼能達到高度八千英尺？」

但在場的技術將校們，卻基於其他觀點感受到衝擊。雖說是經過訓練，但他們可是若無其事地抵達高度八千英尺。如果是那位提古雷查夫少校，就算飛到高度一萬兩千英尺也不需要格外驚訝。但是讓將兵飛到這個高度，可就具備著相當大的含意。

「喔，這事很簡單。」

然而，負責解說的憲兵卻把這當作茶餘飯後的話題，輕易給予答覆。

「似乎是時常展開生成氧氣的精製式的樣子。」

直到眾人理解這句話的意思為止，現場霎時間鴉雀無聲。時常展開。換句話說，就是作為術式常駐在身上的意思。

「……你是說，他們保持著兩個常駐式？」

「是的。好像是作為最低限度的水準，受到如此要求的樣子。」

憲兵不是技術人員，所以無法感受這在專門領域上究竟是多麼革新的衝擊吧。

但參謀本部的技術人員們全都震驚不已。不僅喧鬧起來，一部分人還喃喃說出「這怎麼可能」。沒錯。魔法式的多重啟動。這在理論上，基本上是有可能的。

就連技術研究所的研究項目，也經常以這作為實驗目的並獲得成功。但能承受實戰使用，同時還能並聯常駐式的演算寶珠，開發情況應該是陷入困境才對。她究竟是從哪裡弄來這種東西的，眾人紛紛議論起來。

「能承受這種不合理要求的演算寶珠，究竟是從哪裡弄來的？」

這甚至是還沒有納入軍規品的機種。雖不知道是哪邊的試製品，但她相當具有門路啊。真是教人甘拜下風。

她是擁有如此出眾才能的軍人。就算有哪間軍事工廠委託她驗證新型機種，也不是什麼奇怪的事情。而實際上，這項猜測一點也沒錯。

「是從艾連穆姆工廠徵用的先行量產品。」

啊，如果是那邊的話，就能理解了。畢竟她曾有一段時期，在那裡從事技術開發工作。想必是透過這個管道吧。

既然是從保有眾多機密的艾連穆姆工廠徵用，這背後假如沒有參謀本部裝備調度部，甚至是戰務局的默認，是絕對不可能實現的。倘若沒有，就算憲兵隊現在立刻與提古雷查夫少校廝殺起來，也絲毫不足為奇。

「誰叫你們做這種單調的機動啊！是想當活靶嗎！」

大隊成員在高度八千英尺，想要勉強達成穩定的飛行。而就像是在嘲笑他們的遲緩，提古雷查夫少校衝上雲霄的機動，靈活到足以讓人屏息讚嘆「真不愧是Named」。相對於動作遲緩如龜的訓練生，少校的機動就有如飛燕般迅速。

「很好。給我實踐一遍。」

「採……採取隨機迴避！動作快！」

「……難以置信。在並聯啟動常駐式下，還能採取迴避機動嗎？」

眼前展開的演習內容，讓絕大多數的大隊魔導師感到不知所措。那彷彿在玩捉迷藏的靈活動作，讓他們看得是無地自容。

但看在專家眼中，這是一連串難以置信的情況。不僅穩定實現在技術上接近不可能的並聯機動，而且還能承受等同是戰鬥機動的隨機迴避機動，這種演算寶珠簡直是夢幻般的存在。

不對，還不僅是如此，當中甚至有數名魔導師開始積極活用光學系誘餌來迴避砲擊。

「還能投射誘餌啊。」

這表示，這顆寶珠的資源足以在進行隨機迴避時，還有餘力投射光學系的欺敵誘餌。

就他們所見，似乎是展開速度與欺敵性皆相當高的誘餌。當中甚至有數道誘餌，展現出像是自主行動的動作。真是驚人的性能。而且還已經調整到能夠量產的規格，並成功完成量產。

「……艾連穆姆工廠的新機種比想像的還要優秀啊。」

次世代要正規採用的機種，除此之外不做他想。只要見識到眼前的光景，任誰都無法反駁吧。至少，他們不僅正以現在進行式進行耐久測試，性能也無從挑剔。

問題頂多就是成本。但只要正式決定量產，就能夠大幅壓低了。

「去跟艾連穆姆工廠調閱資料。」

「了解。下官會負責處理，中校。」

雷魯根中校在讓副官去申請資料後，抬頭看向天空的飛行軌跡。真是非常出色的空中機動。甚至能說這軌跡美麗到會讓人看到沉迷。才能與人格是成反比吧。會如此想的自己，人格惡劣的程度就像是證明了這個假說，真是令人不悅。

「這可是個好機會。就向各位檢閱官證明你們的價值吧。」

「提古雷查夫少校，這樣會不會太過嚴苛呢？」

然後在聽到她透過無線電向部隊激勵的話語後，雷魯根心中單純地浮現一個疑問。據說她討厭讓士兵折損。但要是這樣，這場演習的內容也未免太過於嚴苛。就培育人才的目的來看，甚至能說是做過頭了。

「不，我認為這種程度不會有問題。請觀賞在我揀選人才，剔除無能之後的成果。」

然而她的回答，卻加深了這個疑問。為什麼？揀選、剔除的觀念，是她在軍官學校時期的演說主題。所謂「讓帝國軍免於感染名為無能的疾病是我的使命」。這種說法與其說是培育，感覺更接近是在淘汰人手。

「也得有個限度。儘管有做出結果，但也讓半數候補人員退訓嘍。」

這究竟是為什麼？

「已確保加強大隊的人力了。在人力資源上，仍然沒有問題。」

「這樣啊。我知道了，請繼續吧。我不打擾妳了。」

啊，該死。原來如此，我總算明白了。是資源。沒錯，就是人力資源。她居然把士兵叫作人力資源啊。

也就是對妳來說，士兵是名為人力資源的一種可替代資源吧。

原來如此，我明白是哪裡不對勁了。那傢伙──提古雷查夫少校，把人類當成數字在計算。儘管如此極端的參謀並不罕見，但她卻是下意識地把人類當成資源在計算。假如是這樣，那她就非常合理。在有效活用資源的方面上，肯定是非常善於精打細算。

「我完全明白了。原來如此，那肯定是妳寫的吧。」

對於總體戰與世界大戰的認知，總有種在哪裡看過的印象。而源頭就近在身旁。正因為如此，才能找出那似曾見過的足跡。

數據的瘋狂。瘋狂的世界。是這個世界有問題嗎？

還真是在討厭的時代成為軍人了。在有討厭傢伙的時代，爆發了戰爭。假如那個該死的混帳上帝真的存在，這肯定是祂與惡魔為伍的時代。

「唉，瘋狂的究竟是她，還是這個世界呢？」

眼前的光景，深深讓我覺得就像是述說了這一切。唉，看穿她的本質竟是如此恐怖的事。那傢伙是個怪物。

chapter V

沒有人知道參謀們所發出的嘆息，既是感慨，也是痛惜。然而從國境線傳來的一道急報，輕易就將他們的低語與憂慮吹飛了。

「急報。軍團規模的達基亞軍正在侵犯我國國境。正朝赫爾曼施塔特方向前進。」

達基亞、軍團，然後是侵犯國境。不用多想，只要將單字的意思連結起來，就能知道事態單純到令人生厭。從國境線傳來帶有悲鳴的報告，意思即是戰爭。又要跟新的國家開戰了。

「檢閱典禮中止！中止！全員立刻集合。再重複一次，全員立刻集合！」

下一瞬間，演習場就迴盪起各級指揮官大叫檢閱典禮中止的怒吼。

「即刻起，二〇三航空魔導大隊立即中止查閱！與國境大隊進行聯繫！」

慌慌張張的司令部人員四處奔波，朝著無線電與電話持續不斷地發出怒吼，試圖與某處聯絡、取得情報的聲音此起彼落，人聲嘈雜。在場的所有人員，全都拋下典禮儀式全速衝刺，毫不在乎讓身上的第一種禮服沾滿泥濘。

當中擔任檢閱官而沒有分配戰鬥位置的參謀們，則是前往離開一段時間的指揮所。雷魯根中校身為其中一員，儘管在這場騷動當中機敏奔跑，卻也忍不到感到一陣毛骨悚然。

「世界大戰。這種莫名其妙的事……」

真有可能發生嗎？喃喃自語到一半的話語。

打斷這句話的，是遲了一步趕到指揮所的提古雷查夫少校。

「我受夠了，中校。帝國究竟是為什麼一定得要跟世界開戰啊？」

似乎是因為步伐的緣故而跑得比部下還慢的她，邊像是對自己的短腿感到焦慮似的用長靴跺地，邊憤憤不平的抱怨。

「達基亞那群蠢蛋，看來是非常想要為了這世界這種東西，給帝國狠狠教訓一頓啊。意外地具備國際協調主義呢。」

她的焦慮來自於「世界大戰」。是以世界大戰為前提所感到的焦慮。

這種事儘管莫名其妙，但譚雅・馮・提古雷查夫少校，卻是以帝國對戰世界這種瘋狂的未來預測為前提感到憤慨。

「很好，要打就來打吧，蠢豬們。不對，或許該說，就讓我來好好料理你們吧！」

……神呀，祢所希望的……祢所希望的難道就是這種情況嗎？

（《幼女戰記① Deus lo vult》結束）

Appendixe

附錄

【內線戰略與外線戰略／歷史概略圖】

內線

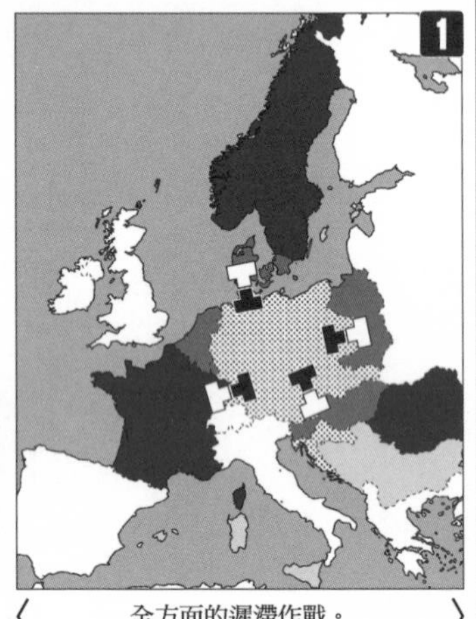

〈全方面的遲滯作戰。〉

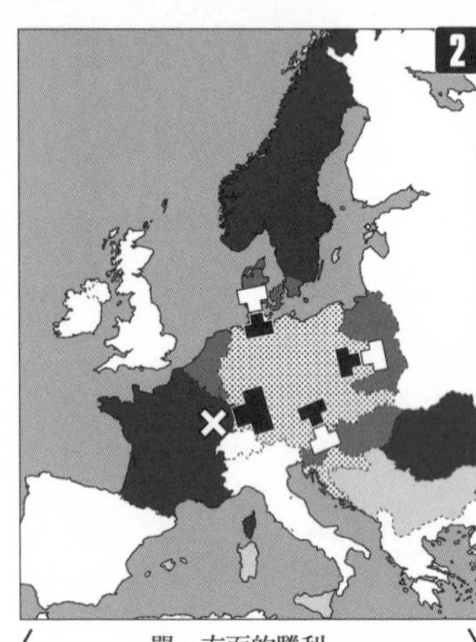

〈單一方面的勝利。〉

帝國軍的戰略環境

帝國的國境情況，讓他們不得不將鄰國全都視為潛在假想敵。

背負著多方面的防線，不得不將兵力逐漸分散到各個方面部署，導致各地區的兵力比落於劣勢。

因此所採用的國防基本戰略，就是機動運用本國握有的主戰力，將敵人各個擊破。

這即是所謂的「內線戰略」。

帝國軍的內線戰略

〔參照上圖〕

也就是不斷將敵人各個擊破，奪取勝利

3

〈 反覆進行2。 〉

的作戰。

確保局部地區的壓倒性優勢，同時避免其他方面的致命性損耗。

基本原則就是像這樣重複數次決戰，藉由在各方面獲得勝利來擊退來犯敵軍。

內線的關鍵

即是帝國軍主力部隊的速度與打擊能力。

只要能迅速並且俐落地，在四面攻來的敵軍形成完全包圍之前各個擊破，就是帝國的勝利。

要是動作不夠迅速，就是帝國的敗北。

外線

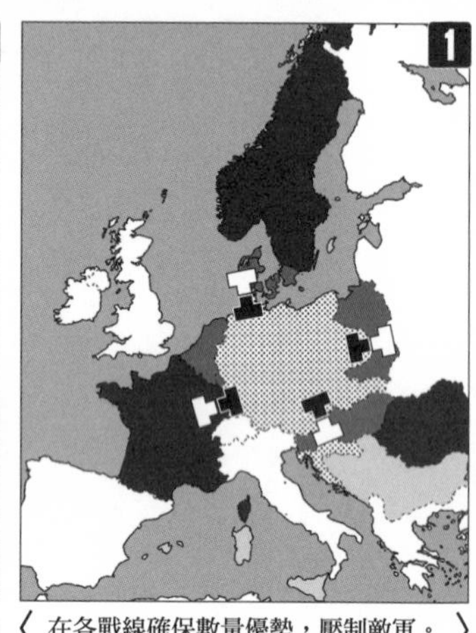

〈在各戰線確保數量優勢，壓制敵軍。〉

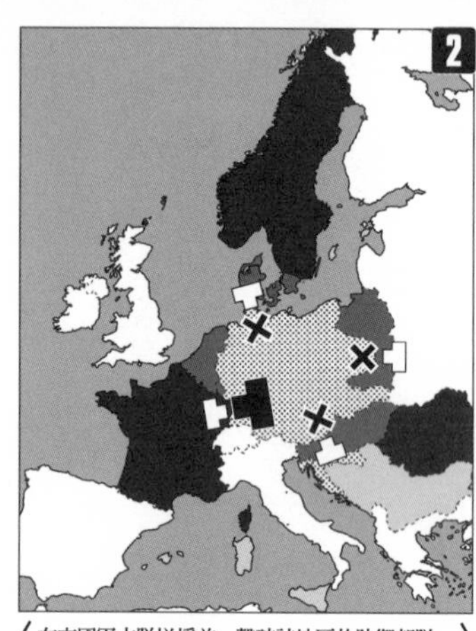

〈在帝國軍本隊增援前，擊破該地區的防禦部隊。〉

鄰近國家的戰略環境

在一對一交戰下，帝國實在太過強大，所以採用多面作戰。

由於帝國負擔多方面防線，形成不得不將兵力逐漸分散到各方面的狀況。因此主要的戰略目的，即是迅速擊破單一地區的兵力比落於劣勢的帝國防線。

要求在帝國的增援抵達前，分別擊破各個防線。這就是所謂的「外線戰略」。

鄰近國家的外線戰略

〔參照上圖〕

以整體來講高於帝國的數量優勢，在各

地區進行壓制。
搶在帝國軍本隊將鄰近國家的部隊各個擊破之前，分頭逐一擊破帝國的各個防衛部隊。
並且在最後決戰之時，包圍殲滅敵軍的作戰。

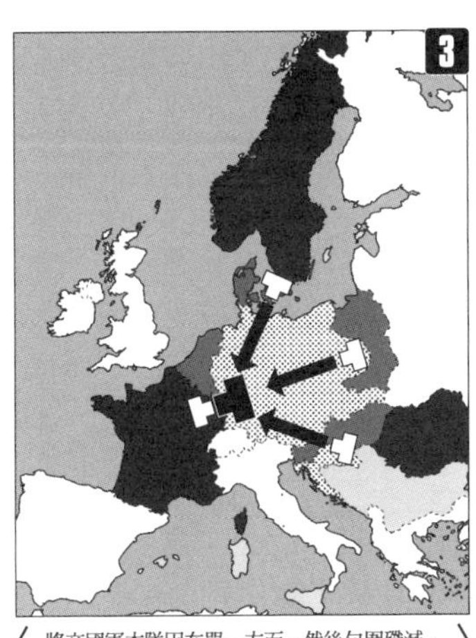

〈 將帝國軍本隊困在單一方面，然後包圍殲滅。 〉

外線的關鍵

即是帝國軍防線能持續作戰的時間與鄰近國家的攻擊力。
只要能迅速擊潰帝國軍防線，就能讓鄰近國家獲得優勢。
相反地，要是被帝國軍擋住攻勢，
鄰近國家的部隊在各方面的友軍抵達前，率先遭到趕來增援的帝國軍主力部隊擊破的危險性就相當大。

歷史概略圖

第一年

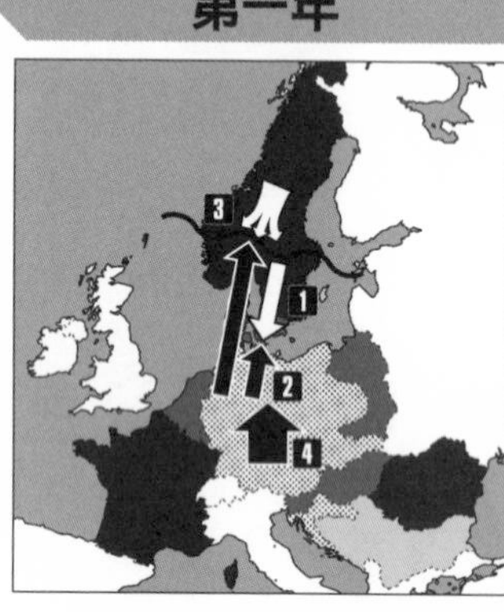

1 協約聯合軍開始武裝郊遊。

2 帝國軍北方方面軍開始迎擊行動。

3 帝國軍開始北上。

4 帝國軍參謀本部開始進行總動員。發布以主戰力瓦解協約聯合的攻勢計畫。

✓雙方的誤算

■帝國基於協約聯合的軍事能力，過分輕估了政治交流的必要性。

■協約聯合方面，則是過分輕估帝國會正式動用武力迎擊的可能性。

另一方面，也基於萬一正式爆發武力衝突，很可能招致對帝國而言極為致命的事態，所以能夠期待帝國會做出某種程度的讓步。

但帝國卻沒能理解到，協約聯合不得不以落於劣勢的軍事力發動越境攻擊（※協約聯合的主觀認知是越境行軍）的政治局勢。

第一年 2

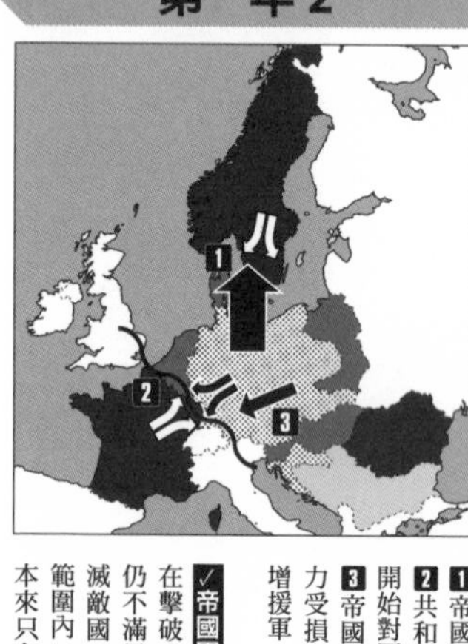

1 帝國軍主力開始北上。

2 共和國軍開始總動員。同時開始對國境線發動攻勢。

3 帝國西方方面軍在首戰中戰力受損，於是投入臨時組成的增援軍。

✓帝國軍的錯誤

在擊破入侵的協約聯合軍後，仍不滿足地想以主戰力徹底消滅敵國，進行「不在當初計畫範圍內」的行動。

本來只有預想各方面遭到攻擊的防衛計畫，在是否該活用優勢的爭議下遭到打破，成為事情的開端。

畢竟能將四方面的防線，重新編制成三方面的防線的可能性，實在太過誘人。

但另一方面，這項行動也讓共和國抱持了外線戰略將會崩壞的危機感。

第一年 3

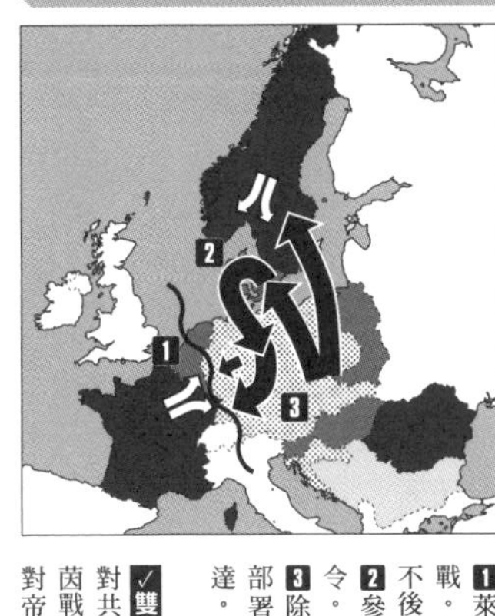

1 萊茵戰線成功達成遲滯作戰。然而戰線遭到壓制，不得不後撤。

2 參謀本部發布了主軍轉進命令。

3 除部分戰力之外，開始重新部署。大陸軍主力的增援抵達。戰線陷入膠著狀態。

✓雙方的誤算

對共和國來說，「無法突破萊茵戰線」是意料之外的事態。對帝國來說，在讓本國接近毫無防備的狀態下進行內線戰略是「不該出現的事態」，讓對應速度低落到完全無法按照當初的計畫行事。外加上兵力分散與重新部署的消耗，導致主力的打擊能力遠低於當初計畫的嚴重事態。結果雙方都無法突破、擊退對方，讓戰爭陷入膠著。

第二年

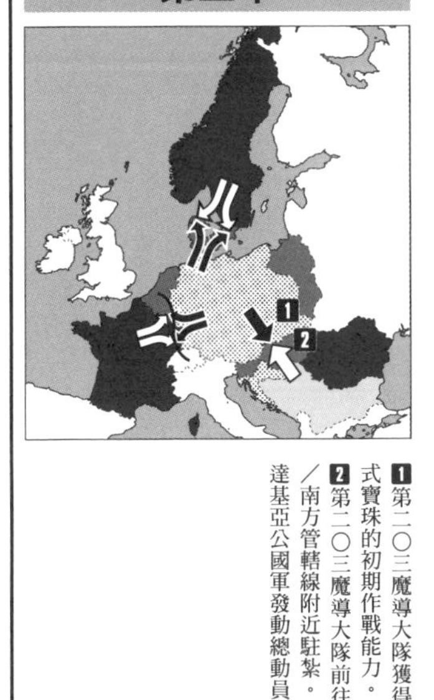

1 第二〇三魔導大隊獲得九七式寶珠的初期作戰能力。

2 第二〇三魔導大隊前往東部／南方管轄線附近駐紮。達基亞公國軍發動總動員。

後記

在打招呼前，我カルロ・ゼン有件事情可以斷言。

ENTERBRAIN 這家出版社的腦子肯定有洞。

書名是《幼女戰記》。內容充斥著大量亂七八糟的宗教、意識形態與民族主義。但是在改稿作業時，卻完全沒有人要我修正。他們的膽子究竟是有多大啊？

倘若這件事沒有任何誤會，不是個惡劣玩笑或整人遊戲，本作現在應該已送到各位手中了。沒錯，《幼女戰記》這本書，假如不是我與各位的集體妄想，就毋庸置疑地確實存在。

所以，就算我仍然不明所以地感到困惑不已，但本作依舊平安無事地問世了。就容我在此感謝本作的創作起點「Arcadia（http://www.mai-net.net/）」網站與管理人舞，以及給予我眾多回應的各位使用者。

還有引頸期盼本作問世的各位讀者們。抱歉讓你們久等了。由衷希望各位能盡情觀賞完成近代化改裝的本作，享受書中「溫馨」的劇情。放心吧，這是カルロ・ゼン的幼女戰記喔！另外，以下的注意事項是針對首次閱讀的讀者，對已經熟知本作的人來說是多餘的，最好是能夠跳過不讀。

首次閱讀本作的讀者，你好。初次見面，我是カルロ・ゼン。雖然作者說這種話或許也很奇怪，但我不會騙你。本作是有點那個的作品，請謹慎考慮一下。

首先，本作是所謂神明性轉異世界轉生，具有魔法設定外加上主角無敵，這種分類別有點那個的作品。在如此介紹後，結果書名卻是《幼女戰記》這種就像是在宿醉或徹夜未眠的興奮情緒下所取的顯眼名稱。

完全沒人阻止我這點，讓我莫名對日本的未來感到不安。

而且作者カルロ・ゼン這傢伙還是個非常差勁的人。畢竟他可是會自然說出「為什麼描寫原創主角經營內政、國家的故事總是能成功啊」這種話，而且要是置之不理，還會大言不慚地說出「你讀過發展學的相關書籍嗎？知道隨機對照試驗最近闡明銀子彈根本不存在的結論嗎？」這些事情，總之是個討人厭的傢伙。

無可救藥的是，他還是個個性扭曲又愛爭論的人。唉，光是這樣講，就十分明白他是個多麼無可救藥的傢伙吧！外加上這個カルロ・ゼン，還是個嗤笑快樂結局主義與勝利至上主義，最愛泥濘地的遲滯戰與撤退戰、末期戰，以及「國際社會的勇氣與團結」，罹患著這種疾病的傢伙。

如果是單純喜歡夢想、希望、和平與友情的讀者，或是討厭主角無法獲勝，希望故事能有快樂結局的讀者……對你們來說，大概還是別看本作會比較符合機會成本吧。

雖然說是這麼說，但要是書賣不掉，我也會很困擾就是了。

此外，早已跨越這道障礙，自願上鉤的諸位同志們。歡迎各位來到這裡！我們將以滿腔的善意歡迎你們！

二〇一三年十月　カルロ・ゼン

空戰魔導士培訓生的教官 1 待續

作者：諸星悠　插畫：甘味みきひろ（アクアプラス）

大地被魔甲蟲占據，人類只能住在浮遊都市。
空戰魔導士是唯一能對抗魔甲蟲的魔法師——

就讀空戰魔導士培育機構——學園浮遊都市〈密斯特崗〉的彼方·英司是S128特務小隊菁英王牌。現在他卻被視為「特務小隊的叛徒」而受到眾人輕蔑、厭惡……某天，他被任命為連戰皆敗的E601小隊教官。這支小隊收容了三名個性特異的少女——？

NT$180/HK$55

台灣角川

Kadokawa Light Novels

機關鬼神曉月 1 待續

作者：榊一郎　插畫：Tony

榊一郎×Tony×海老川兼武
三大名師聯手出擊，打造最磅礴的和風機甲奇譚！

天下由「豐聰」移權至「德河」，征戰無數的巨型機關甲冑已無用武之地。然而，挺身力抗這股洪流，少年曉月操縱黑色機關甲冑〈紅月〉討伐仇敵，直到他巧遇了謎之少女沙霧——當這段宿緣相繫，盤踞國家的黑暗勢力便有所行動！新風貌戰國誌初卷登場！

NT$180/HK$55

Kadokawa Light Novels

忍者殺手 火燒新埼玉 1~3 待續

作者：布拉德雷・龐德／菲利浦・N・摩西　插畫：わらいなく

舞妓、今天加倍、不貴又騷！
殺伐的新埼玉，今天也是通常營業！

一如往常地下著重金屬酸雨的新埼玉中，企圖顛覆總會集團的黑暗忍者暗殺團隊出現！瘋狂醫師李・荒木的團隊所偶然製造出的殭屍忍者，造成床嶋地區大恐慌！好可怕！藤木戶的妻兒遇害的那一夜，新埼玉的慘劇在此揭露全貌！共收錄八篇故事的第三集！

各 **NT$260~300/HK$75~90**

國家圖書館出版品預行編目資料

幼女戰記. 1, Deus lo vult / カルロ.ゼン作 ; 薛智恆譯. -- 初版. -- 臺北市 : 臺灣角川, 2014.12
面 ;　公分
譯自 : 幼女戦記. 1, Deus lo vult
ISBN 978-986-366-170-2(平裝)

861.57　　103017399

Kadokawa
Fantastic
Novels

幼女戰記 1

Deus lo vult

（原著名：幼女戦記 1 Deus lo vult）

2014年12月24日 初版第1刷發行
2022年6月15日 初版第12刷發行

作者：カルロ・ゼン
插畫：篠月しのぶ
譯者：薛智恆

發行人：岩崎剛人
總編輯：蔡佩芬
編輯：邱瓈萱
美術設計：黃永漢
印務：李明修（主任）、張加恩（主任）、張凱棋

發行所：台灣角川股份有限公司
地址：104台北市中山區松江路223號3樓
電話：（02）2515-3000
傳真：（02）2515-0033
網址：www.kadokawa.com.tw
劃撥帳戶：台灣角川股份有限公司
劃撥帳號：19487412
法律顧問：有澤法律事務所
製版：巨茂科技印刷有限公司
ISBN：978-986-366-170-2